#

Remigiusz

MRÓZ

Hashtag

Copyright © Remigiusz Mróz, 2018
Copyright © Wydawnictwo Poznańskie sp. z o.o., 2018

Redaktor prowadząca: Monika Długa
Redakcja: Karolina Borowiec
Korekta: Magdalena Owczarzak
Projekt okładki: Krzysztof Rychter
Projekt typograficzny, skład i łamanie: Stanisław Tuchołka / panbook.pl
Fotografia na okładce: Reilika Landen/Arcangel Images

Zezwalamy na udostępnianie okładki książki w internecie.

Fragment dialogu Platona *Politeia* (*Państwo*) zamieszczony na stronie 259 – w przekładzie Władysława Witwickiego, cyt. za: Platon, *Państwo*, przeł. Władysław Witwicki, Kęty 2003, s. 220.
Motto ze strony 413 – w przekładzie Franciszka Karpińskiego, cyt. za: *Rozmowa osma. O małżeństwach i ćwiczeniu młodzieży* w: *Dzieła Franciszka Karpińskiego* ze wstępem Kazimierza Brodzińskiego, Warszawa 1830, s. 462.

Książkę wydrukowano na papierze Bulky 50 g v. 2,4
dostarczonym przez **ZiNG** Sp. z o.o.

ISBN 978-83-66381-40-7

CZWARTA STRONA
Grupa Wydawnictwa Poznańskiego sp. z o.o.
ul. Fredry 8, 61-701 Poznań
tel.: 61 853-99-10
fax: 61 853-80-75
redakcja@czwartastrona.pl
www.czwartastrona.pl

Przyjaciołom z Koźmińskiego,
niech ożyją wspomnienia!
(Może oprócz tych sesyjnych).

Codziennie użytkownicy Twittera wysyłają około pięciuset milionów tweetów.
Gdyby nawet kilka z nich pochodziło od osób zaginionych, nigdy byśmy ich nie dostrzegli.

Część pierwsza

Tesa

Rocznie w trakcie snu człowiek produkuje około dziewięćdziesięciu ośmiu litrów potu. Stwarza to odpowiednie warunki, żeby na samej poduszce wyhodować szesnaście rodzajów grzybów.

Dziś w nocy na mojej z pewnością żerowało ich jeszcze więcej, bo przez kilka ostatnich godzin toczyłam ze sobą nierówną walkę, pocąc się obficie. Właściwie nie było to wielkie odstępstwo od normy. Niedawno moja waga przekroczyła sto siedemnaście kilogramów, a mierzyłam sobie raptem metr siedemdziesiąt jeden – dawało to BMI w dolnej skali trzeciego stopnia otyłości.

I było jednym z powodów, dla których tej nocy rozważałam samobójstwo.

Nie pierwszy i nie ostatni raz. Bywały okresy, kiedy podobne myśli nachodziły mnie dwa, trzy razy w tygodniu. Oswoiłam się z nimi, spowszedniały mi, stały się czymś naturalnym i mieszczącym się w normie. Może właśnie dzięki temu nigdy nie zrobiłam kroku, po którym nie byłoby już powrotu.

Raz nafaszerowałam się lekami, ale zaraz potem rzygałam jak kot. Innym razem próbowałam podciąć sobie żyły, ale efekt był mizerny – poraniłam się tylko i w lecie musiałam nosić bluzki z długim rękawem. Kilkakrotnie próbowałam ze sobą skończyć na dworcach kolejowych, ledwo jednak przekroczyłam linię na peronie, cofałam się. Nawet dzieciaki rzucające sobie nawzajem wyzwanie wychodziły dalej.

W końcu musiałam uznać to, co oczywiste – nie potrafiłam nawet się zabić.

Była to jedna z wielu dojmujących myśli, które latami nie dawały mi spokoju. Od pewnego czasu udawało mi się jednak jakoś sobie z nimi radzić. Głównie dzięki mojemu mężowi.

Igor potrafił do mnie przemówić jak nikt inny, chociaż najczęściej tak naprawdę nie musiał nawet się odzywać. Wystarczało, że był. Tej nocy go zabrakło, a ja byłam zdana wyłącznie na siebie.

Efekt? Pościel i piżama do prania, pokój do wietrzenia, a psychika do wymiany.

W tej ostatniej kwestii niewiele mogłam zdziałać, ale za dwie pierwsze zabrałam się już z samego rana. Ledwo ściągnęłam poszewkę z kołdry, rozległ się metaliczny świergot z mojej komórki. Sięgnęłam po nią, przekonana, że Igor przysłał mi esemesa.

Miał wrócić ze służbowego wyjazdu integracyjnego dopiero pod wieczór, ale może szefowie uznali, że nie ma sensu ciągnąć dalej farsy zwanej dla niepoznaki szkoleniem. Albo udało mu się wywinąć z jakiejś konferencji, żeby wcześniej być w domu. Nie lubił go opuszczać niemal tak samo, jak ja.

Nadawcą wiadomości był jednak automat jednej z firm kurierskich.

„Twoja przesyłka już na ciebie czeka!" – brzmiał krótki komunikat. Zaraz po nim podano lokalizację paczkomatu, w którym miałam odebrać rzekomo zamówiony przeze mnie pakunek.

Ściągnęłam brwi, wpatrując się w wyświetlacz. Nie robiłam ostatnio zakupów online, Igor też nie. Nie czekaliśmy na żadną paczkę, a nawet gdybym złożyła jakieś zamówienie, z pewnością wybrałabym opcję z dostawą do domu. Po co wychodzić, skoro kurier może ci dostarczyć zakupy pod drzwi? Owszem, to też nie było idealne rozwiązanie – wymagało stanięcia z innym człowiekiem twarzą w twarz i zamienienia z nim kilku słów. W dzień powszedni w godzinach szczytu posłańcom jednak zazwyczaj się spieszyło i nawet na mnie nie patrzyli. Podpisywałam, zamykałam drzwi i mogłam odetchnąć. Wycieczka do paczkomatu byłaby znacznie bardziej kłopotliwa.

Igor wiedział o moich trudnościach w relacjach międzyludzkich, więc też nie zdecydowałby się na tę opcję. I nie było nikogo, kto chciałby zrobić mi niespodziankę. Na święta – być może. Matka lub ojciec, jeśliby akurat nie zdecydowali się na jeden ze swoich tradycyjnych wypadów na narty.

Werdykt mógł być tylko jeden: pomyłka. Słyszałam go dość często, nie odnosił się wyłącznie do paczki, którą ktoś przez przypadek mi wysłał.

Tyle że „przypadek" to tylko zgrabne określenie niepoznanej jeszcze przyczyny danego zdarzenia.

W tym przekonaniu utwierdził mnie fakt, że paczkomat znajdował się kilkaset metrów od mojego osiedla na Lewandowie. Trudno było uznać to za zbieg okoliczności.

Założyłam świeżą bluzkę, związałam włosy, a po chwili już wiązałam sznurówki butów. Dla osób o normalnej wadze była to zwyczajna czynność, więc mało kto zdawał sobie sprawę, że ktoś taki jak ja musi przy niej wstrzymać oddech.

Zeszłam do garażu, bo mimo że od karykaturalnie małego centrum handlowego przy Berensona dzielił mnie raptem dziesięciominutowy spacer, nawet przez chwilę go nie rozważałam.

Niewiele później zaparkowałam samochód na pustym o tej porze placu i podeszłam do żółtej maszyny. Na otłuszczonym i opalcowanym wyświetlaczu widniało zdjęcie jakiejś dziewczynki i krótki przekaz: „Witaj, uśmiechnij się!". Jakby tego było mało, dodano mrugający emotikon. Z noskiem.

Skrzywiłam się i szybko przeszłam do wpisywania kodu, a zaraz potem jedna ze skrytek się otworzyła. Wyjęłam z niej opakowanie, w którym zmieściłyby się dwie, najwyżej trzy książki. I to pod warunkiem, że żadną z nich nie byłby gigant pokroju *Małego życia* Yanagihary, *Bastionu* Kinga lub *Drogi królów* Sandersona.

Na paczce nie było etykiety nadawczej, co w pierwszej chwili wydało mi się niemożliwe. Byłam przekonana, że aby w ogóle nadać przesyłkę, trzeba podać dane nie tylko swoje, ale także odbiorcy.

Dopiero po chwili dotarło do mnie, że można to przecież zrobić w paczkomacie. Wystarczy podać numer komórkowy swój i adresata, a potem wybrać odpowiednią maszynę, do której wysyłka ma zostać skierowana.

Zerknęłam na znajdujący się po drugiej stronie ulicy market Netto i się zawahałam. Skoro już wyszłam z domu, planowałam najpierw zrobić zakupy, a dopiero później sprawdzić przesyłkę.

Moja ciekawość jednak rosła. Kto wysłał mi tę paczkę? Dlaczego to zrobił? I co się w niej znajdowało?

Ostatecznie po chwili wróciłam z nią do samochodu. Rozdarłam opakowanie i zobaczyłam stosunkowo małe kartonowe pudełko. Mimo niewielkich gabarytów było dość ciężkie. Chwilę zajęło mi uporanie się z taśmą klejącą i dobranie się do zawartości.

Wewnątrz znalazłam kartkę A4, na której ktoś grubym, czarnym flamastrem napisał „TESA". O żadnej pomyłce nie mogło więc być mowy. Tylko osoby, które mnie znały, wiedziały, że tak się nazywam.

Było to coś więcej niż tylko ksywka. Rodzice dali mi na imię Teresa, za co chyba od razu miałam do nich pretensje, bo przekręciłam je, gdy tylko nauczyłam się mówić. Do dziś upierali się, że „Tesa" było pierwszym słowem, jakie wypowiedziałam. W pewien sposób od tamtej pory mnie definiowało – na tyle, że chciałam, by znalazło się na moim nagrobku.

Zerknęłam na kartkę, na której ktoś je umieścił.

Pod napisem „TESA" znajdował się drugi, mniejszy, który właściwie nic mi nie mówił. Jedynie charakterystyczny znak przed nim dawał pojęcie, czym może być. Symbol ten dziś wskazywał jednoznacznie na hashtag, kiedyś był kojarzony z numerem, kanałami na IRC-u lub mocą zbioru w matematyce.

Spojrzałam na znacznik „#apsyda" i zmarszczyłam czoło. Słowo brzmiało obco, ale jednocześnie byłam pewna, że obiło mi się już o uszy. Pierwsze skojarzenie w mojej głowie zaczęło układać się wokół architektury.

Odłożyłam kartkę na bok i zajrzałam do środka. W folię bąbelkową ktoś zawinął przedmiot wielkości dłoni – poza nim w kartonie niczego więcej nie było. Szybko zaczęłam odwijać zabezpieczenie, a serce zabiło mi nieco szybciej. Warstw było tyle, że nie wiedziałam, co w istocie odpakowuję.

Po chwili moim oczom ukazał się przedmiot, a ja miałam wrażenie, jakbym odkopała ukryty skarb. Przesyłką była ciemna figurka dekoracyjna z lśniącego kamienia. Ciężka, być może wykonana z ametystu. Przedstawiała czaszkę, która przywodziła na myśl te umieszczane niegdyś na dziobach pirackich okrętów.

Jej wartość estetyczna była nikła i nie miałam pojęcia, dlaczego ktokolwiek miałby przysyłać mi coś takiego. Odłożyłam czaszkę do pudełka i wyciągnęłam telefon. Uznałam, że jakąś odpowiedź może dać mi sprawdzenie, co oznacza hashtag.

Pierwsze, architektoniczne skojarzenie było prawidłowe. Szybko przejrzałam wyniki w Google i ustaliłam, że apsydy to rodzaj dobudówek do kościołów, zazwyczaj wielobocznych lub półkolistych.

A zatem czacha i kościoły.

Połączenie niezbyt wesołe, a co gorsza, jeszcze mniej znaczące. Absolutnie nic mi nie mówiło i nie pozwoliło nawet zgadywać, kto i dlaczego miałby mi sprawić taki prezent.

Zrobiłam szybkie zakupy w netto i wróciłam do domu. Przez klatkę schodową jak zawsze szłam na wdechu, obawiając się, że nawinie mi się jakiś sąsiad. O tej porze jednak większość była w pracy i dotarłam do mieszkania bez konieczności zamieniania słowa z kimkolwiek.

Zamknęłam za sobą drzwi i dopiero wtedy wypuściłam powietrze. Nienawidziłam wychodzić. Za każdym razem po powrocie czułam się, jakbym zrealizowała wyjątkowo trudną, ale całkowicie nieistotną misję. Z ulgą przekręciłam zamek, a potem usiadłam przed komputerem.

Uznałam, że nie ma czasu do stracenia – moje prywatne śledztwo było sprawą niecierpiącą zwłoki. Wpisałam hashtag na Facebooku, licząc na to, że skoro ktoś zadał sobie trud, by wysłać tajemniczą anonimową przesyłkę, zostawił mi trop w internecie.

Zobaczyłam jednak tylko zdjęcia kościołów. Trochę aktualnych, kilka starych, przedstawiających zniszczone świątynie. Doszłam do wniosku, że Facebook to nieodpowiednie miejsce do przeglądania znaczników – zmieniłam teren poszukiwań na Instagram.

Trzy wyniki. Pierwsze zdjęcie przedstawiało, a jakże, kościół. Drugie – dziedziniec klasztoru Convento de Cristo w Portugalii. Trzecie – zajęcia z kursu rysunku w jakiejś krakowskiej szkole.

Sprawdziłam to pierwsze, bo wydawało się najtrafniejsze. Świątynią okazała się bazylika Świętego Jerzego w Pradze. Słyszałam o tym mieście wiele dobrego, ale nigdy tam nie byłam. W Portugalii też nie, a w Krakowie wiele lat temu – i to tylko po to, by zobaczyć Wawel.

Podrapałam się po głowie i sięgnęłam po ostatnią deskę ratunku. Konto na Twitterze założyłam niemal dziesięć lat temu, ale od tamtej pory wysłałam najwyżej kilka tweetów.

Omijałam to medium szerokim łukiem, wychodząc z założenia, że koncentracja politycznego bagna jest tam stanowczo za duża.

A jednak to właśnie Twitter był ojczyzną hashtagów. I to on dał mi cień nadziei na to, że dowiem się, jakie znaczenie ma „#apsyda".

Wynik wyszukiwania był tylko jeden. Znacznika użyła dziewczyna o nicku deCrista, zamieszczając swoje zdjęcie na tle rozległej łąki. Zdawał się nie mieć nic wspólnego ani z nią, ani z okolicą – jakiegokolwiek kościoła próżno było szukać.

W tle dostrzegłam trochę niskich drzew, może krzewów, a za nimi szerokie koryto rzeki. Jakość zdjęcia nie była najlepsza. Przypuszczałam, że zostało zrobione przednim aparatem w komórce, względnie głównym w jakimś starszym modelu. Nic więcej właściwie nie potrafiłam stwierdzić.

Dziewczyna miała na sobie luźną flanelową koszulę, a pod nią zwyczajny T-shirt, jakich na pęczki w Reserved i innych sieciach. Zdjęcie mogło zostać zrobione w ciągu kilku ostatnich miesięcy, temperatury do takiego ubioru były wtedy w sam raz. Wrzucono je jednak dopiero dzisiaj rano – mniej więcej w porze, kiedy budziłam się spocona w łóżku.

Teraz ten moment wydał mi się tak odległy, jak niewyraźne wspomnienia z dzieciństwa. A myśli, które snułam jeszcze godzinę temu, zdawały się nie należeć do mnie.

Potrząsnęłam głową, a potem wbiłam wzrok w deCristę. Zaczęłam machinalnie odrywać skórki przy paznokciach – był to nawyk, z którym od lat nie potrafiłam sobie poradzić.

Nick dziewczyny mógł mieć coś wspólnego z kościołem w Portugalii, ale miałam zbyt mało informacji, by wyciągnąć jakikolwiek znaczący wniosek. Pomocne byłyby z pewnością inne tweety deCristy, na jej koncie znajdował się jednak tylko ten ze zdjęciem i hashtagiem.

Zastanowiło mnie to, bo konto miała założone mniej więcej tak długo, jak ja. Wpis raz na dziesięć lat? Wydawało się to wręcz nieprawdopodobne.

Brakowało jednak tropu, którym mogłabym podążyć, więc ostatecznie zamknęłam laptopa i zajęłam się tym, co miałam dzisiaj załatwić. Sprzątanie, pranie, gotowanie. Igor miał wrócić około osiemnastej, do tego czasu powinnam ze wszystkim zdążyć.

Nie wyrobiłam się. Kiedy wszedł do mieszkania, nawet nie zabrałam się jeszcze do beszamelu, a planowałam zaserwować na kolację gigantyczną lasagne. Wszystko przez to, że apsyda nie dawała mi spokoju i każdą czynność albo wykonywałam dwa razy dłużej, albo musiałam powtarzać.

Igor nie zdążył ściągnąć butów, a już zaczęłam relacjonować mu wszystko, co się wydarzyło. Od początku słuchał z uwagą, a im dłużej mówiłam, tym większe stawało się jego zainteresowanie.

– I był tam tylko jeden tweet? – dopytał niepewnie.

– Jeden jedyny. Samotny jak ja na licealnych potańcówkach.

Spojrzał na mnie z rezerwą.

– To nie jedyne porównanie, które przychodzi mi do głowy – dorzuciłam. – Ale drugie jest związane z księżycem na nocnym niebie i zabrzmiałoby patetycznie.

Uśmiechnął się, podniósł czaszkę i przerzucił ją z ręki do ręki.

– Pewnie dziewczyna skasowała pozostałe tweety – zauważył.

– Pewnie tak. Ale po co miałaby to robić?

Było to tylko jedno z wielu pytań, na które chciałabym znać odpowiedzi. Igor zmrużył oczy i niezbyt żwawo ruszył w stronę komputera, jakby chciał zasugerować, że pomoże mi z zagadką, choć sam wolałby zająć się czymś innym.

– Sprawdzałaś Wayback Machine? – zapytał, podnosząc klapę laptopa.

Moje milczenie było wystarczająco wymowne.

– Internetowe archiwum – dodał. – Robi zrzuty stron od dwa tysiące pierwszego roku. Może są tam screeny z konta tej deCristy.

Miał rację. Trochę trwało, nim udało nam się znaleźć działający link, ale już parę minut później mieliśmy dwa dodatkowe zdjęcia. Na jednym widać było dziewczynę na tle chyba tej samej rzeki, na drugim kawałek ogrodzenia i ogródki działkowe.

Skubiąc skórki, starałam się skojarzyć okolicę. Bezskutecznie.

– To nie ma sensu – powiedziałam. – Potrzebujemy czegoś więcej.

Liczyłam na to, że Igor przeszpera inne zakątki internetu, o których nie miałam pojęcia, ale on trwał w bezruchu, jakby poraził go piorun.

Stałam za nim, nie odrywając wzroku od ekranu. Kiedy położyłam dłonie na jego ramionach, nagle się wzdrygnął.

– Co jest? – zapytałam.

Obrócił głowę w moim kierunku, a ja zobaczyłam, że zupełnie pobladł.

– To… – wykrztusił. – Tesa, przecież to…

Uniosłam brwi zniecierpliwiona, a on potrząsnął głową.

– Wybrzeże Puckie – dodał. – A ta dziewczyna… Chryste, naprawdę nie poznajesz?

– Nie – odparłam. – A powinnam?

Przycisk do papieru

Pelcowizna, Praga-Północ

Strachowski biegł za dziewczyną Wybrzeżem Puckim i zastanawiał się, ile kilometrów miała już w nogach. On właśnie dobijał do dziesiątego i przy tempie poniżej pięciu minut na kilometr powoli miał dosyć. Ona jednak zdawała się wciąż przyspieszać, jakby uciekała przed kimś lub przed czymś.

Może tak było. Może każdy biegacz starał się to zrobić.

Krystian Strachowski zatrzymał się przy ogródkach działkowych, uznając poranny bieg za zakończony. Oparł ręce na kolanach, nabrał tchu, a potem powiódł wzrokiem wzdłuż Wisły. W tym miejscu rzeka miała jakieś czterysta metrów szerokości, właściwie trudno było dostrzec cokolwiek po drugiej stronie.

Strach wyprostował się, przeciągnął, a potem ruszył w stronę komendy rejonowej. Minął ją i skręcił w lewo, ku gmachowi uczelni, w której był zatrudniony. Dochodziła siódma rano, miał jeszcze wystarczająco dużo czasu, by wziąć prysznic i przygotować się do tego, co czekało go tego dnia.

Przypuszczał, że łatwo nie będzie. Pierwszy dzień roku akademickiego zazwyczaj wiązał się z całym szeregiem komplikacji.

Krystian wyciągnął torbę sportową z samochodu zostawionego na pustym jeszcze parkingu, a potem skinął głową do ochroniarza, którego jedynym zadaniem było podnoszenie i opuszczanie szlabanu.

– W tym roku jak zawsze? – zapytał podstarzały mężczyzna.

Strach uniósł brwi jak aktor w pantomimie.

– Znowu będzie pan codziennie rano zapierdalał po wybrzeżu? – doprecyzował ochroniarz.

– Nie wyobrażam sobie inaczej zacząć dnia.

Rozmówca wzruszył ramionami, a potem zapalił papierosa, jakby chciał zasugerować, że każdy zmaga się z jakimś nałogiem. Krystian posłał mu jeszcze uśmiech, a potem wszedł tylnym wejściem do głównego budynku.

Właściwie siłownia była o tej porze jeszcze zamknięta, ale dzięki dobrym układom z rektorem Strachowski mógł z niej korzystać od bladego świtu. Czasem po biegu robił jeszcze serię na ławeczce, tym razem jednak z niej zrezygnował i udał się prosto pod prysznic.

Tuż po ósmej był już na posterunku. Wyciągnął laptopa, położył go na blacie, a potem podłączył do systemu i włączył rzutnik. Wiekowy acer zarzęził niechętnie, ale po chwili obraz z ekranu pojawił się za plecami Krystiana.

Strach nabrał głęboko tchu i przesunął dłonią po krawacie. Omiótł wzrokiem pustą salę wykładową, myśląc o tych wszystkich nowych twarzach, które dziś zobaczy. Początek roku akademickiego dla części z tych ludzi będzie obietnicą czegoś nowego, obiecującego i ekscytującego.

Dla niewielkiej części. Wszyscy pozostali przyjdą tu tylko po to, by odbębnić pierwsze, niespecjalnie ciekawe zajęcia z podstaw zarządzania i stwierdzić, czy można odpuścić sobie systematyczne zjawianie się na wykładach, czy nie.

Był to już piąty rok, w którym Strachowski prowadził zajęcia w Wyższej Szkole Przedsiębiorczości i Zarządzania, zwanej przez wszystkich Koźmińskim, od nazwiska patrona. Przychodzili na nie studenci kilku kierunków, głównie tych, które z profilem uczelni tak naprawdę nie miały wiele wspólnego – i które raczej nie przyciągały osób żywo zainteresowanych zarządzaniem.

Osoby te będą dla Krystiana jak samochody mijane na autostradzie w trakcie długiej podróży. Większość przemknie niezauważenie, niektóre zirytują go, zmieniając pas bez kierunkowskazu lub spowalniając innych. Koniec końców za rok nie będzie pamiętał żadnego ze studentów.

Potrafił przypomnieć sobie większość słuchaczy z pierwszych semestrów pracy na uczelni, trochę osób z tych późniejszych, ale to wszystko. Parę lat w zupełności wystarczyło, by przeszedł w tryb automatu serwującego wiedzę grupie zobojętniałych nastolatków.

Strach rozpiął marynarkę i przysunął krzesło do laptopa. Dziś będzie musiał odfajkować kilka pozycji, które nudziły go nawet bardziej niż studenckie prezentacje w PowerPoincie.

Zacznie od tego, czym są organizacja i zarządzanie. Potem przejdzie do Petera Druckera, wyłoży jego neoklasyczne poglądy, wspomni o Maxie Weberze, czasu starczy też na Fayola, Forda i Taylora.

Krystian miał swój sposób na przedstawienie fundamentów zarządzania, niechronologiczny, ale skuteczny – w teorii miał sprawić, że studenci zrozumieją to i owo. W praktyce cała grupa i tak wykuje na pamięć czternaście zasad Fayola, pięć części procesu zarządzania, teorie X i Y McGregora i tak dalej…

Nie, nie cała. Znajdą się tacy, którzy naprawdę się przyłożą, zignorują podręcznikowe formułki i postarają się zrozumieć, co w rzeczywistości oznaczają dane kwestie. Ile takich osób będzie? Dwie, w porywach trzy.

Strach obserwował wchodzących do sali studentów, starając się wyłowić kogoś takiego. Większość pogrążona była w entuzjastycznych rozmowach, ale Krystian dostrzegł kilkoro samotników.

Jednym z nich była dziewczyna o wyjątkowo rubensowskich kształtach. Musiała ważyć grubo ponad sto kilogramów. Usiadła w pierwszym rzędzie, a potem wyjęła z torby kołonotatnik i podręcznik pod redakcją Koźmińskiego. Słuszny wybór. Słuszny, ale ryzykowny, jeśli wziąć pod uwagę, że jako jedyna miała ze sobą jakąkolwiek literaturę przedmiotu. Sama prosiła się o ostracyzm.

Nie patrzyła na innych, właściwie sprawiała wrażenie, jakby była w sali zupełnie sama. Mizantropka.

Krystian nieco się ożywił. Istniała szansa, że przynajmniej jedna osoba wysłucha tego, co miał do powiedzenia. Oprócz dziewczyny namierzył jeszcze kilkoro potencjalnych kandydatów. Jeden przyniósł najnowszy numer „Managera", inny wyraźnie ignorował próbującego go zagadywać kumpla, skupiając się na wykładowcy.

Strach przypiął mikrofon do klapy marynarki i się podniósł.

– Witam państwa na pierwszym wykładzie z podstaw zarządzania – odezwał się.

Przykuł ich uwagę. Wszyscy ci ludzie świeżo po liceum nie mogli przejść obojętnie obok faktu, że ktoś zwracał się do nich per „państwo". Strachowski miał jednak świadomość, że znikome uznanie, jakie sobie zyskał, rozpłynie się, kiedy tylko zacznie mówić o kierownikach i pracownikach w ujęciu klasycznej szkoły Taylora.

Nie pomylił się. Po dziesięciu minutach wykładu większość studentów powróciła do rozmów, część wyciągnęła gazety lub książki, a pozostali mazali bezmyślnie w notatnikach. Mizantropka zaś patrzyła na niego z zaciekawieniem.

Uciekała wzrokiem za każdym razem, kiedy na nią spojrzał, więc starał się tego nie robić. Trudno było mu się jednak skupić, kiedy musiał mówić do innych. Innych, którzy nie poświęcali jego słowom najmniejszej uwagi.

Na początku roku nie było jeszcze najgorzej. Pierwszoroczniacy dopiero oswajali się z nową rzeczywistością – minie kilka tygodni, zanim uświadomią sobie, że wszyscy starsi studenci przychodzą na zajęcia z laptopami.

Zamiast twarzy Strach będzie widział jedynie pochylone nad komputerami sylwetki. Widma.

Osoby takie jak mizantropka będą wyjątkami. Nielicznymi, ale cennymi. Dziewczyna zdawała się bowiem słuchać nawet, kiedy mówił o sześciu funkcjach przedsiębiorstw Fayola.

Kiedy wykład się skończył i studenci zaczęli z ulgą opuszczać salę, Krystian ściągnął słuchaczkę wzrokiem. Zawahał się, bo zaczepienie przez wykładowcę piętnowało właściwie gorzej niż przynoszenie podręcznika na zajęcia.

Strach uznał jednak, że warto zaryzykować. Zatrzymał dziewczynę przy biurku i posłał jej uśmiech. Większość studentów wyszła, mógł pozwolić sobie na nieco luźniejszy ton.

– Chyba minęła się pani z powołaniem – odezwał się.

Mizantropka zdawała się skołowana, jakby sam fakt, że ktoś się do niej odezwał, był czymś absolutnie niespodziewanym.

– Słucham? – spytała niepewnie, może nawet z pewnym przestrachem.

Krystian dopiero teraz uświadomił sobie, że z jej punktu widzenia znalazła się na wrogim terenie. Otoczona przez innych ludzi, sprawiała wrażenie zwierzyny w pułapce.

Zobaczywszy pierwsze kropelki potu na jej czole, Strachowski utwierdził się w tym przekonaniu.

– Powinna pani aplikować do łódzkiej filmówki – powiedział. – Prawie uwierzyłem, że ktoś na tej sali autentycznie mnie słucha.

Przełknęła głośno ślinę, rozejrzała się, a w końcu lekko uśmiechnęła.

– Mroczkowie mają większe zdolności aktorskie ode mnie – odparła.

Strach nie bardzo wiedział, jak zareagować. Normalnie po prostu pociągnąłby temat, ale dziewczyna była tak zestresowana niezobowiązującą rozmową, że cokolwiek by powiedział, zapewne pogorszyłby sytuację.

Cisza się przedłużała.

– Zresztą na pewno nie ja jedyna pana słuchałam.

– Obawiam się, że była pani wyjątkiem – odparł, zamykając laptopa. – Reszta skupiała się raczej na mówieniu niż słuchaniu.

Mizantropka pokiwała głową i znów zaległa niewygodna cisza. Strach odchrząknął, uznając, że najwyższa pora przejąć inicjatywę.

– Słyszała pani o Bernardzie Baruchu? – spytał.

– Niestety nie.

– To amerykański trader, który w dziewiętnastym wieku szalał na Wall Street. Z ledwo trzydziestką na karku dorobił się fortuny na spekulacjach na rynku cukrowym.

Ręka jej drgnęła, jakby dziewczyna chciała otrzeć kropelki potu z twarzy, ale w ostatniej chwili się rozmyśliła, obawiając się, że w ten sposób zwróci na nie uwagę rozmówcy.

– Baruch dożył niemal setki, stał się sławnym finansistą, ale też filantropem. A kiedy pewnego razu zapytano go, co łączy wszystkich ludzi sukcesu, jakich zna, odparł, że osoby te więcej słuchają, niż mówią.

Mizantropka znów pozwoliła sobie na lekki uśmiech.

– Prosta recepta – dodał Strach. – Ale dla niektórych nie do zrealizowania.

Dziewczyna nie odpowiadała.

– Jak się pani nazywa?

– Tesa.

Czekał na więcej, ale najwyraźniej nie uznała za stosowne, żeby podać mu imię lub nazwisko.

– W porządku – odparł. – A więc pani Teso, zapraszam we wtorek po zajęciach na spotkanie koła.

Kurwa, czy to nie zabrzmiało nazbyt protekcjonalnie? Dla niego nie, ale dla wyraźnie zakompleksionej dziewczyny tuż po maturze z pewnością mogło.

Uniosła brwi, wyraźnie nie mając pojęcia, co miał na myśli.

– Koło naukowe marketingu – wyjaśnił. – Sala D310. Wtorek. Osiemnasta.

– Ale…

– Spodoba się pani – uciął Krystian. – Mamy zgraną grupę, organizujemy ciekawe spotkania, a potem można wpisać sobie do CV przyzwoitą pozycję.

Nie musiał dodawać tego ostatniego. Dziewczyna nie potrzebowała żadnej dodatkowej motywacji, żeby zainteresować się tematem. Po pięciu latach nauczania Strach widział to jak na dłoni – podobnie jak to, że w wypadku Tesy problem dotyczył nie materii naukowej, ale zasobów ludzkich. Konkretnie tych, które ją otaczały.

Postanowił wyciągnąć do niej pomocną dłoń, a nie było nic lepszego od integracji w ramach koła. Należeli do niego ludzie, którym zależało na czymś więcej niż tylko na dyplomie ukończenia studiów.

– Pierwsze spotkanie jest w dużej mierze organizacyjne, ale na pewno zaprosimy kogoś interesującego, żeby dobrze zainaugurować rok – dodał Krystian.

– Po prostu nie wiem, czy… – zaczęła i zawiesiła głos, jakby spodziewała się, że znów jej przerwie. – Nie jestem pewna, czy uda mi się akurat wtedy być.

Zignorował ten wybieg.

– Nie będzie pani żałowała – zapewnił. – A po latach będzie pani wspominać to jako coś przełomowego.

Skrzywiła się ledwo zauważalnie, jakby w jakiś sposób zabrzmiało to dla niej złowrogo. Krystian spojrzał jej prosto w oczy, ale ona natychmiast uciekła wzrokiem i odsunęła się od biurka.

Chciał powtórzyć godzinę i miejsce spotkania, zanim jednak zdążył się odezwać, Tesa odwróciła się i ruszyła w stronę korytarza, rzucając jeszcze ciche „do widzenia". Strach roztarł kark, uznając, że nie zaszkodziłoby popracować nad podejściem do introwertycznych studentów.

Nie spodziewał się, że Tesa zjawi się na spotkaniu koła, ale przyszła jeszcze przed czasem. Zajęła miejsce w pierwszej ławce, unikając jego spojrzenia, mimo że siedzieli raptem kilka metrów od siebie.

Skupiała całą uwagę na telefonie. Z tego, co Strach zdołał dostrzec, był to najnowszy model motoroli z klapką, RAZR V3. Miała wyświetlacz TFT, dwieście pięćdziesiąt sześć tysięcy kolorów – i drugi z tyłu, na którym pokazywały się powiadomienia. Niezły sprzęt.

Po chwili zeszli się pozostali członkowie koła. Krystian lubił tych studentów, wszyscy byli zaangażowani i dawali nadzieję na to, że jego robota w WSPiZ wiąże się nie tylko z przyzwoitą wypłatą, ale także z czymś więcej.

Największą sympatią darzył jednego ze studentów drugiego roku europeistyki. Chłopak był postury zbliżonej do Tesy, choć miał znacznie więcej pewności siebie. Całkiem słusznie, bo potrafił zagiąć kilku doktorantów, a jego idealistyczna obrona krzywej Laffera była tak przekonująca, że naprawdę można było uwierzyć w koncepcję amerykańskiego guru liberałów.

Strach uniósł dłoń, kiedy zobaczył, jak chłopak wchodzi do sali. Igor odpowiedział mu skinieniem głowy, a potem powiódł wzrokiem po zgromadzonych. Na dłużej zatrzymał spojrzenie na Tesie, zawahał się, po czym zdecydował się zająć miejsce obok niej. Oderwała się od telefonu tylko na moment, by wymienić z nim uścisk dłoni. Potem zaczerwieniła się i otarła rękę o spodnie.

Krystian przejrzał jeszcze trochę papierów, czekając, aż wszyscy się zejdą. Czasem miał wrażenie, że więcej czasu spędza na zmaganiach z ministerialną makulaturą niż na uczeniu studentów. Starsi wykładowcy podkreślali, że unijne wymogi w dziedzinie papierologii biją na łeb na szyję nawet te, które obowiązywały za czasów słusznie minionych.

– To jak, zaczynamy? – odezwał się Strachowski.

Kilka osób skinęło głowami. Tesa nadal była zajęta telefonem, a siedzący obok niej Igor coraz chętniej na nią zerkał. Strachowski uśmiechnął się w duchu.

Odłożył ostatni plik kartek na biurko, a potem wyjął z torby swoją ametystową czaszkę i postawił ją na papierzyskach.

Tesa

Czułam na sobie ponaglające i pełne niedowierzania spojrzenie Igora, ale nie miałam dla niego odpowiedzi, jakiej oczekiwał.

– Gapienie się na mnie nie pomoże – rzuciłam.

Potrząsnął głową i wymierzył palcem w zdjęcie deCristy, które widniało na ekranie.

– Jak możesz jej nie poznawać? – spytał.
– Normalnie. Widzę ją pierwszy raz w życiu.

Igor podniósł się i złapał mnie za ramiona, jakbym była niezrównoważona.

– Przecież ona z nami studiowała.
– Co takiego? – wypaliłam.

Jeszcze raz wlepiłam wzrok w monitor, ale doskonale wiedziałam, że to niczego nie zmieni. Po tylu godzinach wpatrywania się w tę dziewczynę pod powiekami miałam już jej powidoki. Nie było sensu się łudzić, że nagle coś sobie przypomnę.

– Tego miejsca też nie poznajesz?
– Nie.
– To Wybrzeże Puckie.
– Równie dobrze może to być…
– Nie – zaoponował stanowczo Igor. – To na tyłach Koźmińskiego, za ogródkami działkowymi.
– Nigdy tam nie byłam.
– Nie? – spytał z niedowierzaniem, jakby rzeczywiście było to coś niewiarygodnego.

Być może chodził tam razem ze znajomymi z roku. Teren wyglądał na odpowiednią okolicę, by między jednym a drugim wykładem strzelić sobie piwo lub dwa, względnie sześć. Jeśli chodziło o imprezowanie, Igor nie odbiegał od przeważającej większości studentów. Nie stronił też od wykorzystywania okienek między wykładami, żeby uzupełnić poziom alkoholu we krwi.

Nigdy się do niego nie przyłączałam, nawet po tym, jak się zeszliśmy. Byłam jedną z tych osób, które czuły wewnętrzny przymus, by stawić się na każdym wykładzie. Wynikało to zapewne z tego, że zawsze szanowałam wartość pieniądza – skoro płaciłam czesne, musiałam korzystać ze wszystkiego, na co mi pozwalały. Opuszczanie wykładów byłoby wyrzucaniem pieniędzy w błoto.

Tak, to oczywista bzdura.

Nie wychodziłam, bo bałam się kontaktów ze znajomymi Igora. Przerażeniem napawała mnie sama myśl o tym, że on na chwilę zniknie, a ja będę musiała wdać się z kimś w rozmowę. O czym będziemy rozmawiać? Jak podtrzymam temat? I co zrobię, jeśli ten się wyczerpie, a ja nie będę potrafiła wpaść na kolejny?

Dziękuję bardzo, wolę posiedzieć na najnudniejszym wykładzie. Bezpieczna, zajęta swoimi sprawami, nie muszącmartwić się o takie rzeczy.

Poza tym nie lubiłam pić alkoholu w towarzystwie. Wprawdzie dzięki temu nieco się rozluźniałam, ale szybko czułam, że cała puchnę, a policzki robią mi się czerwone.

– Chodziliście tam na piwo? – zapytałam, jakby to rzeczywiście było w tej chwili najważniejsze.

– Czasem. Częściej na Żerań.

- No tak.
- Czasem do Jolki.
- Jolki?
- Bar kawałek dalej, po drugiej stronie Jagiellońskiej – odparł pod nosem Igor, przysiadając na biurku. Popatrzył na mnie, jakbym pochodziła z jakiegoś innego świata. – Czasem się zastanawiam, czy rzeczywiście studiowaliśmy na tej samej uczelni, Tes.

Tak było, ale po prawdzie nie zawsze to odczuwałam. Od czasu do czasu odnosiłam wrażenie, że studenci każdego kierunku chadzają swoimi ścieżkami. Największy rozdźwięk był między tymi z Kolegium Prawa a tymi z Kolegium Zarządzania i Finansów. Ci pierwsi nie mieli pojęcia o Barze u Jolki, stołowali się raczej w Bierhalle w Arkadii – i to tylko jeśli czas ich naglił. Ci z flagowego, prestiżowego zarządzania mieli podobnie. U mnie, na socjologii, było trochę inaczej – na europeistyce u Igora także.

Przy wszystkich tych podziałach niewiele brakowało, a nigdy byśmy się nie spotkali. Szczęśliwie spoiwem okazał się jeden z młodszych wykładowców, Krystian Strachowski. Wszyscy nazywali go „doktorem Strachem", ale zawsze robili to z pewną przekorą i sympatią.

Wbrew temu, co sugerowało przezwisko, egzaminy u niego cieszyły się dużą zdawalnością. Był jednym z tych, którzy nie rzucali studentom kłód pod nogi, czekając, aż ci coś z nich sklecą, tylko podsuwali gotowe tratwy.

Poza tym prowadził koło naukowe, na którym poznałam Igora. Niewiele pamiętam z naszego pierwszego spotkania, bo byłam tak spięta, że skupiałam się wyłącznie na moim telefonie. Motoroli V3 z klapką, o ile mnie pamięć nie myli.

Wtedy był to cud techniki, teraz zabawki z Lidla mają lepsze parametry.

Przesunęłam ręką po włosach, starając się odciągnąć myśli od przeszłości.

– Chyba rzeczywiście żyłam w trochę innym świecie – odezwałam się.

Igor uśmiechnął się lekko i skinął głową.

– Dopóki nie stworzyliśmy sobie swojego – zauważył.

Była to całkiem słuszna uwaga, bo od kiedy zaczęłam się spotykać z Igorem, moje życie zmieniło się nie do poznania. Z samotnej, przepełnionej wstydem egzystencji przesiadłam się do jej luksusowej wersji. Przejawiało się to i w ważkich, i w błahych sprawach. Ot, choćby w tym, że kiedyś po kilkugodzinnym maratonie serialowym miałam wyrzuty sumienia i czułam się zażenowana ilością zmitrężonego czasu. Teraz obejrzenie całego sezonu jakiejś produkcji na Netfliksie było przyjemną formą spędzania go razem.

Spojrzałam na Igora, a potem na ametystową czaszkę na biurku. Obyśmy nie wpakowali się w nic, co mogłoby zagrozić naszemu światu, pomyślałam. Nie przeżyłabym tego.

Musiałam jednak wziąć pod uwagę, że to wszystko nie było przypadkiem. Ktoś z premedytacją wysłał tę paczkę właśnie mnie. Hashtag i wątpliwej estetyki ozdoba też miały czemuś służyć.

Igor nadal był blady jak ściana, zupełnie jakby na zdjęciu rozpoznał ducha.

Wskazałam na dziewczynę stojącą na Wybrzeżu Puckim.

– Kim ona jest?

– Była – poprawił mnie mąż.

– Nie żyje?

– Trudno powiedzieć.

Popatrzyłam na niego bykiem.

– Słuchaj no…

– W porządku, w porządku. – Uniósł ręce, sygnalizując, że ma zamiar przejść do rzeczy. – To Patrycja Sporniak.

Nazwisko wydało mi się znajome. Było charakterystyczne, łatwo zapadające w pamięć. Nie kojarzyło mi się jednak z nikim konkretnym.

– Naprawdę jej nie pamiętasz?

Stanowczo pokręciłam głową.

– Nie znam nikogo takiego.

– Nie, oczywiście, że nie – przyznał w końcu i lekko klepnął się w czoło. – Przecież nie miałaś okazji jej poznać. Ale to nie zmienia faktu, że powinnaś chociaż o niej słyszeć.

Zmarszczyłam czoło.

– Dlaczego?

– Bo zaginęła jakiś rok przed tym, jak pojawiłaś się na Koźmińskim. Dziewczyna studiowała finanse i bankowość, właściwie już kończyła. Jeśli dobrze pamiętam, była na czwartym roku. Chyba w połowie, bo to się stało jakoś przed zimową sesją albo w trakcie.

Wbiłam wzrok w monitor.

– Była studentką?

– Tak by wynikało z tego, co ci właśnie powiedziałem, Tes.

Sięgnęłam pamięcią wstecz, ale trudno mi było przypomnieć sobie cokolwiek na temat tej sprawy. Z pewnością wówczas o niej nie wiedziałam, inaczej pamiętałabym choć trochę. Musiałam usłyszeć o niej później, może przy okazji jakiejś rozmowy.

Kojarzyłam, że kiedyś jakaś dziewczyna z Koźmińskiego zaginęła, ale nic ponadto. O jej zniknięciu na pewno byłoby głośniej, gdyby doszło do niego w środku semestru. Fakt, że stało się to w okolicach przerwy świątecznej, z pewnością sprawił, że studenci podeszli do wydarzenia z większym dystansem.

– Nie śledziłaś chyba wtedy specjalnie newsów?
– W klasie maturalnej?

Spojrzał na mnie z powątpiewaniem.

– To była odpowiedź?
– Mhm – potwierdziłam. – Byłam wtedy bardziej zajęta szukaniem najlepszych podręczników z WOS-u i historii. A oprócz tego pewnie oglądaniem ostatniego sezonu *The Wire* i pierwszego *Breaking Bad*.
– Sporniak zaginęła, chyba jeszcze zanim pojawił się Walter White.
– Mniejsza z tym – odparłam. – Niespecjalnie interesowało mnie wtedy to, co się działo w Warszawie.

Tego samego nie mogłam powiedzieć o pozostałych mieszkańcach Nowego Dworu Mazowieckiego, w którym się urodziłam i wychowałam. Czasem odnosiłam wrażenie, że wszyscy żyją tam warszawskim życiem, a na noc zjeżdżają SKM-ką do domów na kilkugodzinną hibernację.

Ja w każdym razie do tej grupy się nie zaliczałam. Czas spędzałam albo z nosem w książkach, albo przed pecetem. I może właśnie z tego względu ominęła mnie sprawa zaginięcia młodej studentki.

– Co się z nią stało? – spytałam.
– Rozpłynęła się.
– A konkretnie?

– Pewnego dnia znikła. Jeśli dobrze pamiętam, któregoś ranka po prostu nie przyszła do roboty. Pracowała w doradztwie finansowym, wtedy takie firmy wyrastały jak grzyby po deszczu, bo ludzie musieli się ratować. Parę miesięcy wcześniej upadł Lehman Brothers, a pod koniec roku Fed obniżył stopy procentowe do historycznie niskiego poziomu. Wiesz, jak było.

– Na szczęście nie.

Igor machnął ręką, przysunął sobie krzesło, a potem obrócił do siebie laptopa. Szybko wklepał zapytanie do Google i po chwili ukazały nam się wszystkie informacje. Dość skąpe, jeśli wziąć pod uwagę nimb tajemniczości związany z zaginięciem.

– Typowe – zauważyłam. – Kilka rzetelnych informacji na Wikipedii i dwa razy więcej teorii spiskowych w „Fakcie" i innych „Super Expressach".

W porównaniu z pospolitym ruszeniem podczas spraw Ewy Tylman lub Iwony Wieczorek przypadek Patrycji Sporniak wydawał się niemal zignorowany. Szybko zrozumiałam, dlaczego tak się stało.

Wszystko rozbijało się o urodę. Patrycja zdecydowanie grała w najniższej lidze. W zasadzie nie mogła się pochwalić nawet przeciętną atrakcyjnością. Należało powiedzieć to wprost: była brzydka.

Trafiłam kiedyś na socjologiczne opracowanie tego zjawiska. Autor wykazywał, że społeczeństwo staje się wręcz niezdrowo pochłonięte podobnymi sprawami, kiedy chodzi o dziecko lub piękną, młodą dziewczynę i istnieje prawdopodobieństwo, że doszło do przestępstwa. I to ten ostatni element był kluczowy. Nie tylko się nim wówczas interesowano, ale wręcz robiono z niego oś, wokół której kręciło się życie.

Nic dziwnego. Durkheim już na przełomie dziewiętnastego i dwudziestego wieku pisał o tym, że zbrodnie cementują społeczeństwo. A nawet więcej, tworzą zbiorową świadomość, która jest podstawowym budulcem jakiejkolwiek społeczności.

Według niego przestępstwo czy zbrodnia nie stanowiły dysfunkcji. Nie były chorobami, bo występowały zbyt powszechnie. Podobnie jak sen w przypadku człowieka, były pewną koniecznością – czymś, bez czego organizm nie mógł funkcjonować. W połączeniu z karą, kształtowały poczucie dobra i zła w społeczności. Dawały podstawy moralności. I to niejednokrotnie one definiowały narody.

Zgadzałam się z Durkheimem. I także widziałam w tym najważniejszy powód, dla którego ludzie tak ochoczo angażowali się we wszelkie sprawy, gdzie występowała z jednej strony niesprawiedliwość, a z drugiej oczekiwanie na jej naprawienie lub na zadośćuczynienie.

Zaginięcie małego dziecka rodziło chorobliwą chęć odnalezienia sprawcy. Zgwałcenie wypoczywającej we Włoszech dziewczyny i pobicie jej chłopaka – potrzebę wymierzenia kary. Śmierć pięknej dziewczyny w Egipcie – konieczność odkrycia prawdy.

Kiedy obserwowałam, co działo się przy sprawie Magdaleny Żuk, która urodą przebijała wiele modelek, sądziłam, że osiągnęliśmy już apogeum. Powstawały grupy na Facebooku, które zachęcały do dołączenia i komentowania, gwarantując brak cenzury i obiecując nowe teorie na temat śmierci Polki w Egipcie. YouTuberzy prześcigali się w kręceniu filmików, a portale w wydobywaniu amatorskich materiałów, wspomnień znajomych i członków rodziny. Do Egiptu udawały się pielgrzymki, by wyjaśniać sprawę na miejscu – ale wszystko to bledło w porównaniu z poruszeniem w internecie.

Kilka wydarzeń tego typu mogło liczyć na wyjątkowy rozgłos. Ale zaginięć Polaków w kraju i za granicą było przecież znacznie więcej niż kilka. Według danych policji jakieś siedemnaście tysięcy rocznie.

Patrycja Sporniak była jedną z tych anonimowych osób, o których media nawet nie wiedziały. Być może napisało o niej „Życie Warszawy" lub inna lokalna gazeta. Poza tym dziewczyna przepadła nie tylko dosłownie, ale także w świadomości zbiorowej.

Aż do teraz.

Aż do momentu, kiedy nagle, po tylu latach, wysłała tweeta.

Ale co oznaczał? I jaki to miało związek ze mną?

Z pewnością znaczące było to, że chodziłyśmy na tę samą uczelnię. Trudno mi jednak było sobie wyobrazić, dlaczego po latach zupełnie nieznana dziewczyna wskazała akurat na mnie.

Potrząsnęłam głową, uświadamiając sobie, że Igor coś do mnie mówi.

– Dobrze pamiętałem, pracowała w jednym z biur niedaleko Arkadii. Pewnego dnia po prostu nie przyszła do roboty. Pozostali pracownicy niespecjalnie się tym zainteresowali, bo najwyraźniej nie była zbyt lubiana. Dopiero na drugi dzień zawiadomiono policję, że coś jest nie tak.

Uświadomiłam sobie, że podczas gdy ja bezmyślnie wlepiałam spojrzenie w monitor, nie widząc, co na nim jest, Igor odświeżył wiedzę na temat zaginięcia Patrycji.

– Jeszcze tego samego dnia policjanci weszli do wynajmowanego przez nią mieszkania na Targówku, ale niczego nie znaleźli.

Skupiłam się na artykule, który czytał. Było to zwięzłe, reporterskie podsumowanie na warszawskim serwisie NSI. Autor zawarł w nim wszystko, co było mi potrzebne.

Sylwetka Patrycji dawała dobre pojęcie o tym, jaką była osobą. Nie miała wielu znajomych, uczyła się raczej przeciętnie, właściwie niczym nie wyróżniała się z tłumu. Szara myszka.

Ostatni raz widziano ją, kiedy dzień przed zaginięciem opuszczała biuro. W mieszkaniu nie znaleziono ani jej torebki, ani butów, ani nawet portfela. Śledczy uznali, że jeśli doszło do jakiegokolwiek przestępstwa, to zaraz po tym, jak skończyła pracę. Do mieszkania wedle wszelkiego prawdopodobieństwa już nie dotarła.

Urwałam tok myśli, kiedy Igor odsunął krzesło. Zaparzył sobie americano, a mnie cappuccino. W innej formie kofeiny na dobrą sprawę nie przyjmowałam. Kawa bez mleka była dla mnie jak pizza bez sera, a latte jak rozpuszczony ser z domieszką mąki. Cappuccino stanowiło złoty środek.

Napiłam się, doczytując szczegóły sprawy. W dalszej części artykułu nie znalazłam nic istotnego. I nic, co pomogłoby mi zrozumieć, dlaczego otrzymałam przesyłkę.

Igor znów przysiadł na skraju biurka. Zasiorbał, bo doskonale wiedział, że zadziała mi tym na nerwy.

Szturchnęłam go w nogę, ale zupełnie to zignorował. Całą uwagę skupiał na kartce leżącej na blacie.

„TESA
#apsyda".

Kiedy otwierałam przesyłkę, przypuszczałam, że z czasem powie mi to coś więcej. Wszystko wskazywało jednak na to, że będzie wprost przeciwnie. Im więcej go minie, tym bardziej zagubiona się stanę.

Podniosłam kartkę i obejrzałam ją dokładnie, jakby nagle mogły pojawić się na niej dodatkowe informacje. Potem odłożyłam ją na blat i postawiłam na niej czaszkę.

Igor drgnął nerwowo.

– Wydaje mi się, że gdzieś już widziałem podobne badziewie.

– Gdzie?

– Nie wiem, ale...

Oczy lekko mu się zwęziły, a zaraz potem rozszerzyły, jakby w jego głowie doszło do eksplozji.

– Ten skurwiel miał coś takiego!

– Co? – jęknęłam. – Jaki znowu...

– Strach – uciął. – Widziałem taką czaszkę kilka razy u Stracha.

Igor sięgnął po nią zamaszystym ruchem.

– Nie przynosił jej na wykłady, ale miał ją na zajęciach koła. – Spojrzał na mnie i rozłożył ręce. – Tego też nie pamiętasz?

– Nie.

– To akurat dobrze. A już najlepiej by było, gdybyś w ogóle wymazała tego skurwysyna z pamięci.

Nie odzywałam się.

– I zapomniała o tym, co zrobił.

Podniosłam się i podeszłam do ekspresu. Miałam jeszcze połowę cappuccino, ale nie chodziło o uzupełnienie kawy. Zależało mi tylko na tym, by mąż nie zobaczył, jak się rumienię.

– I za co wywalili go z uczelni – dodał.

Wcisnęłam odpowiedni przycisk i zatrzymałam urządzenie, zanim kawa przelała się ponad krawędź naczynia.

– Tes?

Wzięłam mój duży, półlitrowy kubek i obróciłam się do Igora. Miałam świadomość, że kofeina i spienione mleko to w tej sytuacji marny substytut tego, czego potrzebowałam. Zanim wróciłam do biurka, wyjęłam z zamrażarki pudełko lodów.

Nie namyślałam się długo przed wyborem – padło na moje ulubione. Grycan Biała Czekolada. Pojemność dokładnie taka, jak w wypadku mojej kawy. Tylko o jakieś osiemset czterdzieści kalorii więcej.

Tak, liczyłam je. We wszystkim. Od szklanki koktajlu warzywno-owocowego, który miał ich około dwustu, aż do capriciosy, która liczyła sobie około trzech tysięcy. Lody znajdowały się gdzieś pośrodku skali, mogłam sobie wmówić, że przecież zawsze mogło być gorzej.

Usiadłam przy biurku i zaczęłam powoli ściągać pierwszą warstwę z płatkami czekolady. Na początku zawsze łatwo było się delektować. Przy drugiej lub trzeciej łyżeczce będę już jednak wchłaniać, a nie jeść.

– Miał taki sam ametyst – odezwał się Igor. – Jestem tego pewien.

– To nic nie znaczy.

– To znaczy więcej, niż jesteś gotowa przyznać – odparł stanowczo. – I trzeba kogoś o tym powiadomić.

– Kogo, policję? – syknęłam. – O czym konkretnie? Że dostałam przesyłkę i że pewna dziewczyna nagle wysłała tweeta, po niemal dziesięciu latach od zaginięcia?

– Słuchaj…

– I że bawi się w nic nieznaczące architektoniczne hashtagi?

– Jeśli pojawił się trop, policja musi wiedzieć.

Miał oczywiście rację. I doskonale rozumiał, dlaczego oponuję, choć sama nie byłam gotowa tego przyznać. Nie chciałam znaleźć się w centrum uwagi. A wiedziałam, że tak się stanie, jak tylko poinformujemy służby.

Wszyscy skupią się na osobie, która otrzymała paczkę. I na Strachu, o ile to naprawdę jego czaszka.

– Wiesz, gdzie on teraz jest? – odezwał się Igor.

Nie musiał precyzować, kogo ma na myśli. Nawet gdybyśmy o nim nie rozmawiali, pogarda, z jaką wypowiadał słowo „on", mogła wskazywać tylko na jedną osobę.

– Nie.

– Nie utrzymujesz z nim kontaktu?

– Nie – powtórzyłam. – Dlaczego miałabym to robić? Sam miałeś z nim dobre relacje, swojego czasu byłeś chyba nawet jego pupilkiem.

– Ale ja do niego nie wzdychałem.

Opuściłam głowę i skupiłam się na lodach, mieszając je łyżeczką.

– Po tym, jak go wyrzucili, słuch po nim zaginął – rzuciłam, byleby coś powiedzieć. – Nawet gdyby ktoś chciał utrzymać z nim kontakt, pewnie nie miałby jak.

Przypuszczałam, że Igor rzuci pod nosem kolejną uwagę o tym, że byłabym pierwszą osobą, która doskonale znałaby sposób. Zupełnie mnie jednak zignorował, skupiając się na laptopie.

Dopiero po chwili zauważyłam, że otworzył zakładkę z Twitterem. Portal odświeżył się automatycznie, pokazując na górze informację, że pojawił się jeden nowy wynik.

Potrzebowałam chwili, żeby się zorientować, że zostawiliśmy włączoną stronę z hashtagami „#apsyda". Czy raczej pojedynczym hashtagiem.

– Jest… – zaczęłam. – Jest coś więcej?

Igor przesunął kursor na informację i kliknął.

Tym razem tweet nie był zdjęciem, ale zwykłą wiadomością tekstową.

„Nie szukajcie mnie" – brzmiała. Pochodziła z konta mężczyzny, który był znacznie bardziej znany niż Patrycja Sporniak. Zaginął w zupełnie innych okolicznościach.

– To niemożliwe – wydukał Igor. – Ten facet nie żyje.

– Nigdy nie znaleziono ciała – zauważyłam przytomnie.

– Ale…

Urwał i pokręcił głową. Oboje przez moment wpatrywaliśmy się w zdjęcie profilowe Marcina Zameckiego. Żadne z nas nie musiało sprawdzać, kiedy dokładnie zniknął. Stało się to trzydziestego pierwszego grudnia dwa tysiące dziewiątego roku.

Podniosłam się i wziąwszy komórkę, przeszłam do łazienki. Stanęłam przed lustrem, spojrzałam sobie prosto w oczy, a potem zamknęłam klapę sedesu i usiadłam. Uniesienie iPhone'a wystarczyło, by się odblokował. Face ID było wręcz doskonałym zabezpieczeniem dla wszystkich tych, którzy zdradzali swoich partnerów – i wszystkich, którzy z jakiegokolwiek innego powodu chcieli ukryć przed całym światem zawartość swojego telefonu.

Nie miałam zapisanego numeru Stracha. Znałam go jednak na pamięć.

„Powinniśmy się spotkać" – napisałam, a potem wyciszyłam dzwonki, by Igor nie słyszał nadejścia odpowiedzi zwrotnej. Nie musiałam długo na nią czekać.

„Coś się stało?"

„Może. Nie wiem. Miałeś kiedyś ametystową czaszkę?"

„Nie".

„Znałeś Zameckiego? Osobiście?"

„Tego, który zaginął? Nie. Skąd te wszystkie pytania?"

Nie miałam zamiaru odpisywać, nie teraz. Włączyłam z powrotem dzwonki, ale wyciszyłam wątek. Potem spuściłam wodę i odczekałam jeszcze chwilę, zanim wróciłam do Igora.

Punk rock
Marymont-Ruda, Bielany

Strachowski zaparkował niedaleko wejścia do Lasu Bielańskiego, przy Klaudyny. Zbiórka grupy biegaczy odbywała się co tydzień w tym samym miejscu, przy szlabanie po drugiej stronie ulicy. Spotykali się rankiem, biegli dwie pętle – dość długie, bo siedmiokilometrowe. Do tego jeden podbieg przy stadionie Hutnika i większości wystarczało to na parę dni.

Krystian potrzebował jednak codziennego zastrzyku energii, bez względu na to, ile kilometrów i w jakim czasie robił podczas cotygodniowych spotkań na Bielanach.

Wysiadł z samochodu i upewnił się, że komórka jest naładowana. Endomondo i muzyka były jego nieodłącznymi towarzyszami. Od pewnego czasu podczas biegania słuchał tylko północnoamerykańskiego punk rocka z końca lat dziewięćdziesiątych i początku dwutysięcznych. Dobrze go napędzał, a kapele takie jak Sum 41, New Found Glory, Millencolin czy Blink-182 kojarzyły mu się z beztroskimi latami studiów. Do celów sentymentalno-biegowych najlepiej sprawdzali się The Offspring.

Strach wypatrzył innych biegaczy przy szlabanie i uniósł dłoń. Potruchtał na drugą stronę ulicy, przywitał się ze wszystkimi i wciągnął nosem powietrze. Tutaj czuć jeszcze było spaliny, ale już po kilkuset metrach między drzewami sytuacja się zmieni. Las Bielański miał swój wyjątkowy mikroklimat, zupełnie jakby otaczała go niewidzialna kopuła.

– Standardowo dwie pętelki? – odezwał się stojący obok Krystiana mężczyzna. – Tempo poniżej pięciu minut?

Strachowski spojrzał z powątpiewaniem na Marcina Zameckiego.

– Ostatnio ledwo wykręciłeś pięć trzydzieści – odparł.

– Bo dzień wcześniej znajomi zwerbowali mnie na misję.

– Mhm.

– Akcję libację – dodał Zamecki.

– Mieliście walczyć z własnym oporem przed opróżnieniem butelki czystej?

– Żadnego oporu nie było. Przeciwnik poddał się bez walki.

Kolejni biegacze dołączali do grupy, powoli się rozgrzewając. Strach i Marcin wymieniali z nimi uściski dłoni niemal bezwiednie, truchtając w miejscu.

– Powinieneś kiedyś pójść z nami – rzucił Zamecki.

– Znajdź mi czas, a ja znajdę chęci.

– Jeśli chodzi o finlandię, czas na misje zagraniczne jest zawsze.

– O ile nie masz roboty, która wymaga wczesnego wstawania.

Marcin zatrzymał się i zaczął kręcić karkiem.

– Istnieje coś takiego jak weekendy, Strach.

– Które dla mnie różnią się od innych dni tylko tym, że wychodzę z uczelni wieczorem, a nie po południu.

Krystian chciałby przesadzać, tak jednak nie było. Wykładał nie tylko na studiach dziennych, ale też zaocznych. I to nie tylko na Koźmińskim. Koniec końców nie miewał ani wolnych weekendów, ani luźniejszych dni w ciągu tygodnia.

Harował jak wół, powtarzając sobie, że na tym etapie to absolutna konieczność. Ilona, jego żona, wciąż była na macierzyńskim, a wcześniej pracowała na umowę o dzieło. Przysługiwał jej wprawdzie zasiłek, ale były to śmieszne pieniądze.

A im starsza będzie ich córka, tym więcej kosztów będą ponosić. Strachowski wychodził z założenia, by uzbierać jak najwięcej jak najszybciej. Dopóki jedno z nich mogło jeszcze zajmować się dzieckiem na pełny etat.

– Rozumiem – odezwał się z przewrotnym uśmieszkiem Marcin.

Strach uświadomił sobie, że chyba coś go ominęło.

– Co? – spytał.

– Mówiłem, że to całkowicie zrozumiałe, że zostajesz do wieczora.

Krystian uniósł brwi.

– Te wszystkie kacanki...

– Kto?

– Tak się teraz mówi na dobre szprychy.

– Pierwsze słyszę, a obracam się w studenckim gronie.

– Ono jest już zapóźnione, chłopie. Teraz trendy wyznaczają gimnazja. Kabsztyl i kacanka to słowa klucze.

Krystian nabrał głęboko tchu. Ze wszystkich biegaczy w ich grupie najbliższy kontakt miał właśnie z Marcinem Zameckim, choć nieraz zachodził w głowę, dlaczego tak jest. Właściwie poza bieganiem nic ich nie łączyło, nie mieli wspólnych zainteresowań ani tematów do rozmowy. Marcina interesowały głównie finanse, w szczególności bankowość, piastował zresztą ważne stanowisko w jednej z większych instytucji rynku kapitałowego. Był typowym finansistą, dla którego w organizacji liczyły się tylko modele, słupki i wykresy, nie ludzie. Krystian znajdował się po drugiej stronie barykady, a mimo to właśnie z Zameckim rozmawiał najwięcej. Pozostali biegacze z grupy byli dla niego tak anonimowi, jak on dla nich.

– Tak czy owak, musisz czasem skorzystać, nie? – ciągnął Marcin. – Studentka przychodzi na egzamin, krótka spódniczka, uśmiech, te sprawy…

– Nie.

– Pierdolisz.

Strach zerknął znacząco w stronę leśnego duktu, licząc, że będzie to odpowiednio sugestywne. Ostatnie osoby właśnie zjawiły się przy szlabanie.

– Dzisiaj też masz zaocznych? – dodał Zamecki.

– Jak co tydzień.

– Ta berta znów przyjdzie?

Krystian obrócił się do rozmówcy i odchrząknął. Tyle wystarczyło, by Marcin przyjął przepraszający wyraz twarzy i lekko uniósł dłonie.

– Miałem na myśli tę młodą damę o słusznej posturze, która…

– Wiem, kogo miałeś na myśli.

– Pannę plus size.

– Wystarczy: Tesa.

Zamecki ochoczo pokiwał głową.

– Zjawi się?

– Pewnie tak.

Rozmówca nie miał okazji pociągnąć tematu, bo trener rzucił sygnał do rozpoczęcia biegu. Zaczęli niezbyt żwawo i Strachowski obawiał się, że przez to Marcin zdecyduje się drążyć kwestię dziewczyny.

Interesował się Tesą, od kiedy tylko Krystian wspomniał o niej mimochodem. Zaczęło się od luźnej uwagi na temat dziewczyny ze studiów dziennych, która przychodziła jako wolny słuchacz także na jego zajęcia dla zaocznych.

Zamecki zaczął roztaczać wizje seksownej, próbującej uwieść wykładowcę lubieżnicy. Strach szybko sprostował, ale od tamtej pory znajomy nie dawał spokoju. Twierdził, że Tesa ma obsesję na punkcie młodego, wysportowanego, w pewien sposób melancholijnego doktora nauk ekonomicznych.

Krystian nie uważał, by był typem melancholika. Ani by Tesa oczekiwała od niego czegoś więcej niż przekazywania wiedzy.

Faktem było jednak, że pojawiała się na każdym zjeździe. Siadała w pierwszym rzędzie, a potem całą uwagę poświęcała temu, co miał do powiedzenia Strachowski. Nie rozmawiała z nikim, właściwie ignorowała wszystkich wokół, i czasem patrzyła na niego z taką intensywnością, że czuł się nieswojo.

Kiedy grupa zaczęła przyspieszać, Krystian wyciągnął komórkę i zerknął na tempo. Uznał, że musi je nieco podkręcić. Dał znak biegnącemu obok Zameckiemu, ten jednak najwyraźniej wczoraj wieczorem też realizował jakąś misję. Ledwo zipiąc, pokręcił głową.

Strach zrobił dwie pętle w całkiem przyzwoitym czasie. Wprawdzie poniżej pięciu minut nie zszedł, ale ostatecznie niewiele mu zabrakło. Skończywszy przy szlabanie, zaczął się rozciągać, wypatrując Marcina.

Kolejni biegacze docierali do mety. Po Zameckim nie było śladu. Krystian zdążył pójść do samochodu po butelkę wody i wrócić, Marcin jednak wciąż nie dotarł na Podleśną. Jego auto stało zaparkowane nieopodal.

Po chwili młoda dziewczyna, ostatni członek grupy, zatrzymała się zmachana przy szlabanie. Strach jej nie kojarzył, może był to jej pierwszy lub drugi bieg. Urywany oddech i czerwone policzki zdawały się to potwierdzać.

– Mijałaś gdzieś Marcina? – zapytał Strachowski.

Biegaczka stała zgięta wpół, opierając dłonie na kolanach. Podniosła głowę, krzywiąc się.

– Kogo?

– Naszego naczelnego banksterka.

Reakcja świadczyła, że nie ma pojęcia, o kim mowa.

– Czterdziestolatek w niebieskiej koszulce Kalenji. Wysoki, z kozią bródką. Wygląda, jakby chciał oskórować cię ze wszystkich oszczędności i rzucić na pożarcie firmie windykacyjnej.

– Nie widziałam…

– A ktoś za tobą jeszcze biegnie?

Obróciła się, wciąż nie mogąc złapać oddechu.

– Nie, chyba nie – odparła, a w jej głosie zabrzmiała nuta wstydu. – Wygląda na to, że byłam ostatnia…

Strach uniósł lekko kąciki ust.

– O to nie musisz się martwić. Mój kumpel jeszcze nie przyczłapał.

– Jesteś pewien?

Oboje spojrzeli w kierunku duktu.

– Nikogo nie widziałam ani nie słyszałam – powtórzyła.

Krystian zapewnił ją, że Zamecki zapewne został mocno z tyłu z powodu kaca, po czym spojrzał w głąb lasu. Z jakiegoś powodu tam, gdzie jeszcze przed momentem panował sielankowy, wręcz antymiejski mikroklimat, teraz zdawały się unosić opary czegoś, co napełniało niepokojem.

Dziewczyna pożegnała go i rozciągając ramiona, zaczęła się oddalać. Strach zerknął na zegarek. Powinien siedzieć już w samochodzie, jeśli przed zajęciami zamierzał jeszcze wziąć prysznic. O serii na siłowni nie było już mowy.

Wyjął telefon i wybrał numer Marcina. Zamecki też biegał z Endomondo, dzwonki z pewnością miał włączone.

Okazało się to jednak bez znaczenia. Numer nie odpowiadał.

Strachowski zaklął cicho, wypatrując towarzysza. Moment później uznał, że coś musiało się wydarzyć. Znów sięgnął po komórkę, ale tym razem wybrał numer znajomego z katedry, młodego adiunkta, który często brał zastępstwo za kolegów.

– O tej porze możesz dzwonić tylko w jednym celu – rzucił mężczyzna.

– Trochę się spóźnię. Zastąpisz mnie na pierwszym wykładzie?

– Na czym konkretnie?

– Metody optymalizacyjne w zarządzaniu.

– Jezus Maria, Strach…

– Odwdzięczę się.

– Jak? – odparł pod nosem rozmówca. – I kiedy? To musi być niedaleka perspektywa, jeśli mam…

– Szepnę dobre słówko prorektor.

– Lepiej, żeby to był krzyk niż szept.

Nie musiał przekonywać znajomego dużo dłużej. Ledwo skończył rozmowę, ruszył z powrotem w kierunku duktu. Wiatr zawodził coraz głośniej, zastępując wielkomiejski zgiełk. Być może to sprawiło, że im dalej Krystian zagłębiał się w las, tym większy czuł niepokój. Był już niemal pewien, że za chwilę dostrzeże leżącego gdzieś nieruchomo w krzakach Zameckiego.

Stało się jednak inaczej. Po kilku minutach Strach natknął się na Marcina, ale ten szedł niespiesznie ścieżką z jakąś dziewczyną. Humor im dopisywał, śmiali się i żywo gestykulowali.

Krystian rozpoznał ją od razu.

Co tu robiła? Mieszkała gdzieś w pobliżu?

– Dzień dobry, panie doktorze – powiedziała Tesa, kiedy się przed nimi zatrzymał.

Strach odpowiedział niepewnym uśmiechem i krótkim powitaniem, po czym wskazał sportowe etui na ramieniu Zameckiego.

– Telefon ci się rozładował?

– Możliwe – odparł Marcin, wyciągając komórkę z pokrowca.

Strachowski czuł na sobie świdrujące spojrzenie dziewczyny, które dobrze znał z sali wykładowej. I które zapewne dziś zobaczy około południa. To wtedy miał się zacząć wykład z psychologii w zarządzaniu, na który przychodziła Tesa.

Gdy Zamecki sprawdzał telefon, między ich trojgiem zaległa niewygodna cisza.

– Biega pani? – odezwał się Strach, poniewczasie uświadomiwszy sobie, że to chyba ostatnie pytanie, które dziewczyna chciała usłyszeć.

Wyraźnie się skonfundowała.

– Może kiedyś zacznę – powiedziała. – Na razie spaceruję. Z książkami.

Krystian mimowolnie otaksował ją wzrokiem. Nie miała ze sobą ani torby, ani żadnej książki. Dopiero po chwili uświadomił sobie, że musi mieć na myśli wersje audio. Jakby na potwierdzenie uśmiechnęła się lekko i wskazała słuchawki, które dyndały jej na szyi.

– Testuję Audiotekę – powiedziała. – To taki nowy serwis z…

– Kurwa, rzeczywiście zdechł – wpadł jej w słowo Marcin.

Podniósłszy wzrok, uświadomił sobie, że wtrącił się w rozmowę. Uniósł przepraszająco dłonie, a potem oznajmił, że musi się zbierać, bo żona będzie się martwić. Zanim którekolwiek z nich zdążyło zareagować, zaczął truchtać w kierunku Podleśnej.

Strachowski przypuszczał, że niespodziewane spotkanie na dukcie i cała sytuacja dostarczyły Zameckiemu niejakiej satysfakcji. Z pewnością przy kolejnym sobotnim biegu będzie do tego wracał.

„Dziewczyna ewidentnie cię śledzi" – od tego z pewnością zacznie.

Pytanie, czy minie się z prawdą? Krystian przyglądał się studentce, starając się to przesądzić. Tesa zaś wbijała wzrok w ziemię, skubiąc skórki wokół paznokci. Na jej bluzce widać było wyraźne plamy potu, ale trudno było przesądzić, czy powstały za sprawą dłuższego spaceru czy odczuwanego stresu.

– Sporo mają tych audiobooków? – odezwał się Strach.

– Coraz więcej. Jakiś czas temu była akcja dwie premiery dziennie, potem cztery…

Zawiesiła głos, jakby chciała powiedzieć coś jeszcze, więc Krystian się nie odzywał. W rezultacie znów musieli się zmierzyć z niewygodną ciszą. Tym razem przerwała ją Tesa – i po kolejnych kroplach potu na czole widać było, z jakim trudem jej to przyszło.

– O czym dziś będziemy mówić? – odezwała się.

– Słucham?

– Na wykładzie – sprecyzowała, a czerwone plamy na jej policzkach zdawały się nabrać purpurowej barwy i rozlać się aż na szyję. – Co będziemy przerabiać?

Strachowski odkasznął.

– Durkheima. A konkretnie jego poglądy na temat psychologii tłumu.

Pokiwała głową, jakby doskonale wiedziała, o czym mowa. I być może rzeczywiście tak było. Czasem Krystian odnosił wrażenie, że dziewczyna przychodzi na wykłady tylko po to, by zrobić sobie powtórkę z tego, czego już nauczyła się sama.

– Pisał ciekawe rzeczy o zbiorowej świadomości – rzuciła.

Strach uśmiechnął się poprawnie.

– Nie wyprzedzajmy faktów – odparł. – Bo będzie pani przysypiać na wykładzie.

Skinął głową w kierunku wyjścia z lasu, a potem ruszył powoli w tamtą stronę. Tesa nie zwlekała.

– Sporo uwagi poświęcił też odbieraniu sobie życia – zauważyła.

– Tak? Nie wiedziałem.

– Opublikował na ten temat oddzielną pracę. Nazwał ją *Samobójstwo. Studium z socjologii.*

Krystiana niespecjalnie to interesowało, ale uniósł brwi z pozorowanym zaciekawieniem.

– To trochę dziwne połączenie, prawda? – kontynuowała zamyślona Tesa. – Niby Durkheim zajmował się społecznością, a tu nagle poświęca całą monografię jednostce, i to jeszcze uważa dzieło za studium socjologiczne.

Strachowski przyspieszył kroku – i bynajmniej nie dlatego, że robiło mu się trochę chłodno po biegu.

– Dowodził, że chęć odebrania sobie życia jest wynikiem niczego innego, jak dysfunkcji w społeczeństwie, a dokładnie braku integracji społecznej – ciągnęła niezrażona dziewczyna. – Według Durkheima, jeśli jednostka nie zna swojego miejsca w zbiorowości, jeśli nie wie, jaka jest jej rola i jak ma się odnaleźć w szerszym obrazie, zaczyna snuć myśli samobójcze.

Być może było w tym trochę prawdy, ale Krystian nigdy nie zgłębił teorii francuskiego uczonego. Zajmowano się nimi głównie na socjologii, Strach brał je na tapet tylko w wąskim zakresie.

O Durkheimowskich koncepcjach dotyczących samobójstwa nigdy nie słyszał. Ale być może nie bez powodu Tesa tak ochoczo o nich mówiła. Zerknął na nią badawczo, może nieco zbyt podejrzliwie. Na szczęście tego nie zauważyła.

Przez moment zastanawiał się, czy powinien podjąć temat. Dziewczyna nie wyglądała na jedną z tych, które byłyby gotowe odebrać sobie życie. Owszem, zmagała się z kompleksami, ale wydawało się, że daleko jej do depresji.

Przynajmniej takie sprawiała wrażenie. Tyle że właściwie to samo można było powiedzieć o każdej innej osobie rozważającej odebranie sobie życia. Może był to jeden z tych momentów, które wspomina się po fakcie, wskazując, że ktoś powinien wtedy zareagować? Może Strach nie powinien zignorować tej wzmianki? Może była niesłyszalnym wołaniem o pomoc?

Nie, stanowczo przesadzał. Obserwował Tesę praktycznie na co dzień, nie dostrzegł żadnych niepokojących znaków.

– Wygląda na to, że mogłaby pani sama poprowadzić wykład – odezwał się, by rozluźnić nieco atmosferę.

Znów się uśmiechnęła, ale nawet nie podniosła oczu. Chwilę później dotarli do szlabanu, dziewczyna pożegnała go zdawkowo i szybko się oddaliła. Strach odprowadził ją wzrokiem, wciąż słysząc w głowie pogłos słów, które przy odrobinie pesymizmu można było uznać za niepokojące.

Sprawdził godzinę i uznał, że nie ma sensu jechać na Jagiellońską. Wykład się zaczął, znajomy zapewne już nudził studentów analizą Pareto i wykazywaniem, że osiemdziesiąt procent wszystkich zdarzeń wynika z dwudziestu procent przyczyn.

Krystian uśmiechnął się w duchu i uznał, że dobrze rozpoczęty dzień należy kontynuować w tym samym tonie. Przynajmniej dopóty, dopóki jest to możliwe.

Prysznic postanowił wziąć w domu. Zobaczy się z żoną i córką, przekąsi coś, a potem pojedzie na uczelnię.

Przypuszczał, że Ilonę ucieszy jego widok, ale kiedy otworzyła mu drzwi, zobaczył w jej oczach przerażenie. Dopiero po chwili uznał, że powinien się tego spodziewać – funkcjonowała teraz w trybie permanentnego niepokoju.

Każdy widelec leżący na stole mógł wydłubać dziecku oko. Każde gniazdko mogło okazać się dla niego śmiertelne.

Kant każdego mebla był niebezpieczny. A niespodziewany dzwonek do drzwi mógł oznaczać właściwie wszystko.

– Co się stało? – spytała.

– Biegałem.

Omiotła go badawczym spojrzeniem.

– Około piątego kilometra uwolniły się endorfiny – dodał Strach. – Przy siódmym miałem już euforię, a po minięciu dziesiątego doszedłem do wniosku, że mam najcudowniejszą żonę na świecie.

Ilona pokręciła głową z niedowierzaniem i przepuściła go w progu.

– Nie chcę nawet pytać, co wymyśliłeś przy piętnastym.

– A powinnaś – odparł stanowczo, zamykając za sobą drzwi. – Bo mniej więcej wtedy naszło mnie głębokie przekonanie, że muszę natychmiast wracać do domu, jeśli chcę jeszcze przed wykładem uprawiać dziką miłość z moją żoną.

Położył jej ręce na biodrach, a potem przyparł ją do ściany. Kiedy ją całował, czuł, że Ilona nie może przestać się uśmiechać. Dopiero po chwili odsunęła go i pociągnęła znacząco nosem, wskazując w stronę prysznica.

– Nie mamy dziewiętnastego wieku – powiedziała. – Ja nie jestem Józefiną, a ty Napoleonem, który kazał jej się nie myć, bo za trzy dni wraca z wyprawy.

– Nie szkodzi – odparł Krystian, nie pozwalając jej się wyswobodzić. – Muszę korzystać, póki jeszcze widok stringów mojej żony na suszarce mnie podnieca.

– Sugerujesz, że to się niebawem zmieni?

– Gwarantuję ci, że tak. Jak tylko nie będę mógł ich odróżnić od majtek naszej córki – odpowiedział, a potem znów pocałował żonę.

Jeśli chodziło o seks, w tej chwili mógł sobie jedynie pożartować. Po porodzie wciąż do niego nie wrócili – i nie zanosiło się na to, by sytuacja wkrótce miała się zmienić.

Strachowski wziął szybki prysznic, po czym zastał Ilonę w kuchni, pochyloną nad laptopem. Ich córka leżała w jednej z kołysek. Spała snem sprawiedliwych, co było miłą odmianą od tego, co wyczyniała przez większość czasu.

Krystian usiadł obok żony i zabrał się do białkowego puddingu, który wyciągnęła dla niego z lodówki. Zdążyłby zjeść coś porządniejszego, ale po biegu rzadko dopisywał mu apetyt. Głodny zrobi się za dwie, może trzy godziny, zapewne w środku wykładu.

Kiedy rozległ się dźwięk jego telefonu, przeszło mu przez myśl, że z jakiegoś powodu zastępujący go znajomy potrzebuje go na uczelni. Wiadomość pochodziła jednak z numeru, którego nie znał.

– Kto to? – zapytała Ilona, nie odrywając wzroku od laptopa.

– Nie wiem.

Podniosła spojrzenie w momencie, kiedy Krystian wyświetlił esemesa. Nadawczynią była Tesa.

Żona mruknęła ponaglająco, widząc zdziwiony wyraz twarzy Strachowskiego.

– To moja studentka – powiedział.
– Ta, która chodzi na wszystkie wykłady?
– Tesa – potwierdził.
– Skąd ma twój numer?
– Nie mam pojęcia.
– Uczelnia chyba nie udostępnia ich studentom?
– Nie. Na pewno nie.

Strach opowiadał żonie o dziewczynie, która niebezpiecznie zbliżała się do niezdrowego zainteresowania swoim wykładowcą. Był powściągliwy w ocenach, Ilona wręcz przeciwnie. Uważała, że w Tesie rodzi się chorobliwa fascynacja, która wykracza dalece poza zwykłą sympatię czy nawet romantyczne zainteresowanie.

Kiedy zrelacjonował spotkanie w Lesie Bielańskim, mógł się spodziewać tylko jednej reakcji.

– To już przesada – oceniła Ilona. – Dziewczyna ma obsesję.

– Mogła znaleźć się tam przez przypadek.

Żona zaśmiała się cicho.

– Przypadek to tylko beznadziejne określenie na przyczynę, której się jeszcze nie zna – odparła stanowczo.

Jej słowa wybrzmiały głośnym echem w głowie Krystiana.

– W tym wypadku zupełnie nie pasuje – dodała. – Bo ta jej fiksacja jest widoczna jak na dłoni.

– Po prostu szuka kogoś, kto…

– Kto mógłby się stać obiektem jej manii.

Strach milczał.

– Chodzi na wszystkie twoje wykłady, wysiaduje w pierwszym rzędzie, wgapiając się w ciebie jak w obrazek, śledzi cię, pojawia się znikąd, a teraz jeszcze jakimś cudem zdobyła twój numer… Naprawdę tego nie widzisz?

– Nie.

– Co ci napisała?

Krystian spojrzał jeszcze raz na treść esemesa.

– Że nie będzie jej dzisiaj na wykładzie, coś jej wypadło. I że uzupełni wiedzę na temat Durkheima.

Popatrzyli na siebie i oboje poczuli, jakby nagle zebrały się nad nimi ciemne chmury. Ilona poruszyła się nerwowo, a Strach jeszcze raz przeczytał wiadomość. Na pierwszy rzut oka nie brzmiała niepokojąco, ale zdawało się, że między wierszami jest coś więcej.

Ilona odsunęła raptownie krzesło i wstała.

– Wiesz, jak to się skończy? – spytała.

– Piątką w indeksie?

Zerknęła na niego bykiem, a potem podeszła do ekspresu i zrobiła sobie kawę.

– Będzie straszyła cię samobójstwem – rzuciła, nie odwracając się. – Właśnie przygotowuje sobie do tego grunt.

A zatem nie tylko on odniósł wrażenie, że nawiązanie do Durkheima i nieobecność na wykładzie były niepokojące. Różnica polegała jednak na tym, że Strach nie podejrzewał, by Tesa była zdolna do jakichkolwiek manipulacji.

– Nie odpisuj – dodała Ilona. – Tak będzie najlepiej.

– A jeśli…

– Co? Jeśli rzeczywiście rozważa odebranie sobie życia? – ucięła. – W takim układzie też jej nie pomożesz. Jesteś jej wykładowcą, nie psychologiem. Choć może bardziej potrzebuje psychiatry.

Strach uznał, że nie ma sensu ciągnąć tematu. Pojedzie na uczelnię, po drodze upewni się, że z Tesą wszystko w porządku. Podszedł do żony, pocałował ją i przez chwilę obejmował od tyłu.

Mruknęła coś pod nosem i wskazała na ametystową czaszkę stojącą obok ekspresu.

– Tobie zresztą też by się przydał – dorzuciła. – Kiedy się tego pozbędziesz?

– A muszę?
– Chyba już to ustaliliśmy.
– To ostatnia rzecz, jaka…
– Jaka została po zaginionej studentce z twojej uczelni – wpadła mu w słowo Ilona, odwracając się. – Wiesz, co by się stało, gdyby policja znalazła to u kogokolwiek?

Tesa

Dwie zaginione osoby i dwa tweety. Jedna przesyłka i jeden hashtag.

Matematycznie rzecz biorąc, nie było to przesadnie skomplikowane równanie, problem polegał na tym, że suma tych rzeczy sprowadzała się z jakiegoś powodu do mnie. Nie potrafiłam jednak postawić choćby roboczej hipotezy, dlaczego tak mogło się stać.

Razem z Igorem próbowałam to zrobić przez cały wieczór. I nie byłam w stanie pozbyć się wrażenia, że sprawia nam to niejaką przyjemność. Może nawet większą niż serialowy maraton, który niechybnie uskutecznilibyśmy, gdyby nie cała ta sprawa.

Być może wynikało to z tego, że oboje potrzebowaliśmy ucieczki od codziennego życia. I że ustawicznie, dzień w dzień, jej poszukiwaliśmy.

Igor pracował w IBM-ie, zarabiał wcale niemało, ale nie było dnia, żeby nie narzekał. Nie chodziło nawet o to, że nie spełniał się w pracy – bo w pewnym sensie to robił. Nie potrafił jednak znieść tego, że wciąż nie pracuje na siebie, tylko na kogoś innego.

Miał dwa marzenia – jedno pragmatyczne, drugie raczej nierealne.

To pierwsze wiązało się z otworzeniem własnego biznesu. Chciał założyć start-up w branży fintech, która według niego w ciągu kilku lat miała stać się jeszcze bardziej dochodowa. Sam termin kompletnie nic mi nie mówił – dopiero po czasie mąż wyjaśnił mi, że to połączenie słów „finanse" i „technologia".

Krótko mówiąc, chciał się zajmować głównie płatnościami internetowymi i mobilnymi. Twierdził, że za pomocą komórki rozlicza się już jakieś czterdzieści procent Polaków, a odsetek będzie rósł. Nawet unijne regulacje rozwijały rynek – jak choćby dyrektywa PSD2, nakazująca stworzenie pośredników między sklepami internetowymi a bankami.

Igor chciał z tego skorzystać, tworzyć platformy wykorzystujące blockchain, e-kantory i inne twory, których nazwy niewiele mi mówiły. Planował wielki projekt, a zacząć miał od prostej rzeczy – wprowadzenia dzielonych płatności mobilnych.

Dzięki nim grupa znajomych mogłaby wspólnie opłacać co miesiąc konto na Netfliksie jednym kliknięciem, bez żadnych dodatkowych komplikacji. Wszystko dzieliłoby się automatycznie i ściągało równą część należności z kont płacących.

Igor mógł opowiadać mi o tym godzinami, ale bynajmniej nie miałam ochoty słuchać. Znacznie bardziej interesowało mnie jego drugie marzenie, to mniej pragmatyczne. I to, które według mnie spowodowało, że tak chętnie zaangażował się w nasze małe dochodzenie związane z tweetami.

Od dziecka pragnął zajmować się pisarstwem. Kilka razy zaczynał pracę nad książką, ale za każdym razem podchodził do niej jak zabłąkany turysta do dzikiego niedźwiedzia na szlaku.

W najlepszym wypadku udawało mu się napisać kilka podrozdziałów, w najgorszym kończył już na pierwszym zdaniu, z którego nie był zadowolony. Wspierałam go w kolejnych próbach i jakiś czas temu zaczął nawet regularnie pisać wieczorami. Ostatecznie jednak oboje zdawaliśmy sobie sprawę, że start-up jest bardziej wykonalnym pomysłem.

Ze mną zresztą było podobnie. Też miałam dwa odmienne w stopniu osiągalności marzenia.

Pierwsze – pracować w telewizji.

Najlepiej w TVN 24 lub NSI jako jedna z tych dziennikarek, które kręcą tylko społecznie zaangażowane materiały, zawsze dotykające ważkich kwestii. Chciałam coś zmieniać, realizować coś więcej, pokazywać, że jedyną misją telewizji nie musi być szukanie żony rolnikowi. Pragnęłam być jak Brygida Grysiak, Ewa Ewart, Martyna Wojciechowska i im podobne silne, odważne kobiety.

Było to zupełnie nieosiągalne, biorąc pod uwagę moją otyłość, stan psychiki i fakt, że obiektyw kamery traktowałam niemal jak wymierzoną we mnie lufę kałasznikowa.

To marzenie musiałam więc przekreślić, ale istniało jeszcze drugie. Chciałam założyć bloga.

Było zdecydowanie bardziej wykonalne, zresztą miałam już nie tylko zamysł, lecz także konkretny plan działania. W dodatku poczyniłam pierwsze przymiarki. Wpadłam na dobrą nazwę, wybrałam właściwy serwis hostingowy, rozpisałam pierwsze rzeczy, którymi chciałabym się zająć.

Blog miał mieć wymiar socjologiczno-śledczy. Zamierzałam brać na warsztat tematy, które interesowały społeczeństwo.

Może dzięki temu, że nasze życie zawodowe rozmijało się z marzeniami, tak dobrze rozumieliśmy się z Igorem. A może powód był bardziej prozaiczny i sprowadzał się do tego, że pod koniec dnia oboje chcieliśmy po prostu położyć się na kanapie i nurzać nachosy z serem w ostrym dipie.

Jedno jest pewne. Chęć pisania powieści u mojego męża i dziennikarskie zacięcie u mnie sprawiły, że podjęliśmy być może najgorszą decyzję w naszym życiu – postanowiliśmy nie informować policji o tym, co odkryliśmy.

Dochodziła jedenasta, a my wciąż siedzieliśmy przy komputerze. Nachosy leżały w salaterce obok, podjadaliśmy je zupełnie bezwiednie.

– Dobra… – zaczął Igor. – Kilka rzeczy wiemy na pewno. Po pierwsze, Patrycja Sporniak i Marcin Zamecki żyją.

– I mają się na tyle dobrze, żeby tweetować.

– Po drugie, zaginęli mniej więcej w jednym czasie.

– W odstępie roku. Nie wiem, czy to…

– Po trzecie, ich powrót związany jest z hashtagiem „#apsyda" – nie dał sobie przerwać Igor.

Zanurzyłam kawałek tortilli z roztopionym serem w czerwonym sosie. Nachosy kupowaliśmy gotowe, potem na chwilę wkładaliśmy do mikrofalówki i w ten prosty sposób chwilę później mogliśmy się cieszyć efektem znanym jako „piekło w gębie".

– To jasne odniesienie do spraw kościelnych – dodał Igor.

– Raczej architektonicznych.

– To byłoby bez sensu. Chodzi o religię.

– A konkretnie? – spytałam bez przekonania, z pełnymi ustami.

Naprawdę powinnam zwolnić, bo przez ostatni kwadrans wchłonęłam chyba całą paczkę. W stu gramach nachosy miały jakieś pięćset kalorii, a w połączeniu z dipem i serem... wolałam o tym nie myśleć.

Trudno. Jutro zjem mniej na śniadanie i wszystko się zrównoważy.

– Sugerujesz, że to jakaś sekta? – ciągnęłam. – Że ludzie znikali jeden po drugim, stawali się wyznawcami jakiejś skrzywionej ideologii, a teraz nagle masowo wrócą?

– Czemu nie?

Chciałam odpowiedzieć, że to nie jedna z jego powieści, ale w porę ugryzłam się w język. Był to właściwie temat tabu. Lepiej było nie wspominać o żadnym z jego niezrealizowanych pomysłów.

Każda para ma tematy mielizny, które w swoim wieloletnim rejsie ustawicznie omija i robi to niemalże automatycznie. Niemogący mieć dzieci nie rozmawiają o ciążach, zdradzeni o romansach. W naszym wypadku były to niespełnione marzenia Igora.

Ze szczególną ostrożnością musiałam traktować projekt, nad którym pracował ostatnio. Książkę zatytułował *Młody łabędź*, co uważałam za beznadziejny wybór. Raz starałam się mu to delikatnie zasugerować. O raz za dużo.

– Nie byłby to pierwszy ani ostatni raz, kiedy jakiś nowy ruch religijny wyprałby parę mózgów.

– Nie wydaje mi się – uparłam się. – Jeden enigmatyczny hashtag to za mało, by wyciągnąć taki wniosek.

– Więc co twoim zdaniem oznacza?

– Nie wiem. Ale bardziej interesuje mnie co innego.

– Co?

– Dlaczego to ja dostałam tę paczkę?

Pokiwał głową w zamyśleniu, jakby dopiero teraz uświadomił sobie, że to rzeczywiście nieco istotniejsza kwestia. Potem zmrużył oczy.

– I dlaczego był w niej ametyst tego sukinsyna – dodał.

Milczałam.

– Jedno jest pewne, Strach jest z tym wszystkim powiązany.

– Nie mamy pewności – zauważyłam właściwie tylko dla porządku, bo z punktu widzenia mojego męża doszło już nie tylko do postawienia zarzutów, ale także wydania wyroku i wykonania kary.

– Mamy.

– Ta czaszka mogła równie dobrze zostać wysłana z premedytacją, żeby zmylić trop. I może jest tylko podobna do tej, którą pamiętasz.

Igor zaprzeczył stanowczym ruchem głowy.

– A Patrycja? – zapytał. – Była na finansach i bankowości, z pewnością miała wykłady ze Strachem. To kolejne powiązanie, którego nie można zignorować.

Wiedziałam, że przez ostatnie dwie godziny starał się odkryć kolejne. Sprawdził wszystko, co udało mu się znaleźć w internecie na temat Marcina Zameckiego. Nie było tego wiele, bo ten zaginął w dwa tysiące dziewiątym roku – najwyraźniej nie zdążył zostawić tylu cyfrowych śladów, ile dzisiejsi czterdziestolatkowie.

– Gdyby miał z tym coś wspólnego, nie wysłałby mi pieprznonej czaszki – zaoponowałam.

– Chyba że by sobie z tobą pogrywał. To niezrównoważony typ, Tes.

– Mylisz się.

Spojrzał na mnie z wyrzutem, jakbym stanęła w obronie jednego z tych jugosłowiańskich wojskowych, o których było głośno głównie dlatego, że jednego po drugim skazywano za ludobójstwo. O ile oczywiście wcześniej nie zdążyli odebrać sobie życia w celi lub na sali sądowej.

– Nie znał Zameckiego – ciągnęłam. – Nie było między nimi żadnego związku.

– Jesteś pewna?

– Na sto procent.

Poniewczasie uświadomiłam sobie, że moje przekonanie mogło mu się wydać podejrzane. Nie powinnam go okazywać, ufałam jednak Strachowi na tyle, by nie kwestionować jego zapewnień. Lakoniczny esemes wystarczył.

– Zostawmy to – powiedziałam. – Jest późno, moja głowa chodzi już na spowolnionych obrotach.

– Jeśli działa choćby na pół gwizdka, to i tak jest sprawniejsza niż w przypadku dziewięćdziesięciu dziewięciu procent społeczeństwa – odparł.

Prychnęłam cicho.

– Wyczuwam pojednawczy ton.

– To tylko stwierdzenie faktu.

– Próbujesz mnie ugłaskać?

– Nie, gdybym chciał to zrobić, musiałbym dodać jeszcze przynajmniej dziewięć dziesiątych do mojej statystyki – powiedział, przysuwając do mnie krzesło. – Bo wiem, że czepisz się tego jednego procenta.

– Owszem, czepię się – przyznałam. – Więc lepiej działaj szybko, żebym nie miała nic do gadania.

Igor nie zwlekał. Chwilę później byliśmy już w łóżku, ściągając z siebie ubranie, jakby nagle zajęło się ogniem.

Wielokrotnie spotykałam się ze zdziwieniem wśród moich znajomych, kiedy poruszaliśmy temat seksu. Wydaje mi się, że dziwiła ich nie imponująca częstotliwość, z jaką go z Igorem uprawialiśmy, ale sam fakt, że to robimy.

Niektórym nie mieściło się w głowie, że ważąca niemal sto dwadzieścia kilogramów dziewczyna może mieć tak udane życie seksualne. Prawda była jednak taka, że nie stanowiłam wyjątku.

Przed pierwszym razem miałam mnóstwo wątpliwości i popełniłam największy błąd, jaki mogłam zrobić – postanowiłam zgłębić temat w sieci. Koniec końców utknęłam w bagnie bzdur pokrywającym internetowe fora.

Chyba tylko jeden z wpisów miał coś wspólnego z rzeczywistością. Jego autorem był jakiś facet, który twierdził, że ma znacznie lepsze doświadczenia seksualne z grubymi kobietami, bo te bardziej się starają, a chude leżą jak kłody.

Właściwie równie dobrze mogło się okazać, że napisała to jakaś dziewczyna. Albo kilkunastolatek, któremu nudziło się w internecie.

W moim przypadku ostatecznie wszystko sprowadzało się do tego, że światło musiało być zgaszone. Etap rozbierania się krępował mnie, wolałam robić to sama. Potem nic już nie miało znaczenia.

Przynajmniej zazwyczaj. Tej nocy przeszkadzały mi natrętne myśli, przez które nie potrafiłam do końca oddać się rozkoszy. Robiłam jednak wszystko, by Igor tego nie zauważył.

Kiedy obudziłam się rankiem, jeszcze spał. Sprawdziłam telefon, ale nie czekała na mnie żadna wiadomość od

Krystiana. Zignorował mojego esesmesa z propozycją spotkania, a ja tuż przed snem uznałam, że może to i dobrze.

Teraz jednak byłam już innego zdania. Uznałam, że jeśli mam się czegoś dowiedzieć, muszę najpierw sprawdzić, co wie Strach.

Na śniadanie zrobiłam sobie kilka pancake'ów z masłem orzechowym, bitą śmietaną i syropem klonowym. Nie żebym miała na nie jakąś wielką ochotę – chodziło o zachowanie pozorów. Ilekroć przygotowywałam je rano, wychodziłam potem na spacer. Czy raczej jechałam do Lasu Bielańskiego, by pochodzić przez godzinę z hakiem.

To był mój czas, Igor nigdy nie wybierał się tam ze mną. Zabierałam innego kompana, zazwyczaj dzięki aplikacji Audioteki lub Storytela. Tym razem wybór padł na książkę spod pióra B.A. Paris, czytaną przez Ewę Abart.

Byłam ciekawa lektury, ale wiedziałam, że tego dnia ani na moment nie włączę audiobooka. I nie znajdę się nawet w okolicy Bielan.

Powiedziałam Igorowi, że muszę przewietrzyć umysł i zebrać myśli, przygotowałam mu nieco obfitsze śniadanie niż sobie, a potem wyszłam z domu. W garażu czekała na mnie moja wierna towarzyszka – srebrna toyota yaris, jedno z najpopularniejszych aut w Polsce, dzięki czemu mogłam zniknąć w tłumie. Yariska miała jedenaście lat, a na liczniku widniał już przebieg ponad stu siedemdziesięciu tysięcy kilometrów.

Wyjechałam na drogę osiedlową, a potem sięgnęłam po telefon. Wpisałam numer Krystiana z trudem, ale nie dlatego, że go nie pamiętałam. Ręce zaczynały mi się pocić, robiło mi się gorąco.

Włączyłam klimatyzację i przyłożyłam komórkę do ucha. Sygnał był jak tykanie zegara przybliżającego mnie do katastrofy.

W pewnym momencie byłam już przekonana, że Strach nie odbierze. W końcu jednak to zrobił.

– Nie powinnaś dzwonić – odezwał się.
– Muszę zapytać cię o kilka rzeczy i…
– Mogłaś napisać. Byłoby bezpieczniej.

Stałam kawałek przed wyjazdem z osiedla, przy chodniku. Jadący z naprzeciwka sąsiad posłał mi niewyraźny uśmiech, wyhamowując przed progiem zwalniającym.

– Esemesami tego nie załatwimy – odparłam.
– A rozmową tak?
– Może. W każdym razie powinniśmy spróbować.

Krystian przez pewien czas milczał, a ja nie miałam zamiaru go ponaglać. Oznajmiłam mu już wczoraj, że musimy się spotkać. Teraz piłka była po jego stronie. I wiedziałam, że ją odbije. Znałam go wystarczająco dobrze.

– Jestem teraz na Bródnie – powiedział. – Później nie dam…
– To dobrze. Mogę się spotkać teraz.

Znów zaległo milczenie.

– Jesteś pewna?
– Nie mam wyjścia – odpowiedziałam z pełnym przekonaniem.

Wątpiłam, by Strach miał dla mnie jakiekolwiek odpowiedzi, ale musiałam wyeliminować go z kręgu podejrzeń, jeśli zamierzałam ostatecznie je poznać. Oprócz tego mógł mieć informacje, które okażą się pomocne w tym procesie.

Rozumowałam całkiem logicznie, przynajmniej tak mi się wydawało.

– Mówiąc, że jesteś na Bródnie, miałeś na myśli…

– Doskonale wiesz co.

– W porządku – odparłam, ocierając czoło. – Mogę tam być za dziesięć minut, o ile nie będzie korka na Głębockiej.

– Będę czekał przed głównym wejściem.

– Do zobaczenia.

Rozłączył się, nie odpowiedziawszy. Nabrałam głęboko tchu, przytrzymałam powietrze w płucach i spojrzałam przed siebie. O tej porze na Głębockiej nie mogło być zatoru, powiedziałam to tylko dlatego, że nie wiedziałam, ile razy po drodze się rozmyślę.

Skupiłam się na swoim oddechu, starając się uspokoić. Wdech, wydech. Była to tak prosta metoda, że konieczność przypominania sobie o niej właściwie uwłaczała czyjejkolwiek inteligencji. A mimo to w stresogennej sytuacji to właśnie nierówny oddech i przytrzymywanie powietrza w płucach powodowały, że robiło się gorąco, a ciało pokrywało się potem.

Wiedziałam, jak to wszystko działa pod względem fizjologicznym. Chciałabym równie dobrze rozumieć to zjawisko także pod kątem psychologicznym.

Zebrałam się w sobie, wbiłam jedynkę i ruszyłam. Starałam się nie myśleć o tym, jak długo się ze Strachem nie widzieliśmy. Ani o tym, jak nieporadne będzie powitanie po takim czasie. Ani o tym, że zapewne nie będziemy potrafili nawiązać rozmowy. Ani o tym, że będzie widział mokre plamy na mojej bluzce. Ani o tym, że…

Zahamowałam przed bramą i się zawahałam. Coś z tyłu głowy podpowiadało mi, że popełniam ogromny błąd. Ale ten głos rozlegał się właściwie zawsze, ilekroć wychodziłam z domu.

Jedyna różnica polegała na tym, że wówczas zamiast Stracha w moich pesymistycznych scenariuszach pojawiały się inne osoby. Kasjerka, kiedy wybierałam się na zakupy. Obsługa w urzędzie, gdy jechałam coś w nim załatwić. Ekspedientka w sklepie, pracownik na poczcie, kelner w restauracji…

Lista nie miała końca. Kiedy powtórzyłam to sobie w duchu, uznałam, że to moja norma. A norm nie powinno się obawiać.

Nie przekonało mnie to, ale ostatecznie udało mi się przezwyciężyć paraliż. I niecałe dziesięć minut później byłam już na miejscu. Strach czekał na mnie tam, gdzie powiedział, że będzie.

Miał na sobie jasnoniebieską koszulę, którą pamiętałam jeszcze z czasów, gdy wykładał na Koźmińskim. Wtedy zakładał do niej krawat i marynarkę, teraz nawet jej nie wyprasował. Wsunął ją za pasek spodni byle jak, a na zgięciu kołnierzyka widać było pożółkły pasek.

Krystian oczy miał podkrążone, a włosy w zupełnym nieładzie. Wyglądał jak nie on.

– Cześć, Strachu – odezwałam się.

Robiłam wszystko, by w moim głosie nie było słychać napięcia, ale nie oszukałam nawet siebie, a co dopiero jego.

Przywitał mnie krótkim i lekkim uściskiem dłoni. Nie odzywał się, co było właściwie najgorszym scenariuszem, o jakim mogłam pomyśleć. Zaczęłam gorączkowo szukać sposobu na rozpoczęcie rozmowy.

Dla przeciętnego człowieka nie był to jakiś gigantyczny problem. Ja jednak w takich sytuacjach miałam pustkę w głowie.

Jeszcze kilka lat temu Strach z pewnością by mnie wyręczył, od razu przejmując inicjatywę. Zawsze zależało mu na tym, żebym nie czuła dyskomfortu. Teraz sprawiał wrażenie, jakby mu było wszystko jedno – i to nie tylko, jeśli chodziło o moje samopoczucie.

– Może… – zaczęłam, wskazując na wejście.

Urwałam, licząc, że podejmie temat.

– Chcesz je odwiedzić? – spytał.

– Jeśli nie masz nic przeciwko.

– Nie, nie mam.

Skinęłam głową, a potem kupiłam znicz. Niewielki, zalany woskiem i szklany, z metalowym deklem.

Weszliśmy na Cmentarz Bródnowski głównym wejściem, a potem skierowaliśmy się do sektora, w którym znajdował się grób. Szliśmy w milczeniu, a Strach odezwał się dopiero, kiedy stanęliśmy nad mogiłą. Rzucił kilka uwag o tym, że musi odnowić nagrobki.

Spojrzałam na nie.

Ilona Strachowska. Urodzona dziesiątego lutego tysiąc dziewięćset siedemdziesiątego piątego. Zmarła osiemnastego lutego dwa tysiące jedenastego.

Ta sama data śmierci widniała przy ich córce.

Nieco niżej standardowa formułka o kochającym, pogrążonym w smutku mężu i ojcu.

Popatrzyłam na Krystiana i przeszło mi przez myśl, że wygląda niemal tak samo, jak siedem lat temu, podczas pogrzebu. Wydawało mi się, że wciąż nie uporał się ze świadomością tego, co się stało.

Niemal podskoczyłam, kiedy rozległ się dźwięk powiadomienia z mojego telefonu. Strach nawet nie drgnął.

– Przepraszam – mruknęłam. – Cierpię na smartwicę.
– Na co?
– To nowa jednostka chorobowa. Martwica plus smartfon.
– Mhm.
– Cywilizacyjne uzależnienie od telefonu i… zresztą nieważne, już wyłączam.
– Nie, nie. Sprawdź, o co chodzi.

Wyjęłam komórkę, przeklinając się w duchu za to, że nie wyciszyłam dzwonków przed wejściem na cmentarz. Ledwo system rozpoznał moją twarz, zobaczyłam powiadomienie z Twittera.

Pojawił się nowy wpis z hashtagiem „#apsyda".

Pochodził z konta Ilony Strachowskiej.

Warszawa Wileńska

Stegny, Mokotów

Kilka stopni na minusie, niemal bezchmurne niebo i bezwietrzna pogoda zachęcały do sobotniego biegu. Mimo to Krystian siedział w kuchni, gryząc tosta, i tego dnia nie miał zamiaru odwiedzać Lasu Bielańskiego.

Kiedyś potrzebowałby tego, żeby poczuć, że żyje. Teraz wystarczyło, że po zwleczeniu się z łóżka spojrzał na śpiącą w kołysce córkę. Wyszedł z sypialni na palcach, modląc się, by jej nie obudzić. Zanosiło się na to, że przy odrobinie szczęścia uda się spędzić godzinę lub dwie bez uspokajania płaczącej małej.

– Nie idziesz na bieg? – odezwała się cicho Ilona, wchodząc do kuchni.

– Nie zdążę już.

Stanęła przy płycie indukcyjnej i wlała wodę do garnka.

– O której zaczynasz wykłady?

– Za niecałą godzinę.

– Berta znowu przyjdzie?

Strach odłożył tosta i wbił wzrok w żonę. Świdrował ją nim tak długo, aż musiała się odwrócić. Dopiero teraz uświadomiła sobie, że użyła określenia nie tylko obraźliwego, ale też ukutego przez znajomego męża, który zaginął bez śladu.

Marcin Zamecki zniknął ponad miesiąc temu, dokładnie trzydziestego pierwszego grudnia. Sprawa stała się głośna dopiero po kilku dniach, wszyscy bowiem spodziewali się, że będzie to przypadek rodem z *Kac Vegas*. Okazało się jednak, że jest inaczej. Zamecki przepadł jak kamień w wodę.

– Nie chciałam…
– Nic nie szkodzi – uciął czym prędzej Strach. – Przecież prawie tego faceta nie znałem.
– A mimo to jego zniknięcie cię ruszyło.
– Bez przesady.
– Nie przesadzam. Znam cię, Krystian, i widziałam, jaki byłeś przybity.

Strachowski dojadł tosta i otrzepał dłonie nad talerzykiem.

– Biegaliśmy raptem raz w tygodniu, nie zdążyliśmy się nawet dobrze poznać – odparł. – Po prostu zdziwiła mnie cała ta sprawa. Zamecki nie miał powodu, żeby ot tak się zwinąć.

Mimo to takie założenie przyjęli policjanci. Zakwalifikowano jego przypadek jako zaginięcie trzeciej kategorii. Przy pierwszej rzucano do poszukiwań wszystkie środki, bo uznawano, że istnieje zagrożenie życia. Przy drugiej było nieco spokojniej, bo nie spodziewano się bezpośredniego niebezpieczeństwa. Trzecia oznaczała, że albo ktoś zniknął z własnej woli, albo doszło do czegoś w rodzaju uprowadzenia rodzicielskiego.

W mediach znajomi Marcina podkreślali, że nie było powodu, dla którego miałby nagle zrezygnować z dotychczas prowadzonego życia. Krystian w zupełności się z tym zgadzał.

– To dlatego nie biegasz? – odezwała się Ilona.
– Co takiego?

Odwróciła się, przysiadła na blacie i skrzyżowała ręce na piersi. Przyglądała się mężowi z wyraźnym oczekiwaniem.

– Nie – powiedział. – Po prostu nie czuję dzisiaj potrzeby. Dlaczego to miałoby mieć jakiś związek z Zameckim?

– Ty zawsze czujesz potrzebę.

– Aha.

– Co to ma znaczyć?

– Że wiesz lepiej ode mnie.

Westchnęła głęboko, jakby od pewnego czasu odbywali tę samą rozmowę dzień w dzień. Prawda była jednak taka, że nie poruszali tematu, do którego dążyła. Krystian nie miał wątpliwości, czego tak naprawdę dotyczy ta pogawędka.

– Od jakiegoś czasu jesteś inny, to wszystko – rzuciła, a potem wróciła do przygotowywania śniadania.

Jeszcze kilka tygodni temu Strach poczekałby, aż skończy, i towarzyszyłby jej przynajmniej przez chwilę. Teraz nie miał zamiaru tego robić. Szybko zebrał się do wyjścia i zaraz potem pożegnał żonę zdawkowo.

– Pozdrów swoją psychofankę – powiedziała.

– Daj spokój…

– Na pewno będziesz miał okazję.

Nie miał ochoty przerabiać tego po raz kolejny, ale wyjście w połowie rozmowy z pewnością nie doprowadziłoby do niczego dobrego.

– Na ilu wykładach się dzisiaj pojawi? – zapytała Ilona.

W jej głosie dało się wyczuć przytyk, który tylko z pozoru miał w sobie coś z sympatii. W rzeczywistości było to pełnoprawne oskarżenie.

– Nie konsultuję z nią tego wcześniej – odbąknął Strach.

– Może powinieneś. Nie byłoby wam łatwiej?

– Nam? – odparł z bezsilnością. – Nie ma żadnych nas. I w czym miałoby być łatwiej?

Wzruszyła niewinnie ramionami i uśmiechnęła się. Ponownie jednak był to gest pełen wyrzutów.

— Jeśli chcesz mnie oskarżać o romansowanie ze studentką, powinnaś bardziej...

— Tylko się droczę.

Prychnął i narzucił płaszcz.

— Z droczeniem się nie ma to nic wspólnego.

— Teraz to ty wiesz lepiej?

Najmądrzej byłoby się wycofać, załagodzić sytuację, a w momencie, kiedy stanie się znośna, po prostu wyjść z domu. Strach od czasu do czasu robił jednak to, co niekoniecznie było najrozsądniejsze.

Podszedł do Ilony, spojrzał jej prosto w oczy i pochylił lekko głowę.

— Naprawdę myślisz, że mógłbym mieć romans?

Wzruszyła ramionami.

— Ze studentką? — dodał.

— Z tą konkretną tak — odparła, a tym razem Krystian wychwycił nutę przekory. — Może brakować ci trochę ciałka.

Do cholery, naprawdę to powiedziała?

— Jeszcze nie tak dawno miałeś żonę z naprawdę wielkimi, wielkimi...

— Humorami?

— Niezupełnie. Choć one też były wynikiem ciąży — przyznała Ilona, a jej głos stawał się coraz bardziej kokieteryjny. — Pewnych rzeczy może ci brakować.

Pokręcił głową i zmusiwszy się do uśmiechu, pocałował ją. Rozumiał, że zazdrość robiła swoje, ale ilekroć z ust Ilony słyszał przytyki związane z wagą dziewczyny, irytował się.

Wbrew temu, co mówiła, to nie on od pewnego czasu był inny.

– A ona na pewno ma się czym pochwalić w tym względzie – dodała jego żona.

– Jeśli to twój sposób na danie mi do zrozumienia, że chcesz kolejnego dziecka, to…

– O nie, nie, mój drogi. Chyba że sam będziesz nosił ten ciężar. Mnie już wystarczy, szczególnie kiedy przypomnę sobie ostatnie odciągnięcie mleka. I o ile lżejsza teraz jestem.

Strach się skrzywił.

– Co? Niewygodny temat?

– Skąd…

– Wolisz wrócić do twojej studentki?

Wciąż się do niego przybliżała, ale w jej zachowaniu nie było teraz nic konfrontacyjnego. Chyba że wyzywające, niemal lubieżne spojrzenie można było jako takie potraktować.

– Wygląda na to, że zmierzasz do czegoś zupełnie innego – odparł niewyraźnie, bo przyłożyła wargi do jego ust. – A wiesz, że nie mam za dużo czasu.

– Masz go wystarczająco, żeby omówić jej obsesję.

Zaśmiał się pod nosem.

– Rajcuje cię to?

– Trochę.

Odsunął Ilonę i spojrzał na nią rozbawiony. Gdyby nie to, że naprawdę musiał zaraz wyjść, teraz zmierzałby już w stronę kanapy, licząc na to, że mała jakimś cudem się nie obudzi.

Nie spodziewał się, że żona potraktuje to jako oznakę chłodu z jego strony, ale tak się stało. Spiorunowała go wzrokiem, wyraźnie zawiedziona, że wyciągnęła do niego rękę, a on ją odtrącił.

– Muszę uciekać, naprawdę – usprawiedliwił się.

Ilona mruknęła coś niezrozumiałego, a potem wskazała na laptopa na kuchennym stole.

– Wiesz, że ona mnie śledzi? – syknęła.

Krystian odnosił czasem wrażenie, że nastrój jego żony zmienia się szybciej niż pogoda w górach. I to w środku lata, kiedy burza może nadejść właściwie w każdej chwili, a deszcz spaść z każdej chmury.

– O czym ty mówisz?

– Śledzi mnie na Twitterze.

Strachowski mimowolnie zerknął na zegarek, czym jeszcze bardziej poirytował Ilonę.

Nawet nie wiedział, że żona miała tam konto, choć może powinien się tego spodziewać. Nieco ponad rok temu, tuż po wygranej Baracka Obamy w amerykańskich wyborach prezydenckich, przez Polskę przetoczyła się fala Twitteromanii. Szczególnie uaktywnili się politycy, zafascynowani sposobem, w jaki czarnoskóry kandydat wykorzystał to medium do skonsolidowania wyborców i poszerzenia swojego targetu.

Ogłaszał tam inicjatywy legislacyjne, ważne komunikaty, wchodził w interakcje z wyborcami, włączał się w dyskusje – krótko mówiąc, pokazał kontrkandydatom, jak wykorzystać internet do realizowania swoich celów.

Złośliwi mówili z przekąsem o „kampanii hashtagowej", ale chyba wyłącznie z zazdrości. Po wygranej Obamy każdy zdał sobie sprawę z tego, jak wielką moc potrafi mieć jedno słowo, jeśli jest poprzedzone kratką.

– Nie skomentujesz? – odezwała się Ilona.
– Raczej nie. Mąż powinien wiedzieć, kiedy milczeć.
– Tyle że to akurat nie jest dobry moment.
– Wręcz przeciwnie, jest idealny. Mężowi spieszy się do pracy, a co gorsza, żona zadała mu właśnie podchwytliwe pytanie.
– Nie jest podchwytliwe.
– Jest. Jakakolwiek odpowiedź może narazić nieszczęsnego męża na furię żony.

Wsparła się pod boki, przez chwilę patrzyła na niego z pretensją, a potem sięgnęła po laptopa. Chciał zaoponować, powiedzieć, że zaraz się spóźni, ale Ilona uniosła klapę i obróciła komputer ekranem do niego.

– Patrz.

Nabrał głęboko tchu i przebiegł wzrokiem listę kont.

– Nie śledzi cię, tylko obserwuje – zauważył. – Tak to się nazywa.

– Jak zwał, tak zwał.

Kliknęła na profil Tesy ze złością, jakby chciała połamać gładzik.

– Ona nie jest normalna. Zresztą zobacz, co wrzuca.

Strach zerknął na kilka pierwszych tweetów. Dziewczyna przede wszystkim podawała dalej wiadomości znajomych, ale na samej górze widniało zdjęcie. Od razu rozpoznał miejsce, w którym zostało zrobione – okolice Dworca Gdańskiego. Niedaleko Koźmińskiego, po drugiej stronie Wisły.

Wpis pochodził sprzed kilkunastu minut, a obok niego widniał krótki cytat. „Rzadko zasługę nagradza zapłata".

– Widzisz?

– Co? – odparł pod nosem Krystian.

– Retweetuje jakieś bzdury związane z psychologią w zarządzaniu, optymalizacją i tak dalej. Wszystko, co w jakiś sposób odnosi się do twoich wykładów. Pewnie myśli, że w ten sposób przykuje twoją uwagę.

– Ja nawet nie mam konta, Ilona.

Odpowiadał bezwiednie, skupiając się na czymś zupełnie innym. Cytat zamieszczony przez Ilonę coś mu mówił, nie potrafił jednak wygrzebać z pamięci żadnych konkretów. W dodatku zdjęcie było w pewien sposób alarmujące. Nie widać było na nim żywej duszy. Tesa musiała zrobić je gdzieś przy składach towarowych.

W dodatku godzina dawała do myślenia. O tej porze dziewczyna zazwyczaj czekała już w sali, kończąc swoje przygotowania do wykładu. Zamykała książkę, wyciągała notes i siedziała w milczeniu, sprawiając wrażenie, jakby poza nią w pomieszczeniu nikogo nie było. Jakby studencka społeczność nie istniała. I jakby ona nie odgrywała w niej żadnej roli.

Strachowski przypomniał sobie, co mówiła o Durkheimie i samobójstwie. I natychmiast zrozumiał, skąd pochodzi cytat.

– Szekspir – powiedział.

– Co?

– To z sonetów.

Szybko wpisał odpowiednie zapytanie w wyszukiwarce i zobaczył tekst *Sonetu 66* w przekładzie Stanisława Barańczaka.

„W śmierć jak w sen odejść pragnę, znużony tym wszystkim:

Tym, jak rzadko zasługę nagradza zapłata".

Pozostałe tłumaczenia były bardziej zbliżone do oryginału, ale to w tym przesłanie było najwyraźniejsze. Angielski dramaturg pisał o rozczarowaniu ówczesnym światem, o pędzie ku bogaceniu się, o moralnym upadku społeczeństwa i w końcu o gotowości, by odebrać sobie życie.

Strachowski wiedział, że nie ma czasu do stracenia. Jeszcze raz rzucił okiem na miejsce, w którym Tesa zrobiła zdjęcie, a potem wybiegł z domu, nie rzucając nawet półsłówka na odchodnym.

Wybiegł z kilkupiętrowego bloku przy Katalońskiej i rozejrzał się za samochodem. Wieczorami parkował tam, gdzie było wolne miejsce, nikt z mieszkańców nie miał żadnego na wyłączność. Nie istniały nawet niepisane zasady, jak na niektórych osiedlach.

W końcu zlokalizował auto, wskoczył do środka i trzasnął drzwiami. Ze Stegien do Dworca Gdańskiego było wzdłuż Wisły dobre kilkanaście kilometrów. W godzinach szczytu przeprawa mogłaby okazać się zbyt długa. Tragiczna w skutkach.

Na szczęście do popołudniowego tłoku zostało sporo czasu. Strach miał okazję się przekonać, na ile stać jeszcze jego skodę octavię. Kiedy kupował ją kilka lat wcześniej, rozważał passata w podobnej cenie, ale z gorszym silnikiem. Ostatecznie postawił na osiągi – i teraz tego nie pożałował.

Dotarł na miejsce po piętnastu minutach. Korkowało się jedynie na Czerniakowskiej przy skrzyżowaniu z Gagarina, co stanowiło właściwie codzienną normę bez względu na porę.

Krystian wbiegł do budynku dworca, minął kasy biletowe i chciał popędzić w kierunku peronu – w ostatniej chwili zobaczył jednak dziewczynę na jednej z metalowych ławek. Tesa siedziała ze zwieszoną głową, a długie, ciemne włosy opadały jej swobodnie, zakrywając twarz.

Strachowski wypuścił ze świstem powietrze, mając wrażenie, jakby całą odległość z Katalońskiej do dworca pokonał sprintem. Dał sobie chwilę, by złapać oddech, a potem podszedł do Tesy.

Zwróciła na niego uwagę dopiero, kiedy usiadł obok. Wbił wzrok w tablicę odjazdów po lewej stronie i czekał. Przypuszczał, że zobaczy na jej twarzy wyraz zdziwienia, być może dziewczyna powie, że wystraszył ją, pojawiając się znikąd.

Nie doczekał się jednak żadnego komentarza. Przeniósł wzrok na Tesę i zobaczył w jej oczach kompletną, bezbrzeżną pustkę. Patrzyła na niego, jakby go nie dostrzegała.

Strachowski obrócił się do niej i przełożył rękę przez oparcie.

– Wszystko w porządku? – odezwał się.

– Co… co pan tu robi?

– Widziałem tweeta i pomyślałem, że przyda się pani towarzystwo.

– O czym…

Tesa potrząsnęła głową, a jej pulchne policzki zdawały się zafalować. Dopiero teraz wyglądała, jakby wróciła do rzeczywistości. I to z wyjątkowo długiej podróży.

– Jezu, przepraszam – powiedziała. – Muszę to skasować.

– Może niech zostanie.

– Słucham?

– Jako przypomnienie – odparł Krystian, przesuwając ręką po czole.

Jego oddech powoli wracał do normy, w przypadku Tesy było jednak odwrotnie. Zaczynała się stresować, a niespodziewana rozmowa z wykładowcą o tym, co jeszcze przed chwilą mogła planować, z pewnością wprowadzała ją w jeszcze większą konsternację.

– Nie rozumiem, co ma pan na myśli.

– Rozumie pani – zaoponował. – I dzięki temu nie musimy o tym rozmawiać.

Spojrzał na kiosk po prawej stronie, który za pomocą szyldu rodem z lat dziewięćdziesiątych zachęcał do kupowania „CIASTEK SŁODYCZY NAPOJÓW". Zanim Tesa zdążyła odpowiedzieć, Strach się podniósł.

– Chce pani coś?

Pokręciła głową.

– Ja potrzebuję czegoś z dużą ilością monosacharydów – odparł. – Pędziłem tu na złamanie karku.

– Naprawdę pan nie musiał.

– Mhm – mruknął, a potem podszedł do okienka.

Zaopatrzywszy się w tabliczkę białej czekolady, paczkę drażetek i kilka batonów, wrócił na ławkę. Przez moment siedzieli w milczeniu. Potem Krystian podał dziewczynie bounty.

– Nic nie zastąpi sacharozy z nutą kokosa.

– Dziękuję, ale…

Urwała i znów spuściła wzrok.

– Jeśli powiem, że jestem na diecie, to zabrzmi co najmniej głupio.

– Nie zabrzmi.

Zerknęła na niego jedynie przelotnie, ale tyle wystarczyło, żeby dostrzegł w jej oczach realną wdzięczność.

Zupełnie jakby rzeczywiście zasłużył sobie na to tym krótkim zaprzeczeniem.

– Nawet gdy wziąć pod uwagę, po co tutaj przyszłam? – zapytała.

– Nawet.

– Wie pan, że…

– Przejdźmy może na „ty". Przynajmniej dopóki jesteśmy tutaj – odparł, rozglądając się. – Proponuję wprowadzenie zasady, że na dworcach odrzucamy całą tę uczelnianą konwencję.

Jej uśmiech był czymś więcej niż tylko wynagrodzeniem tego dzikiego pędu, dzięki któremu dotarł tutaj tak szybko.

– W takim razie powinniśmy częściej spotykać się w takich miejscach – powiedziała Tesa.

Poczuł, że wkracza na niebezpieczny teren. Zazwyczaj był obwarowany murami uczelni, ale teraz zabrakło tego bufora. Tutaj w istocie nie byli studentką i wykładowcą, ale dwójką zwykłych osób, z których jedna potrzebowała pomocy, a druga była gotowa jej udzielić.

A to mogło nastręczać problemów.

Nie, przesadzał. Dał się wciągnąć w jeden ze scenariuszy, które od pewnego czasu układała Ilona. Scenariuszy, które nie powinny mieć nic wspólnego z rzeczywistością. Być może dziewczyna faktycznie poczuła jakiś platoniczny impuls – ale równie dobrze mogło chodzić o to, że szukała kogoś do rozmowy, przyjaciela, bratniej duszy i tak dalej. Wystarczyło spojrzeć w jej oczy, by dostrzec, że cierpi na deficyt takich osób w jej otoczeniu.

– Nie mam nic przeciwko spotkaniom na dworcach – odezwał się Krystian. – Ale może w innych okolicznościach.

Zerknęła na bounty.

– Chyba nie ucieknę od tego tematu – zauważyła.

– Chyba nie. Będę do niego wracać po każdym twoim uniku.

– W takim razie będę potrzebowała czegoś więcej niż to – oznajmiła, wskazując na słodycze.

Strach potoczył wzrokiem po ekspozycji kioskowej.

– Nie ma sprawy. Powiedz mi tylko, co zrobi robotę.

– Tutaj tego nie dostaniemy.

– A więc gdzie?

Przez moment się zastanawiała i Krystian miał wrażenie, że z każdym kolejnym słowem Tesa nabiera kolorów i pogodnieje. Jeszcze przed momentem przywodziła na myśl aktorkę ucharakteryzowaną do roli w jednej z tych nowych produkcji o wampirach. Teraz wracała do życia.

– Skoro musi to być dworzec… – zaczęła. – To chyba pozostaje nam Warszawa Wileńska.

Centrum handlowe na Pradze-Północ rzeczywiście znajdowało się w tym samym budynku co dworzec, w dodatku leżało o rzut kamieniem od Jagiellońskiej. Na pierwszy wykład Strach wprawdzie nie mógł już zdążyć, ale być może uda się wrócić na drugi.

– Brzmi świetnie – odparł. – Muszę tylko uprzedzić pewnego nieszczęśnika, że weźmie za mnie wykład.

– O Boże… – jęknęła. – Przepraszam, zupełnie nie pomyślałam. Nie powinien pan… nie powinieneś przeze mnie…

– Żaden problem. Dzisiaj i tak miałem omawiać ogłupiający temat. Znajomy się ucieszy.

– Na pewno?

– Ostatnim razem prosiłem go o zastępstwo w tamtym roku, chociaż odgrażałem się, że będę to robić częściej. W dodatku wziąłem za niego dwa konwersatoria. Jest mi dłużny.

Tesa była wyraźnie zakłopotana.

– Naprawdę nie chciałabym ci robić problemów.
– Nie robisz.
– A co miałeś dzisiaj przerabiać?
– Adamieckiego – odparł Krystian i głośno westchnął.
– Harmonizacja działania?
– Niestety – przyznał Strach, podnosząc się. – I przy dobrych wiatrach zdążyłbym dojść pewnie do zbudowanej na jego poglądach analizy sieciowo-czasowej przedsięwzięć.
– CPM i PERT.

Nie mógł powstrzymać się od uśmiechu. Gdyby wszyscy studenci byli tak obryci, mógłby na wykładach zajmować się znacznie bardziej interesującymi kwestiami.

– Jak widzisz, wyświadczasz mi przysługę – skwitował.

Tesa również wstała.

– I narażam się twojemu znajomemu.
– Bez obaw. Nie dowie się, jaki jest powód mojej nieobecności.

Miała to być luźna uwaga, ale Strachowski usłyszał w swoim głosie coś, co go zaniepokoiło. I być może nie było to nieuzasadnione. Miał zamiar wyskoczyć na kawę, obiad czy deser ze swoją studentką. Na domiar złego dziewczyna jeszcze przed chwilą rozważała samobójstwo.

Wiązało się to z tyloma potencjalnymi kłopotami, że wolał o tym nie myśleć.

W drodze do Warszawy Wileńskiej miał jednak na to aż nadto czasu. Tesa się nie odzywała, choć milczenie wyraźnie było dla niej niewygodne. Na dobrą sprawę rozmowę nawiązali dopiero, kiedy usiedli w jednym z fast foodów niezbyt znanej polskiej sieciówki, jednej z wielu, które zapewne upadną szybciej, niż przewidywali to franczyzobiorcy.

Serwowane tu schabowe ociekały tłuszczem, ale w porównaniu z pozostałymi tego typu miejscami jedzenie było nawet nie najgorsze. Tesa twierdziła, że lubi tutaj przychodzić w drodze z uczelni.

Była to właściwie jedyna uwaga, którą rzuciła sama z siebie. Pozostałe stanowiły tylko krótkie, niespecjalnie treściwe odpowiedzi na pytania Stracha. Starał się przebić przez skorupę dziewczyny i dotrzeć do powodów, dla których rozważała odebranie sobie życia, ale szybko zrozumiał, że to niewykonalne. Przynajmniej nie na tym etapie znajomości. Ledwo ta myśl nadeszła, uświadomił sobie, że z góry zakłada kolejne.

– Nie radzę sobie z tym najlepiej – odezwała się Tesa po chwili milczenia.

Spojrzał na jej tackę.

– Mnie wygląda na to, że dajesz radę.

– Mam na myśli to. – Wykonała nerwowy ruch ręką, wskazując na siebie i niego.

– Co konkretnie?

– Rozmowę. Zwykłą, niezobowiązującą, no wiesz…

– W tym też radzisz sobie jak każdy inny.

– Nie. Nie potrafię normalnie pogadać z kimkolwiek choćby przez kilka minut – odparła ciężko i odłożyła sztućce. – Paraliżuje mnie sama myśl, że będę musiała pociągnąć jakiś temat przez dłuższy czas.

– Niepotrzebnie. Zresztą nie mam nic przeciwko milczeniu.

Pokręciła bezsilnie głową, jakby chciała zasugerować, że nawet przy najlepszych chęciach Krystian nie będzie w stanie jej zrozumieć. Może miała rację. Z jego punktu widzenia zwykła rozmowa była czymś naturalnym, czymś, co prędzej czy później zawsze się układa, lepiej lub gorzej. Dla niej była jak nierówna walka ze zbyt silnym przeciwnikiem.

– Możemy potrenować – rzucił. – Podobno jestem dobrym sparingpartnerem.

– Tym chcesz dla mnie być?

Kolejna rzecz, która zabrzmiała ostrzegawczo. Tesa uświadomiła sobie to poniewczasie i natychmiast spuściła wzrok. Swobodnie opadające włosy miały ukryć jej zażenowanie, ale spełniły zadanie tylko częściowo.

– Jak zwał, tak zwał – odparł Strach. – Jeśli pomoże, mogę wystąpić nawet w roli worka treningowego.

Przez chwilę nie odpowiadała, a potem powoli uniosła spojrzenie. Znów zaległa uwierająca cisza.

– To o czym pogadamy?

Było to chyba najgorsze pytanie, które można było zadać. Właściwie przekreślało całą swobodę, jaką Strachowski starał się stworzyć.

– Choćby o twoich zainteresowaniach – odparł. – O ile nie wiążą się z poglądami Durkheima, bo tego mam dosyć.

Nawet się nie uśmiechnęła. Zamiast tego rozglądała się nerwowo, jakby szukała tematu.

– Względnie możemy poględzić o moich – dodał.

– Chętnie.

– W porządku... – odparł Strach i nabrał tchu. – W takim razie powiedz mi, co wiesz o apsydach?

Uniosła wysoko brwi, jakby po raz pierwszy słyszała to określenie.

Tesa

Hashtag był jak dowód epidemii, a telefon w trzęsącej się dłoni jak zakażony przedmiot. Wbijałam wzrok w wyświetlacz, nie wiedząc, co zrobić – a jednocześnie miałam świadomość, że Krystian zaraz zapyta, co wprawiło mnie w takie osłupienie.

Co miałam odpowiedzieć? „Twoja zmarła żona wysłała właśnie tweeta"?

Z trudem przełknęłam ślinę, czując się jak za najgorszych lat, kiedy zmagałam się z jeszcze większą niepewnością, głęboką aspołecznością i nieodłącznym przekonaniem, że coś jest ze mną nie w porządku. Nie, nie coś. Wszystko.

Wtedy pomógł mi Strach, a dziś to on wyglądał, jakby potrzebował mojego wsparcia. Jeśli nie liczyć tej samej koszuli, niewiele łączyło go z tamtym człowiekiem, przynajmniej wizualnie.

Nie był już tak wysportowany, najwyraźniej przestał biegać. Po jego niegdyś imponującej muskulaturze nie było już śladu. Nie był gruby, przynajmniej nie w porównaniu ze mną. Wystarczało jednak rzucić na niego okiem, by wiedzieć, że się zapuścił.

Stanowczo zbyt długie włosy i nieprzycięta broda to potwierdzały.

– Wszystko w porządku? – zapytał.

Spojrzałam na nagrobek, a potem jeszcze raz na komórkę. Zupełnie jakbym liczyła na to, że tweet zniknie.

Zastanawiałam się, co powinnam zrobić. Powiedzieć mu o wszystkim, wciągnąć go w tę podstępną, perfidną zabawę, którą ktoś urządzał sobie moim kosztem? A może o niczym nie wspominać, odwrócić się i pójść prosto na policję? Krystian miał z pewnością wystarczająco dużo powodów do zmartwień.

– Coś się stało? – dodał.

Nie mogłam dłużej unikać odpowiedzi. Zresztą nie chciałam tego robić.

Przyjechałam tu w jasno określonym celu, kierowała mną realna potrzeba. Strach był jedną z niewielu osób, którym mogłam ufać – i na których mogłam polegać. Tyle wystarczyło, bym podjęła decyzję.

Wygasiłam wyświetlacz, a potem zaczęłam opowiadać mu o wszystkim. Od momentu, kiedy dostałam esemesa o czekającej na mnie paczce, aż do teraz. Nie dodałam jednak, na czyim koncie pojawił się ostatni tweet.

Strach początkowo patrzył na mnie z niedowierzaniem, które stopniowo znikało z jego oczu. W końcu przestałam je dostrzegać. Krystian zrozumiał, że nie robię sobie żartów. I że to wszystko dzieje się naprawdę.

– Ale… – zaczął, a potem zawiesił głos.

Czekałam, aż dokończy, najwyraźniej jednak tak naprawdę nie wiedział, co powiedzieć.

– Dlaczego uważasz, że ma to jakikolwiek związek ze mną? – spytał.

Pytanie zdawało się bezzasadne i kazało mi sądzić, że Strach albo jest pijany, albo nie dotarło do niego nic z tego, co mówiłam.

– Przez tę czaszkę? – dodał.

— Tak.
— Nigdy nie miałem niczego takiego.
— Igor twierdzi, że widział ją u ciebie na biurku.
— Nie przypominam sobie.
— Może to nie było dla ciebie nic istotnego? – spytałam, wciąż patrząc na grób jego rodziny. – Może jakiś prezent od studenta, o którym szybko zapomniałeś?
— Wątpię. Raczej niczego nie dostawałem.
— A może po prostu pamięć cię zawodzi.
— Działa bez zarzutu – odparł chyba nieco ostrzej, niż zamierzał. – A twoja?
— Też ma się dobrze.
— Jesteś pewna?
Potwierdziłam ruchem głowy, który bynajmniej nie oddawał pewności.
— Bo wydaje mi się, że gdybyś wszystko pamiętała, nie byłoby cię tutaj.
— Co masz na myśli?
Przez chwilę nie odpowiadał.
— Nic.
Oderwałam wzrok od mogiły, czując, że Krystian na mnie patrzy. Nie pomyliłam się. Świdrował mnie wzrokiem tak natarczywie, że zrobiło mi się nieswojo. W oddali cicho zawodził wiatr i był to jedyny dźwięk, który mącił cmentarną ciszę.
— Znałeś Patrycję Sporniak – powiedziałam. – To kolejny związek.
— Jaki kolejny? Przecież mówię ci, że nie miałem z tą czaszką nic wspólnego.
Lekko uniosłam otwarte dłonie.

– W porządku – powiedziałam. – Ale tę dziewczynę znałeś, prawda?

– O tyle o ile.

– Czyli?

– Chodziła do mnie na wykłady, ale nie zwracałem na nią specjalnej uwagi. Na dobrą sprawę w pierwszej chwili nie wiedziałem nawet, że ta zaginiona to moja studentka.

– Mimo to…

– Nasze drogi skrzyżowały się w takim stopniu, jak twoje i sprzedawcy przy parkingu, u którego kupiłaś znicz.

– Niezupełnie.

Strach westchnął nieco poirytowany, co nie mogło mi umknąć, bo człowiek, którego znałam, nigdy nie pozwalał sobie na wyrażanie emocji w taki sposób. Mówił albo wprost, albo wcale. I za to go ceniłam.

Za to i za szczerość, której teraz wyraźnie mu zabrakło.

– Musiałeś ją kojarzyć.

– Nie.

– Była na FiB-ie.

– I co z tego?

Nerwowo wsunął ręce do kieszeni, jakby czegoś szukał. Dopiero po chwili udało mu się zlokalizować paczkę papierosów. Nigdy nie palił, ale właściwie trudno było się dziwić, że w końcu zaczął. Musiał uznać, że każdy sposób zabicia się jest dobry – nawet ten, który zajmuje najwięcej czasu.

– Tam były małe, kilkunastoosobowe grupy – dodałam. – A Patrycja musiała być w jednym z pierwszych roczników, które uczyłeś.

Potrząsnął żółtą paczką Golden American. Marka w jakiś sposób pasowała zarówno do Stracha, którego znałam, jak i do powidoku człowieka, na który teraz patrzyłam. Krystian zaciągnął się głęboko, zupełnie mnie ignorując.

– Musiałeś zwrócić na nią uwagę.

Wypuścił głośno dym.

– Nawet jeśli, to co?

– To już jakiś związek.

– Taki sam jak fakt, że chodziłaś na tę samą uczelnię, co Patrycja – odparł jeszcze agresywniej niż przed chwilą. – Zresztą ktokolwiek prowadzi tę grę, wybrał ciebie, nie mnie. Jakie ma znaczenie to, czy kogoś znałem?

Chciałam odpowiedzieć, ale nie dał mi okazji.

– Nie miałem żadnego ametystu, dziewczynę znałem przelotnie, a tego Zomeckiego…

– Zameckiego.

– Nigdy w życiu nie spotkałem – dokończył. – Jeśli w ogóle mam z tym cokolwiek wspólnego, to spoiwem jesteś ty, Tesa.

Uznałam, że powinnam jak najszybciej powiedzieć mu o nowym tweecie. I znów już otwierałam usta, by to zrobić, ale Krystian najwyraźniej nie miał zamiaru dopuścić mnie do głosu.

– Nic nie wiem o żadnych apsydach, z architekturą kościelną nigdy nie miałem i nie mam nic wspólnego – ciągnął, wymachując papierosem. – I jeśli masz zamiar znowu wciągać mnie w swoje chore teorie, dobrze się zastanów. Bo drugi raz nie pozwolę ci…

– Na co? – wpadłam mu w słowo. – No? Na co, Strachu?

Rzuciłam mu wyzwanie i dobrze o tym wiedział. Podjął jednak decyzję, by na nie nie odpowiadać. Cisnął papieros na bok i zanim zdążyłam go zatrzymać, ruszył szybkim krokiem w kierunku wyjścia z cmentarza.

– Poczekaj! – krzyknęłam za nim.

Nawet nie zwolnił. Zerknął tylko przez ramię i rzucił mi spojrzenie, w którym dostrzegłam nawet nie niechęć, ale czystą nienawiść. Wzdrygnęłam się, bo była to kolejna rzecz, której nigdy bym się po nim nie spodziewała.

Pretensji, owszem. Wprawdzie w przeszłości zawinił nie mniej niż ja, ale z jego punktu widzenia w pewnym momencie to ja byłam źródłem wszystkiego, co złe. Nigdy jednak nie dał mi tego do zrozumienia, nie wprost. Aż do teraz.

Wbrew temu, co mówił, pamiętałam o wszystkim.

Niczego nie zapomniałam.

Wszystko wyryło się w mojej pamięci jak w kamieniu – i choćbym chciała, nie potrafiłam przykryć tego w jakikolwiek sposób. Powinien zdawać sobie z tego sprawę.

Odprowadziłam go wzrokiem, klnąc w duchu. Gdyby nie ostatni tweet, mogłabym uznać, że ma rację. Że się pomyliłam, a czaszka, którą Igor widział na biurku Stracha, była jedynie podobna.

Wpis z konta Ilony był jednak potwierdzeniem, że Krystian ma z tym wszystkim coś wspólnego.

Rozważałam, czy nie ruszyć za nim, ale zdałam sobie sprawę, że chwila konsternacji wystarczyła, żebym już go nie dogoniła. Nie musiał regularnie biegać, żeby być w znacznie lepszej formie niż ja.

Pochyliłam się nad grobem, zapaliłam znicz, a potem zmówiłam krótką modlitwę. Tak bezosobową i wypowiadaną tak automatycznie, że miałam pretensje do samej siebie. Przeżegnałam się i poszłam z powrotem do yariski.

Chciałam być już w domu. W bezpiecznych czterech ścianach, przy człowieku, z którym mogłam spokojnie wszystko omówić.

Igor był jeszcze w piżamie, kiedy wróciłam do mieszkania. W weekendy zazwyczaj nie spieszyliśmy się z przebieraniem się. Potrafiliśmy na długie godziny umościć się pod kocem na kanapie i oglądać seriale. Był to najlepszy sposób spędzania czasu, o jakim mogłam pomyśleć.

– Co tu się odjaniepawla? – zapytał, patrząc na mnie ze zdziwieniem.

– Co?

– To nowe określenie.

– Pierwsze słyszę.

– Bo naprawdę jesteś do tyłu z nowymi trendami. Chociaż twój outfit spacerowy to prawdziwy sztos.

W końcu coś wywołało na mojej twarzy uśmiech. Podeszłam do Igora, spojrzałam na niego z góry, a potem zerwałam koc.

– Ubieraj się – rzuciłam. – Czas, żebyś przygotował twojej kobiecie lunch.

– Moja kobieta już zgłodniała?

– Nie już. Dopiero.

– A wygląda, jakby niespecjalnie pospacerowała.

Uświadomiłam sobie, że faktycznie tak jest. Nie dość, że wróciłam błyskawicznie, to jeszcze nie miałam na sobie nawet kropli potu.

– Rozmyśliłam się.

– I dobrze. Szkoda czasu, bo mamy sporo roboty.

– Ba – potwierdziłam. – Nowy sezon *Westworld* sam się nie obejrzy.

– Miałem na myśli raczej konstrukcję innego architekta.

Usiadłam obok Igora, rozpychając się bez ceregieli. Każda para miała swoje sposoby na okazywanie czułości – jednym z naszych była ustawiczna walka o nieco więcej miejsca na kanapie.

– Architekt to zresztą całkiem niezłe określenie – dodał, mrużąc oczy.

– Pasuje do Anthony'ego Hopkinsa jak do nikogo innego.

– Nie, nie. Miałem na myśli tego, kto wysyła tweety.

Spojrzałam na męża i uzmysłowiłam sobie, że on także śledził na bieżąco to, co pojawiało się na Twitterze. I tak samo jak ja widział wiadomość od Ilony Strachowskiej.

Jakby na potwierdzenie tego wybałuszył oczy z entuzjazmem.

– Widziałaś nowego tweeta?

– Widziałam.

– W takim razie też nie powinnaś mieć wątpliwości.

– Co do czego?

Uśmiechnął się tak szeroko, jakby właśnie się dowiedział, że HBO wypuściło kilka nowych, niezapowiedzianych odcinków naszego ulubionego serialu.

– Albo Strachowska tweetuje z zaświatów, albo naprawdę za tym wszystkim stoi jedna osoba. Architekt.

– Nie wiem, czy to odpowiednie określenie.

– To jakie byś proponowała?

– Popierdoleniec.

Cmoknął z dezaprobatą.

– To mu ujmuje, a ja postrzegam go jako wyrachowanego przeciwnika – odparł z niemalejącym uśmiechem

Igor. – Jesteśmy Sherlockiem, on jest naszym Moriartym. My to Mroczny Rycerz, on Joker. My Luke, on Darth Vader.

– Jeśli już, to my Rey, on Kylo Ren.

– My Neo, on Agent Smith.

Skrzywiłam się.

– Wiem, pamiętam – odparł pod nosem. – Nie doceniasz *Matrixa*. I nadal rozważam, czy z tego powodu się z tobą nie rozwieść.

– Nie poradziłbyś sobie sam.

– Ano, nie. I nie miałby kto wysłuchiwać kolejnych porównań do Doktora Dooma, Kingpina i…

– Zapędzasz się już za daleko.

– Do Rity Odrazy z *Power Rangers* jeszcze mi daleko.

Prychnęłam, kręcąc głową.

– Gdyby kiedyś zachciało mi się mieć dziecko, przypomnij mi, że już z jednym mieszkam – powiedziałam, szturchając go w bok.

Spojrzeliśmy na siebie w sposób, który uwielbiałam. Ze zrozumieniem. Z przekonaniem, że wprawdzie poza nami istnieje jakiś świat, ale ma minimalne znaczenie.

W takich chwilach liczyliśmy się tylko my. Zazwyczaj.

– A więc wyimaginowałeś sobie wroga – zauważyłam.

– Jest całkiem realny.

– Masz na to jakiś dowód, Sherlocku? Cokolwiek, co potwierdzi istnienie twojego Moriarty'ego?

– Właściwie jest bardziej twój niż mój.

– Z pewnością.

Obrócił się, przekładając rękę nad oparciem.

– Zastanów się nad tym – powiedział. – Tu nie chodzi o to, że jakiś procent społeczeństwa nagle zniknął, jak w *Pozostawionych*. To nie jest *4400*, w którym zaginieni nagle wrócili, ani też…

– To był dobry serial.

– Fakt – przyznał z lekkim uśmiechem Igor. – W każdym razie nie chodzi też o żadną sektę.

– Nie?

– Oczywiście, że nie. W centrum tego wszystkiego jesteś ty. Ktoś albo się na tobie odgrywa, albo sobie z tobą pogrywa.

Zamilkłam, bo niespecjalnie wiedziałam, co odpowiedzieć. Nagle zmieniliśmy lekki ton rozmowy na znacznie cięższy. I nie do końca podobał mi się kierunek, w którym zmierzaliśmy.

– Nie chodzi o tych ludzi, którzy rzekomo wysyłają tweety, tylko o ciebie.

– Rzekomo? – jęknęłam. – One pojawiają się na ich kontach.

– Ale nie są pisane przez nich.

Wyciągnęłam telefon i spojrzałam na ostatni wpis z hashtagiem. Użycie konta Ilony właściwie stawiało kropkę nad i. Zaginieni nie wrócili, ktoś przejął ich profile. Ale czy to rzeczywiście byłoby możliwe? W tych konkretnych trzech przypadkach, tyle lat po tym, jak konta stały się nieaktywne?

Przypuszczałam, że nie muszę o tym wspominać, bo Igor rozeznawał się w temacie lepiej ode mnie. Nie zająknął się jednak o tym słowem, więc uznałam, że potrzeba odnalezienia odpowiedzi przesłoniła mu logikę. Ja jednak nie miałam zamiaru jej ignorować.

– Włamanie się na te profile byłoby chyba niewykonalne, prawda? – odezwałam się.

– W sieci wszystko jest możliwe.

– Nawet to?

Wzruszył ramionami.

– Jak inaczej to wytłumaczysz?

Nie miałam dobrej odpowiedzi i uznałam, że najlepiej będzie, jeśli skonsultujemy to z kimś, kto naprawdę zna się na rzeczy. Mój mąż miał rozeznanie w bankowości internetowej, płatnościach elektronicznych i innych segmentach fintechu, ale w kwestii hakerstwa bynajmniej nie był specjalistą.

Spojrzałam na wpis Ilony. Oprócz hashtaga, który z pewnością niebawem zacznie śnić mi się po nocach, w tweecie znajdował się akronim znany chyba każdemu użytkownikowi internetu.

„LMFAO #apsyda".

Laughing my fucking ass off nie miało równie barwnego odpowiednika w języku polskim. Śmiać się do rozpuku trąciło myszką, a wszystkie alternatywy wzbogacone partykułą wzmacniającą wydawały się zbyt potoczne. Pewne było jednak to, że ktokolwiek prowadził tę grę, czerpał z niej ewidentną przyjemność.

Pod tym względem cała sytuacja sprawiała wrażenie, jakby rzeczywiście stał za nią ktoś, kto się na mnie uwziął. Architekt.

Raz czy dwa przeszło mi przez myśl, że być może Strach miał rację. Że zapomniałam o czymś z mojej przeszłości. Że przez nieuświadomiony odruch obronny wymazałam coś z pamięci.

Ostatecznie odrzuciłam tę wersję. Owszem, długo zmagałam się z różnymi problemami psychologicznymi, ale nigdy nie zbliżyłam się nawet do mechanizmu wyparcia. Byłam świadoma wszystkich swoich przypadłości.

– Przynajmniej wiemy, że dobrze zrobiliśmy, nie informując policji – odezwał się Igor.

– Tak myślisz?

Przed ostatnim tweetem zgodziłabym się bez wahania. Wówczas chodziło tylko o zaginięcia, teraz sprawa dotykała sfery śmierci. A ja, przynajmniej za dnia, starałam się trzymać od niej z daleka.

– Nikomu nic nie grozi – odparł mój mąż. – Widać, że to jakaś zabawa. Skrajnie kretyńska, ale jednak zabawa.

Tylko czyja? Architekta czy nasza?

Przyszło mi do głowy, że oboje czerpiemy z tego równie dużą przyjemność jak osoba, która za tym stoi. Ja zyskiwałam wręcz wymarzony materiał na bloga, mogłam dzięki tej sprawie naprawdę zaistnieć, a Igor mógł przeżyć jedną ze swoich nigdy nienapisanych książek na jawie. Wszyscy zdawali się wygrywać.

Wszyscy oprócz osób, które rzekomo wysyłały tweety.

Ale czy naprawdę zaginęły wbrew swojej woli? Gdybym odnalazła strzępek dowodu na to, że rzeczywiście chodziło o jakąś fanatyczną grupę, sektę lub choćby kilkuosobowy przekręt, w mig przyjęłabym tę wersję. Wydawała mi się najbardziej prawdopodobna.

– Powinnaś zastanowić się nad vlogiem – odezwał się Igor, wyrywając mnie z zamyślenia.

– Co?

– Zamiast robić z tego artykuł, nagraj materiał.

– Zwariowałeś.

– Nie – zaoponował, przysuwając się do mnie. – To będzie wprost idealne. Pomyśl o oddźwięku na YouTubie, wyobraź sobie to poruszenie w mediach społecznościowych, na Wypoku…

– Gdzie?

– Na Wykopie. Tak się mówi – odparł i machnął ręką. – Jak ciapąg na pociąg. Przyda ci się, jak kiedyś trafisz pytanie z mirkami i mirabelkami w *Milionerach*.

– Mniejsza z tym – ucięłam. – Nie nagram niczego, bo po pierwsze będę się jąkać jak prosiak z *Looney Tunes*, po drugie pocić jak przysłowiowa świnia, a po trzecie czerwienić jak kawał krwistej wieprzowiny na grillu.

Igor odchrząknął niepewnie, a potem posłał mi wyrozumiałe spojrzenie.

– Mocne słowa – ocenił.

– Poparte doświadczeniem i umiejętnością przewidywania.

– Nie będzie tak źle. Poza tym to nie pójdzie na żywo, wszystko dobrze przygotujemy.

– Nie ma mowy.

– Każdą kroplę na czole się wytrze.

– Nie.

– Zrobimy ci odpowiedni make-up, potem nałoży się filtr, będziemy robić dokrętki i…

– I w najlepszym przypadku ani się nie spocę, ani nie zająknę, ani nie obleję czerwienią.

Skinął niepewnie głową, bo wyczuł w moim głosie sarkazm.

– Nadal jednak będę… wyglądać – zauważyłam.

Igor niespecjalnie wiedział, co odpowiedzieć, choć widziałam, że gorączkowo szuka celnej riposty. W mojej krótkiej uwadze tkwiło jednak zbyt wiele treści. Zbyt dużo ukrytego znaczenia, które doskonale rozumiał. I nie sposób było skontrować tego jedną wypowiedzią.

– Zrobisz świetne wrażenie – odparł w końcu. – Poza tym nie chodzi o formę, tylko treść.

– Powiedz to Mietczyńskiemu.

– On jest merytoryczny.

– Tylko we fragmencie o ryczącym z bólu rannym łosiu. Potem to już czysta forma.

– Ale za to jaka – rzucił z wręcz teatralnym podziwem. – Facet zbudował legendarny *image*.

– *Image* współczesnego, tkliwego nihilisty, opanowującego pozycję dystansu wobec wszystkiego. Kloszarda internetowego, wiecznie lekko spalonego, lekko skacowanego i mamroczącego o wszystkim i o niczym.

Igor uśmiechnął się lekko.

– I za to lubisz go nie mniej niż ja.

– Nie w tym rzecz.

– A w czym?

– On jest naturalny. Nie kreuje wizerunku, nie udaje kogoś, kim nie jest.

– Ty też nie będziesz udawała.

– W takim razie widz dostanie grubą, zakompleksioną dziewczynę, która nie ma nic do powiedzenia. Sukces murowany.

Mąż patrzył mi w oczy tak długo, że musiałam w końcu przestać unikać jego spojrzenia.

– Będziesz miała do powiedzenia całkiem sporo – powiedział z przekonaniem. – Cała reszta to i tak tylko domek z kart, który wali się szybciej niż reputacja Spacey'ego po tym, jak ujawniono, że macał porucznika Stametsa.

W tym momencie zdałam sobie sprawę z dwóch rzeczy. Pierwsza sprowadzała się do tego, że Igor nie odpuści, dopóki przynajmniej wstępnie się nie zgodzę. Druga do tego, że to rzeczywiście niepowtarzalna okazja.

Vlog był marzeniem. Nierealnym, odległym i mniej więcej tak osiągalnym, jak praca w telewizji. Ilekroć do niego wracałam, wyobrażałam sobie, jak zajmuję niemal cały kadr, a krople potu spływają mi po szyi.

I nie tylko po szyi. Zawsze pociłam się obficie między piersiami i pod nimi. A plamy w tamtych miejscach to ostatnie rzeczy, jakie chciałabym pokazywać nieokreślonej, anonimowej grupie ludzi w internecie. Grupie, w której z pewnością znaleźliby się także nieprzebierający w słowach hejterzy.

Próbowałam różnych sposobów, ale na dobrą sprawę nic nie pomagało. Przez jakiś czas nosiłam specjalne staniki – dobrze się sprawdzały przy rozdzielaniu piersi, ale miseczki były rozciągliwe, przez co nie podtrzymywały zbyt dobrze. Ostatecznie przekonałam się, że najlepiej użyć trochę antyperspirantu. Ta metoda sprawdzała się jednak tylko w normalnych okolicznościach – te przed kamerą byłyby ekstremalne.

Koniec końców odrzucałam możliwość prowadzenia vloga, traktując ją wyłącznie jako żałosną mrzonkę.

Zdarzały się jednak chwile, kiedy na moment byłam gotowa dopuścić ten nierealny scenariusz. Tak jak teraz.

– Co niby miałabym powiedzieć? – mruknęłam. – Nic nie mamy.

– Może to LMFAO ma jakiś głębszy sens.

– Pewnie. Może chodzi o ten zespół od *Party Rock Anthem*.

– Miałem na myśli raczej wskazówkę, żeby skupić się na skrótowcu – odparł Igor, a z tonu jego głosu nagle znikła cała wcześniejsza lekkość. – Może apsyda to akronim.

– Który miałby oznaczać… co?

Igor zawiesił wzrok za oknem i wzruszył ramionami.

– Równie dobrze może chodzić o anagram, palindrom czy…

Zanim dotarłam do kalamburu i innych zabaw słownych, rozległ się dzwonek mojego telefonu. Zazwyczaj po prostu bym go zignorowała, bo dzwonili do mnie jedynie naciągacze starający się wcisnąć mi wyjątkowo dobre oferty na to czy tamto, ale w tej sytuacji musiałam uważać na wszystko. Nawet na przechodnia mijanego na ulicy lub połączenie z nieznanego numeru.

Ten jednak rozpoznawałam doskonale.

– Kto to? – spytał Igor, zerkając na wyświetlacz.

Nie wiedziałam, co odpowiedzieć. Zaczęłam skubać skórkę przy paznokciu, zbyt mocno i zdecydowanie, przez co w kąciku pojawiła się krew. Telefon wciąż dzwonił, choć wydawało mi się, że czas próby połączenia dawno został przekroczony.

– Nie odbierzesz?

Wahałam się o chwilę za długo, żebym mogła po prostu zbyć temat. Gdybym się odezwała, odrzuciła połączenie, zrobiła cokolwiek, może jeszcze udałoby mi się potem wybrnąć z kłopotów.

Na to było już jednak za późno. Podniosłam się z kanapy, odebrałam i podeszłam do okna.

– Co ty odpierdalasz? – usłyszałam głos Stracha.

Teraz miałam jeszcze większy trud z wyduszeniem czegokolwiek.

– Co to ma być? – dodał. – Bawi cię to?

– Ale…

– I skąd znasz hasło do jej konta, co?

Dopiero teraz zrozumiałam, że po tym, jak mu wszystko opowiedziałam, musiał sam sprawdzić hashtag na Twitterze. A w rezultacie natknął się na wpis z profilu swojej zmarłej żony. I był przekonany, że to moja sprawka

– Do kurwy nędzy, ona zawsze ostrzegała mnie, że z tobą jest coś nie tak – ciągnął Krystian. – Powinienem był jej wtedy posłuchać, może…

Zawiesił głos, a ja zamknęłam oczy, mając nadzieję, że nie dokończy.

– Może nadal by żyła – dodał. – Może obydwie by żyły.

Zanim zdążyłam odpowiedzieć, rozłączył się. Trwałam w bezruchu, przyciskając komórkę mocno do ucha. Nie chciałam jej opuszczać, wiedząc, że wówczas będę musiała zacząć tłumaczyć Igorowi, kto i dlaczego dzwonił.

I co powiedział.

Przez chwilę starałam się skupić na swoim oddechu. Zamknęłam oczy, powoli nabierałam i wypuszczałam powietrze, ale w niczym to nie pomagało. Przeciwnie, wydawało mi się, że z każdą chwilą robi mi się coraz goręcej.

Słowa Krystiana nie były całkowicie pozbawione sensu. Wszyscy wiedzieli, że to jemu postawiono zarzuty, ale nikt nie zdawał sobie sprawy, dlaczego ostatecznie uniknął więzienia.

Wybronił się tylko dzięki temu, że miał dobrego prawnika. Nie dlatego, że był niewinny.

Gdyby sprawiedliwości miało stać się zadość, powinien zostać skazany. On i druga osoba, która była nie mniej winna niż on.

Ja.

Big Beautiful Women
Akademia Leona Koźmińskiego, Praga-Północ

Strach najchętniej wywiesiłby przed wejściem na salę egzaminacyjną tabliczkę z informacją o porzuceniu wszelkiej nadziei. Nie żeby miała cokolwiek wspólnego z tym, co czekało studentów – przeciwnie, nigdy nie robił nikomu problemu ze zdaniem egzaminu. Przedmiot, który wykładał, nie był przesadnie istotny na ich kierunkach i wręcz nie wypadało, by się na nim potykali.

Kłopot polegał na tym, że każdy zdawał sobie z tego sprawę. Studenci traktowali egzamin ustny u Krystiana z lekceważeniem, a naukę do niego zupełnie bagatelizowali. Tabliczka z cytatem z *Boskiej komedii* mogłaby przynajmniej podziałać na wyobraźnię – może kilka osób podeszłoby do egzaminu poważniej.

Przed drzwiami nie ustawiały się kolejki na pięć godzin przed wyznaczoną porą. Nikt nie robił dzień wcześniej zapisów. Nie krążyły żadne legendy o tym, że lepiej ubrać się tak, a nie inaczej, bo można otrzymać wówczas lepszą ocenę.

Przeciwnie, wszyscy traktowali ten dzień jak każdy inny. Kilkanaście osób przejrzało notatki, kilka sięgnęło po proponowane przez Strachowskiego monografie. Reszta przeczytała jakieś kserówki przed wejściem na salę i uznała, że tyle wystarczy.

I wystarczało.

Dopiero kiedy zjawiła się Tesa, Krystian uznał, że czas najwyższy zadać pytanie, na które odpowiedź wymagała pewnej wiedzy. Zrobił to wyłącznie dla porządku. Nie musiał jej odpytywać, by wystawić ocenę.

Wybrał zagadnienie zupełnie podstawowe, a potem przez moment się namyślał. Być może nadarzyła się dobra okazja, by poruszyć temat, który od pewnego czasu omijali.

– W porządku... – podjął. – Proszę mi opowiedzieć o modelu Edgara Scheina.

Amerykanin badał nie tylko kulturę organizacyjną, ale także psychologię społeczną. Wiele z tematów, którymi się zajmował, miało związek z integracją w grupie. A właśnie o tym kilka razy Strach starał się z dziewczyną porozmawiać.

Zawsze od tego uciekała. Ilekroć zbliżali się do jej problemów i trudności związanych z funkcjonowaniem w społeczeństwie, kierowała rozmowę na inny tor.

Tesa uśmiechnęła się niepewnie.

– Przypuszczam, że pyta pan o funkcje.

– Zgadza się – odparł.

– I że konkretnie interesują pana te związane z problemem dostosowania wewnętrznego.

Skrzyżował ręce na piersi i odgiął się na krześle z zadowoleniem. Kąciki ust dziewczyny uniosły się jeszcze wyżej.

– Niewiarygodne – oceniła. – Musi pan się uciekać do pytań egzaminacyjnych, żeby sprawdzić, na ile czuję się wyobcowana?

– Tylko dlatego, że nie mieliśmy okazji o tym pogadać.

– Okazji mieliśmy całkiem sporo.

– Niezupełnie.

– W Wileniaku podczas pierwszego spotkania, potem kilka razy w Złotych Tarasach, na Warszawie Zachodniej i oczywiście…

– Pamiętam każde spotkanie – wpadł jej w słowo Krystian. – Podobnie jak te wszystkie pani wybiegi, żeby o tym nie rozmawiać.

Widywali się tyle razy, że użycie przez nią liczebnika „kilka" w przypadku samych Złotych Tarasów wydawało się niewystarczające. Za każdym razem czuli się właściwie bezkarni, bo trzymali się swojej zasady dworcowej. Nieco ją naginali, by móc zjeść w centrum handlowym przy Emilii Plater, ale nigdy jej nie złamali.

Nie widywali się nigdzie indziej. Po imieniu mówili sobie tylko na dworcach.

W innych miejscach zachowywali się tak, jak przystało na studentkę i jej wykładowcę. W pewien sposób wciąż się oszukiwali, ale dawało im to komfort, bez którego nie sposób byłoby utrzymywać takiej relacji.

Krystian zdawał sobie sprawę, że może stać się toksyczna. I że w najgorszym wypadku doprowadzi do problemów nie tylko zawodowych, ale także osobistych. Ilona nie miała pojęcia, że przynajmniej dwa razy w tygodniu Strach widuje się z Tesą. Początkowo ta świadomość go uwierała, po jakimś czasie jednak zupełnie znikła.

Nie zastanawiał się ani nad konsekwencjami, ani nad tym, co tak naprawdę robili. Nawet jeśli pesymistyczna myśl przebiegała mu przez głowę, zupełnie bledła, kiedy tylko siadali na ławce na dworcu lub w jednej z kafejek w Złotych Tarasach.

Nie ukrywali się – gdyby to zrobili, oboje mieliby poczucie, że dopuszczają się czegoś niewłaściwego. Jednocześnie starali się nie być zbyt frasobliwi. Spotkali się wyłącznie w godzinach szczytu, licząc na to, że znikną w tłumie. I że nikt nie zwróci na nich uwagi.

Kilka razy Tesa upierała się, że to zupełnie płonna nadzieja. Podkreślała, że wysportowany, umięśniony i przystojny facet w towarzystwie kogoś takiego jak ona od razu wzbudzi sensację.

Strach wiedział, że przesadza. Zarówno w tej kwestii, jak i w podobnych.

– A zatem co z tym Scheinem? – odezwał się.
– Naprawdę musimy to...
– Oczywiście. Chyba że satysfakcjonuje panią ocena dostateczna.
– Nie satysfakcjonuje.
– Tak myślałem.

Tesa poprawiła się na krześle. Przez moment sprawiała wrażenie, jakby zamierzała złamać ich świętą zasadę i wykroczyć poza granice, które utrzymywali wszędzie poza dworcami.

Jeśli rzeczywiście to rozważała, ostatecznie zrezygnowała.

– Więc?
– Nie wiem, od czego zacząć.
– Od trzech głównych elementów modelu.
– Artefakty, normy i wartości, założenia kulturowe. Pierwszy z nich...
– Zupełnie mnie nie interesuje – uciął Strach. – Bardziej ten ostatni. A szczególnie funkcje kultury.
– Panie doktorze...

— Tak? — spytał z satysfakcją.

Oboje wiedzieli, że dąży do kwestii integracji ze środowiskiem i do tego, czego nie mógł z niej wyciągnąć w zwykłych rozmowach. Tym razem jednak miał narzędzia, by drążyć do woli.

— Skupmy się na funkcjonowaniu wewnętrznym — dodał.

— Naprawdę pan chce, żebym mówiła o tym, jak dana kultura w organizacji jest jej wewnętrznym spoiwem, jak integruje i scala ludzi?

— Tak.

— I co chce pan przez to osiągnąć?

— Możliwość wystawienia oceny bardzo dobrej.

Tesa nerwowo pokręciła głową.

— Oboje wiemy, że to nieprawda. Chce mnie pan zmusić do otworzenia się.

— Żadnego studenta do niczego nie zmuszam. Każdy jest tu z własnej woli.

Przez moment patrzyli na siebie w milczeniu, a Krystian starał się ocenić, czy w istocie nie posunął się o krok za daleko. Przemknęło mu przez głowę, że nie powinien wykorzystywać swojej pozycji.

Zaraz jednak odsunął tę myśl. Zresztą nawet gdyby rzeczywiście posuwał się za daleko, miał ku temu dobry powód. Dziewczyna potrzebowała pomocy, incydent na Dworcu Gdańskim z pewnością nie był odosobniony. Musiała już wcześniej myśleć o samobójstwie — i bez wątpienia w przyszłości jeszcze o nim pomyśli.

Krystian ponaglająco spojrzał na kartę egzaminacyjną leżącą na biurku.

— Niewiarygodne… — mruknęła Tesa.

- Czyli nie zna pani odpowiedzi?
- Nie, nie znam.

Strachowski zaklął bezgłośnie.

- Trója nie będzie dobrze wyglądała w indeksie.

Zdawał sobie sprawę, że nie była to dla Tesy kwestia wyłącznie ambicjonalna. Dziewczyna walczyła o najwyższe stypendium i wszystko wskazywało na to, że będzie mogła na nie liczyć.

- Średnia też pani spadnie.

Zgromiła go wzrokiem – i zrobiła to po raz pierwszy, odkąd pamiętał. Mimo że kilkakrotnie zdarzało mu się ją poirytować, nigdy nie spojrzała na niego z najmniejszą pretensją. Aż do teraz.

- Na pewno nie tak bardzo, jak moja samoocena, jeśli zacznę o tym mówić – odparła. – Zdajesz sobie z tego sprawę, prawda?
- Nie chciałem…
- Chciałeś, Strachu – dodała, a on odniósł wrażenie, że nagle po drugiej stronie biurka pojawiła się zupełnie inna osoba.

Nie tylko w jednej chwili przekreśliła ich zasady, ale mówiła tak, jakby nie była tą zahukaną dziewczyną, z którą zazwyczaj miał do czynienia.

- Chciałeś wykorzystać swoją przewagę nade mną – ciągnęła, podnosząc się. – Brawo. Prawdziwy z ciebie szarmant.

Podeszła do drzwi, ale zatrzymała się, kiedy Krystian zerwał się z krzesła i szybko obszedł biurko. Ledwo uświadamiał sobie, co robi, i dopiero po chwili zorientował się, że był gotów zatrzymać Tesę siłą, jeśliby musiał.

Studentka cofnęła się, jakby to dostrzegła.

– O co ci chodzi? – rzuciła. – Czego ty właściwie chcesz?

Wszystkie odpowiedzi, które przychodziły mu na myśl, nie tylko mijały się z prawdą, ale też brzmiały jak żałosne wykręty.

Czego tak naprawdę oczekiwał?

Uciekał od tego pytania, podobnie jak od świadomości tego, że spotkania na dworcach lub w ich okolicach tak naprawdę niczego nie zmieniają.

– No? – ponagliła go Tesa. – Powiesz coś?

Przełknięcie śliny przyszło mu z trudem. W jednej krótkiej chwili wszystko zdawało się zmienić. Sytuacja, ich relacje, jego podejście, każdy element, który dotychczas znajdował się na swoim miejscu, został przesunięty. A Krystian odnosił wrażenie, jakby stał przed komisją egzaminacyjną podczas obrony rozprawy doktorskiej.

– Podnieca cię to? – dodała Tesa. – Romans ze studentką?

– Nie mamy romansu.

– Nie? A jak to nazwiesz?

– Posłuchaj…

– Spotykamy się w tajemnicy, kłamiesz przed żoną, ciągle wynajdujesz nowe wymówki, żeby rzekomo dłużej zostać na uczelni, a w dodatku…

Sądził, że dokończy, ale dziewczyna zamilkła.

– Co „w dodatku"?

– Patrzysz na mnie teraz tak, jakbyś miał zamiar mnie pocałować.

W niewielkiej salce zaległo milczenie. Jedynie ciche tykanie zegara dowodziło, że czas się nie zatrzymał.

– Mnie… – dodała cicho Tesa, a potem potrząsnęła głową i przesunęła dłonią po włosach.

Zaśmiała się, jakby opowiedziała dobry dowcip.

Strach wciąż gorączkowo zastanawiał się nad tym, jak zareagować. Powinien natychmiast uciąć temat i powtórzyć, że o żadnym romansie nie ma mowy. Że do niczego między nimi nie doszło.

Zero kontaktu fizycznego. Zero przypadkowych dotknięć. Zero przytuleń, zbyt długich spojrzeń, podtekstów, czegokolwiek.

Tyle że byłyby to brednie. Owszem, pod względem fizycznym nigdy się do siebie nie zbliżyli. Ale pod emocjonalnym? Nie rozważał tego wcześniej, uciekał od tego jak od ognia, ale w głębi duszy wiedział, co jest na rzeczy.

Nie okłamywał Ilony bez powodu. W dodatku na dobrą sprawę korzystał z każdej okazji, żeby spotkać się z Tesą.

I rzeczywiście patrzył na nią teraz w taki sposób, o jakim wspomniała.

– Masz jakieś skrzywienie? – dodała, po czym cofnęła się jeszcze trochę.

Zatrzymała się dopiero, kiedy lekko uderzyła plecami o drzwi.

– Jesteś jednym z tych, których rajcują grube dziewczyny, Strachu?

Zamknął oczy i nabrał głęboko tchu.

– Z tych, którzy specjalnie tuczą swoje partnerki? Masz taki fetysz, co? – ciągnęła coraz bardziej konfrontacyjnie. – Wiesz, że Amerykanie mają nawet nazwę dla tych dewiantów?

– Nazwę?

W końcu się odezwał, ale bynajmniej nie było to najlepsze, co mógł powiedzieć.

– W tamtym roku przeprowadzono badania, ale temat nie jest nowy, więc nie martw się, nie jesteś pierwszy.

– Tesa...

– Zaczęło się od BBW, w siedemdziesiątym dziewiątym. Znasz ten skrót?

– Nie.

– Powinieneś. *Big Beautiful Women*. Fajny eufemizm na spasione dziewczyny, które podobają się zboczeńcom takim jak ty. To badanie z tamtego roku idzie dalej, bo przecież wciąż ewoluujecie ze swoimi skrzywieniami. W artykule nazywa się was feedersami. Karmicielami. Albo FA, to skrót od *fat admirers*. Wielbicieli tłuszczu.

Strach zwiesił bezsilnie głowę. Poznał Tesę dość dobrze i właściwie mógł się spodziewać, że prędzej czy później usłyszy tego typu zarzuty. Zarzuty, które tak naprawdę nie były skierowane do niego, a do niej samej.

– To się leczy – dodała. – Choć u ciebie pewnie nie będzie łatwo.

– Przestaniesz?

– Pytanie powinno brzmieć: czy ty to zrobisz? – odparła jeszcze bardziej konfrontacyjnie.

Krystian przysiadł na biurku, naprzeciwko niej. Wiedział, że jeden krok w jej stronę sprawi, że ta rozmowa natychmiast się skończy. A jej przypieczętowaniem będzie trzaśnięcie drzwiami, konsternacja czekających na korytarzu studentów, a następnie zainteresowanie ze strony władz uczelni.

– Nie, nie czy – poprawiła się. – Ale raczej: kiedy przestaniesz? Kiedy zdasz sobie sprawę, że to, co robisz, jest wynikiem choroby?

– Posłuchaj mnie przez chwilę...

– Kiedy się zreflektujesz, że masz piękną, szczupłą żonę, która na dobrą sprawę stanowi moje dokładne przeciwieństwo? Kiedy przypomnisz sobie, że masz małe dziecko? I kiedy zrozumiesz, że jestem pieprzoną neurotyczką, z którą życie byłoby koszmarem?

Pytania były jak kolejne ciosy, a on czuł się, jakby słaniał się na nogach, zataczając od jednego narożnika ringu do drugiego.

– Przypuszczam, że to wszystko dojdzie do ciebie, jak tylko uświadomisz sobie swoją przypadłość.

– Nie cierpię na żadną przypadłość.

Popatrzyła na niego niemal z nienawiścią w oczach, a potem gwałtownie uniosła ręce. Jak większość dziewczyn przychodzących na egzamin, miała na sobie białą, cienką bluzkę. Nie dało się ukryć pod nią tkanki tłuszczowej.

Tesa złapała za jej nadmiar w okolicy pachy i potrząsnęła nią, krzywiąc się.

– Widzisz to?

Widział zupełnie co innego. Owszem, miało to związek z jej otyłością, ale nie dotyczyło ciała, tylko psychiki. Wszystko, co mówiła, było aktem autoagresji. Cała ta tyrada była krytyką wymierzoną w samą siebie.

Dopiero teraz na dobrą sprawę uświadomił sobie, że Tesa poczerwieniała, oddychała nierówno, a na bluzce widać było plamy potu. Patrzyła na niego przez moment w milczeniu, a potem nagle odwróciła się i złapała za klamkę. Zanim zdążył ją zatrzymać, wyszła z salki.

Nie zamknęła za sobą drzwi, a on usłyszał kilka komentarzy, jakie rzucili inni studenci. Wszyscy założyli, że wypadła gwałtownie z gabinetu, bo ten jeden raz nie udało jej się dostać najwyższej oceny.

Zaraz potem do środka weszła kolejna studentka. Krystian nie miał czasu zastanowić się nad tym wszystkim, co usłyszał – co dopiero mówić o jakiejkolwiek reakcji. Oprócz tego musiał zachowywać pozory. Wziął się w garść, wrócił za biurko i zadał kilka pytań, ale nie mógł się skupić na odpowiedziach.

Wciąż wracała do niego myśl, że wytrącona z równowagi Tesa jest zdolna do wszystkiego. Bez trudu mógł sobie wyobrazić, jak łapie tramwaj naprzeciwko uczelni i jedzie na drugą stronę Wisły. Na Dworzec Gdański.

– Panie doktorze? – odezwała się egzaminowana dziewczyna.

Strach uświadomił sobie, że odpowiedź na pytanie, które jej zadał, już padła. Studentka głośno przełknęła ślinę, najpewniej sądząc, że o czymś zapomniała.

– Mogę jeszcze dodać, że typ przywódcy-liberała u Linkerta sam raczej nie podejmuje decyzji, zostawia je członkom grupy i…

– Dziękuję – uciął Krystian.

W chuj z Linkertem, miał ochotę dodać.

Podjął decyzję w ułamku sekundy, nie zostawiając sobie czasu na to, by się zastanowić. Wpisał dziewczynie czwórkę, bo kojarzył ją z wykładów na tyle, by wiedzieć, że miała ogólne rozeznanie w podstawach zarządzania, a potem wyszedł z nią na korytarz.

– Ile osób jeszcze mamy? – zapytał, wodząc wzrokiem po zebranych.

Studenci zaczęli się obracać i liczyć tych, którzy znajdowali się za nimi w kolejce. Strach uznał, że szybciej będzie, jeśli sam to zrobi. Oględny szacunek kazał sądzić, że tego dnia musi przeegzaminować jeszcze kilkadziesiąt osób.

Wyjście w tej chwili nie tylko zaalarmowałoby władze uczelni, że coś jest nie w porządku, ale naraziłoby go też na reakcje ze strony studentów. Z pewnością nie omieszkaliby w ocenie semestralnej dla dziekanatu napisać, że doktor Strachowski najpierw kazał się uczyć na wyznaczony termin, a potem nagle odwołał cały egzamin.

W tej sytuacji jednak miał zamiar potraktować ten scenariusz tak jak Linkerta.

– Proszę państwa, niestety muszę przełożyć termin egzaminu – powiedział, unosząc dłoń.

Wśród zebranych przeszedł cichy, niepewny szmer. Niektórzy z pewnością odczuli ulgę, ale większość była zawiedziona tym, że zmarnowali ostatnią godzinę lub dwie na gorączkową naukę.

– Zdaję sobie sprawę, że to niezbyt dobra wiadomość dla tych dwóch lub trzech osób, które rzeczywiście się przygotowały – dodał, starając się rozluźnić nieco atmosferę. – Dobra wiadomość dla pozostałych jest taka, że egzamin przeprowadzimy w formie pisemnej. Jako test.

Tym razem ożywienie było spowodowane niespecjalnie skrywaną ulgą.

– Jednokrotnego wyboru? – spytał ktoś.

– Tak.

Wiedział, że dzięki temu oddali widmo negatywnej oceny na koniec semestru. Może powinien od początku zdecydować się na taką formę egzaminu, zamiast ślęczeć godzinami w niewielkiej salce, wysłuchując mniej lub bardziej udanych konfabulacji.

Przynajmniej nie ryzykowałby teraz tym, że ktoś połączy nagłe wyjście Tesy z przełożeniem egzaminu.

Krystian dopuszczał takie niebezpieczeństwo. Wprawdzie na zajęciach zawsze się pilnował, ale z pewnością znalazł się ktoś, komu nie umknęły długie spojrzenia, jakie wymieniał z dziewczyną.

Zadając pytania, często patrzył wyłącznie na nią, ale akurat to mógł złożyć na karb faktu, że zazwyczaj znała odpowiedzi. Znacznie trudniej byłoby mu się wytłumaczyć ze spotkań poza murami uczelni. A ktoś mógł kiedyś zauważyć go z Tesą. W Warszawie mieszkało milion siedemset tysięcy osób, a przyjezdnych z pewnością było ponad pół miliona. Teoretycznie można było się zgubić w tym tłumie – rzeczywistość pokazywała jednak, że nie jest to takie proste.

Strach szybkim krokiem wyszedł głównym wyjściem z budynku D. Odsunął od siebie niepokojące myśli, uznając, że jeszcze będzie czas, by się nimi zająć. W tej chwili liczyło się odnalezienie Tesy.

I udało mu się szybciej, niż się spodziewał.

Siedziała na jednej z ławek przed wejściem, obok studenta, którego Krystian dobrze kojarzył. Igor palił papierosa, żywo gestykulując, a ona zdawała się słuchać każdego jego słowa.

Wyglądało na to, że powiedziała mu o wszystkim, a chłopak komentował teraz zachowanie Strachowskiego. Nie, uznał Krystian, z pewnością by tego nie zrobiła. Nawet jeśli była na niego wściekła, zdawała sobie sprawę, że takie zarzuty mogłyby sprawić, że wyleci z uczelni.

Strach cofnął się o krok i przez chwilę przypatrywał się dwójce studentów. Nie mógł opędzić się od myśli, że wyglądają jak para. Nie musiał słyszeć rozmowy, by wiedzieć, że się klei. Świadczyły o tym mowa ciała, brak pauz i fakt, że Tesa patrzyła Igorowi prosto w oczy. Nie zdarzało się to zbyt często.

Krystian wycofał się do budynku, uznawszy, że dziewczyna nie stanowi dla siebie zagrożenia. Skręcił w rzadko uczęszczany korytarz po prawej stronie, przeszedł kawałek i przylgnął plecami do ściany. Zamknął oczy i starał się objąć umysłem wszystko, co się działo.

Na ile Tesa miała rację?

W kwestii tych absurdalnych zarzutów oczywiście się myliła, ale jeśli chodziło o romans, nie rozminęła się z prawdą. Coś rzeczywiście się między nimi rodziło. Coś więcej niż w przypadku Krystiana i Ilony.

Otworzył oczy i wbił wzrok w sufit. Naprawdę tak czuł?

Odpowiedź mogła być tylko jedna. A to, że nie był gotów udzielić jej od razu, tylko utwierdzało go w przekonaniu, że się nie myli.

W Ilonie zakochał się właściwie od pierwszego wejrzenia, zresztą z pewnością nie on jeden. Nie miała wielu przywar charakterologicznych, ale nawet gdyby, jej uroda wszystkie by przyćmiła.

Dobrze się z nią rozmawiało, dobrze spędzało się z nią czas. Dobrze się żartowało, dobrze wspólnie bawiło.

Wszystko dobrze. Tylko dobrze.

W przypadku Tesy było zupełnie inaczej. Każda chwila spędzona z nią zdawała się wyjątkowa i zapadała w pamięć. Strach nie miał żadnych trudności z przypomnieniem sobie wszystkiego, co razem robili. Każde wspomnienie było wyraźne, charakterystyczne, niepowtarzalne.

To dzisiejsze niestety z pewnością też takie będzie. Podobnie jak świadomość tego, że podjął duże ryzyko, zostawił całą grupę studentów pod salą i naraził się na ich podejrzliwość tylko po to, żeby zobaczyć Tesę spokojnie rozmawiającą na ławce z Igorem.

Kiedy wrócił do domu wcześniej, niż zapowiadał, Ilona od razu stała się podejrzliwa. Fakt, że zachowywał się niecodziennie, był oschły, nieswój, a momentami nawet opryskliwy, sprawił, że jej nieufność jeszcze się wzmogła.

– Wytłumaczysz mi, co się stało? – zapytała w końcu.

Strach nie starał się jej wyperswadować, że coś jest nie w porządku. Znała go na tyle dobrze, by wiedzieć, że sobie tego nie uroiła.

– Nic, o czym warto by mówić – odparł, siadając na kanapie.

Włączył telewizor i rozsiadł się wygodnie. Na TVN-ie właśnie kończyły się *Telezakupy Mango*, zaraz mieli się zacząć *Detektywi*, a po nich *W-11 Wydział Śledczy*. Cóż, zawsze mógł trafić w gorszy moment.

– Miałeś być później.

– Wiem. Ale udało mi się wyjść przed czasem, to źle?

– Biorąc pod uwagę, że miałeś przeegzaminować kilkudziesięciu studentów, to tak, chyba tak.

– Bo?

– To znaczy, że coś się wydarzyło.

– Nic ważnego – powtórzył, z niedowierzaniem patrząc na to, co na antenie właśnie starał się zareklamować lektor. Gdyby nie fakt, że widać było urządzenie, Strach nigdy nie powiedziałby, że „smufimeiker" to maszyna do robienia smoothies. Następna była szatkownica. Rewolucyjna w każdym calu.

Był dwa tysiące dziesiąty rok, ale oglądając tego typu reklamy, można było cofnąć się w czasie o co najmniej dwie dekady.

Krystian nie zdążył poznać wszystkich zalet szatkownicy, bo telewizor przesłoniła mu Ilona. Stanęła prosto przed nim, z rękoma skrzyżowanymi na piersi.

– Znowu? – spytała.

Nie musiała precyzować, co ma na myśli.

– Jezu, Krystian…

– Nic nie powiedziałem.

– Wręcz przeciwnie. Powiedziałeś znacznie więcej, niż zamierzałeś.

Wygiął się w bok.

– Możesz odsłonić?

Zupełnie zignorowała pytanie, podchodząc bliżej. Zatrzymała się tuż przed nim i spojrzała na niego z góry.

– Mało ci jeszcze? – zapytała. – Znalazłeś sobie następną Sporniak?

Nie odpowiadał.

– Zapomniałeś już, co się stało z tamtą dziewczyną?

– Nie zapomniałem – odparł cicho i powoli podniósł wzrok. – A teraz się odsuń.

Słysząc ten ton, Ilona szybko odeszła.

Tesa

Już dawno doszłam do wniosku, że moje życie opiera się na braku wyboru. W pewnym sensie już na samym jego początku miałam tyle swobody, co mały kundel dany dziecku w prezencie. Podobnie jak ja, nie miał wyboru co do miejsca, w którym się znajdzie, ludzi, którymi będzie otoczony, nie mógł nawet wybrać dla siebie imienia.

Podobnie kretyńskie przykłady mogłam mnożyć, podświadomie starając się bagatelizować temat, ale ostatecznie wszystko sprowadzało się do głęboko zakorzenionego fatalizmu. W dodatku odnosiłam wrażenie, że im bardziej zbliżałam się do Stracha, tym mocniej kurczyła się moja wolność wyboru. Tym razem też tak było. Po krótkiej rozmowie miałam tylko jedno wyjście.

Zobaczyć się z nim.

Żeby jednak do tego doprowadzić, musiałam uporać się z sytuacją w domu. Chwilę zajęło mi wytłumaczenie Igorowi, że spotkanie z Krystianem jest absolutną koniecznością. Początkowo po prostu słuchał z niedowierzaniem, a jego wyraz twarzy sugerował, że był gotów potraktować to wyłącznie jako żart.

Nie mogłam mu się dziwić. Po tym, co zaszło kilka lat temu, zobaczenie się ze Strachem jawiło się jako szaleństwo.

Igor zareagował dokładnie tak, jak się tego spodziewałam. Po chwilowej konsternacji wpadł w złość. Nie w szał, nigdy nie był aż tak porywczy, by to określenie pasowało do jego reakcji.

Był jednak wściekły. Wyrzucał mi, że zawiódł się na mnie, że nie mam pojęcia, co robię, a ostatecznie, że oszalałam. W tej ostatniej kwestii mógł mieć rację.

Nie odzywałam się, wychodząc z założenia, że najlepiej będzie, jeśli dam mu się wygadać. Jadłam jeden kawałek pizzy za drugim, a po chwili z zamówienia z Biesiadowa nie zostało praktycznie nic.

Kalorie liczyłam tylko przy pierwszym kawałku. Właściwie nie powinnam tego robić, biorąc pod uwagę, że zamówiliśmy Chłopa z Mazur. Na grubym cieście, w podwójnej porcji sera nurzały się boczek, salami i trochę warzyw. Mieliśmy podzielić się całością, ale szybko stało się jasne, że Igor stracił apetyt.

Ja wręcz przeciwnie. Po raz kolejny wpadłam w zaklęty krąg, poddałam się efektowi śnieżnej kuli. Działało to dokładnie tak, jak w przypadku alkoholika. Jeśli walczy ze sobą, to jedynie na początku – po pierwszym lub drugim drinku uznaje, że i tak już wypił, więc nie ma większego znaczenia, czy zdecyduje się na więcej.

Kiedy Igor skończył swoją tyradę, zabrał karton po pizzy, zgniótł go i z impetem wepchnął do kosza w kuchni. Potem przez moment trwał w bezruchu, a ja przypuszczałam, że trzaśnie drzwiczkami i podda się kolejnej fali złości.

Stało się jednak inaczej. Odwrócił się od niedomkniętego kosza i nabrał głęboko tchu. Wskazał na wystający kawałek kartonu.

– Przygotowujesz się do nałożenia embarga na Włochy? – burknął.

– Co?

– Jak Kennedy w sześćdziesiątym drugim.

– Nie wiem, o czym mówisz.

Rzeczywiście nie wiedziałam, zdawałam sobie jednak sprawę, że w tonie Igora pobrzmiewa pojednawcza nuta. Mój mąż najwyraźniej się wygadał i szukał porozumienia.

– Dzień przed nałożeniem blokady handlowej na Kubę Kennedy ściągnął stamtąd ponad tysiąc cygar.

Spojrzałam na okruchy ciasta na stole.

– W tym wypadku to chyba raczej przygotowania do apokalipsy – zauważyłam. – W dodatku nic dla ciebie nie zostało.

Zbył moje słowa machnięciem ręki.

– Nieważne. Byłem zajęty pytlowaniem.

Patrzyłam na niego, zastanawiając się, czy aby na pewno nie zamierza robić tego dalej.

– Niestety nic z niego nie wynikło – dodał. – Nadal zamierzasz spotkać się ze Strachem, prawda?

Potwierdziłam niepewnym ruchem głowy.

– I to kolejny raz…

– Nie mam wyjścia.

– Masz. I zobaczysz je, jak tylko przypomnisz sobie, jaki to człowiek.

– Pamiętam doskonale.

– Tak? – spytał z powątpiewaniem, zbliżając się. Usiadł na kanapie obok mnie, a potem przesunął dłonią po stole, strącając okruchy. – A mnie się wydaje, że masz dziury w pamięci, Tes.

Mylił się, wszystkie wspomnienia wciąż były żywe, jakby pochodziły sprzed paru dni. Jak dziś pamiętałam sceny, które rozegrały się podczas pogrzebu Ilony i Luizy. Policja nie czekała, aż Krystian dokończy żałobę.

Funkcjonariusze pojawili się na cmentarzu i zatrzymali go tuż po ceremonii pogrzebowej.

Doskonale pamiętałam także spojrzenie, które wtedy mi posłał. I nerwowość, która nie opuszczała mnie ani na chwilę. Robiliśmy wszystko, by nie dać po sobie poznać, że między nami cokolwiek jest. Nigdy nie byłam dobrą aktorką, ale posępne okoliczności sprawiały, że nikt nikomu specjalnie się nie przyglądał.

Odegrałam swoją rolę tak, jak powinnam. Gdybym równie dobrze radziła sobie przed kamerą, być może już udałoby mi się opublikować coś na vlogu. Zamiast tego jednak na dysku wciąż miałam kilka krótkich filmików, które zdarzyło mi się nagrać, i o których nikt nie wiedział, nawet Igor. Czułam się zażenowana, ilekroć o nich myślałam. Część skasowałam, a dopuszczenie do siebie świadomości, że mogłabym kiedykolwiek je opublikować, napełniała mnie zgrozą.

Podczas pogrzebu poradziłam sobie jednak na tyle dobrze, by nikt się nie domyślił, że coś nas łączy – ani policjanci, ani żałobnicy. Uwaga tych drugich zresztą szybko skupiła się na tym, że Krystiana odwieziono na komisariat.

Wydaje mi się, że już wtedy został skreślony w oczach społeczeństwa. Tyle wystarczało, by większość ludzi podjęła decyzję o winie Stracha.

Nie zmieniło tego nic – ani świetny prawnik, ani wycofanie zarzutów.

Igor zapewne miał nadzieję, że dzięki temu spojrzę na Krystiana w podobny sposób. I że tamte sceny uświadomią mi teraz, z kim chcę się spotkać. Nie miał jednak pojęcia, że wiedziałam o wszystkim, co się działo w życiu Stracha.

Ani że wraz z nim powinnam wtedy wsiadać do radiowozu.
- Co chcesz przez to osiągnąć? – zapytał Igor.
- Nie wiem.
- To świetna odpowiedź. Przekonuje mnie.

Uśmiechnęłam się lekko, doceniając, że nawet w takiej sytuacji stać go na odrobinę sarkazmu, który w jego wykonaniu zawsze uznawałam za pieszczotliwy.
- Niczego z niego nie wyciągniesz – kontynuował. – Ten facet to maszyna do kłamstw. Podczas składania zeznań obrócił wszystko na swoją korzyść, zadrwił sobie z wymiaru sprawiedliwości i wywinął się dzięki oczywistej manipulacji.
- Gdyby tak było, to…
- To co? – wpadł mi w słowo. – Skazano by go? To nie jest idealny świat, w którym wszystkie błędy są od razu naprawiane. Wręcz przeciwnie.
- Nie musisz mi o tym mówić.
- Muszę, bo twój rozsądek ma teraz wychodne.

Biorąc pod uwagę pięćdziesięciosiedmiocentymetrową pizzę, którą przed momentem zjadłam, powinnam przyznać mu rację.
- Już raz Strach wplątał cię w niezłe gówno. Zrobi to po raz kolejny.
- Jedyne, co zrobi, to da mi kilka odpowiedzi.
- Próbowałaś je wyciągnąć na cmentarzu. I czego się dowiedziałaś? – spytał oskarżycielsko. – Zapominasz, z kim masz do czynienia.

Wiedziałam, jaki obraz Krystiana ma mój mąż. W jego oczach był złem wcielonym, diabelską inkarnacją, perfidnym manipulatorem, wyjątkowo przebiegłym oszustem i człowiekiem zdolnym do wszystkiego.

Może było w tym trochę prawdy. Ale tylko trochę.

– Poza tym…

Urwał, kiedy rozległ się dźwięk powiadomienia z jego telefonu. Natychmiast porzucając temat, sięgnął po komórkę. Podobnie jak w moim wypadku, nie było wiele osób, które mogłyby do niego napisać.

A podobny dźwięk z mojego smartfona na dobrą sprawę potwierdzał, że pojawił się nowy wpis.

Zanim zdążyłam sprawdzić telefon, Igor podał mi swój.

– Niech mnie chuj – skwitował.

Spojrzałam na wyświetlacz. Rzeczywiście pojawił się nowy wpis i pochodził z konta, które wprawdzie od lat pozostawało nieaktywne, ale swego czasu było jednym z najbardziej rozpoznawalnych na polskim Twitterze.

„#apsyda akuku!", brzmiał tweet.

Pojawił się na profilu Anety Rogowskiej, córki niegdysiejszego wicepremiera i ministra finansów, która kilka lat temu w niewyjaśnionych okolicznościach zaginęła za granicą.

Rogowska była znana głównie z tego, że… była znana. A może nawet nie ona, tylko jej ojciec. Szybko zbudowała jednak na tym własną pozycję w świecie show-biznesu – wystąpiła w *Tańcu z gwiazdami*, spotykała się ze znanymi piłkarzami, brylowała na okładkach kolorowych tygodników i czasem zdawało się, że sama redaguje główne strony Pudelka i Plotka.

Jej przypadek był dokładnym przeciwieństwem zniknięcia Patrycji Sporniak.

Sprawa zbulwersowała opinię publiczną, przez pewien czas w mediach nie mówiono o niczym innym, a w pubach był to jedyny temat rozmów przy piwie. Wszyscy zdawali się mieć swoje teorie na temat zniknięcia celebrytki.

W tym ogólnym wariactwie kolejne hipotezy śledczych upadały tak szybko, jak się pojawiały. Aneta zaginęła dwudziestego ósmego lutego dwa tysiące dziesiątego roku – i od tamtej pory nie udało się ustalić, jak do tego doszło. Ani co się w istocie wydarzyło.

Temat ostatecznie przestał być nośny kilka tygodni później. Z pewnością stałoby się inaczej, a teorie wciąż by się mnożyły, gdyby nie dziesiąty kwietnia. Wówczas wszystko inne stało się sprawą drugorzędną.

Zaginięcie Rogowskiej, pierwsza główna wygrana w *Milionerach*, najwyższa wygrana w Lotto, powstanie pierwszego w Europie kanału telewizyjnego 3D, oficjalne otwarcie Gazociągu Północnego, pierwszy lot kosmiczny boeinga X-37, a nawet eksplozja Deepwater Horizon w Zatoce Meksykańskiej – nic z tych wydarzeń nie zajmowało społeczeństwa. W Polsce mówiło się tylko o narodowej tragedii, katastrofie Tu-154 pod Smoleńskiem.

Służby nadal starały się rozwiązać zagadkę Anety, ale podobnie jak dla mediów, także dla władz ta sprawa stała się drugorzędna. Od tamtej pory co jakiś czas pojawiały się osoby twierdzące, że mają nową wiedzę, ale żadna z nich nie wniosła nic do dochodzenia.

Dziewczyna przepadła. W jej hotelowym pokoju nie było żadnych śladów świadczących o włamaniu, przemocy lub jakimkolwiek bezprawnym działaniu. Ciała nigdy nie odnaleziono, w zasadzie brakowało nawet poszlak, by sądzić, że Rogowska nie żyje.

Wyleciała do Lizbony dwudziestego lutego, na początku marca miała być z powrotem w Polsce. Pracowała nad książką motywacyjną, która bez wątpienia stałaby się letnim bestsellerem. Miała współprowadzić jeden z popularnych reality show, a dodatkowo chodziły słuchy, że zamierza nagrać płytę. Znajdowała się u progu wielkiego show-biznesu i nie miałaby powodu, by uciec.

Ani by po ponad ośmiu latach wysyłać tweet.

Przez chwilę razem z Igorem bezmyślnie wpatrywaliśmy się w ekran jego smartfona. Oboje czuliśmy się, jakby ktoś zdzielił nas czymś po głowach. I przekonaliśmy się, jak bardzo zmienia się perspektywa, kiedy sprawie towarzyszy medialny szum.

Przypadki Patrycji i Anety były w istocie identyczne, w obydwu zaginęły młode dziewczyny. A jednak tweet Rogowskiej przyprawił nas o znacznie większy szok niż wcześniejszy wpis Sporniak.

Spojrzałam na liczbę obserwujących konto. Dziesiątki tysięcy osób niegdyś interesowały się tweetami Anety. Ona sama wysłała ich dwa razy tyle, ale śledziła raptem kilkuset użytkowników, głównie polityków. Przypuszczałam, że to głównie dzięki nim uzyskała tak dużą popularność w tym medium.

Swojego czasu pisano o niej jako o „polskiej królowej Twittera". Dziś jej statystyki nie robiłyby na nikim żadnego wrażenia, ale w dwa tysiące dziesiątym były imponujące. Kiedy zaczynała, nawet politycy podchodzili jeszcze do tego medium jak pies do jeża – raptem kilkudziesięciu członków PO i kilkunastu z PiS miało konta.

Potem wszystko eksplodowało, a jeszcze większą popularność Rogowska zyskała po tym, jak zniknęła. Wszystko wskazywało na to, że większość śledzących ją wówczas osób nie pomyślała o tym, by przestać obserwować konto.

Było to niemal jak deklaracja, że czekają na jej powrót.

Igor w końcu oderwał wzrok od wyświetlacza i popatrzył na mnie z przerażeniem. W pierwszej chwili nie zrozumiałam, skąd ta reakcja.

Tylko w pierwszej chwili.

– O Boże… – jęknęłam.

– To całkowicie zmienia sytuację.

Mimowolnie sięgnęłam w kierunku stołu, zapominając, że nie ma już na nim pizzy.

– Dobiorą się do nas – dodał Igor. – Teraz to… teraz to wszystko…

– Zmieni się w medialne szaleństwo.

Skinął nerwowo głową.

– I dziennikarze szybko ustalą, że wiedzieliśmy o tym wcześniej – ciągnął, pocierając kark. – Że dostałaś paczkę, że pojawił się tweet Patrycji, potem Zameckiego, a nieco później Strachowskiej…

Dziennikarzami się nie martwiłam. Za to od razu pomyślałam o śledczych – z ich punktu widzenia to ja będę jedynym spoiwem łączącym wszystkie te sprawy.

– Nie możemy dłużej tego ukrywać – podsumował Igor.

– Wiem.

– Ten tweet zaraz zostanie podany dalej przez połowę polskich użytkowników.

– Nie tylko polskich.

Zaginiona celebrytka, która po latach nagle się pojawia – to musiało spowodować oddźwięk nie tylko w kraju, ale i za granicą. Przypuszczałam, że najpóźniej za dwie godziny Google Translate rozgrzeje się do czerwoności. Wyrażenie „a kuku", odpowiednik angielskiego „peekaboo", stanie się jednym z najbardziej rozpoznawalnych w sieci.

Zanim jednak do tego dojdzie, ktoś kliknie w hashtag. Zaraz potem zobaczy kilka innych wpisów i uświadomi sobie, że wszystkie pochodzą od osób, które były dotychczas uznawane za zaginione lub zmarłe.

A przynajmniej wydawało mi się, że tak się stanie.

Kiedy jednak przeniosłam wzrok na ekran, przekonałam się, w jak wielkim błędzie byłam.

– Igor! – wyrwało mi się.

– Co jest?

Obróciłam do niego smartfona, a jego otwarte usta i zupełna konsternacja potwierdzały, że mi się nie przywidziało. Tweet zniknął, na koncie Anety Rogowskiej nie było śladu po znaku życia, który przed momentem widzieliśmy.

– Zaraz… – jęknął Igor.

Byłam nie mniej skołowana niż on. Miałam ochotę wyrzucać z siebie pytanie za pytaniem, zaczynając od tego, jak to w ogóle możliwe. Odpowiedź była prosta. Usunąć tweeta było równie łatwo, jak go wysłać.

– Do kurwy nędzy, o co tutaj chodzi? – dodał mój mąż. – Co to za chora zabawa?

Milczałam. Nawet gdyby Igor nie zadał tych pytań, wisiałyby nad nami jak smog nad miastem w szczytowym momencie sezonu grzewczego. Odłożyłam komórkę na stół, a potem przez jakiś czas siedzieliśmy w ciszy.

– To musi jeszcze gdzieś być, prawda? – odezwałam się w końcu. – W necie nic nie ginie.
– Teoretycznie…
– Może zapisało się na tym Web Archive?
– Wayback Machine – poprawił mnie Igor, kręcąc głową. – Nie, raczej nie. Snapshoty są robione w miarę regularnie, ale nie na tyle często, żeby akurat uchwycić szybko znikającego tweeta.
– Więc przepadł?

W końcu przestał nerwowo trzeć kark i wzruszył ramionami.

– Nie wiem, może zapisało się w archiwum Google, ale tam wszystko pojawia się z kilkudniowym poślizgiem – powiedział. – Nie znam się na tym. Przynajmniej nie na tyle, żeby mieć pewność.
– A jednak te najbardziej kompromitujące wpisy polityków pojawiają się jak grzyby po deszczu. Szczególnie po tym, jak oni sami je usuną.
– Bo ludzie śledzą ich na bieżąco. Ktoś zrobi screena, wyśle dalej i potem rozchodzi się to jak wirusowe zapalenie – odparł Igor i chyba dostrzegł mój zawód. – Popytam w firmie. Mamy kilka osób, które powinny się orientować.

Skinęłam głową, ale bez wielkiej nadziei na przełom. Miałabym ją, gdybym tylko w głosie mojego męża usłyszała, że istnieje jakaś szansa na odzyskanie wpisu.

– Mniejsza o to, czy znajdziemy tweeta – odezwał się po chwili.
– Mniejsza? To był dowód na to, że Rogowska żyje.
– Niekoniecznie. Poza tym bardziej interesuje mnie, dlaczego tak szybko zniknął.

Pochyliłam się i oparłam ręce na kolanach. Przez moment wpatrywałam się tępo przed siebie, mimowolnie dostrzegając swoje odbicie w szerokokątnym telewizorze. Odwróciłam wzrok.

– Rozmyśliła się? – podsunęłam. – Uznała, że popełniła błąd?

– Może.

– Masz inny pomysł?

Wiedziałam, że nie.

– Jeśli tweeta miałby wysłać ten twój Architekt, nie usuwałby go – ciągnęłam. – Nie miałby gwarancji, że ktokolwiek w tak krótkim czasie go zobaczy. A przecież o to mu chodzi, prawda?

Igor przyjął podobną pozycję jak ja.

– Musi wiedzieć, że obserwujesz ten hashtag – zauważył.

– To nie dawałoby mu pewności, że zdążę zobaczyć wpis.

– Może…

– Co? – przerwałam mu czym prędzej i machinalnie zerknęłam w stronę okna. – Obserwuje nas?

Igor się skrzywił, jakby to była najbardziej infantylna sugestia, jaką kiedykolwiek usłyszał z moich ust.

– Jeśli tak, to z pewnością nie przez lornetkę. I nie chowając się gdzieś za oknem, Tes.

Kiedy wskazał na kamerkę w laptopie, uznałam, że ma rację. Najwyraźniej żyłam jeszcze w innym świecie, gdzie inwigilowanie kogoś wymagało znajdowania się choćby w okolicy tej osoby.

Jeśli Architekt rzeczywiście miał tak dobre rozeznanie informatyczne, jak zdawała się to podpowiadać logika, nie powinnam wykluczać, że w jakiś sposób śledzi moje poczynania. Musiał, skoro to mnie z jakiegoś powodu wybrał jako istotny element swojego planu.

Nie, to było szaleństwo. Bardziej prawdopodobne wydawało się, że to Aneta wysłała wiadomość. Cokolwiek jej się przydarzyło, postanowiła wrócić do dawnego życia, a potem zmieniła zdanie.

Najprostsze wyjaśnienie zazwyczaj było najtrafniejsze. Bytów nie należało mnożyć ponad potrzeby. Zasada ta sprawdziła się już w moim życiu nie raz, więc powinnam się jej trzymać.

– Nad czym się zastanawiasz? – rzucił Igor, wyrywając mnie z zamyślenia.

– Nad ostrością brzytwy Ockhama – odparłam pod nosem.

Pokiwał tylko głową, doskonale wiedząc, że gdyby cokolwiek odpowiedział, zaczęłabym wykazywać przed nim i przed sobą, że najbardziej prawdopodobna wersja to powrót Anety Rogowskiej.

– Choć właściwie naostrzył ją John Ponce, irlandzki mnich – mruknęłam. – Zwyczajowo przypisuje się słynny cytat o mnożeniu bytów Ockhamowi, bo…

– To naprawdę istotne?

– Z punktu widzenia dziejowej sprawiedliwości? W idealnym świecie pewnie tak.

– Świat nie jest idealny.

– Ano nie – potwierdziłam. – W przeciwnym wypadku spłuczki byłyby montowane nie za plecami, tylko na podłodze, żeby można było je wcisnąć nogą.

Igor popatrzył na mnie z niedowierzaniem.

– Ludzie roznosiliby o wiele mniej zarazków.

Nie odpowiedział, jakby w ogóle nie usłyszał tej uwagi. Zawiesił wzrok gdzieś za oknem, skubiąc w zamyśleniu skórkę przy paznokciu.

Nie było nic dziwnego w tym, że przejmuje moje tiki nerwowe. Dwoje ludzi spędzających ze sobą tyle czasu, żyjących w ścisłej symbiozie, właściwie zlewa się w jedną osobę.

Zdzieliłam go po łapach, licząc na to, że w ten sposób sprawię też, że nie będzie powielał moich schematów myślowych. Potrafiłam zafiksować się na jednej rzeczy i przez długie godziny nie myśleć o niczym innym. Przypuszczałam, że takie niebezpieczeństwo pojawiło się teraz, stąd próba rozładowania atmosfery wtrąceniem o spłuczce. Nie podziałało jednak ani na mnie, ani na Igora.

Zapewne podjęlibyśmy temat Architekta i drążylibyśmy go dopóty, dopóki nie ułożylibyśmy dziesiątek mniej lub bardziej absurdalnych hipotez, ale wszystko zmieniło się w momencie, kiedy pojawił się kolejny wpis opatrzony hashtagiem.

Popatrzyliśmy na siebie z przerażeniem.

– Drugi z rzędu? – odezwał się cicho Igor. – W tak krótkim czasie?

Istniała możliwość, że dźwięk powiadomień z obydwu naszych telefonów oznacza coś innego. Graniczyła jednak z cudem.

Sięgnęłam niepewnie po komórkę.

Konto, na którym pojawił się wpis, nie miało żadnych obserwujących. Jego właściciel nie śledził nikogo, a tweet, który przed momentem wysłał, był pierwszym, jaki pojawił się na profilu.

Imienia ani nazwiska nigdzie się nie doszukałam, podobnie jak jakichkolwiek informacji o właścicielu konta. W dodatku login brzmiał zupełnie nieznajomo. N.Delved absolutnie nic mi nie mówiło.

A powinno.

Zaraz za znacznikiem „#apsyda" widniała bowiem wiadomość skierowana właśnie do mnie.

„Przyjdź sama, Teso".

Nie było nic więcej. Wiadomość zdawała się zbyt krótka, wyrwana z jakiegoś szerszego kontekstu, zupełnie niezrozumiała. Dokąd miałam iść? Dlaczego? Kiedy?

Na wszystkie te pytania otrzymałam odpowiedź zaraz potem.

Esemes rozpoczynał się od znanych mi słów.

„Twoja przesyłka już na ciebie czeka!"

Budynek A
ul. Katalońska, Stegny

W ciągu roku akademickiego praca wykładowcy miała więcej cieni niż blasków, ale sytuacja zmieniała się w okolicach letniej sesji, kiedy na horyzoncie rysowały się już dwa miesiące wolnego.

Większość wolnego czasu Strachu zamierzał spędzić z Luizą i Iloną, zajmując się sprawami domowymi i rodzinnymi, ale oprócz tego zaplanował sobie krótki *city break* w połowie wakacji. Formalnie miał to być wyjazd służbowy, okazja do wysłuchania kilku praktyków biznesu w Lizbonie, ale wszyscy uczestnicy mieli świadomość, że tak naprawdę lecą do stolicy Portugalii po to, by się rozerwać.

Podczas ostatnich zajęć w semestrze Krystian starał się skupić właśnie na tej perspektywie, bo to ona sprawiała, że nie myślał o minusach swojej roboty. Być może zrównoważyłyby się z plusami, gdyby dane mu było wykładać coś, co studentów rzeczywiście interesuje. Istniały takie tematy, przekonał się o tym nie raz podczas spotkań koła naukowego.

Tesa przychodziła na nie regularnie, podobnie jak na zajęcia. Nie opuściła ani jednego wykładu, nawet po tym, jak doszło między nimi do kłótni.

Widział jednak, że zaczęła zjawiać się na jego zajęciach nie tylko po to, by posłuchać, co ma do powiedzenia, ale także by zobaczyć się z Igorem. Zdawali się mieć coraz lepszy kontakt, żartowali, śmiali się, w dodatku Krystian widywał ich kilka razy na korytarzu czy w jednej z uczelnianych restauracji.

Nie miał wątpliwości, że ta rozwijająca się znajomość jest głównym powodem, dla którego przestali się z Tesą widywać na dworcach. Ostatnim razem doszło do tego kilka miesięcy temu i nic nie wskazywało na to, żeby przed końcem roku miało się to powtórzyć.

Musiał przed sobą przyznać, że brakowało mu jej coraz bardziej. Przypuszczał, że z każdym tygodniem będzie lżej, a po kilku lub kilkunastu uzna, że to wszystko było zwykłym szaleństwem.

Prawda okazała się jednak inna. Im więcej czasu mijało, tym trudniej było mu powstrzymać się przed tym, by zaproponować spotkanie.

Od miesiąca, może dwóch, wieczorami pił o jedno piwo, o jednego drinka lub o jeden shot za dużo. Starał się nie sięgać codziennie po ten sam alkohol, by nie wpaść w rutynę. Czasem wydawało mu się, że ucieka przed tym, co nieuchronne, ale ostatecznie lepiej było oszukiwać się, dopóki mógł.

Znacznie rzadziej biegał, a ćwiczył na siłowni już tylko od wielkiego dzwonu. Ilona nie miała zamiaru udawać, że nie widzi niepokojących zmian – na dobrą sprawę co parę dni starała się wyciągnąć z niego, co się dzieje.

Strachowski uparcie zbywał temat, przekonany, że mimowolnie robi to coraz bardziej opryskliwie.

Kiedy wrócił do domu po ostatnich egzaminach na uczelni, żona otaksowała go uważnie, a zaraz potem zaczęło się zwyczajowe przeciąganie liny. Krystian był zbyt zmęczony, by utrzymać nerwy na wodzy. Pozwolił sobie na jedną zbyt ostrą odpowiedź, co sprawiło, że Ilona nie wytrzymała.

Zarzuciła mu wprost, że coś przed nią ukrywa – i nie musiała się długo zastanawiać, nim doszła do wniosku, że musi to mieć związek ze studentką.

Poruszenie tematu Tesy w takich okolicznościach było jak rzucenie iskry na beczkę suchego prochu. Eksplozja nastąpiła tuż po kilku niewybrednych uwagach na temat wagi dziewczyny.

Strachowski wyszedł z mieszkania, tylko cudem nie trzaskając za sobą drzwiami. Nie namyślając się długo, wsiadł do octavii. Wiedział doskonale, co musi zrobić – i miał równie głębokie przekonanie co do tego, że w istocie robić tego nie powinien.

Mimo to pojechał prosto na Dworzec Gdański. Nie zastanawiał się, nie kwestionował swojej decyzji i starał się skupić na wszystkim, tylko nie na niej. Działał jak automat. Jeszcze w drodze do głównej hali napisał esemesa.

„Jestem na Gdańskim, gdybyś miała chwilę".

Początkowo chciał dodać coś jeszcze, potem doszedł jednak do wniosku, że im krótsza wiadomość, tym lepiej, bo tym większe pole do interpretacji. Tesa potraktuje ją tak, jak będzie podpowiadała jej intuicja.

Krystian kupił bounty w automacie i usiadł na ławce. Pogryzał niechętnie, nie miał apetytu. Wibracje w komórce były włączone, a dzwonek ustawiony dostatecznie głośno, ale i tak co rusz sprawdzał telefon.

Tesa nie odpisywała, a on skarcił się w duchu za to, że w ogóle próbował nawiązać z nią kontakt. Czego się spodziewał? Że potraktuje to jako nieco tajemnicze, romantyczne zaproszenie? Na pieprzony dworzec kolejowy?

Że wpadnie zdyszana do hali, nie mogąc się doczekać spotkania z nim?

Absurd. Powinien był wiedzieć, że dziewczyna ma więcej oleju w głowie niż on. Zdawała sobie sprawę, że zanim zerwali kontakt, zbliżali się do przepaści. I miała świadomość, że każdy postawiony teraz krok znów ich do niej przybliży.

Byłoby to proszenie się o tragedię. Wręcz samobójstwo.

Tyle że Tesie to ostatnie było wcale nieobce.

„Jestem na uczelni" – brzmiała odpowiedź, która przyszła kilka minut po tym, jak Strach wysłał wiadomość.

Serce zabiło mu szybciej. Odłożył batonik, a potem przeczytał krótkiego esemesa jeszcze raz, uzmysławiając sobie, że nerwowo tupie nogą. Ostatni raz był tak podenerwowany tuż przed pierwszym wykładem, który miał poprowadzić jeszcze w Wyższej Szkole Przedsiębiorczości i Zarządzania, zanim stała się Akademią Leona Koźmińskiego.

Co teraz robiła tam Tesa? Było późne popołudnie, wszystkie egzaminy powinny się już zakończyć. Może z wyjątkiem tych ustnych – jeśli trafił się wytrwały i wyjątkowo skrupulatny profesor, odpytywanie kończyło się długo po godzinach pracy.

I dlaczego odpisała w ten sposób? Co to właściwie miało znaczyć? Że jest niedaleko, więc istnieje szansa, że się zjawi? Czy że sugeruje, żeby to on podjechał?

Strachowski zjadł bounty i zmiął papierek. Miał tego dosyć.

„Nie możesz się na moment urwać?"

„Nie, mam egzamin z historii".

„Ustny?"

„Niestety".

„Czekasz na wejście?"

„Raczej na Godota".

Strachowski uśmiechnął się lekko. Doskonale znał wykładowcę, u którego Tesa miała odpowiadać. Był to akademik starej daty, który nie uznawał właściwie żadnej formy pisemnego sprawdzania wiedzy. Twierdził, że musi widzieć, czy student rzeczywiście rozumie dane zagadnienia.

Skutkowało to tym, że w semestrach zimowych zdający u niego wychodzili z uczelni na długo po zmroku. A niektórzy zostawali na terenie, świętując.

„Która jesteś w kolejce?"

Tesa przez chwilę nie odpisywała, a Krystian dopiero teraz uświadomił sobie, że wymienili między sobą więcej słów niż przez kilka ostatnich miesięcy. Wydawało mu się to niemalże nierealne. Spojrzał na telefon i pomyślał, że być może to nie Tesa z nim pisze, ale jedynie ktoś, kto miał przypilnować jej komórki, podczas gdy ona zdawała egzamin.

„Przede mną jeszcze dobre dwadzieścia osób" – napisała w końcu.

„Posiedzisz do wieczora".

„To sugestia, że mogę wyrwać się na pół godziny i skoczyć na dworzec?"

„Tak".

Po raz kolejny Strach uznał, że mniej oznacza więcej.

„Nie da rady. Jak nie będzie mnie przez kwadrans, ktoś zajmie moje miejsce".

Krystian przypuszczał, że tak by się stało. Na egzamin do tego wykładowcy robiono listy już dzień wcześniej. A im większa grupa zdających, tym większe stawało się prawdopodobieństwo, że pojawi się kilka takich niezależnych od siebie inicjatyw.

Prowadziło to do przepychanek, desperackiej walki o miejsca i jeszcze większej nerwowości niż przed innymi egzaminami.

„Ale ty możesz podjechać".

Strach wbił wzrok w wyświetlacz. Propozycja Tesy sprawiła, że serce znów zabiło mu szybciej. W pierwszej chwili od razu ją odrzucił, ale zaraz potem doszedł do wniosku, że o tej porze podczas sesji na uczelni właściwie nie ma dużego ruchu.

Większość studentów oblegała gabinet historyka w budynku B, tam też znajdowały się dwa bary, które były najbardziej wypełnione. Trochę studentów będzie kręciło się po bibliotece, może w atrium budynku D.

W pozostałych miejscach mogliby z Tesą liczyć na nieco prywatności.

Strachowski przełknął ślinę i zabrał się do wprowadzania wiadomości. W połowie jednak przerwał, usunął tekst, a potem zerwał się z ławki. Kupił jeszcze jedno bounty, zanim szybkim krokiem opuścił dworzec.

Esemesa wysłał dopiero, kiedy znajdował się na terenie uczelni. Wszedł na trzecie piętro w budynku A i wziął dwie kawy z automatu. Zgodnie z przypuszczeniami nikogo nie spotkał.

Oparł się o ścianę, napisał Tesie, gdzie jest, a potem niecierpliwie nasłuchiwał kroków. W końcu je usłyszał.

Dziewczyna weszła powoli po schodach i rozejrzała się niepewnie. Popatrzyła najpierw na Stracha, a potem na stojącą na automacie kawę. Szybko jej ją podał.

– Ciśnienie już mam wysokie – powiedziała, odbierając tekturowy kubek.

– To latte.

– W tej chwili nawet samo mleko podziałałoby jak podwójne espresso – odparła, ale mimo to się napiła i starła piankę z ust. – Dwieście pięćdziesiąt mililitrów, czyli… jakieś osiemdziesiąt kalorii.

– Liczysz?

Zerknęła na niego z zaskoczeniem, jakby sądziła, że to przytyk odnoszący się do jej wagi.

– Miałem na myśli dzień taki jak dziś – wyjaśnił niechętnie.

– Ach…

– Ja przy egzaminach zawsze sobie folgowałem.

– Chyba tylko przy nich.

– Mhm – potwierdził. – To zawsze były moje *cheat days*. Ale dzięki temu byłem chyba jedyną osobą, która z niecierpliwością czekała na sesję.

– Właściwie to nawet nie najgorsza metoda, żeby oswoić się z tym barbarzyńskim okresem. Tyle że ja folguję sobie na co dzień, więc…

– Więc tym bardziej ci to nie zaszkodzi – uciął, podając jej bounty.

Zaśmiała się cicho i nerwowo, jakby zrobiła to tylko po to, by miał świadomość, że doceniła jego gest.

– Nie ma nic lepszego od sacharozy z domieszką kokosa? – zapytała, a potem rozpakowała pierwszą część batonika.

Przez moment się nie odzywali i Krystian nie miał wątpliwości, że Tesa spędza ten czas na gorączkowym poszukiwaniu sposobu, by pociągnąć rozmowę dalej. Jemu ta cisza nie przeszkadzała, przeciwnie, sprawiała, że czuł się, jakby wrócił do domu po długiej podróży.

Tesa przełknęła kawałek i poczęstowała Stracha, przyglądając mu się. Otworzyła usta, jakby chciała o coś zapytać, ale ostatecznie zamilkła.

Nie mógł powstrzymać uśmiechu.

– Coś cię bawi?

– Tylko to, że zamierzałaś poruszyć jakiś niewygodny temat i w ostatniej chwili mentalnie zdzieliłaś się po łapach.

– I to takie zabawne?

– Nie. Ale jest w tym coś uroczego.

Prychnęła, jakby nigdy nie słyszała większej bzdury.

– Chyba dawno nie widziałeś niczego uroczego.

– To prawda. Dawno.

– Więc powinieneś spojrzeć w lustro, kiedy nieświadomie przeczesujesz palcami włosy, zamyślony nad czymś.

Popatrzyli na siebie, jakby oboje nagle stanęli na minie.

Do cholery, jakim cudem sytuacja tak szybko stała się niebezpieczna? Naprawdę wystarczyła jedna pozornie pozbawiona podtekstu uwaga, by ich relacje zbliżyły się do niestosownych?

Strachowski uznał, że należało się tego spodziewać. Im dłuższa rozłąka, tym większe podświadome dążenie do nadrobienia straconego czasu. I właśnie to chyba w tej chwili robili.

– Nie miałam na myśli…

Machnął ręką.

– Co chciałaś wcześniej powiedzieć? – zapytał, byleby zmienić temat.

– Chciałam zapytać, dlaczego zaproponowałeś spotkanie na dworcu.

Znów wymienili się zaniepokojonymi spojrzeniami.

– To też niebezpieczny temat? – spytała cicho Tesa.

Z jakiegoś powodu miał ochotę wziąć ją za rękę, przyciągnąć do siebie i tę rozmowę kontynuować w znacznie mniejszej odległości.

– Chyba każdy teraz taki jest – zauważył.

– Chyba tak.

Spojrzał na jej dłoń, a potem zbliżył się o krok. Zdawał sobie sprawę, że za moment przyjdzie mu stoczyć ze sobą walkę. Krótką, nierówną i z góry przegraną.

Podszedł jeszcze bliżej, patrząc dziewczynie w oczy. Po raz pierwszy nie uciekła wzrokiem, pozwalając sobie na tak długą wymianę spojrzeń. Dostrzegał jej zakłopotanie, ale oprócz niego wreszcie zobaczył także coś więcej – głębokie przekonanie o tym, że w tej chwili jakikolwiek dyskomfort nie ma dla niej żadnego znaczenia.

– Chciałem się spotkać, bo…

Urwał, kątem oka dostrzegając, że ktoś wszedł na trzecie piętro. Natychmiast obrócił głowę w kierunku schodów i zobaczył jednego ze swoich studentów. Chłopaka, którego wielu wykładowców kojarzyło tylko dlatego, że był to jeden z najbardziej problematycznych słuchaczy w ostatnich latach.

Szeroki, szyderczy i złowrogi uśmiech potwierdzał, że student usłyszał i zobaczył zbyt wiele.

Krystian natychmiast odsunął się od Tesy, ale nie miał złudzeń, że może to cokolwiek zmienić. Zadowolenie chłopaka było jak zwiastun schodzącej lawiny, głośne i głuche trzaśnięcie gdzieś w oddali, jasno świadczące o tym, że na ratunek jest już za późno.

Weda-Lendowski uśmiechnął się jeszcze szerzej.

Nazwisko studenta znali niemal wszyscy wykładowcy, głównie przez jego wybryki, choć i bez nich z pewnością zapadłoby im w pamięć. Było charakterystyczne, rzadko spotykane, może nawet unikalne.

Krystian przypuszczał, że zapisze się ono w annałach uczelni, choć z pewnością nie złotymi zgłoskami. Już na początku roku uskarżał się na niego jeden z wykładowców, twierdząc, że w trakcie zajęć Weda-Lendowski narobił tak dużych problemów, że zmusił go do wyrzucenia studenta za drzwi, po raz pierwszy w życiu.

Czy raczej do próby wyrzucenia. Chłopak nie tylko rozpętał aferę, ale też nie ruszył się z miejsca. Był jednym z tych, którzy zdarzali się raz na kilka lat – upierdliwców przekonanych, że płacenie czesnego upoważnia do lekceważenia zasad.

Strach początkowo miał z nim dobre relacje, jednak po jakimś czasie zaczęło się to zmieniać. Ostatecznie doszło do scysji, która odbiła się echem w całej uczelni. Od słowa do słowa, Weda-Lendowski w końcu wypalił, że wykładowca nie ma prawa wypraszać z sali osób, które łożą na jego wypłatę.

Po chwilowej przepychance słownej Krystian sam go wyprowadził na korytarz. Chłopak z pewnością czuł, że to ujmowało mu w oczach kumpli, odgrażał się zresztą później przez jakiś czas, a wystawiona przez niego ocena semestralna była najgorszą, jaką Strach kiedykolwiek dostał.

Władze kolegium zbyły temat, zdając sobie sprawę z bzdurności zarzutów. Weda-Lendowski nie przestał jednak

Krystianowi podpadać. Przychodził na jego zajęcia właściwie tylko po to, by uprzykrzać mu życie. Potrafił zjawiać się nawet w weekendy i Strachowski obawiał się, że za którymś razem zobaczy Tesę, połączy kilka faktów i w końcu zyska to, na co czekał.

Ofiarami jego buty, arogancji i przekonania o własnej wyższości padali zresztą nie tylko wykładowcy. Krystian niejeden raz słyszał niewybredne komentarze, na jakie wobec innych studentów pozwalał sobie Weda-Lendowski. Wydawało się, że z każdym semestrem, może nawet miesiącem, idzie o krok dalej.

Fakt, że właśnie ten człowiek nakrył go z Tesą, był jak trzęsienie ziemi.

– W mordę… – rzucił chłopak. – Co tu się odpierdala?

Krystian odsunął się od dziewczyny jeszcze kawałek.

Szukał odpowiednich słów, czegokolwiek, co mógłby powiedzieć, byleby przerwać oskarżycielską ciszę. Wiedział jednak, że jakakolwiek próba tłumaczenia mijałaby się z celem. Nie wywinąłby się z tego przed znajomym, przychylnym mu wykładowcą, a co dopiero przed wrogo nastawionym studentem.

– To chyba, kurwa, jakiś żart? – prychnął Weda-Lendowski.

Myśli w głowie Krystiana zaczęły się łączyć. Chłopak też musiał czekać na egzamin, być może zerknął Tesie przez ramię, zobaczył kawałek esemesa. Właściwie wystarczyło niewiele, by się zainteresował. Może szukał rozrywki, chciał ją przyłapać z kimś z roku, a może spodziewał się, kto jest nadawcą wiadomości. Może miał już jakieś przypuszczenia, orientował się, że Tesa przychodzi na wykłady Krystiana u zaocznych.

Strach odsunął od siebie te wnioski. Nie miały teraz żadnego znaczenia.

Popatrzył na Tesę, ale ta zdawała się jeszcze bardziej zagubiona niż on. Pobladła i wycofała się, aż uderzyła plecami o automat do kawy. Weda-Lendowski sprawiał wrażenie, jakby trafił na żyłę złota. I w pewnym sensie tak było.

– No tak… – rzucił i zaśmiał się. – Teraz to wszystko ma sens.

– Posłuchaj… – zaczął Strachowski.

– Posłucham, posłucham. Dla samej przyjemności oglądania, jak się będziesz wysilał.

– Nie jesteśmy na ty.

– Nie? – znów się roześmiał. – Ale ze spasioną jesteście? To chyba trochę niesprawiedliwe, co?

– Uważaj.

– Na co? – spytał student, podchodząc bliżej i patrząc z rozbawieniem to na jedno, to na drugie. – To ty powinieneś uważać, chociaż… chyba już na to za późno. – Wypiął brzuch i się po nim pogładził. – Ona już zaciążyła, co?

Stanął przed Strachem i spojrzał na niego wyzywająco.

– Wylecisz na zbity pysk, człowieku.

Krystian kątem oka dostrzegł, że Tesa drgnęła, jakby miała zamiar interweniować, nim będzie za późno. Weda-Lendowski przeniósł na nią wzrok.

– A ty co, chcesz wejść między nas? – spytał. – Chyba raczej się nie zmieścisz.

– Mówiłem już: uważaj.

– Ale nie powiedziałeś, na co konkretnie.

– Na słowa.

Chłopak uniósł dłonie, ale w geście tym zamiast bezbronności widać było jedynie pyszałkowatość.

– Spokojnie, bania jest przyzwyczajona. Przecież widzi się na co dzień w lustrze, nie jest jak inne tuczniki, które w swoim chlewie mogą jedynie…

– Zamknij mordę.

– Au – odparł z teatralnym bólem Weda-Lendowski, kładąc dłoń na klatce piersiowej. – Takie mocne słowa, tak bardzo uderzają. W dodatku wszystkie znajdą się w piśmie do dziekanatu.

Strach zaklął w duchu, starając się nie dać po sobie poznać zgrozy, która go ogarnęła. Ostatnim, czego chciał, było dostarczanie temu sukinsynowi satysfakcji.

– Czy może od razu powinienem złożyć je do prorektora? Tak żeby przypadkiem gdzieś po drodze nie zaginęło?

– Rób, co chcesz.

Student znów zareagował śmiechem. Wymuszonym, przez co tym bardziej działał na Krystiana jak płachta na byka.

– To twoje motto? – spytał Weda-Lendowski. – Tak sobie powtarzałeś, kiedy posuwałeś tę tłustą świnię?

Strachowski zacisnął pięści, co nie uszło uwadze chłopaka. Gwizdnął cicho, a potem rozejrzał się z ciekawością, jakby szukał widzów, nie ratunku.

– Trudno mi to sobie wyobrazić – przyznał i wydął usta. – Jak w ogóle udało ci się wepchnąć tam przez te zwały tłuszczu?

Krystian poczuł, że Tesa ścisnęła jego ramię.

Był to właściwie pierwszy raz, kiedy doszło między nimi do dłuższego fizycznego kontaktu. Strach inaczej go sobie wyobrażał.

— I cud, że nie utonąłeś, jak się na niej położyłeś, człowieku. Powinieneś dziękować Bogu.

Tesa chwyciła go jeszcze mocniej.

— Daj spokój — jęknęła cicho.

Wydawało się, że obaj znaleźli się już w innym świecie. Nie dostrzegali dziewczyny, a jej słowa właściwie już do nich nie docierały.

— Czekaj, czekaj... chyba zaczynam to sobie wyobrażać — ciągnął Weda-Lendowski, mrużąc oczy. — Miałeś maskę tlenową? Musiałeś mieć. Ta jebana baryła poci się tak, że nie dałbyś rady smrodowi.

— Zamknij ryj.

— I musiałeś mieć zatyczki do uszu. Dźwięk falującego tłuszczu i to plask, plask, plask za każdym razem, kiedy na nią napierałeś, musiały...

— Powiedziałem coś.

— Taaa... — odparł chłopak. — Ale tak możesz mówić do swojego bachora, Strachowski, nie do mnie. Swoją drogą, żona wie, że pierdolisz ten spasiony baleron?

Tesa w porę wyczuła jego ruch. Szarpnęła go za rękę, ale nie mogła przeszkodzić temu, co musiało się zdarzyć. Strach wziął krótki zamach, lekko obrócił ciało. Wyprowadził szybki, celny cios.

Wymierzenie go trwało tylko kilka sekund. Tyle jednak wystarczyło, by przekreślić nie tylko całą przyszłość zawodową, ale i wszystko, co Krystianowi udało się dotychczas osiągnąć.

Uderzenie trafiło chłopaka tam, gdzie powinno. Dostawszy prosto między oczy, Weda-Lendowski zatoczył się, lekko oszołomiony. Szybko się otrząsnął. Nie miał zamiaru być dłużny, natychmiast doskoczył do Stracha i wyprowadził kontrę.

Krystian odepchnął Tesę, a cios spadł na jego uniesione przedramię. W mimowolnym, machinalnym odruchu Strachowski skontrował. Tym razem trafił w nasadę nosa. Krew trysnęła na posadzkę, a student wyrżnął o ścianę.

– Strach! – krzyknęła dziewczyna.

Krystian nie słyszał jej wołania. Nie zastanawiał się nad tym, co robi, do czego to wszystko doprowadzi ani jakie konsekwencje będzie miało dla innych – dla jego żony, córki, Tesy i każdego, kto był z nimi związany.

Wyprowadził kolejne uderzenie. Było nokautujące. Sprawiło, że Weda-Lendowski upadł, a wraz z nim runęła cała przyszłość Stracha.

Tesa

Stojąc przed paczkomatem, zastanawiałam się, czy podjęliśmy z Igorem dobrą decyzję. Nie mieliśmy pojęcia, kim jest użytkownik o nicku N.Delved – mógł być zarówno samym Architektem, jak i kimś, kto mu pomaga. Mógł też po prostu nie istnieć, a tweet mógł pochodzić od grupy, która to wszystko zorganizowała.

Nie mieliśmy jednak wątpliwości, że wiadomość od niego musimy potraktować poważnie. Jeśli do tej pory Architekt udowodnił cokolwiek ponad wszelką wątpliwość, to to, że dobrze się przygotował do realizacji swojego planu.

Stawiłam się przy paczkomacie sama, tak jak polecił, nie mogąc opędzić się od wrażenia, że jestem obserwowana. Wbijałam wzrok w esemesa od firmy kurierskiej, ale nie potrafiłam się przemóc, by wprowadzić odpowiedni kod do maszyny.

Kiedy telefon zawibrował mi w dłoni, serce zadudniło mi jak szalone. Odetchnęłam dopiero po chwili, uświadamiając sobie, że dzwoni Igor.

– Tak?
– Wszystko w porządku? – spytał.
– Chyba. Żaden samochód nie potrącił mnie po drodze, nikt mnie nie śledził i…
– To nie znaczy, że nikogo tam nie ma.
– Wiem.
Odpowiedziało mi milczenie.
– Igor? – odezwałam się. – Jesteś tam?

– Jestem. Chociaż wolałbym być gdzie indziej.

Popatrzyłam na boki i pomyślałam, że też chciałabym, żeby stał obok mnie.

– Ustaliliśmy, że nie warto ryzykować.

– No właśnie – odparł trzęsącym się głosem, jakby się spodziewał, że naprawdę coś mi grozi. – I może rzeczywiście nie warto.

Znów zamilkł.

– Chcesz powiedzieć, żebym nie sprawdzała tej skrytki?

– Nie wiem, Tes. Po prostu nie wiem.

Przycisnęłam komórkę mocniej do ucha i zaczęłam kciukiem odrywać kawałek skórki przy paznokciu.

– Może powinniśmy zadzwonić na policję i mieć to w dupie? – dodał. – Jeszcze niedawno oboje się co do tego zgadzaliśmy.

– Bo wydawało się, że za moment cały kraj się o tym dowie.

– To się prędzej czy później i tak stanie.

– A jeśli tweet Rogowskiej się nie zachował? Jeśli nikt do niego nie dotrze? Nadal będziemy jedynymi osobami, które cokolwiek wiedzą.

Spojrzałam na uśmiechniętą buźkę na wyświetlaczu paczkomatu. Zdawała się ze mnie drwić.

– Tym bardziej powinniśmy pogadać z policją.

Nie wiedziałam, co odpowiedzieć. Jeszcze jakiś czas temu sama byłam przecież na to gotowa, teraz jednak z jakiegoś powodu się wahałam. Z jakiego? Może podświadomie nie chciałam dzielić się tą tajemnicą z kimkolwiek? Czułam się wyjątkowa, bo zostałam wybrana przez Architekta? Nie, to było absurdalne.

Nie poszłam na policję, bo się bałam. Ktokolwiek za tym stał, wydawał się przygotowany na każdą ewentualność. Także na taką, że nakieruję śledczych na jego trop. Z pewnością zadbał o to, by mi to uniemożliwić.

Tylko jak? Logicznie rzecz biorąc, miałam wolną rękę. Mogłam zrobić wszystko.

– Tes?
– Jestem.
– Odebrałaś tę przesyłkę?
– Nie. Stoję przed paczkomatem jak sfinks przed piramidami i…
– Lepiej wychodzą ci te serialowe porównania. On strzegł dostępu do tajemnicy, a ty dążysz do jej odkrycia.
– Na dobrą sprawę nie ma chyba jednej teorii o jego przeznaczeniu.

Igor westchnął do słuchawki.

– Mniejsza z kupą starożytnych kamieni – odparł. – Mamy jeszcze czas, żeby się z tego wycofać.
– I co? Zamiast mnie ten kod wprowadzi policyjny pirotechnik otoczony wianuszkiem wojskowych saperów?
– Może tak byłoby rozsądniej.
– Nic mi nie grozi – zapewniłam.

Z jakiejś przyczyny naprawdę byłam o tym przekonana. Powód uświadomiłam sobie jednak dopiero, kiedy zaczęłam wpisywać kod.

Ta sprawa była osobista. Architekt nie wybrał mnie bez powodu, nasze drogi musiały się już skrzyżować. Może nawet więcej niż jeden raz.

Nie mogłam wykluczyć, że na pewnym etapie życia byliśmy blisko, choć równie dobrze mogło paść na mnie, bo wydałam mu się jedyną osobą, która jest godna wykonania tego zadania. To ostatnie założenie mógł jednak przyjąć tylko ktoś niezrównoważony. I właściwie pasowałoby to do mojego obrazu Architekta.

Tylko o jakie zadanie mogłoby chodzić? Do czego miał ostatecznie doprowadzić mój udział?

Czułam, że odpowiedzi są na wyciągnięcie ręki. Skończyłam wprowadzać kod i spojrzałam na skrytkę, która się otworzyła.

– Tes?
– Chyba właśnie podjęłam decyzję.
– Kurwa mać…
– Można to tak podsumować.
– Nie rozłączaj się.
– Nie mam zamiaru – odparłam, przykucając.

Stęknęłam cicho, by mój mąż tego nie słyszał, a potem zerknęłam do jednej z najniżej usytuowanych kasetek. W środku znajdował się niewielki pakunek, przywodzący mi na myśl przesyłkę, którą zamówiłam przed Wielkanocą – było to parę podpórek do książek, o różnych kształtach. Igorowi wciąż przewracały się powieści, na których się wychował. Były to głównie stare wydania Ludluma z połamanymi białymi grzbietami, Clancy'ego z czarnymi, Griffina z bordowymi, Higginsa z kolorowymi i tak dalej. Mój mąż nazbierał ich trochę przez lata i odnosiłam wrażenie, że stanowią teraz cmentarzysko oficyn, które rozkwitły po przysusze PRL-u i upadły, kiedy Polska na dobre otworzyła się na światowe bestsellery.

Myśl o naszej biblioteczce była tak przyjemna, że natychmiast jej się uczepiłam. Chciałam usiąść w fotelu przy tych wszystkich książkach, wziąć którąś do ręki i zatopić się w spokoju, który był mi teraz tak potrzebny. W bezpieczeństwie domowego zacisza.

Coś trzasnęło w słuchawce, a ja się skrzywiłam. Głośny dźwięk wyrwał mnie z zamyślenia, ale uświadomił mi też, jak niewiele trzeba, żebym się wzdrygnęła.

Potrząsnęłam lekko przesyłką. Ważyła tyle, że mocny wiatr mógłby wyrwać mi ją z dłoni.

– Otworzę to z tobą – powiedziałam.

Mój mąż nie odpowiadał, jakby potrzebował czasu do namysłu.

– Tak będzie rozsądniej – dodałam. – W razie czego razem kopniemy w kalendarz.

Wciąż nic.

– I tak byś beze mnie długo nie pociągnął.

Nadal cisza.

– Igor?

Chciałam dodać jeszcze, że będzie w tym coś romantycznego, ale kiedy spojrzałam na telefon, przekonałam się, że połączenie zostało przerwane. Dopiero wtedy uświadomiłam sobie, że trzask nie był wynikiem usterek na linii. Coś się stało.

Rozejrzałam się nerwowo, sama nie wiedząc, czy szukam kłopotów, czy pomocy.

Szybko wybrałam numer męża i niemal uderzyłam się telefonem, przykładając go do ucha. Nie usłyszałam sygnału. Zamiast niego w słuchawce rozległ się głos o metalicznym podźwięku, informujący, że abonent jest w tej chwili nieosiągalny.

Spróbowałam zadzwonić jeszcze raz. Może akurat nawalił jakiś przekaźnik, może Igorowi rozładowała się komórka, może coś przez moment zakłócało zasięg.

Po trzeciej próbie zrezygnowałam z kolejnych. Szybkim krokiem ruszyłam do samochodu, czując, że robi mi się gorąco. Kiedy usiadłam za kierownicą, miałam już mokre plecy.

Droga powrotna na osiedle zdawała się zabierać wieczność. Brama podnosiła się wolniej niż zwykle, przy wjeździe do garażu pilot odmawiał posłuszeństwa. A kiedy pędziłam w górę po schodach, wydawało mi się, że ktoś wydłużył odległości między stopniami.

W końcu dotarłam do mieszkania. Drzwi były uchylone, ze środka dobiegała cicha muzyka. Punkrockowa, ale nieprzesadnie ciężka. Może nawet był to pop punk.

Zatrzymałam się przed progiem jak rażona piorunem, zdjęta strachem, zupełnie sparaliżowana.

Przez głowę przemknęło mi, że znam ten numer. Nie pamiętałam, by Igor kiedykolwiek słuchał Blink-182, ale to z pewnością był ich kawałek. Wydawało mi się, że z dwutysięcznego roku. Któryś z trzech wielkich hitów. *What's My Age Again?* lub *All The Small Things*? Nie, żaden z tych. W tym było więcej melancholii, choć typowo kalifornijskiej, więc nie do końca tak przybijającej, jak w przypadku innych kapel.

W końcu sobie przypomniałam. *Adam's Song*. Czy miało to jakieś znaczenie? Jakiekolwiek?

Potrząsnęłam głową i ostrożnie podeszłam do drzwi.

– Igor?

Powoli stawiałam krok za krokiem, wchodząc dalej do mieszkania, ale zdawałam sobie sprawę, że jednocześnie uciekam. Moje myśli skupiały się na amerykańskim punk rocku, nie chciały skoncentrować się na tym, co było teraz istotne.

Na zagrożeniu, które mogło na mnie czekać.

– Igor!

Weszłam do salonu i rozejrzałam się nerwowo, dysząc, jakbym wbiegła nie po kilkunastu, ale kilkuset stopniach. Obróciłam się, niepewna, czy ktoś za mną nie stoi. W pokoju jednak nikogo nie było.

W mieszkaniu także nie.

Igor zniknął, a ja zostałam sama. Z paczką w ręce, przerażona i zupełnie zdezorientowana, bez jakichkolwiek odpowiedzi.

Przynajmniej do momentu, kiedy dźwięk powiadomienia poinformował o nowym tweecie. Natychmiast sięgnęłam po komórkę.

Wiadomość pochodziła z konta mojego męża.

Hashtag był tam, gdzie powinien. A zaraz po nim informacja, że Igor jest „pierwszym z wielu".

Część druga

Matecznik

Trakt Lubelski, Wawer

Miejsce było wprost idealne. Cena także nie najgorsza, za niecałe piętnaście tysięcy Krystian zyskiwał bowiem nie tylko upragniony azyl, ale także miejsce, w którym mógł precyzyjnie zaplanować wszystko, co zamierzał osiągnąć.

Ogródek działkowy znajdował się na uboczu, miał około trzystu metrów kwadratowych powierzchni. Był gęsto zarośnięty, dzięki czemu Strachowski czuł się zabezpieczony przed niepożądanymi spojrzeniami sąsiadów i innych działkowiczów.

Pośrodku stał niewielki drewniany domek, dość mocno zapuszczony, ale idealnie nadający się do jego celów. Nie dość, że miał solidny betonowy fundament, to pod nim znajdowała się niewielka piwnica.

I to właśnie w niej Krystian układał swój plan.

Na ścianie naprzeciwko wejścia narysował grubą linię, a potem zaznaczył kilka istotnych dat. Patrycja Sporniak w grudniu dwa tysiące ósmego. Marcin Zamecki w grudniu następnego roku. Aneta Rogowska w lutym tego roku.

Ostatnia sprawa przykuła sporo uwagi, media miały używanie. Gdyby nie katastrofa tupolewa, szum z pewnością nadal by jeszcze nie wybrzmiał.

Wydarzenia ze Smoleńska przyćmiły jednak wszystko inne. Dziewczyna, która przepadła bez śladu w Lizbonie, przestała wzbudzać emocje. Trudno było się dziwić.

Jak pech, to pech – przynajmniej tak przez jakiś czas sądził Strachowski. Dopiero potem zrozumiał, że powinien być wdzięczny losowi za to, że media spuściły z tonu w sprawie Rogowskiej.

Gdyby drążono do skutku, w końcu ktoś trafiłby na to, co wiązało go z tą kobietą. A któryś z bardziej wnikliwych dziennikarzy mógłby tym tropem pójść znacznie dalej. I ostatecznie odkryć związek nie tylko z Zameckim, ale także z Patrycją.

Mimo że nie odnaleziono żadnej z tych osób, a ich los pozostawał niejasny, prokuratura z pewnością od razu zabrałaby się do roboty. Właściwie do postawienia mu zarzutów wystarczyłoby przeszukanie mieszkania na Stegnach. Jeśli ktoś znalazłby ametystową czaszkę, byłoby po sprawie.

Krystian uznał, że musi przenieść ją w jedyne bezpieczne miejsce, jakie znał. Do Matecznika.

Tak nazywał kupioną w tajemnicy przed żoną działkę. Określenie wydawało się idealne, wszak oznaczało zarówno schronienie, jak i miejsce działania.

Podjechać mógł pod samą bramę wjazdową, nie narażając się na przypadkowe spotkania. Działka miała podłączone media, a w budynku znajdowały się niewielka kuchnia, miejsce do jedzenia i do spania. Z tyłu były jedynie kompostownik i niewielki schowek.

Strach wysupłał ostatnie pieniądze, by kupić teren. Początkowo obawiał się, że Ilona może to odkryć, ale po kilku tygodniach stało się jasne, że Matecznik jest bezpieczny. Krystian wyposażył go odpowiednio, rozrysował w piwnicy cały swój plan, a potem zaczął się skupiać na skrupulatnym przygotowaniu każdego jego elementu.

Zazwyczaj robił to przy dźwiękach muzyki – lepiej mu się wtedy myślało. Ściana dźwięku stanowiła barierę przed natrętnymi wnioskami, które od czasu do czasu do niego wracały.

Dziś słuchał albumu Bad Religion z osiemdziesiątego dziewiątego roku. Wydawnictwo znacznie mniej głupkowate od wszystkich tych, które zalały punkrockową scenę dziesięć lat później, ale cechujące się tą samą lekkością.

Strach potrzebował jej, by odsunąć od siebie świadomość konsekwencji swoich działań.

Dorysował kilka punktów na linii czasu.

Cofnął się o krok i przesunął po niej wzrokiem, zadowolony z efektu. Wszystko na dobrą sprawę dopiero się rozpoczynało. A zarazem wszystko już się zdarzyło. Było zaplanowane, wykute w przyszłości jak w kamieniu.

Kluczowy będzie dwa tysiące osiemnasty rok.

– Osiem lat… – mruknął Krystian.

Wydawało się, że to szmat czasu, ale wtedy ten okres będzie się jawił zupełnie inaczej. Jak okamgnienie.

Spojrzał na styczniową datę, moment, w którym Tesa otrzyma przesyłkę. Nie wiedział jeszcze, jak konkretnie się to stanie, ale nie miało to żadnego znaczenia. Już dziś nie byłoby problemu z dostarczeniem jej pakunku w sposób uniemożliwiający poznanie nadawcy. Za osiem lat takich metod będzie jeszcze więcej.

Nieco dalej w prawo od tej daty Krystian zaznaczył kolejny istotny moment. Dzień, w którym zniknie Igor.

I wszystko tak naprawdę się zacznie.

Tesa

Samobójcze myśli nie dawały mi spokoju przede wszystkim w dwóch sytuacjach. Do pierwszej dochodziło, kiedy wydawało mi się, że jestem na świecie absolutnie sama. Nic nieznacząca, ignorowana, niewiele warta i pomijana przez wszystkich, którzy z jakiegoś powodu się dla mnie liczyli.

Dlaczego chciałam odebrać sobie wtedy życie? Bo był to najlepszy i najszybszy sposób, by zaistnieć.

To przekonanie budują w nas media, niektóre świadomie, inne nie. Dniami, czasem tygodniami, relacjonują głośne przypadki samobójstw. Chłopak dręczony przez rówieśników z powodu orientacji seksualnej. Dziewczyna szykanowana w klasie. Niespełniony, wcześniej nikomu nieznany artysta, który po śmierci z dnia na dzień staje się tym, kim wszyscy inni samobójcy – celebrytą.

Nie było skuteczniejszego sposobu, by w mig zaistnieć. A im więcej takich przypadków pojawiało się w mediach, tym głębsze miałam o tym przekonanie. Nie wynikało to z racjonalności, ale było logiczne. Opierało się przecież na prostym ciągu przyczynowo-skutkowym.

Drugi typ sytuacji, w których najczęściej myślałam o tym, by to wszystko skończyć, był diametralnie inny. Odnajdywałam się w nich, kiedy towarzyszyło mi poczucie wprost przeciwne do tego pierwszego. Poczucie, że jestem osaczona, przytłoczona zainteresowaniem wszystkich wokół, narażona na niezdrowe oczekiwania, presję i poddawana ciągłej ocenie. Wtedy samobójstwo wydawało się ucieczką.

I tak było w tym wypadku.

Kiedy zostałam sama w mieszkaniu, miałam wrażenie, że cały świat wokół mnie zaczął się kurczyć. Sytuacja mnie przerosła, a ja nie miałam gdzie szukać pomocy.

Świadomość, że Igor stał się jedną z ofiar Architekta, była jak niespodziewany cios w tył głowy. I wprawdzie stałam w bezruchu na środku pokoju, ale miałam wrażenie, że kręcę się w kółko, a świat wiruje.

Miał być pierwszym z wielu.

Najgorsze miało dopiero się zacząć.

Ciężar, jaki wiązał się z tymi myślami, zupełnie mnie przytłaczał. Słyszałam muzykę, która zdawała się rozchodzić po mieszkaniu jak mgła, ale nie rozpoznawałam już ani zespołu, ani nagrania. Nie wiedziałam nawet, że upuściłam nieotwartą paczkę, której zawartości nie zdążyłam sprawdzić.

Nie wiem, ile czasu upłynęło, zanim się otrząsnęłam. Ledwo jednak się to stało, zabrałam pakunek i wybiegłam z mieszkania. Popędziłam prosto do samochodu, ledwo łapiąc oddech. Spoconymi dłońmi przesuwałam po poręczach na klatce schodowej, ignorując to, jak szybko biło mi serce.

Uspokoiłam się dopiero w aucie. Zablokowałam zamki i dałam sobie chwilę, by dojść do siebie. Potem wybrałam numer jedynej osoby, która mogła mi pomóc.

Strach odebrał natychmiast.

– Co się dzieje? – zapytał.

Owładnęło mną nieprzyjemne uczucie chłodu, bynajmniej niezwiązane z tym, że krople potu spływające mi między piersiami i po plecach stały się zimne.

Z trudem przełknęłam ślinę.

– Skąd wiesz, że coś się dzieje? – odparłam niepewnie.

Przez moment milczał, a mnie tym razem oblała fala gorąca.

Może Igor miał rację? Może Strach rzeczywiście miał z tym wszystkim więcej wspólnego, niż dotychczas sądziłam? Z góry go wykluczyłam, uznając, że ostatnim, czego mógłby chcieć, byłaby moja szkoda. Nieraz udowodnił, ile jest gotów dla mnie zrobić.

A ostatecznie zaprzepaścił przecież z mojego powodu całą karierę. I ani razu nie usłyszałam od niego nawet słowa pretensji.

Zamknęłam oczy, dopiero teraz uświadamiając sobie, skąd Krystian wie, że coś jest nie w porządku. Najwyraźniej byłam jeszcze w szoku i mój umysł potrzebował chwili, by zaskoczyć na odpowiednie tory.

– Obserwuję ten hashtag na bieżąco – odezwał się. – Widziałem wpis Igora…

– Z konta Igora – poprawiłam go.

Jeszcze przed momentem mógł się łudzić, że to tylko durny dowcip. Słysząc ton mojego głosu, z pewnością jednak zdał sobie sprawę, że o żartach nie ma mowy.

– Kiedy zniknął?

– Przed… przed chwilą – wydukałam.

– To znaczy?

– Nie wiem, Strachu, nie mam pojęcia… to wszystko jest nierealne, nie wiem nawet, ile czasu minęło.

Słyszałam, jak głęboko nabiera tchu. Gdybym go nie znała, mogłabym przypuszczać, że przygotowuje się do dłuższej wypowiedzi. Miewałam już jednak ataki paniki w jego towarzystwie i zdawałam sobie sprawę, że reaguje na nie w zupełnie inny sposób.

– Spokojnie – powiedział tylko.

W przypadku każdej innej osoby byłoby to niewystarczające. Jeśli jednak chodziło o Stracha, potrafił przybrać taki ton, by odnieść zamierzony skutek. Jedno jego słowo wystarczało, bym uświadomiła sobie, że potrafię opanować emocje.

– Spokojnie – powtórzył cicho. – Gdzie jesteś?
– Na Lewandowie.
– W mieszkaniu?
– Nie, zamknęłam się w yarisce.
– Okej – odparł z opanowaniem, jakby układał w głowie jakiś przemyślny plan, by w ułamku sekundy rozwiązać wszystkie moje problemy. – Możesz podjechać na Żoliborz?
– Na Żoliborz? Po co?
– Wynajmuję tu mieszkanie.
– A to na Stegnach?
– Musiałem sprzedać.

Nie dodawał nic więcej, a ja zrozumiałam, że nawet gdyby chwila była odpowiednia, nie powinnam dopytywać. Po śmierci Ilony i Luizy Strach znalazł się na równi, która stopniowo przechylała się coraz bardziej w niebezpiecznym kierunku.

Ostatecznie stracił nie tylko pracę, rodzinę, bezpieczeństwo finansowe, ale także całą swoją przyszłość. Ratował się, jak potrafił, koniec końców jednak musiał po prostu rozpocząć nowe życie. Przypuszczałam, że to przeklęte mieszkanie sprzedałby tak czy inaczej.

– Jaki adres? – zapytałam.
– Krasińskiego osiemnaście. Daj znać, jak będziesz na miejscu, otworzę ci.

Opuściłam przeciwsłonecznik i spojrzałam w lusterko. Wyglądałam jak nieboskie stworzenie, ale w tej chwili nie miało to żadnego znaczenia. Odpaliłam silnik, a potem zamarłam.

Przesyłka.

Spojrzałam w prawo. Pakunek leżał na siedzeniu pasażera, musiałam zabrać go z mieszkania, nawet sobie tego nie uświadamiając.

– Tesa?

– Tak, zaraz ruszam.

– Możesz prowadzić?

Zapewniłam go, że tak, a potem otworzyłam pilotem bramę i wyjechałam na zewnątrz. Spodziewałam się, że dojazd na Żoliborz zabierze mi jakieś pół godziny – i nie pomyliłam się. Byłabym z pewnością wcześniej, gdybym nie zmarnowała czasu w korku tuż za mostem Grota-Roweckiego lub zdecydowała się na przejazd przez Wisłę w innym miejscu.

Jechałam jednak jak w transie, nie rozłączając się ze Strachem. Zrelacjonowałam mu wszystko, co musiał wiedzieć.

– W porządku... – odparł, kiedy skończyłam, i zawiesił głos.

Po raz kolejny odniosłam wrażenie, jakby chciał pokazać, że ma wszystko pod kontrolą.

– Mam dwa pytania – oznajmił.

– Jakie?

– Pierwsze: dlaczego tego jeszcze nie otworzyłaś? – spytał.

– Nie wiem – odpowiedziałam, wrzucając luz, kiedy powoli posuwający się korowód aut znów się zatrzymał. – A powinnam?

– Myślę, że tak. Skoro wcześniej nic ci bezpośrednio nie groziło, teraz też nie powinno, prawda?

– Może i nie, ale…

– Po drugie: dlaczego zadzwoniłaś do mnie, a nie na policję?

– Bo nie wiem, co się stało. Nie wiem, co grozi Igorowi, nie wiem, co mogę w ten sposób wywołać, nie wiem, co…

– Spokojnie.

Miałam wrażenie, że tym razem to jedno słowo nie wystarczy. Korek tylko pogarszał sytuację, bo mogłam bardziej skupić się na swoich myślach. Zaczęłam nerwowo oddychać, poganiając w duchu tych, którzy z jakiegoś powodu zablokowali przejazd.

Po chwili przeklinałam ich już w najlepsze. Nie miało żadnego znaczenia, czy komuś nawalił samochód i tym samym pokrzyżował czyjeś plany, czy miał miejsce wypadek, w którym ktoś mógł ucierpieć. Wszyscy obrywali ode mnie tak samo.

– Mam to w dupie – odezwałam się do Stracha.

– Co?

– Otwieram tę paczkę.

Cisza była odpowiedzią, którą mogłam potraktować zarówno jako przyzwolenie, jak i przestrogę. Nie czekałam jednak na to, aż Krystian ją przerwie. Sięgnęłam po pakunek i od razu rozerwałam papier.

Wewnątrz znajdowało się niewielkie pudełko w kształcie serca. Sprawiało wrażenie ręcznie wykonanego, brzegi miało nierówne i nie zostało do końca oszlifowane. Otworzyłam je i wyjęłam z niego złożoną na pół tekturową kartkę.

Gdyby wydrukować coś na przodzie i dodać ozdobniki, nadawałaby się jako dodatek do świątecznych prezentów.

– I? – ponaglił mnie Strach.

– Poczekaj.

Otworzyłam kartkę i przeczytałam treść przeznaczonej dla mnie wiadomości. Nie była długa. I właściwie potwierdzała to, czego najbardziej się obawiałam.

Nic nie działo się przez przypadek, a Architekt kontrolował każdy mój krok. Nie, więcej. Sterował każdym zdarzeniem, do którego doszło w ostatnim czasie.

– Co tam jest? – domagał się mojej uwagi Krystian.

– List.

– Od tego człowieka?

Potwierdziłam cichym mruknięciem. Korek wreszcie się rozładował, a samochody zaczęły jeden po drugim ruszać.

– Co pisze? – dodał Strach.

– Że Igor jest pierwszym z wielu. I że jeśli powiadomię służby, on i inni zginą.

Krystian zamilkł, a ja jechałam przed siebie, starając się skupić wyłącznie na drodze i innych uczestnikach ruchu.

– Inni? – odezwał się w końcu Krystian. – Chcesz powiedzieć, że tamci ludzie żyją?

– Ja niczego nie chcę mówić, Strach. To on tak twierdzi.

– Miałem na myśli…

– Miałeś na myśli, że wszyscy, którzy zamieścili hashtag, mogą żyć – dokończyłam za niego. – Patrycja Sporniak, Zamecki, Rogowska i… i twoja rodzina.

Oczami wyobraźni widziałam, jak kręci głową.

– Ale wiesz, że to niemożliwe – dodałam. – One zginęły.

– Wiem.

Ścisnęłam mocniej kierownicę.
— Więc dlaczego nie słyszę w twoim głosie pewności? — spytałam.
— Bo nigdy nie zidentyfikowałem ciał.
— Nie rozumiem.
— Obie trafiły do szpitala — odparł beznamiętnym, zupełnie pozbawionym wyrazu głosem.

Zdawałam sobie jednak sprawę, że emocje muszą w nim buzować.

— Dopiero tam zmarły — dodał. — W takim przypadku nie ma potrzeby, żeby ktoś z rodziny potwierdzał tożsamość. Szpital po prostu wypełnia papiery. Lekarz stwierdza zgon, pielęgniarka wypisuje kartę skierowania do chłodni. Zamykają tam zwłoki i do siedemdziesięciu dwóch godzin ktoś je odbiera.

Miałam wrażenie, jakby relacjonował mi prognozę pogody na następne dni, a nie to, przez co niegdyś musiał przejść.

— Mnie wydano je po niecałych dwudziestu godzinach — ciągnął. — Ale nie… nie widziałem ich. Przez ten czas wiele mogło się zdarzyć, prawda?

Nie tak wiele, by zmartwychwstały, pomyślałam gorzko.
— Strach…
— Nie wykluczajmy niczego — odparł, wciąż ze spokojem. — Na tym etapie wszystko jest możliwe.
— Nie wszystko.

Byłam na pogrzebie, doskonale pamiętałam, jak trumny były opuszczane do dziury w ziemi. Równie wyraźne były wspomnienia Krystiana kucającego obok, by rzucić ziemię na wieka.

A zaraz potem prowadzonego do radiowozu.

Nie mogłam opędzić się od uwierającej, niewygodnej myśli, że ze mną może być podobnie. Że będę chować Igora, a zaraz potem zainteresuje się mną policja, bo byłam jedyną osobą, która łączyła wszystko to, co się wydarzyło.

Na tym polegała konstrukcja Architekta? Chciał zrzucić winę na mnie?

Nie, to by było bez sensu. I gdyby rzeczywiście ktoś próbował mnie w cokolwiek wrobić, funkcjonariusze już pukaliby do moich drzwi. Moja rola była inna. Nie miałam tylko pojęcia, jak ją rozpoznać.

– Słyszałaś o sprawie Kerriganów z Kalifornii?

– Nie.

– Miała miejsce w tamtym roku. Frank Kerrigan pochował swojego syna, a jedenaście dni później dostał telefon, po którym dowiedział się, że syn żyje i ma się całkiem dobrze.

Korek zupełnie się rozładował, a ja przyspieszyłam. Nie chciałam rozmawiać o hipotetycznej możliwości, że rodzina Stracha żyje – raz, że było to absurdalne, dwa, że skupiałam się teraz na czym innym. Rozumiałam jednak, dlaczego Krystian uczepił się tego tematu.

– Doszło do pomyłki, rodzina pochowała niewłaściwą osobę.

Milczałam.

– To się zdarza – dodał. – I to dość często na całym świecie. Pamiętasz tę sprawę z Chin, gdzie po kilku latach odnalazł się rzekomo czyjś zmarły brat?

– Nie, ale…

– Rodzina była przekonana, że pochowali go wraz z innymi. W dodatku okoliczności śmierci były podobne, jak w przypadku Ilony i Luizy.

Zaczerpnęłam tchu. Brnęliśmy coraz bardziej w rozważania, których za wszelką cenę chciałam uniknąć. Do cholery, jego żona i córka nie żyły, nie było już dla nich ratunku. Tymczasem Igorowi jeszcze mogliśmy pomóc.

Jemu i innym osobom, które Architekt mógł przetrzymywać. I tym, które dopiero znajdą się na celowniku tego psychola.

A przynajmniej mocno chciałam w to wierzyć.

– Będę niedługo – odezwałam się. – Pogadamy.

Kiedy dotarłam na Żoliborz, spodziewałam się zobaczyć mieszkanie typowego wdowca, od lat żyjącego samotnie i nieumiejącego związać się z żadną kobietą. Wydawało mi się, że trafię do miejsca zapuszczonego, przesiąkniętego nikotyną i przywodzącego na myśl gorzelnię.

Znalazłam się tymczasem w sterylnym dwupokojowym mieszkaniu, które kojarzyło się raczej z miejscem do pracy, a nie do życia. W gabinecie wisiała biała tablica rodem z sali wykładowej.

Była w całości zapisana czarnym, czerwonym i niebieskim markerem.

W centralnym miejscu Strach umieścił napis „#apsyda", a potem zaczął od niego prowadzić linie do kolejnych elementów. Kreślił powiązania, notował hipotezy i ewidentnie tworzył zręby jakiejś teorii.

Nie wyglądało to jednak jak owoc pracy naukowca. Raczej jak dzieło szaleńca.

Przyglądając się tej pajęczynie, miałam wrażenie, że sama utknęłam gdzieś między liniami. Odłożyłam przeklęty pakunek na podłogę i wlepiłam wzrok w hashtag, ignorując pytania Krystiana, czy chcę się czegoś napić.

– Co to jest? – zapytałam.
– Próba odpowiedzi na kilka pytań.
Zbliżyłam się do tablicy.
– Udana?
– W pewnym sensie.

Obejrzałam się przez ramię i zobaczyłam w oczach Stracha coś, czego dawno w nich nie widziałam. Przebłysk samozadowolenia.

– Oni wszyscy są ze sobą powiązani – powiedział. – Patrycja, Zamecki, Rogowska i Igor.

Pominął Luizę i Ilonę, a kluczowe wydawało mi się, żeby uwzględnić je przy stawianiu jakichkolwiek tez. Nie bez powodu na koncie Strachowskiej pojawił się hashtag.

– Jak? – spytałam. – Poprzez ciebie? Mówiłeś, że nic nie łączy cię z Zameckim, a…

– Nie, nie przeze mnie.
– Więc przez kogo?

– Tu nie chodzi o żadną osobę – odparł z przekonaniem. – Związek jest zupełnie inny. A ja chyba go odkryłem.

„Chyba" zupełnie nie pasowało do pewności w jego głosie. Słysząc ją, wstrzymałam oddech i uświadomiłam sobie, że nagle pojawiło się coś, czego do tej pory mi brakowało. Nadzieja.

– Jaki? – spytałam ostrożnie, jakbym mogła naruszyć jakąś wyjątkowo wątłą konstrukcję.

– Pokażę ci go, jak tylko porozmawiamy z Marianną Sporniak – odparł, a potem wskazał na drzwi.

Nie miałam zamiaru zwlekać.

Marianna
ROD Żerżeń, Wawer

Wszystko, co miał zrobić do tej pory, wykonał.

Wszystko, co powinno znaleźć się na swoim miejscu, już tam było.

Machina nie tylko została wprawiona w ruch, ale działała dokładnie tak, jak to sobie zamierzył.

Krystian jeszcze przez chwilę przyglądał się wszystkiemu, co wypisał na linii czasu, napawając się świadomością tego, co udało mu się osiągnąć do tej pory – i czego uda mu się dokonać w przyszłości.

Niewielu ludzi mogło się pochwalić podobnymi sukcesami. Jeszcze mniejsza liczba potrafiła działać w sposób równie wyrafinowany, jak on.

Na myśl o tym poczuł podniecenie. Mocny seksualny impuls przeszedł jego ciało, jakby właśnie wraz z Iloną wrócili do domu z suto zakrapianej imprezy, w trakcie której czekali tylko na to, by znaleźć się sam na sam.

Albo jak podczas zakazanych spotkań ze studentkami. Spotkań, które zazwyczaj kończyły się w taki sam sposób.

Tesa nie była wyjątkiem, choć tylko z nią pojawiał się publicznie. Dworce czy centra handlowe były w miarę bezpieczne z racji tłumów, ale widywanie się z Tesą miało jeszcze inną zaletę. Ludzie nie zwracali na nich uwagi, bo mało kto podejrzewał, że wysportowany, umięśniony facet mógłby romansować z tak otyłą dziewczyną.

Nie była pulchna, zaokrąglona, nie miała rubensowskich kształtów. W jej przypadku nadwaga była właściwie tak duża, że stanowiła zagrożenie dla zdrowia. I dzięki temu Strach mógł publicznie pozwolić sobie na nieco więcej.

Spojrzał na jej zdjęcie przy linii czasu.

Niedawno uznał, że najlepiej będzie, jeśli wzbogaci swój plan o fotografie. Zaspokajało to jakąś jego potrzebę, choć nie potrafił jej do końca zdefiniować. Może chodziło o to, że dzięki temu obok nazwisk widział twarze ludzi, których życie zmieni.

Zmieni lub zakończy.

Tesa odgrywała kluczową rolę, ale miała przekonać się o tym dopiero na samym końcu. Jako ostatnia, kiedy wszystko, co zamierzał, zostanie osiągnięte.

Poczuł, że serce bije mu nierówno, a wzwód jest tak duży, że uwierają go jeansy. Odwrócił się od wizualizacji i zamknął oczy, starając się wyciszyć. Przeszło mu przez myśl, że te wszystkie zdjęcia, te wszystkie patrzące na niego osoby, mogłyby sprawić, że szybko dojdzie.

Pokręcił głową, a potem wyszedł z piwnicy. Nie mógł poddawać się prostackim, atawistycznym odruchom. Był ponad to. Był lepszy niż wszyscy ci, którzy na długo przed nim nieudolnie starali się osiągnąć to, co on teraz.

Poza tym nie kierował się niskimi pobudkami. Te seksualne z pewnością do nich należały, ale Krystian zamierzał traktować je wyłącznie jako narzędzie do osiągnięcia celu, nic więcej.

Wszedł po schodach, zamknął drzwi prowadzące na dół, a potem usiadł przed maszyną do pisania.

Nie było to wytworne urządzenie, które kojarzyłoby się z Salingerem, Hemingwayem, Twainem czy Agathą Christie. Przypominało raczej narzędzie pracy peerelowskiego urzędnika, które po przemianie ustrojowej wylądowało na śmietniku i już tam zostało, bo nawet nie opłacało się wystawiać go na Allegro.

Był to model 1303 z zakładów Predom Łucznik. Żółty, podniszczony i ledwo nadający się do pracy. Do celów Strachowskiego wystarczał jednak w zupełności. Oprócz tego miał jedną zasadniczą przewagę nad jakimkolwiek komputerem i jakąkolwiek drukarką – pisane na nim wiadomości były nie do wyśledzenia.

Gdyby Krystian zdecydował się na drukowanie swoich listów, prędzej czy później ktoś zidentyfikowałby sprzęt, na którym powstały. Strachowski nieraz słyszał o tym, że duże firmy, jak Hewlett-Packard czy Dell, z premedytacją umieszczają w swoich produktach niewielkie znaczniki pozwalające rozpoznać model, na którym powstał wydruk.

Strach nie mógł ryzykować. Nie wiedział, na ile takie rzeczy praktykuje się w Polsce, ale przezorność wymagała, by mieć je na uwadze. Nie po to zachowywał tak daleko idącą ostrożność w każdej innej kwestii, by potknąć się na byle wydruku.

Poza tym kupno lub skorzystanie z czyjejś drukarki zostawiałoby ślady. Maszyna do pisania już tutaj była, porzucona jak reszta wyposażenia domku.

Zupełnie jakby los chciał powiedzieć Strachowi, że znalazł się na właściwej drodze, w odpowiednim czasie i miejscu.

Usiadł przed łucznikiem i bez chwili zastanowienia zaczął pisać. Wiedział dokładnie, co chce przekazać siostrze Patrycji Sporniak.

"Marianno,
pewnego dnia odwiedzi Cię dwójka ludzi" – zaczął.

Głośny dźwięk klawiszy wprowadzał go w przyjemny trans, ale Krystian starał mu się nie poddawać. Nie całkowicie. Chciał smakować każde wybijane przez czcionkę słowo.

"Będą to dziewczyna i starszy od niej mężczyzna. Przedstawią się jako Tesa i Krystian".

Strach na moment przerwał. Odchylił się na starym krześle i zaplótł dłonie na karku. Potem przeszedł do udzielania Mariannie precyzyjnych instrukcji.

Tesa

Czasem, kiedy myślałam o odebraniu sobie życia, odnosiłam wrażenie, że jest już za późno. Że nie żyję. Nie istnieję. Znajduję się w czyśćcu, przeżywając wydarzenia, które tak naprawdę nie miały miejsca.

Nierzadko bywało też tak, że wydawało mi się, jakbym była w śpiączce. Jakby wszystko, co się działo, było jedynie wytworem mojej wyobraźni – i jakbym tylko czekała na to, aż ktoś odłączy kabel od całej aparatury, która trzymała mnie przy życiu.

Może byłam na granicy życia i śmierci? Może już na niej nie balansowałam, tylko straciłam równowagę i zbliżałam się do nieuchronnego końca?

Skoro nie wiem, co mnie czeka po śmierci, skąd mogę wiedzieć, czy mój świat jest realny? Może stanowi tylko jakąś przejściową formę między istnieniem i nieistnieniem?

Snułam te myśli, kiedy jechaliśmy do jednej z podwarszawskich miejscowości, by zobaczyć się z siostrą Patrycji Sporniak. Strach prowadził swoją starą skodę octavię, ja siedziałam na siedzeniu pasażera i pogrążałam się coraz głębiej w niepokojących myślach.

Mój nastrój stopniowo się pogarszał, od kiedy wsiadłam do samochodu.

W szumnej zapowiedzi, że Krystian odkrył związek między wszystkimi ofiarami, powinien znacznie bardziej zaakcentować „chyba". Kiedy zaczął referować mi swoje ustalenia, początkowo też się zapaliłam. Nie dziwiło mnie to, bo łaknęłam odpowiedzi, a dodatkowo po prostu ufałam Strachowi – i zdawałam sobie sprawę, że podchodzi rzetelnie do wszystkiego, co robi.

W tym wypadku być może też tak było, ale jego teorii brakowało potwierdzenia.

Co gorsza, w niczym mi nie pomagała. Nie mogła sprawić, że otrzymam jakiekolwiek informacje w kwestii Igora.

– Dobrze się czujesz?

Pytanie Stracha wyrwało mnie z zamyślenia.

– Tak.

– Nie masz nudności?

– Co? – jęknęłam, odrywając wzrok od widoku za oknem. – Dlaczego miałabym je mieć?

– Wspominałaś kiedyś, że masz chorobę lokomocyjną.

Rzeczywiście, mówiłam mu o tym podczas któregoś spotkania, chyba na Centralnym. Nie, to nie wtedy. Rozmawialiśmy na ten temat w tajskiej restauracji w budynku Marriottu. Można się tam było dostać podziemnym tunelem prosto z dworca, więc rozszerzyliśmy nasze „akceptowalne terytorium" do Wooka.

– Chyba przez te lata mi przeszło – odparłam.

– Tak po prostu?

– Zazwyczaj tak się dzieje.

Zerknął na mnie przelotnie, a potem wbił wzrok w drogę przed nami. Odnosiłam wrażenie, że nie rozmawiamy bynajmniej o mojej chorobie lokomocyjnej. Nie miałam jednak zamiaru nawet zbliżać się do niebezpiecznego tematu uczuć.

Na Boga, nie teraz, kiedy mój mąż zaginął bez śladu!

Robiłam wszystko, by skupić się na czymkolwiek, ale tak naprawdę ta myśl nieustannie mnie paraliżowała. I to właśnie ona sprawiała, że czułam się, jakbym egzystowała w wyimaginowanym, niemającym nic wspólnego z rzeczywistością świecie.

— Tak czy inaczej, jesteś blada — zauważył Strach.

Tym razem to ja ukradkiem na niego popatrzyłam.

Może w jego wcześniejszych uwagach nie było podtekstu? Może po prostu chciał się upewnić, że wszystko w porządku?

Przypomniała mi się stara Tesa. Ta, która siedziała na każdym wykładzie doktora Strachowskiego i wyłapywała każde jego przelotne spojrzenie. Doszukiwała się ukrytego sensu w każdej jego uwadze i czuła się wyjątkowo tylko dlatego, że to jej zadał jakieś pytanie.

— Kiedy ostatnio coś jadłaś? — dodał.

— Dawno. Ale jak wiesz, mam sporo zapasów.

— Daj spokój. Powinnaś…

— Powinnam robić wszystko, żeby odnaleźć Igora — wpadłam mu w słowo. — A nie jeździć z tobą w poszukiwaniu… sama nie wiem czego.

— Odpowiedzi.

— Myślisz, że ta kobieta je ma?

Oboje wiedzieliśmy, że to nie było pytanie.

— Kiedy wychodziliśmy ode mnie, byłaś przekonana, że tak.

— Nie przekonana, ale ufna — poprawiłam go. — I tylko dlatego, że znam twoje podejście. Wiem, jaki jesteś skrupulatny.

— Więc…

— Czy raczej byłeś — poprawiłam się. — Bo tak naprawdę nie jestem pewna, z kim teraz mam do czynienia.

Nie odpowiedział. Miał jednak rację co do tego, że początkowo uznawałam ten kierunek za słuszny. Z każdym kolejnym kilometrem moja pewność malała. Za czym ja tak naprawdę goniłam?

– Ludzie się nie zmieniają – odparł cicho Strach. – Jedynie ich maski niszczeją i zaczynają prześwitywać.

Znów zawiesiłam wzrok za oknem.

– Nie podejrzewałam cię o taki bombast.

Skrzywił się i westchnął.

– To jakieś nowe młodzieżowe słowo roku?

– Właściwie to chyba archaizm. Synonim…

– Niestrawnego nabrzmienia? – podsunął Krystian.

Powiedziałabym raczej, że patosu, ale zachowałam tę myśl dla siebie, reagując jedynie potwierdzającym mruknięciem.

– Szkoda – dodał Strach. – Bo miałem w zanadrzu jeszcze kilka tego typu uwag.

Wciąż się nie odzywałam. Do czego on zmierzał?

– Chciałem uderzyć w wyjątkowo melodramatyczne tony.

– Dobrze wiedzieć.

– A nawet rzucić uwagę o tym, że czasem dwoje ludzi musi się rozstać, żeby zrozumieć, że nigdy nie powinni tego robić.

Przesłyszałam się? Czy sobie drwił? Ton głosu właściwie nie zdradzał żadnych emocji, ale pewnie gdybym tylko na niego popatrzyła, otrzymałabym odpowiedź. I właśnie z tego względu tego nie zrobiłam.

– Jest bombast? – spytał.

– Nie.

– Na szczęście to jeszcze nie koniec.

– Nie wiem, czy chcę słyszeć więcej.

– A miałem jeszcze dodać, że tak naprawdę nigdy się nie pożegnaliśmy – ciągnął, jakby rzeczywiście wcześniej sobie to wszystko ułożył w głowie. – I to całkowicie zrozumiałe.

– Tak?

– Bo tylko ci, którzy kochają oczami, żegnają się przed rozstaniem. Ci, którzy robią to sercem i duszą, nie. Bo tak naprawdę nigdy się nie rozstają.

Tym razem spiorunowałam go wzrokiem.

– Jezu, Strach... – jęknęłam. – Co ty pieprzysz?

– Przecież tylko...

– Co? – przerwałam mu. – Żartowałeś sobie?

– Tak – przyznał, jakby nieco skołowany, nie rozumiejąc, dlaczego mogłoby to być nie na miejscu.

Mogłam to złożyć jedynie na karb szoku, o który Krystian sam się przyprawił, chcąc wierzyć, że jego żona i córka w jakiś cudowny sposób przeżyły to, co je spotkało.

Przez pewien czas jechaliśmy w milczeniu. Strach kilkakrotnie nabierał głęboko tchu, a ja zdawałam sobie sprawę, że stara się zacząć rozmowę. Za każdym razem jednak w ostatniej chwili rezygnował.

Nie miałam zamiaru pomagać mu w rozładowaniu atmosfery. A nawet gdybym, niespecjalnie wiedziałabym, jak to zrobić.

Krystian w końcu na to wpadł. Wybrał metodę, która wprawdzie potrafiła zawieść w wielu wypadkach, ale nie w tym.

– Przepraszam – powiedział.

Jedno krótkie słowo wystarczyło. Gdyby padło z ust kogokolwiek innego, stanowiłoby tylko początek, ledwie zapowiedź wyrażenia skruchy. Strach miał jednak tę umiejętność, że im mniej mówił, tym więcej przekazywał.

– Nic się nie stało.

– Na pewno?

Potwierdziłam zdecydowanym skinieniem głowy.

– To po prostu nie czas na nostalgiczne wspominki – oznajmiłam. – Nawet jeśli sprzedajesz mi je pod płaszczykiem żartu.

– Rozumiem.

– Wyjątkowo nędznego zresztą.

– Wiem.

Znów przez kilometr, może dwa, jechaliśmy w milczeniu.

– Dużo jeszcze miałeś tych bombastów do zrzucenia? – odezwałam się w końcu.

– Kilka.

– Długo nad nimi myślałeś?

– Miałem parę lat do zagospodarowania – odparł, wzruszając lekko ramionami. – Co innego było do roboty?

Dobre pytanie, choć przypuszczałam, że miał wiele lepszych zajęć niż zastanawianie się, co mi powie, kiedy w końcu się zobaczymy. Po naszym ostatecznym rozstaniu zresztą wątpiłam, by kiedykolwiek do tego doszło. W najlepszym wypadku spodziewałam się, że wpadniemy na siebie w Złotych Tarasach czy innych mocno uczęszczanych miejscach w Śródmieściu.

Naraz przypomniałam sobie, dlaczego postanowiłam zerwać z nim kontakt. I w tej samej chwili poczułam wściekłość. Otworzyły się wszystkie niezagojone rany.

– W takim razie zostaw je dla siebie – powiedziałam. – Albo poczekaj z nimi, aż znajdziemy Igora.

– Wątpię, żeby chciał ich słuchać.
– A ja wątpię, że powinnam to robić bez niego.
Odchrząknął cicho i nerwowo.
– Rozumiem – zapewnił.
I rzeczywiście rozumiał, bo nie odezwał się aż do momentu, kiedy zaparkowaliśmy pod domem Marianny Sporniak. Wyszliśmy z samochodu i bez słowa skierowaliśmy się na niewielki ganek.

Budynek przywodził na myśl dawne świdermajery, drewniane domki letniskowe, które występowały w nadmiarze na południowy wschód od Warszawy, w kierunku Otwocka. Część była odrestaurowana, robiła imponujące wrażenie zabytku – dom Sporniak jednak z pewnością nie mógł się do nich zaliczać.

Marianna otworzyła nam niemal od razu, jakby czekała w oknie. Miała około czterdziestki, chociaż wyraźnie niezdrowa cera i ciemna opuchlizna pod oczami dodawały jej przynajmniej kilka lat.

– Dom robi wrażenie – rzucił Krystian, kiedy wprowadziła nas do salonu.
– Robiłby, gdybyśmy mieli pieniądze na renowację.
– Mieszka pani z rodziną?
– Z mężem. Syn jest w Warszawie.
– Wynajmuje?
– Nie, ma pokój w akademiku. Przy Waryńskiego.
– W Rivierze?
– Tak. Chodził pan na polibudę?
– Nie, ale bywałem niegdyś w Remoncie. Debiutował tam Kult, a ten klub to właściwie kolebka polskiego punka.
– Słuchał pan dobrej muzyki.

– Tak, ale nie tej. Chodziłem tam tylko dlatego, że moja przyszła żona, a ówczesna dziewczyna, mnie do tego zmuszała. Do dziś został mi wstręt do punk rocka.

– Szkoda – mruknęła Marianna, a ja pomyślałam, że gdybym przyjechała tutaj bez Stracha, do tej pory musiałybyśmy się zmagać z krępującą ciszą. Nawiązanie zwykłej, niezobowiązującej rozmowy wciąż było ponad moje siły.

Ale Sporniak najwyraźniej również nie miała na nią ochoty. Nie proponując nam niczego, wskazała miejsce przy stole jadalnym, jakby chciała zasugerować, że stojący obok zestaw wypoczynkowy jest przeznaczony dla tych, którzy mogą zagościć na dłużej.

Odpowiadało mi to. Tylko osoby o mojej wadze zdawały sobie sprawę z tego, jak krępujące jest siedzenie na kanapie czy fotelu. W takiej sytuacji zawsze mimowolnie szukałam ręką poduszki, by położyć ją sobie na udach.

– Nie był pan zbyt wylewny przez telefon – oznajmiła Sporniak.

– Wychodzę z założenia, że lepiej porozmawiać twarzą w twarz.

– A ja, że lepiej wiedzieć, na jaki temat ma to być rozmowa.

– Patrycji.

– Tak, wspomniał pan. Ale konkretnie?

– Konkretnie interesuje nas, co robiła – odparł Strach tonem tak lekkim, jakby rozmawiali nie o zaginionej siostrze tej kobiety, ale plotkarskich doniesieniach ze świata show-biznesu.

– Studiowała.

Krótka, niezbyt uprzejma odpowiedź kazała mi sądzić, że nie dowiemy się wszystkiego, na czym nam zależało.

Krystian przyjął poprawny uśmiech. Po człowieku, którego widziałam jeszcze przed chwilą, nie było śladu. Wtedy w jego oczach dostrzegałam tylko irracjonalną nadzieję na zobaczenie swojej żony i córki, teraz opanowanie.

Jego maska najwyraźniej nie była tak spękana, jak twierdził. Nie, nie maska, maski. W przypadku Stracha trzeba było mówić o kilku. Doskonale uwidaczniała to różnica między nim a jego mieszkaniem – on sam niemal teatralnie odgrywał rolę mizantropicznego wdowca, tymczasem dom równie dobrze mógłby należeć do uporządkowanego pracownika korporacji.

– Wiem, byłem jej wykładowcą – odezwał się po chwili.

Patrycja zmarszczyła czoło, ale odniosłam wrażenie, że to pozorowana reakcja.

– Jak się pan nazywa?

Krystian szybko się przedstawił, choć z pewnością zrobił to już wcześniej, rozmawiając z nią przez telefon. Kobieta przypatrywała mu się przez moment, a potem uciekła wzrokiem, jakby zobaczyła coś, czego widzieć nie powinna.

– Dobrze ją pan znał? – zapytała.

– Nie lepiej niż innych studentów.

– A jednak zainteresował się pan nią na tyle, żeby tutaj przyjechać. Dlaczego?

Strachowski skrzyżował dłonie na stole i pochylił się lekko. Po raz pierwszy od dłuższego czasu zaczął przypominać prawdziwego wykładowcę.

– Jej zaginięcie może mieć związek z podobnymi przypadkami – powiedział powoli i spokojnie.

– Jaki?
– Właśnie to staramy się ustalić.

Kobieta popatrzyła najpierw na niego, potem na mnie. Odniosłam wrażenie, że dopiero teraz na dobrą sprawę mnie zauważyła.

– Kim państwo są?
– Po prostu dwójką ludzi szukających odpowiedzi.

Marianna była wyraźnie rozczarowana, może nawet urażona skąpością informacji, jakie otrzymała. Przypuszczałam, że niewiele brakuje, by nas wyprosiła. I jakby na potwierdzenie tej myśli kobieta popatrzyła w kierunku korytarza.

– Mój mąż zaginął – odezwałam się w końcu.

Sporniak zawiesiła na mnie spojrzenie, czekając na więcej. Wiedziałam, że powinnam coś dodać, ale co? Nie mogliśmy odkryć wszystkich kart i narazić się na niebezpieczeństwo zaangażowania policji. A kłamać po prostu nie potrafiłam.

Zrobiłam więc to, co miałam opanowane do perfekcji. Spuściłam wzrok, zażenowana.

– Okoliczności były bardzo podobne – podjął Strach. – Mąż Tesy zniknął w tym samym miejscu, na Wybrzeżu Puckim.

Starałam się trwać w bezruchu, obawiając się, że jakakolwiek reakcja pozwoli Mariannie przejrzeć to kłamstwo.

– I?
– Udało nam się ustalić, że w tamtej okolicy doszło tylko do dwóch takich przypadków.

– To za mało, żeby mówić o związku.
– To prawda. Ale pani siostra i mąż mojej koleżanki zajmowali się podobnymi rzeczami.

– To znaczy? – spytała kobieta, a w jej głosie zadrgała nuta zaciekawienia.

– Sprawami finansowymi.

Poczułam ulgę, kiedy Marianna w końcu przestała na mnie patrzeć.

– Też pracował w Reimveście?

– Nie, ale…

– W takim razie o co chodzi?

– Jak tylko powie mi pani, czym jest Reimvest i co robiła tam Patrycja, obiecuję, że wszystko wyjaśnię.

Rozmówczyni przez moment się zastanawiała. W końcu lekko skinęła głową, być może uznając, że przekazanie gościom tej informacji w niczym nie zaszkodzi.

– Czym był – poprawiła Krystiana. – Reimvest od kilku lat już nie istnieje, a powstał jako odprysk działalności jakiegoś pomorskiego potentata w czasie boomu na doradztwo kredytowe.

Strach nachylił się jeszcze bardziej, jakby nie chciał uronić choćby słowa.

– Reimann – dodała kobieta. – Chyba tak się nazywał ten biznesmen. Zajmował się głównie rynkiem nieruchomości, ale miał kilka innych firm. Akurat ta upadła dość szybko.

– Patrycja pracowała jako doradca?

– Chyba tak. Przeszła jakieś szkolenie, była na wyjeździe gdzieś na Pomorzu. W Rogowie czy Pobierowie, nie pamiętam.

Krystian pokiwał głową i podparł brodę na dłoniach, sprawiając wrażenie, jakby rozmówczyni stała się teraz dla niego najważniejszą osobą na całym świecie.

– W czym się specjalizowała? – spytał.

Sporniak nabrała ciężko tchu.

– Kredyty we frankach.

– Au.

– No, niestety. Zanim Reimvest upadł, zdołała zaprowadzić na to bagno kilkadziesiąt osób. Wszystkie poszły tam grzecznie, za rączkę.

– Który to był rok?

– Najlepszy.

– A więc dwa tysiące ósmy – rzucił Krystian, ze zrozumieniem kiwając głową. – Kurs spadł wtedy poniżej dwóch złotych.

– Możliwe, nie pamiętam szczegółów.

– W lipcu padł rekord, płaciło się raptem złoty dziewięćdziesiąt pięć. Kilka tygodni później padł Lehman Brothers i zaczęły się kłopoty.

– A w grudniu zaginęła Patrycja – dopowiedziała Sporniak. – I co z tego? Myśli pan, że ktoś chciał się zemścić za złą poradę kredytową?

– Złą? – bąknął Strach. – Z punktu widzenia banków była jak najlepsza. Tysiące ludzi namówiono na kredyty w sytuacji, kiedy kurs był historycznie niski. Każdy doradca miał świadomość, że później pójść może tylko w górę.

– Wie pan, co mam na myśli.

– Wiem, ale wydaje mi się to mało prawdopodobne.

– Dlaczego?

– Kurs franka w grudniu nie był jeszcze tak wysoki, płaciło się za niego około dwóch i pół złotego. Czarny czwartek i przekroczenie progu pięciu złotych miały miejsce dopiero parę lat później.

Nietrudno mi było sobie wyobrazić, że to mógłby być motyw działania szaleńca. Może nawet nie szaleńca, ale zwykłego, niczym się niewyróżniającego, przeciętnego człowieka, który naciął się na wyjątkowo niekorzystnej inwestycji.

Zaciągnął kredyt, spłacał go, a mimo to dług zamiast maleć, co miesiąc rósł. Aż w końcu osiągnął pułap właściwie niemożliwy do spłaty. Niejedna osoba byłaby gotowa targnąć się na życie doradcy, który ją do tego namówił.

Patrycja zaginęła jednak wcześniej. Owszem, wtedy było już źle, ale jeszcze nie tragicznie.

Zanim zdążyłam się nad tym zastanowić, Krystian wstał. Szybko zrobiłam to samo. Chciałam jak najszybciej opuścić ten dom, wydawał mi się coraz bardziej nieprzyjazny. Po prawdzie jednak nie chodziło o zaniedbany świdermajer, ale jego właścicielkę.

Gdy mnie ignorowała, wyczuwałam w tym jakieś napięcie. Kiedy zaś zaczęła zwracać na mnie uwagę, odniosłam wrażenie, jakby robiła to z wręcz niezdrowym zainteresowaniem. Coś było z nią wyraźnie nie w porządku.

– Zaraz… – zaczęła Marianna.

– Mamy wszystko, czego potrzebujemy – rzucił szybko Strach, wyciągając rękę do kobiety.

Potrząsnęła jego dłonią bez przekonania.

– Ale…

– Jeśli tylko coś ustalimy, natychmiast się z panią skontaktujemy.

Nie czekał, aż Sporniak zacznie oponować bardziej stanowczo. Ruszył do drzwi, a ja rzuciłam jeszcze uprzejme spojrzenie kobiecie. Ta stała z lekko otwartymi ustami.

Nie wyglądała jednak, jakby była zaskoczona. Przeciwnie, wydawało mi się, że w jej przekonaniu kontroluje całą sytuację. I że zastanawia się nad czymś.

- Coś nie tak? - spytałam, powoli idąc w kierunku drzwi.

Rzuciłam to raczej na odczepne, ale Marianna ruszyła za mną. Zanim się zorientowałam, że chce mi coś przekazać, złapała mnie mocno za rękę.

Strach już wyszedł, a ona szybko wsunęła mi coś do kieszeni.

Mignął mi świstek papieru.

- Niech pani to przeczyta, jak pani będzie sama - szepnęła.
- Co pani...
- Proszę. To ważne.

Cofnęłam dłoń i poczułam, że robi mi się gorąco. Kobieta powtórzyła bezgłośnie „proszę", a potem popatrzyła niepewnie na oddalającego się Krystiana.

- Niech pani to dla mnie zrobi - dodała. - I niech pani tego nikomu nie pokazuje.

Chwilę później siedziałam w samochodzie, walcząc z przemożną ochotą, by rozwinąć świstek, który obracałam w kieszeni. Zdawało mi się, jakby przepalał materiał i parzył mi skórę.

Co to miało znaczyć? I czy ta kobieta miała wcześniej przygotowaną wiadomość?

Biłam się z myślami, obawiając się, że to po mnie widać. Strach jednak skupiał się wyłącznie na tym, czego udało nam się dowiedzieć. Momentami miałam wrażenie, że zapomniał o mojej obecności i prowadził monolog.

- Finanse są spoiwem - ciągnął. - Patrycja robiła w doradztwie kredytowym, a Zamecki działał na rynku kapitałowym.

Otarłam pot z czoła i uznałam, że muszę się włączyć, zanim Krystian zorientuje się, że milczę nie bez powodu.

– A Aneta Rogowska? – spytałam. – Jej celebryckie życie nie miało z tym wiele wspólnego.

– Oprócz tego, że to córka byłego ministra finansów.

Milczałam, zdając sobie sprawę, że tym razem nie muszę się odzywać.

– Jeśli chodzi o Ilonę i Luizę, to owszem... trudno dostrzec jakiś związek – dodał Strach, nerwowo bębniąc palcami o kierownicę. – Ale może coś mi umknęło. A może one stanowią wyjątek.

– Mhm.

W końcu na mnie popatrzył.

– I jest Igor – dokończył. – Który miał jakiś start-up, prawda?

– Zamierzał założyć.

– Związany z kryptowalutami?

– Płatnościami mobilnymi.

– W każdym razie pracował w branży finansowej.

Potwierdziłam skinieniem głowy, a potem uznałam, że dosyć tego. Nie miałam zamiaru tkwić w tej niewygodnej sytuacji ani chwili dłużej. Wskazałam Krystianowi stację benzynową i poprosiłam, by na chwilę zjechał. Od razu wbił kierunkowskaz.

Weszłam do toalety, zamknęłam za sobą drzwi, a potem sięgnęłam do kieszeni.

Na niewielkiej kartce była tylko krótka, czterowersowa wiadomość. Dwie pierwsze linijki wystarczyły, bym poczuła się całkowicie zagubiona.

„Nie ufaj mu,
a jeszcze bardziej nie ufaj sobie".

W śmierć jak w sen…

Stegny, Mokotów

Strachowski należał do nielicznego grona ojców, którzy z autentyczną, nieskrywaną przyjemnością pomagali przy dziecku. Kiedy pracował na ALK, z chęcią przewijał małą, kąpał ją, przygotowywał jej jedzenie i usypiał ją, ilekroć zachodziła taka potrzeba. A zachodziła dość często.

Po tym, jak został dyscyplinarnie zwolniony za pobicie studenta, wciąż to wszystko robił. Właściwie obowiązków było nawet więcej, bo nie mając innego wyjścia, Ilona nie tylko wróciła do pracy, lecz także brała wszystkie możliwe nadgodziny.

Zajmowanie się dzieckiem nie sprawiało mu już jednak w tym czasie żadnej przyjemności. Wprawdzie nie stało się utrapieniem, ale wszystko wykonywał mechanicznie, nie zastanawiając się nawet nad tym, co robi.

Tkwił w marazmie, z którego nie potrafił go wyrwać nawet śmiech Luizy. Cichy, niewinny, szczery śmiech, który rozlegał się co rusz pozornie bez powodu. Wcześniej go rozczulał, teraz ledwo go odnotowywał.

Jedynym, co wyrywało Krystiana z otępienia, był dźwięk przychodzącego esemesa – co zresztą Ilona nieraz mu wypominała.

Kiedy sygnał rozległ się pewnego wieczora, a on niemal wyskoczył z fotela, prychnęła pod nosem i pokręciła głową.

– Nie musisz się tak spieszyć – rzuciła. – Nie zamierzam czytać twoich wiadomości.

Strach podniósł telefon ze stolika i najpierw przeczytał esemesa, a dopiero potem zerknął na żonę.

– Oferta kredytu? – spytała prześmiewczym tonem.
– Nie.
– A więc co?
– Nic ważnego.
– Nic ważnego od kogo?

Krystian wrócił na fotel, ale usiadł tak, by rozmówczyni nie mogła zajrzeć mu przez ramię. Wyraźnie się spiął, ale nie odpowiedział.

– Cóż… – odezwała się Ilona. – Przynajmniej nie kłamiesz.

– O co ci chodzi?
– O wieprza, Strach. O tłustego, śmierdzącego wieprza.

Krystian zacisnął usta.

– Naprawdę musisz? – spytał.

Ilona zaśmiała się bezsilnie, co właściwie stanowiło najbardziej wymowną odpowiedź.

– A ty? – odparowała.

Patrzyli na siebie bez słowa dostatecznie długo, by stało się jasne, że to typowe wypowiedzenie małżeńskiej wojny. Czy może raczej rozpoczęcie batalii, bo Strachowski miał wrażenie, że konflikt toczą nieustannie.

– Nie możesz dać sobie z nią spokoju? – dodała Ilona.
– Nie spotykam się z nią.
– Gówno prawda.

Krystian spojrzał w stronę pokoiku dziecięcego. Luiza spała – i zapewne tylko z tego względu jego żona pozwoliła sobie na wytoczenie ciężkich dział.

– Nie jestem idiotką – bąknęła. – Wiem, że nie idziesz sobie, kurwa, pospacerować po Łazienkach, tylko się z nią spotykasz.

– Nie spotykam się.

– Karmicie jebane kaczki? – ciągnęła coraz ostrzejszym tonem. – Rzucacie coś wiewiórkom? Siedzicie na ławeczkach? Kupujecie sobie gofry z okienka przy pałacu Na Wodzie? A może wpierdalacie naleśniki w Trou Madame? Ona na pewno, aż jej, kurwa, ścieka po brodzie i…

– Daj spokój.

Wymierzyła palcem w telefon i podniosła się gwałtownie.

– Ty daj spokój – rzuciła. – Ta suka zniszczyła ci całą karierę, pozbawiła cię źródła dochodu i rozjebała całą naszą rodzinę, a ty dalej się z nią spotykasz? Co z tobą nie tak?

Strach milczał. Było to najlepsze wyjście.

– Masz jakieś skrzywienie? Mam przytyć, żebyś znowu chciał się ze mną pieprzyć? Co?

Stanęła przed nim, a on odruchowo wyłączył komórkę i wsunął ją do kieszeni. W tej sytuacji milczenie i bierność nie mogły już pomóc. Jedynym ratunkiem było szybkie wycofanie się z pola walki.

Ilona zdążyła rzucić jeszcze kilka niewybrednych określeń, zanim szybko coś na siebie narzucił i skierował się do wyjścia.

– Niewiarygodne… – Usłyszał jeszcze, wychodząc na korytarz.

Kiedy zamknął za sobą drzwi, głęboko odetchnął. Jego żona nie miała racji, przynajmniej nie do końca. Ilekroć mówił jej, że idzie na spacer do Łazienek, naprawdę się tam udawał. Sam, jeśli nie liczyć wszystkich tych natrętnych myśli, które mu towarzyszyły.

Za każdym razem szedł ze Stegien tą samą drogą, przez ogródki działkowe, a potem park Morskie Oko. Dotarcie do Łazienek szybkim krokiem zajmowało mu jakieś pół godziny, czasem czterdzieści minut.

Biegać nie miał sił. Kilka razy próbował, ale po kilometrze lub dwóch zatrzymywał się, bez woli i energii, by kontynuować. Zamienił bieganie na spacery – nie dawały mu zastrzyku endorfin, ale sprawdzały się do zabijania czasu. I do oczyszczania umysłu na tyle, na ile było to możliwe.

Ilona miała jednak rację, jeśli chodziło o sam fakt spotkań z Tesą.

Przez pewien czas po wydarzeniach w budynku A rzeczywiście się nie kontaktowali. Oboje obawiali się, że władze uczelni do obarczenia go odpowiedzialnością za pobicie Wedy-Lendowskiego dołożą jeszcze zarzuty o romans ze studentką. A to sprawiłoby, że prawdopodobnie także Tesa byłaby zmuszona pożegnać się z murami ALK.

Sam chłopak milczał w tym względzie jak kamień, choć Strach nie mógł zrozumieć dlaczego. Spodziewał się, że będzie wprost przeciwnie i Weda-Lendowski rozdmucha skandal obyczajowy do granic możliwości. Pewne było jednak, że nie bez powodu do tej pory tego nie zrobił.

Po raz pierwszy Krystian spotkał się z Tesą już po tym, jak go wyrzucono. Umówili się na Centralnym, z jakiegoś powodu uznając, że powinni trzymać się swoich dawnych zwyczajów.

Może tkwił w tym jakiś absurdalny urok, a może dzięki temu zmniejszało się ich poczucie winy. Tak czy inaczej, żadne nie miało zamiaru nawet proponować spotkań w innych miejscach.

Widywali się na Dworcu Gdańskim, na Wschodnim, a czasem nawet na znajdującym się przy Alejach Jerozolimskich Zachodnim. W ramach urozmaicenia kilkakrotnie trafili też do fabrycznej części Targówka, na dworzec towarowy.

Tego dnia Strach miał się z nią spotkać właśnie tam. Ale dopiero po tym, jak zrobi rundkę wokół Łazienek. O tej porze roku okienko z goframi było zamknięte, wszedł jednak do kafejki na lavazzę i naleśniki z truskawkami.

Na Targówek dotarł komunikacją miejską na gapę. Od kiedy stracił posadę na ALK, starał się oszczędzać, a dwadzieścia cztery złote wydane w Trou Madame właściwie wyczerpywały jego dzienny limit.

Było źle, nie miał zamiaru tego przed sobą ukrywać. Ilona nie zarabiała wiele, a Luiza miała coraz więcej potrzeb. Szczęśliwie nie ciążył im żaden kredyt, mieszkanie na Stegnach mieli na własność – dostali je w spadku po rodzicach Ilony.

Ona mieszkała tam od dzieciństwa. Godzinami wysiadywała na opuszczonym torze kolarskim, snuła się wokół Jeziora Czerniakowskiego, w tygodniu upijała w fortach przy Truskawieckiej, a niedzielami chodziła na giełdę w amfiteatrze. Wszystko to Strach znał tylko z opowieści. Sam czuł się w tej okolicy i w tym mieszkaniu obcy. Być może w małżeństwie także.

Przy Tesie było inaczej. Ilekroć spotkał się z nią po dłuższej rozłące, odnosił wrażenie, jakby wracał do domu po dalekiej i wyczerpującej podróży. Tym razem też tak było.

Ledwo ją zobaczył, wychodzącą zza podniszczonych, blaszanych budynków przy torach, wszystkie jego problemy zdawały się zniknąć. Musiał przyznać, że ostatnim razem tak dobrze czuł się na swojej działce.

W Mateczniku. Kiedy stał przed linią czasu i napawał się świadomością tego, co robił.

Przywitali się z Tesą tak, jak zawsze. Bez kontaktu fizycznego, ale z obustronną potrzebą, by do niego doprowadzić. Potem przeszli kawałek w kierunku Antoninowa, niewiele się odzywając. Krystian spodziewał się tego, wiedząc, że dziewczyna potrzebuje zazwyczaj około kwadransa, by się rozkręcić.

Jak dziś pamiętał pierwszą nieprzerywaną licznymi pauzami rozmowę, jaką udało im się nawiązać. W Warszawie Wileńskiej, w poprzednim życiu. Wspomniał o apsydach, potem zaczął się nad nimi rozwodzić, a ostatecznie Tesa podjęła temat i rozgadała się na tyle, na ile potrafiła.

Teraz miało być podobnie. Usiedli przy niewielkim, opuszczonym budynku, który kiedyś mógł służyć za posterunek dróżnika, a dziś był właściwie tylko szpecącym szkieletem wymazanym sprayami.

– Trochę mi się oberwało przed wyjściem – odezwał się Strach.

Tesa spojrzała na niego ze zdziwieniem.

– Za co?

– A jak myślisz?

– Zaraz… – jęknęła, odrywając wzrok od torów kolejowych zdających się ciągnąć w nieskończoność. – Ilona wie, że się ze mną spotykasz?

– Ma mniej więcej stuprocentową pewność.

– Ale… Jezu, skąd?

– Jest domyślna.

– Przeczytała któryś z esesmesów?

– Możliwe. Nie kasuję ich, a komórka zazwyczaj leży na stole w salonie.

Popatrzyła mu w oczy, ale szybko uciekła wzrokiem.

– Musisz bardziej uważać – powiedziała cicho, jakby przyznawała się do jakiegoś ciężkiego przestępstwa.

– Dlaczego?

Pytanie wydawało mu się całkiem zasadne, ale podobnie jak jego żona, Tesa nie podzielała jego punktu widzenia.

– Chyba żartujesz – powiedziała.

– Nie.

– Pytasz mnie, dlaczego powinieneś lepiej ukrywać przed żoną, że spotykasz się z…

– Z kim? – wpadł jej w słowo, obracając się ku niej. – Z przyjaciółką?

– Miałam na myśli inne określenie.

– Jakie?

Skierował rozmowę na ten tor nie bez powodu. Należało w końcu rozwiać pewne wątpliwości i uświadomić dziewczynie, że relacja, w której się znaleźli, musi zostać dookreślona.

– Jakie, Tesa? – powtórzył.

– Mnie o to pytasz?

– Tak.

– Może lepiej zrób najpierw rozeznanie u siebie.

Spojrzała na jego klatkę piersiową, jakby zamierzała dodać coś o tym, co ma w sercu, ale w ostatniej chwili uznała to za zbyt cckliwe. Nie pierwszy i nie ostatni raz. Strachowski miał wrażenie, że dziewczyna więcej zostawia dla siebie, niż mu przekazuje.

– Zrobiłem dogłębne rozeznanie – odparł.
– I co ci wyszło?
– A co chciałabyś, żeby wyszło?

Pytanie przez moment pozostawało bez odpowiedzi. Z oddali dobiegł ich miarowy, powolny stukot zbliżającego się składu towarowego.

– Na pewno nie przyjaciółka – odezwała się w końcu. – To na dobrą sprawę nawet nie jest niedopowiedzenie, tylko policzek.

– W takim razie wycofuję się z tego.

– I co ci zostaje? – spytała nieco ostrzej. – Kochanka? Kandydatka na kochankę? Potencjalna kochanica? Utrzymanka? Urozmaicenie na boku?

Poznał ją już na tyle, by wiedzieć, że w końcu przejdzie do konkretów. Wystarczyło zepchnąć ją do defensywy, w której najpierw na moment się zamykała, a potem decydowała się walczyć – jakby nagle rozsierdzało ją, że ktoś chce wykorzystać jej słabe strony.

Przypominało mu to sytuację z egzaminu, kiedy wybiegła z jego gabinetu.

– Kim ja dla ciebie jestem? – ciągnęła. – I czego tak naprawdę ode mnie chcesz?

– Chyba znasz odpowiedzi.
– Chyba nie.

Krystian uśmiechnął się lekko, co spotkało się z wyraźnym rozczarowaniem ze strony Tesy.

– Co cię rozbawiło?
– Nic. Pomyślałem tylko, że nie muszę odpowiadać.
– Co takiego?
– Bo jesteś jedną z tych osób, które nie zadają pytań, jeśli nie znają na nie odpowiedzi.

Otworzyła usta, jakby machinalnie chciała go zrugać za zbyt lekki ton i uśmiech. Liczył na to, że zobaczy na jej twarzy nagłe rozluźnienie, ale stało się inaczej. Tesa mocno zacisnęła usta, a policzki jej poczerwieniały.

Podniosła się zbyt szybko, przez co chyba zakręciło jej się w głowie. Zachwiała się, ale kiedy poderwał się, by ją podeprzeć, tylko machnęła ręką.

– Po co w ogóle się ze mną spotykasz? – rzuciła.
– Tesa…
– Sprawia ci przyjemność dręczenie mnie? O to chodzi?

Podobnie jak podczas ostatniej, podobnej rozmowy w jego gabinecie, nie wiedział, co odpowiedzieć.

– Musisz przecież zdawać sobie sprawę z tego, jakie to dla mnie trudne – dodała. – I z tego, że potem jadę do domu, ale myślami jestem dalej z tobą. Wracam z tobą do twojego mieszkania, gdzie czeka na ciebie żona. I katuję się, w wyobraźni widząc… was. Twoje życie z nią. Twoje życie beze mnie.

Uniosła wzrok, zamknęła oczy i pokręciła głową.

– Co ty robisz, Strachu? Co my robimy?

Chciał powiedzieć, że nic złego, bo taka właściwie była prawda. Gdyby Ilona mogła zobaczyć ich spotkania, z pewnością zastanowiłaby się dwa razy, zanim oskarżyłaby go o romans.

A może nie. Może dostrzegłaby więcej niż to, co widoczne na pierwszy rzut oka. Najgorszy rodzaj zdrady. Tę niefizyczną.

– Wiesz, ile razy powtarzałam sobie, że więcej się z tobą nie spotkam? – ciągnęła Tesa.

– Poczekaj…

– Że to nie ma sensu, bo po pierwsze masz żonę, a po drugie… – Rozłożyła ręce, a potem pstryknęła z obrzydzeniem w nadmiar tkanki tłuszczowej na ramieniu. – Po drugie, kurwa, to!

– Tesa…

– Nawet gdybym chciała mieć z tobą romans, to do kurwy nędzy…

– Spokojnie.

Stukot pociągu stawał się coraz głośniejszy, a Tesa zaczęła cofać się w stronę torów. Krystian zobaczył, że zaszkliły jej się oczy, a wzrok stał się nieobecny.

– Co robisz?

– To, co powinnam zrobić już dawno. Co już próbowałam zrobić. I co nigdy mi się nie udało.

Zrobił krok w jej stronę, a ona zaczęła cofać się jeszcze szybciej. Strach natychmiast się zatrzymał.

– Nie podchodź – powiedziała.

– Spokojnie – powtórzył, unosząc lekko dłonie. – Wszystko jest w porządku.

– Nic nie jest w porządku.

Z trudem przełknął ślinę. Wiedział o wszystkich jej próbach odebrania sobie życia, ale wychodził z założenia, że nie bez powodu były nieudane. Teraz jednak coś wydawało się zmienić.

Dopiero po kilku sekundach zrozumiał co. Do całego bagażu problemów Tesy doszedł jeszcze jeden.

On.

– Nie potrafię się zabić – powiedziała, ale nadal zbliżała się do torów. Dźwięk pociągu stawał się coraz głośniejszy. – Nie potrafię nawet wyciągnąć z ciebie tego, co…

– Pytaj – uciął Strach. – Odpowiem na wszystko.

– Kim dla ciebie jestem?

Zatrzymała się, a Krystian odetchnął. Starał się oszacować, jak daleko jest skład i ile ma czasu, ale zbyt rzadko tutaj przesiadywali, by mu się to udało.

– Kim? – spytała ze łzami w oczach. – Tą grubą świnią, o której cały czas mówi Ilona? Tą suką, która zniszczyła ci całe życie? Odebrała ci przyszłość, przekreśliła twoją karierę?

– Nie miałaś z tym nic wspólnego.

– Miałam. Gdyby nie ja, robiłbyś teraz habilitację.

Znów zbliżyła się do szyn o kilka centymetrów. Krystian oczami wyobraźni zobaczył leżące na nich pokiereszowane ciało. Natychmiast odgonił tę wizję i skupił się na tym, co powinien powiedzieć.

– Urozmaiceniem? – ciągnęła Tesa. – Bo zbyt dobrze ci z idealną żoną? Potrzebujesz jakiejś odskoczni, żeby nie zapomnieć, jak gówniany jest tak naprawdę świat?

– Nie.

– W takim razie kim?! – krzyknęła. – Kim dla ciebie jestem?!

Ruszył w jej stronę, wyciągając do niej rękę. Znów jednak musiał się zatrzymać, bo Tesa niemal odskoczyła do tyłu.

– Odpowiadaj!
– Nie mogę – odparł cicho, znów unosząc dłonie. – Bo cokolwiek powiem, będzie niedomówieniem.

Tesa wbiła w niego wzrok, oddychając ciężko.

– Nie ma odpowiednich słów, rozumiesz? – dodał. – Szukam ciebie w każdej innej osobie, którą spotykam. Myślę o tobie w najważniejszych i najmniej istotnych chwilach mojego życia. Czasem wydaje mi się, że jesteś powodem wszystkiego. Każdą nadzieją, jaką czuję. Każdym snem, jaki mam, i każdym, na który czekam. I będę czekać, obojętnie jak długo.

Zamarła z nic niemówiącym wyrazem twarzy. Liczył na jakąkolwiek odpowiedź, ale Tesa najwyraźniej nie miała zamiaru jej udzielić. Strach zdusił potrzebę, by zbliżyć się choć trochę.

– Czasem budzę się z tych snów chyba tylko po to, żeby mamić się nimi w rzeczywistości – dodał cicho.

W końcu się poruszyła, uciekając spojrzeniem.

– Nie rób tego – powiedział.

– Czego?

– Nie odwracaj wzroku – odparł Krystian, a potem głęboko nabrał tchu. – Chcę widzieć twoje oczy. Muszę je widzieć. Wiesz dlaczego?

Nie miał zamiaru czekać na odpowiedź.

– Bo widzę w nich swoją własną przyszłość. Naszą przyszłość. Kolejne sześćdziesiąt, może więcej, lat spędzonych razem. Widzę też wszystkich tych ludzi, którzy do znudzenia będą pytać nas o to, jak się zeszliśmy. Widzę nas obejmujących się, roześmianych i za każdym razem chętnie opowiadających o długiej drodze, którą musieliśmy przebyć.

– Strach...

– Jestem teraz z kimś, z kim potrafię żyć – nie dał jej dojść do słowa. – A chcę być z kimś, bez kogo nie potrafię.

Zaryzykował i zrobił krok ku niej. Tym razem się nie wycofała. Przez chwilę żadne z nich się nie odzywało, a ich spojrzenia zdawały się splecione. Desperacja, którą widział jeszcze przed momentem w oczach Tesy, powoli nikła.

– Czy ty słyszysz w ogóle, co mówisz? – zapytała.

– Głośno i wyraźnie. I nie od dzisiaj.

– To jakieś głosy? – dodała nieco lżejszym tonem. – W twojej głowie?

– W głowie i w sercu.

– Brzmi jak oznaka szaleństwa.

Potwierdził lekkim skinieniem. Nadal miał wrażenie, że jeśli wykona jakikolwiek gwałtowniejszy ruch, Tesa natychmiast się cofnie. Znajdowała się przed samymi szynami, a pociąg był już niedaleko. Nie trzeba było wiele, by to wszystko skończyło się tragicznie.

– Jesteś szalony, Strachu? – odezwała się.

W jej głosie zadrgała nuta ciepła, która go uspokoiła.

– Chyba muszę być, skoro uznałem, że takie ckliwe wywody na ciebie podziałają.

Uśmiechnęła się lekko.

– Podziałały – odparła.

– Mam ich jeszcze trochę.

– W takim razie zachowaj je na inną okazję – powiedziała, a jej uśmiech stał się jeszcze wyraźniejszy. – Bo teraz już mnie kupiłeś.

– Zostaje mi więc już tylko dokonać dzieła ckliwości.

– Czyli?

– Wziąć cię w ramiona i pocałować.

Niewiele brakowało, a jego słowa zniknęłyby w głośnym, niemal ogłuszającym huku przetaczającego się składu towarowego. Krystian ruszył w stronę Tesy, nie czekając na reakcję na swoje słowa. Nie potrzebował jej. Wiedział, że to ten jeden moment, który definiuje całe ich przyszłe życie.

Zadziałał jednak zbyt szybko, zbyt gwałtownie. Nie myślał o tym, że natura Tesy, jej strach przed bliskością, przed naruszeniem komfortu, nieśmiałość i pielęgnowana przez wiele lat lękliwość przed jakąkolwiek intymnością mogą stanąć mu na drodze.

Dziewczyna zareagowała instynktownie. Zrobiła niewielki, niemal niezauważalny krok w tył.

Tyle wystarczyło.

Zanim Strach zdążył się zorientować, co się stało, było już za późno. Tesa potknęła się i runęła w tył. Wprost pod pędzący pociąg.

Tesa

„Nie ufaj sobie,
nie ufaj temu, kim wydaje ci się, że jesteś".

Przeczytałam całą wiadomość kilkakrotnie, obróciłam kartkę, przyjrzałam się jej, przeanalizowałam każde słowo i starałam się wyczytać wszystko, co kryło się zarówno w tekście, jak i między wierszami. Żadna z tych rzeczy nie dała mi jednak żadnych odpowiedzi.

Co to miało znaczyć?

Miałam wrażenie, jakbym otrzymała wiadomość nie od kobiety, która miała udzielić nam nowych informacji, ale kolejną przesyłkę od Architekta. Wciąż pojawiających się znaków zapytania było tak wiele, że czułam, jakby były gęstym lasem – i jakbym błądziła w nim osamotniona, nie mogąc znaleźć drogi wyjścia.

Wróciłam do samochodu bez słowa. Kusiło mnie, żeby pokazać Krystianowi wiadomość i razem z nim zastanowić się nad tym, co mogła mieć na myśli Marianna Sporniak. Cały czas jednak w głowie rozbrzmiewała mi jej prośba, bym zachowała to wszystko dla siebie.

I nie ufała sobie. A raczej komuś, kim według siebie byłam.

O co jej chodziło? To pytanie nie dawało mi spokoju, ale dzięki niemu przynajmniej na pewien czas udało mi się skupić na czymś innym niż to, co mogło spotkać Igora.

Ostatecznie jednak wszystkie moje myśli wracały prosto do niego. Mimo całego sceptycyzmu w głębi ducha liczyłam na to, że siostra Patrycji dostarczy mi przynajmniej częściowych odpowiedzi. Tymczasem spotkanie z nią sprawiło, że pojawiły się kolejne pytania.

Owszem, Strach miał rację co do tego, że wszystkie przypadki zaginięć się ze sobą wiązały, ale w żaden sposób mi to nie pomagało.

Głowiłam się nad tym, czując, że im więcej czasu mija, tym mniej jestem w stanie cokolwiek zrozumieć. Strachowi nietrudno było to dostrzec.

– Wszystko okej? – spytał. – To znaczy… poza rzeczami, które sprawiają, że nic nie jest okej.

Poprawiłam pas, który uporczywie wrzynał mi się między piersi.

– Doceniam to, że sam zadajesz pytanie i na nie odpowiadasz – oświadczyłam. – Naprawdę pasuje mi taka forma rozmowy.

– Domyślam się.

– Nie miałabym nic przeciwko, gdybyśmy przyjęli to za normę.

– Tak daleko nie jestem gotów się posunąć. Głównie dlatego, że naprawdę chciałbym się dowiedzieć, jak się trzymasz.

Odwróciłam głowę w prawo, a potem powiodłam wzrokiem po wiejskich zabudowaniach, które mijaliśmy. Wszystko sprawiało tu leniwe, sielankowe wrażenie, przez co czułam się, jakbym pochodziła z innego świata.

– Liczyłam, że ustalimy trochę więcej – odezwałam się.

– Wiemy całkiem sporo.

– Nie wydaje mi się.

Strach przyspieszył, dojeżdżając do wlokącego się przed nami samochodu, a potem wygiął się w bok, by zobaczyć, czy nic nie jedzie z naprzeciwka. Octavia miała swoje lata, ale silnik nadal robił swoje.

Po chwili przed nami nie było już nic oprócz prostej drogi.

– Ustaliliśmy, kim jest Architekt – odezwał się Krystian.

Obróciłam się do niego.

– W takim razie chyba coś mi umknęło, bo jedyne, czego się o nim dowiedziałam, to to, że nie lubi finansistów.

– Jest w tym coś więcej.

– Co?

– Kilka rzeczy, które pozwalają stwierdzić, z kim mamy do czynienia. Może nie konkretnie, ale oględnie możemy zbudować profil.

– A co ty jesteś, Bogdan Lach?

– Kto?

– No właśnie – mruknęłam. – Jeśli nie znasz najsłynniejszego polskiego profilera, to jak chcesz budować portret sprawcy? O ile w ogóle mówimy o jednej osobie.

– Na pewno – orzekł Strach. – I nie chcę ustalać, ile waży, czy był krzywdzony w dzieciństwie, czy ma zaburzenia erekcji, czy pali na rynku w Toruniu konstytucję, czy używa regionalizmów i tak dalej.

– Więc co chcesz ustalać?

– To, dlaczego robi to, co robi. I dlaczego ci konkretni ludzie zaginęli.

– Bo mieli związek z finansami – odparłam z przekonaniem. – Tyle wiemy. Reszta to niepotrzebne gdybanie.

– Niekoniecznie. – Na chwilę oderwał wzrok od pustej drogi. – Sporniak sprzedawała kredyty we frankach w czasie, kiedy każdy doradca wychwalał je pod niebiosa. Ona z pewnością też wznosiła peany na ich cześć.

– Więc twoim zdaniem to naprawdę mogłaby być zemsta za wciśnięcie komuś kredytu?

– Może. A może nie.

Spojrzałam na swoje oskubane skórki na palcach, szukając miejsca, gdzie mogłabym wetknąć paznokieć.

– Dzięki tej wizycie wiemy, że między Patrycją a kolejną zaginioną osobą istniał wyraźny związek – dodał Strach.

– Między nią a Zameckim?

– Mhm. On obracał akcjami Reimvestu, najbardziej wzbogacił się oczywiście w czasach boomu. Nie wiem, ile zarobił na tym, że ludzie stadnie zaczęli zaciągać kredyty we frankach, ale przypuszczam, że padł jakiś rekord. Zamecki zresztą poszedł nawet dalej.

– To znaczy?

– Był typowym spekulantem. I wyjątkowo obeznanym w temacie, trzeba dodać – ciągnął Krystian, zwalniając przed przejazdem kolejowym. Widać było jak na dłoni, że z żadnej strony nic nie jedzie, a mimo to zatrzymał się i rozejrzał.

Przeszło mi przez myśl, że w życiu nie był tak przezorny, jak na drodze.

– Jak bardzo obeznanym? – zapytałam.

– Na tyle, że tuż przed pęknięciem bańki sprzedał wszystkie swoje udziały. Nie tylko wzbogacił się na finansowej katastrofie wszystkich tych, którzy mieli wtedy zaciągnięte kredyty, ale i pogorszył ich sytuację, masowo pozbywając się akcji.

W końcu znalazłam odstającą skórkę przy paznokciu i zaczęłam ją skubać. Zastanawiałam się, czy zemsta byłaby wystarczającą motywacją. I czy powinniśmy patrzeć tak szeroko, jak proponował to Strach, czy skupić się na samym fakcie, że oboje, Patrycja i Zamecki, byli związani z Reimvestem.

– Trzecia zaginiona osoba, Aneta Rogowska – dodał Krystian.

– Ona raczej nie wzbogaciła się kosztem frankowiczów.

– Nie? A pamiętasz, co zrobił jej ojciec?

– Niespecjalnie.

– Zniszczył swoją karierę polityczną, opowiadając się za dopuszczalnością spreadów.

Fakt, że prowadziliśmy tę rozmowę bez konieczności tłumaczenia sobie nawzajem czegokolwiek, utwierdzał mnie w przekonaniu, że łączy nas wyjątkowa relacja. Przypuszczałam, że w każdym innym przypadku Strach musiałby tłumaczyć rozmówcy, na czym polega istota manipulowania przez bank kursem waluty tak, by kredytobiorca miał do spłacania coraz więcej.

– Rogowski był banksterem – dodał Krystian. – Najpierw łupił klientów w sektorze prywatnym, potem bronił podobnych praktyk, siedząc już na ministerialnym stołku. Oficjalnie wycofał się z polityki po zaginięciu córki, ale gdyby do tego nie doszło, i tak oberżnięto by mu głowę i nabito by ją na pal przed kancelarią premiera.

– Miał jakieś związki z Reimvestem?

– Nie, przynajmniej na nic takiego nie trafiłem. Ale ta firma nie ma nic do rzeczy, chodzi o to, że cała trójka przyłożyła rękę do niejednej życiowej tragedii. Ludzie z dnia na dzień zostali właściwie...

– Wiem, co się wtedy działo, Strachu.

– No tak.

– Ale nie jestem pewna, czy nie zabrnąłeś na ten teren dlatego, że to twoja działka. I że dobrze się na niej czujesz.

– Nie – zaprzeczył stanowczo, kręcąc głową. – To jest wyraźny i sensowny związek.

– Którego brakuje w przypadku twojej żony i Luizy.

Nie chciałam o nich wspominać, ale Krystian nie pozostawił mi żadnego wyboru.

– One są wyjątkiem – ocenił. – A to, co je spotkało, było wypadkiem.

– Więc dlaczego na koncie Ilony pojawił się hashtag?

– Nie wiem – odparł nieco poirytowany Strach. – Może Architekt chciał jeszcze bardziej wciągnąć mnie w tę sprawę. Może reaguje na bieżąco, obserwuje sytuację i widzi, że z moją pomocą się do niego zbliżasz.

– Więc uznał, że musi wytrącić cię z równowagi?

– Możliwe.

Moim pytaniem miałam zamiar zasugerować mu, że w istocie została ona zachwiana, ale Krystian zdawał się tego nie wyłapać.

– A Igor?

– On też jest związany z rynkiem finansowym.

– Nie tak, jak pierwsze trzy osoby. Nigdy nikomu nie zaszkodził.

– Jesteś tego pewna?

– Tak.

– Może nie powinnaś być.

– Co to ma znaczyć?

– Że mogą istnieć rzeczy, o których nie masz pojęcia. I takie, które widzisz jak w krzywym zwierciadle.

Niechętnie słuchałam takich enigmatycznych przestróg z jego ust. Do tej pory był jedyną osobą, która w całym tym chaosie mówiła o wszystkim wprost i nie próbowała zamącić mi w głowie. Wszyscy inni zdawali się robić na odwrót, zupełnie jakby cały świat sprzysiągł się, by moje myśli pogrążyły się w chaosie.

– Czym konkretnie Igor się zajmował? – spytał Krystian.
– Dzielonymi płatnościami.
– Coś jak Tilt?
– Co?
– Start-up, który został szybko przejęty przez AirBnb. Przez płatności peer-to-peer pozwalał na płacenie za dany lokal kilku osobom na raz.
– No tak… – mruknęłam. – Tyle że Igor chciał stworzyć szerszą platformę, którą można by wykorzystywać do opłacania abonamentów, kupowania produktów i tak dalej.
– A więc chyba się spóźnił, bo takie inicjatywy już od dawna istnieją.

Wzruszyłam ramionami.

– Idea była taka, żeby uświadomić klientowi, że nie potrzebuje wiertarki, tylko dziury w ścianie. I że jeśli w domu mieszka kilka osób, to wszystkie mogą na raz zapłacić komuś za jej wykonanie. Nie tylko oszczędzą na wiertarce, której użyliby przecież tylko raz, ale też rozłożą koszty.
– To dość znana koncepcja.
– Może miał jakiś innowacyjny pomysł, nie wiem. Nie znam się na fintechu.
– Ale on wręcz przeciwnie.

Tembr głosu Stracha zdradzał, że to nie zwykłe oznajmienie, ale zarzut pod adresem mojego męża. Skrzywiłam się, niepewna, czy powinniśmy brnąć w to dalej. Odnosiłam wrażenie, że od kiedy spotkaliśmy się z siostrą Patrycji, coś się zmieniło, a zwyczajowy komfort w naszych relacjach z jakiegoś powodu zastąpiło napięcie.

– Zawsze był obeznany w temacie – ciągnął Krystian. – Na drugim czy trzecim roku chyba jako pierwszy załapał ideę bitcoina i tłumaczył ją innym.

– Wiem.

Doskonale pamiętałam tamte wywody, bo dzięki nim nawet najbardziej oporni studenci zrozumieli, czym była ta kryptowaluta – i dlaczego w ogóle się tak nazywała.

Wyjaśnienia Igora były obrazowe i banalne. Kazał nam wyobrazić sobie grupę znajomych, którzy spotykają się, by zagrać w pokera. Żaden z nich nie miał przy sobie gotówki, a mimo to chcieli grać na pieniądze.

Każdy wyciągnął notes i zaczął w nim notować, kto jest komu ile dłużny. Po każdej partii porównywano zapiski i jeśli ktoś chciał oszukać albo się pomylił, od razu było to widać.

Im dłużej trwała gra, tym trudniej byłoby dokonać jakiejś manipulacji, bo rachunki było widać jak na dłoni. Zaczynały tworzyć bloki. I właściwie na tym polegała idea blockchain, łańcucha, dzięki której kryptowaluta mogła istnieć.

A przedrostek? Wytłumaczenie Igora w tym względzie było równie proste. Mieliśmy wyobrazić sobie, że nasi pokerzyści wzajemnie się nie widzą. Powstawałby wtedy problem, bo ktoś mógłby podejść do stołu i podszyć się pod któregoś gracza, postawić coś w jego imieniu.

Jak to rozwiązać? Dać uczestnikowi coś kryptograficznego. Na przykład dwa klucze do zakodowania swojej tożsamości – jeden prywatny, pokazywany tylko podczas stawiania, drugi publiczny, by każdy wiedział, kim jest gracz.

Znów poprawiłam pas, odnosząc wrażenie, że jest mi coraz bardziej niewygodnie.

Myślałam o tym, z jaką łatwością Igorowi przychodziło tłumaczenie kwestii, które wielu wydawały się skomplikowane. Strach miał rację, mój mąż rzeczywiście znał się na rzeczy, swojego czasu zresztą inwestował w kryptowaluty.

Ale czy przez to w jakiś sposób podpisał na siebie wyrok?

– Może komuś doradzał? – odezwał się Krystian.

Przez moment miałam wrażenie, że zgubiłam wątek.

– Hm? – mruknęłam.

– Może doradził komuś, kto przejechał się na bitcoinie lub innej kryptowalucie tak, jak frankowicze na kredytach?

– Są inne takie waluty?

Spojrzał na mnie z niedowierzaniem.

– Ponad tysiąc. A nowa może powstać w każdej chwili.

Nie powinno mnie to dziwić. Właściwie wystarczyło, żeby kilka osób umówiło się na partyjkę pokera i zapomniało zabrać ze sobą pieniądze.

– Więc? – upomniał się o uwagę Krystian. – Nie mówił ci nigdy o niczym takim?

– Nie.

– A rozmawialiście o…

– O kryptowalutach, fintechu i tym, co robił w IBM-ie? – dokończyłam sarkastycznym tonem. – Mieliśmy lepsze tematy do rozmowy, Strachu.

Uzmysłowiłam sobie jednak, że Igor od czasu do czasu przebąkiwał o finansach. Szczególnie w kontekście książki, nad którą ostatnio pracował, tej o beznadziejnym tytule

Młody łabędź. Stanowiła wprawdzie tabu, ale twierdził, że istotnym wątkiem są tam właśnie kryptowaluty. Był pasjonatem, o takich sprawach mógł mówić bez przerwy.

„Mieliśmy lepsze tematy do rozmowy" – odbiło mi się echem w głowie. Moje własne słowa, ale jakby nie moje.

A wszystko dlatego, że mimowolnie użyłam czasu przeszłego. Poczułam się przez to gorzej, niż gdybym dopuściła się zdrady. Szarpnęłam za pas i zakląwszy cicho, po prostu go odpięłam. Jeśli wziąć pod uwagę wszystko, co się działo wokół, stłuczka i wylądowanie prosto na poduszce powietrznej byłyby najmniejszym z moich problemów.

– Powinniśmy pogadać z jego znajomymi – odezwał się Krystian.

– O czym?

– Choćby o tym projekcie dzielenia się płatnościami. Może w jakiś sposób Igor zaszedł za skórę komuś, kto już wcześniej popłynął na nowinkach rynku finansów.

– Albo chodzi o coś zupełnie innego.

– O co?

Wzruszyłam ramionami, nie mogąc ukryć irytacji.

– Na dobrą sprawę o wszystko – odparłam. – Związek, który widzisz między tymi wszystkimi osobami, może dotyczyć nieudanej inwestycji, przekrętu, czegokolwiek…

Przekręt z jakiegoś powodu wydawał mi się bardziej prawdopodobny niż zemsta. Z łatwością mogłam sobie wyobrazić układ, w którym znalazły się pierwsze trzy zaginione osoby: nisko postawiona pracowniczka instytucji finansowej, magnat rynku kapitałowego i córka ministra.

Tyle że było to jedynie kilka elementów większej układanki.

Układanki, która rozrosła się jeszcze bardziej, kiedy wjeżdżaliśmy z powrotem do centrum.

Dźwięk powiadomienia był jak zwiastun kolejnej tragedii. Drgnęłam, odnosząc wrażenie, jakby telefon nie tyle zawibrował mi w kieszeni, ile się zapalił. Natychmiast go wyciągnęłam, wstrzymując oddech.

Strach gwałtownie zatrzymał samochód na poboczu.

– To on? – zapytał gorączkowo. – Wysłał kolejny tweet?

Przełknęłam ślinę, przesuwając palcem po wyświetlaczu. Zdjęcie właściciela konta było niewyraźne, pokazywało jedynie częściowo oświetlony profil podstarzałego mężczyzny. Niewiele było widać, ale z jakiegoś powodu ta osoba wydała mi się znajoma.

– Tak.

– Co tym razem?

Nie co, ale kto, powinnam powiedzieć. Wyświetliłam profil osoby, która wysłała wiadomość z tym przeklętym hashtagiem i szybko omiotłam wzrokiem podstawowe informacje.

– Tesa?

– Wygląda na to, że to jakiś lekarz – powiedziałam. – Konto ma od dwa tysiące dziesiątego, ostatniego tweeta wysłał dwa lata po jego założeniu.

– Jak się nazywa?

– Henryk Maj.

– Coś ci to mówi?

Odgięłam skórkę i pociągnęłam za nią mocno. Nie zauważyłam nawet, że przy paznokciu pociekła mi krew.

– Nie wiem… – mruknęłam. – Wydaje mi się, że kiedyś gdzieś już to imię i nazwisko słyszałam.

Strach podał mi chusteczkę, a ja dopiero teraz na dobrą sprawę zorientowałam się, że powinnam wytrzeć krew, zanim znajdzie się na tapicerce.

– Co jest w tweecie?
– Sam hashtag.

Nie dowierzał, więc pokazałam mu telefon. Była to kolejna kpina, jaką urządzał sobie Architekt. Mimo że oprócz kratki we wpisie znajdowało się tylko jedno słowo, tak naprawdę wiadomość była dość wymowna.

– Drwi sobie z nas – powiedziałam, wracając do przeglądania profilu Maja.

Nazwisko było powszechne, przypuszczałam, że w Polsce nosi je kilkanaście tysięcy osób. Henryk nie dodał żadnych zdjęć poza jednym, niewyraźnym profilowym. Nie był też przesadnie aktywny, ale od czasu do czasu podawał dalej jakiegoś tweeta.

Zaczęłam je przeglądać, licząc na to, że uda mi się ustalić coś za pomocą linków, do których odsyłały. Strach tymczasem sam wyjął telefon i zaczął przeszukiwać zasoby Google'a.

Kliknęłam w pierwszy podany dalej tweet i przeniosłam się na stronę magazynu związanego z psychologią. Artykuł dotyczył psychopatologii, a konkretnie zaburzeń związanych z pamięcią.

Zmarszczyłam czoło, przesuwając wzrokiem po tekście. Nie orientowałam się w temacie zbyt dobrze, a język, którego używano, nie był specjalnie przystępny. Zrozumiałam jednak tyle, że autor opisywał szereg symptomów związanych z jednostkami chorobowymi, których nazwy brzmiały dla mnie tak obco, że mogły oznaczać cokolwiek.

Drugi link odesłał mnie do materiałów związanych z tą samą dziedziną, ale bardziej konkretnych. Tym razem autor rozwodził się na temat iluzji i omamów pamięci, ze szczegółami opisując objawy jednej i drugiej przypadłości.

Trzeci tweet prowadził do kolejnego artykułu. I na tym etapie nie mogłam już mieć wątpliwości, że Henryk Maj podał je dalej nieprzypadkowo. Ten artykuł dotyczył tylko jednego z zagadnień związanych z zaburzeniami pamięci – konfabulacji.

Innymi słowy wypełnianiem luk w pamięci poprzez nieprawdziwe, zmyślone wspomnienia. Autor starał się przestrzec przed stygmatyzowaniem ludzi cierpiących na tę dolegliwość i wykazywał, że jest to naturalna reakcja obronna umysłu, który stara się wszelkimi dostępnymi sposobami łatać dziury.

Ostatni artykuł wiązał się z zaburzeniami osobowości.

Wyłączyłam go i na moment zamknęłam oczy. Nie mogłam dłużej się oszukiwać.

– Znam go – powiedziałam. – Przynajmniej tak mi się wydaje.

Krystian oderwał wzrok od komórki.

– Skąd?

– Wpisz w Google jego imię i nazwisko.

– Już to zrobiłem. Wiesz, ile wyników wyskoczyło?

– Dodaj: „psychiatra Warszawa".

Zamiast zrobić to, co proponowałam, Strach zaczął świdrować mnie wzrokiem, wyraźnie czekając, aż rozwinę. Wiedziałam, że powinnam to zrobić. Lepiej, żeby dowiedział się wszystkiego ode mnie niż z wyszukiwarki. Najpierw potrzebowałam jednak potwierdzenia.

– Po prostu wpisz to hasło, Strachu.
– Nie wytłumaczysz mi, o co chodzi?
– Wpierw muszę wiedzieć, że się nie mylę.

W końcu dodał to, o co go prosiłam, i przedstawił mi kilka pierwszych wyników. Nabrałam głęboko tchu i znów zamknęłam oczy. Musiałam zmierzyć się ze świadomością tego, że to wszystko dzieje się naprawdę. I że przeszłość znalazła sobie drogę, by do mnie wrócić.

– Więc? – ponaglił mnie Krystian. – Dlaczego miałem to sprawdzić?
– Bo nie byłam pewna, czy doktor Maj miał na imię Henryk.
– Doktor Maj?
– Przyjmował mnie w szpitalu. Kilka lat temu.
– Byłaś w szpitalu? Dlaczego?

Uciekłam wzrokiem, ale miałam świadomość, że tak naprawdę nie umknę przed wyjaśnieniem Strachowi, co się wówczas stało.

– Po próbie samobójczej – powiedziałam.
– Co takiego?
– Nafaszerowałam się tabletkami.
– Kiedy to było? Dlaczego nic o tym nie wiedziałem?
– W dwa tysiące trzynastym.

Była to odpowiedź zarówno na pierwsze, jak i drugie pytanie. W tamtym czasie nie mieliśmy kontaktu, byłam już z Igorem i warunkiem *sine qua non* naszych dobrych relacji było to, że trzymałam się jak najdalej od Krystiana.

– Ale…
– To nie było nic wielkiego. Po prostu słabszy dzień.
– Chyba żartujesz.

- Nie. Takie osoby jak ja lekarze określają niemal pieszczotliwie trutkami. Ale formalnościom musiało stać się zadość, więc zbadał mnie psychiatra. Miał ustalić, czy nie stwarzam zagrożenia i nie powinnam być poddana leczeniu.
- I?
- Wypisał mi skierowanie do poradni. Chodziłam tam przez jakiś czas – odparłam, jakbyśmy rozmawiali o wizytach kontrolnych po niezagrażającej życiu infekcji. – Zresztą to nie ma znaczenia. Liczy się, że Maj wypisał mi to skierowanie.

Krystian dopiero teraz przekręcił kluczyk w stacyjce, gasząc silnik. On też odpiął pas i obrócił się do mnie. Założywszy rękę za oparcie fotela, przyglądał mi się tak długo, aż musiałam w końcu na niego spojrzeć.

Robiłam wszystko, by ukryć mój wstyd, ale przypuszczałam, że na niewiele się to zdaje.

- W takim razie rzeczywiście mogłem się pomylić co do wspólnego mianownika tych wszystkich zaginięć.

Milczałam.

- Może nie chodzi o finanse, ale o ciebie.
- Tylko że ja nie miałam nic wspólnego z większością tych ludzi.
- Jesteś pewna?

Nie, nie byłam. Bynajmniej jednak nie chciałam tego przyznawać – ani przed sobą, ani przed nim. Wydawało mi się, że nigdy nie spotkałam trzech pierwszych osób, które posłużyły się hashtagiem, ale mogłam się mylić.

Szczególnie jeśli wziąć pod uwagę artykuły, do których linki pojawiły się na profilu psychiatry. Psychiatry, który zajął się mną po tym, jak nieomal odebrałam sobie życie.

Współczesny Prometeusz

ROD Żerżeń, Wawer

Trzęsące się, pokryte krwią ręce były namacalnym dowodem na to, że to jego wina. Strachowski stał przy starej, pokrytej nalotem umywalce, nie wiedząc, ile czasu minęło, od kiedy puścił wodę z kranu.

W końcu się otrząsnął i zaczął myć dłonie. Mydło zostawił poprzedni właściciel, była to chyba najtańsza wersja, jaką można było kupić. Krystian szorował skórę prostokątną bryłką, aż ręce zrobiły mu się czerwone.

Zakręcił kurek i zacisnął palce na brzegach umywalki. Szarpnął za nie, jakby zamierzał wyrwać ceramiczną misę i rozbić ją na podłodze. Otworzył oczy i spojrzał na swoje odbicie w zakurzonym lustrze.

Niewiele dzieliło go od tego, by uderzyć w nie głową z całej siły.

Zamknął oczy i zobaczył scenę, która miała weżreć się w jego głowę jak kwas solny. Tesa cofnęła się tylko nieznacznie, ale tyle wystarczyło. Jeden tragiczny krok. Jeden moment, który zmienił wszystko.

Jej ciało porwane przez pędzący pociąg. Krew, która trysnęła na boki.

Krystian tylko przez ułamek sekundy był sparaliżowany. Potem ten nagły marazm zastąpił ciąg zupełnie irracjonalnych działań. Kiedy skład hamował, Strachowski pędził już w stronę lokomotywy. Zupełnie jakby istniała szansa, by uratować Tesę.

Kolejne wspomnienia były jedynie urywanymi obrazami. Krew na wagonie, kawałki ciała. Jego dłonie przesuwające się po nadwoziu, rozpaczliwie poszukujące… czego?

Jakieś głosy. Krzyki. Chwiejący się na nogach maszynista, który wyszedł z pociągu.

Strach nie pamiętał, co działo się potem. Wiedział, że ostatecznie rozmawiał z kimś w mundurze, po czym wsiadł do samochodu. Zbył kilka osób, nie pamiętał nawet, o co go pytały.

Potem nagle znalazł się w Mateczniku. Bezpieczny przed światem, lecz tak naprawdę zagrożony. Pozornie żywy, ale w istocie martwy.

Jego życie skończyło się na torach kolejowych. A resztki krwi na umywalce stanowiły na to dowód.

Krystian nie wiedział, ile czasu upłynęło, zanim stanął przed linią czasu w piwnicy.

Wpatrywał się w nią długo, jakby w jakiś sposób mógł wykorzystać ją do tego, by wrócić na Targówek Fabryczny tuż przed tym, jak doszło do tragedii. Jakby mógł jej zapobiec.

Na to było za późno. Nie oznaczało to jednak, że nic nie może zrobić. Przeciwnie.

Strach zbliżył się do swoich materiałów i zaczął powoli dodawać nowe rzeczy. Działał bez pośpiechu, ale z determinacją, jakby od tego, co teraz zrobi, zależało, czy jeszcze zobaczy Tesę.

Kiedy skończył, miał już pewność, że do tego doprowadzi.

Wykradnie bogom ogień. Będzie jak współczesny Prometeusz, jak bohater powieści Mary Shelley. On także wykorzysta wszystkie możliwości, jakie stwarza mu dzisiejszy świat, ale inaczej niż w wypadku Victora, nie będą miały nic wspólnego z technologią.

Narzędzi było aż nadto. Sprawiały, że wszystko wydawało się Krystianowi możliwe.

Także to, że stworzy Tesę na nowo.

Tesa

Obudziłam się w obcym miejscu, niepewna, jak się w nim znalazłam. Dopiero po chwili ascetyczne wnętrze uświadomiło mi, że wieczorem pojechaliśmy na Żoliborz, do mieszkania Stracha. Nie chciałam spędzać u niego nocy, choć on sam spał na kanapie, ale jeszcze bardziej niespieszno mi było do domu.

Strach cierpiał na niedobór środków finansowych, lecz niewielkie mieszkanie właściwie wyglądało, jakby zostało zaprojektowane wedle najnowszych trendów w designie. Z pewnością była to zasługa dużych kontrastów – Krystian pomalował ściany na wyraziste, raczej ciemne kolory, i naniósł na nie jasne elementy. Miał też sporo tanich gadżetów z JYSK i kilka minimalistycznych fototapet.

Usiadłam na łóżku i zapatrzyłam się na jedną z nich. Kręta górska droga niknęła gdzieś we mgle. Na dobrą sprawę cała grafika składała się z białych oparów. I oddawała to, jak się czułam.

Weszłam do łazienki i obmyłam twarz, z ulgą dostrzegając, że Strach przygotował dla mnie nową, jeszcze nieotwartą szczoteczkę do zębów. Przeklęłam się w duchu za to, że nie zabrałam z mieszkania kosmetyczki lub chociaż kilku podstawowych rzeczy. Najbardziej martwił mnie brak sztyftu. Nie pierwszy i nie ostatni raz w życiu. Czasem zdarzało się, że wychodziłam z domu i po godzinie, półtorej, dopadało mnie niemal paraliżujące przerażenie, że zapomniałam o antyperspirancie. Właściwie było to niemożliwe, ale sama świadomość wystarczała, by oblał mnie rozgrzany pot.

Stracha zastałam w niewielkim salonie, pochylonego nad laptopem, którego pamiętałam jeszcze z czasów ALK. Nieraz po podłączeniu go do dużego ekranu mogliśmy oglądać na tapecie Ilonę i Luizę, jakby Krystian chciał się nimi pochwalić. Kilkakrotnie zdarzyło się też, że w trakcie wykładu wyskakiwała jakaś wiadomość od Ilony na Skypie.

Zaparzyłam nam kawy, a potem usiadłam przy stole, naprzeciwko Stracha. Ciemna opuchlizna pod jego oczami pozwalała mi sądzić, że nie zmrużył oka. I że zrobił znacznie więcej, niż musiał.

Oderwał wzrok od monitora dopiero, kiedy podsunęłam mu kawę.

– Dzięki – rzucił.

– To chyba ja powinnam dziękować.

– Mówiłem ci, że to żaden problem. I tak ostatnio nie sypiam, a jeśli już, to chwilę na kanapie.

– Miałam na myśli to, co robiłeś przez całą noc.

Pociągnął niewielki łyk niemal bezgłośnie, mimo że kawa była gorąca. Wiedział, jak bardzo irytuje mnie siorbanie, a ja doceniałam, że zwracał uwagę na takie bzdety, byleby mnie nie denerwować.

Naraz uzmysłowiłam sobie, jak komfortowo się tutaj czuję. Nie, nie tutaj, nie chodziło przecież o miejsce, tylko o towarzystwo. Wiele mnie łączyło ze Strachem, nasza przeszłość była bogatsza niż niejednej pary.

Odsunęłam od siebie te myśli. Nigdy nie powinnam snuć podobnych, a już szczególnie nie teraz, kiedy nie wiedziałam, co z moim mężem.

Na Boga, co się ze mną działo?

Nie mogłam opędzić się od uwierającej świadomości, że wieczorem bez większych problemów udało mi się zasnąć. Byłam przekonana, że nie zmrużę oka, i początkowo w ogóle nie planowałam się kłaść. Tymczasem to poczucie komfortu, które dawała mi obecność Krystiana, zrobiło swoje.

– A co takiego twoim zdaniem robiłem całą noc? – odezwał się.

– Szukałeś informacji na temat Maja.

Odstawił kubek i skinął głową.

– Wygląda na to, że się wyniósł.

– Wyniósł? Dokąd?

– Nie wiem. Nie pracuje w żadnej poradni ani w szpitalu, obdzwoniłem wszystkie placówki w Warszawie.

Właśnie tego się spodziewałam. Strach był skrupulatny i nieustępliwy – zwyczajny wykaz nazwisk na stronach internetowych mu nie wystarczał. Musiał zadzwonić, sam wszystko zweryfikować, zyskać stuprocentową pewność.

– Ale na tym nie poprzestałeś.

– Nie. Skontaktowałem się ze wszystkimi szpitalami, do których mogłaś trafić.

– Trzeba mnie było po prostu obudzić i zapytać.

Machnął ręką, jakby to małe samozwańcze śledztwo sprawiło mu przyjemność.

– Szpital Bielański był trzeci na mojej liście – odparł, przesuwając palcem po gładziku laptopa. – Dowiedziałem się, że Henryk Maj pracował tam dość długo, do dwa tysiące czternastego roku.

– Z tamtego okresu pochodzi ostatni tweet. To znaczy przedostatni.

Krystian potwierdził szybkim skinieniem głowy.

– Nikt nie chciał mi jednak wyjaśnić, dlaczego Maj pożegnał się ze szpitalem. Nie udało mi się też przekonać kogokolwiek, żeby dali mi na niego namiar.

W jego głosie wyczułam podejrzliwość, choć na dobrą sprawę wydawała się nieuzasadniona.

– Dziwi cię to? – zapytałam. – Gdyby udzielali informacji o każdym psychiatrze, mogliby narobić mu niemałych problemów.

– Ale coś mogli powiedzieć. Tymczasem wszyscy milczeli jak grób.

– Widocznie takie mają zasady.

– Zasady zasadami, ale sięgałem już po naprawdę mocne argumenty, twierdząc, że chodzi o życie jednego z dawnych pacjentów Maja.

Zastanawiałam się, czy przypadkiem tak rzeczywiście nie było.

– Chciałem chociaż, żeby podali mi szpital, w którym obecnie przyjmuje.

– I?

Strach wzruszył ramionami.

– „Przepraszam, nie możemy udzielać informacji na temat naszych pracowników" – wyrecytował. – Zacząłem więc szukać na własną rękę, ale niczego nie znalazłem. Niczego poza artykułem naukowym, który Henryk Maj opublikował w sierpniu dwa tysiące czternastego roku.

– Dotyczył psychopatologii? Zaburzeń pamięci, jak te, do których linkował na Twitterze?

– Poniekąd. Maj pisał w nim o dysocjacji. – Krystian zerknął na ekran i odchrząknął. – To „zaburzenie osobowości polegające na czasowym wyłączeniu się pewnych czynności psychicznych spod świadomej kontroli".

Z jakiegoś powodu zabrzmiało to bardziej niepokojąco, niż powinno.

– Tak przynajmniej określa ją słownik języka polskiego – ciągnął Strach. – W definicjach specjalistycznych podkreśla się oderwanie świadomości, pamięci, tożsamości albo percepcji. Brzmi to mgliście, ale w gruncie rzeczy chodzi o to, że osoby chore potrafią nawet stracić kontakt z rzeczywistością.

– W jakim sensie?

– W różnym. Może dojść do depersonalizacji, kiedy zaczynasz wydawać się sobie nierealna i przekonujesz samą siebie, że nie istniejesz. Do derealizacji, kiedy to świat staje się nierzeczywisty. Oczywiście też do amnezji czy rozdwojenia jaźni, ale nas interesuje inny, konkretny rodzaj tego zaburzenia.

Krystian napił się kawy, jakby przed przejściem do owych konkretów musiał uzupełnić siły porcją kofeiny.

– Maj pisał o fudze dysocjacyjnej. Słyszałaś kiedyś o tym?

– Nie. I nie jestem pewna, czy chcę usłyszeć.

– To nasz jedyny trop, więc...

– Mów, Strachu.

Pokiwał głową.

– Jest reakcją obronną umysłu, tak jak wszystkie pozostałe zaburzenia dysocjacyjne. A przynajmniej tak twierdzi Maj w swoim artykule. Muszę jeszcze zweryfikować, czy to tylko jego gdybania, czy ogólnie przyjęty pogląd.

Jeśli kiedykolwiek żałowałam, że zamiast psychologią latami zajmowaliśmy się zarządzaniem i socjologią, to właśnie teraz. Nachyliłam się w stronę Krystiana i spojrzałam mu w oczy, czekając na dalszy ciąg.

– Chodzi właściwie o ucieczkę, zresztą właśnie to oznacza *fuga* po łacinie – dodał. – Umysł stara się znaleźć drogę ratunku przed traumatycznymi zdarzeniami. Nie radzi sobie z rzeczywistością, z otaczającym światem i…

– Znam to z autopsji.

– No tak – potwierdził niechętnie. – Fuga dysocjacyjna objawia się tym, że chory zapomina, kim jest. Tworzy nową tożsamość.

– Staje się zupełnie inną osobą?

Krystian skinął głową i znów pociągnął łyk kawy.

– Połączone jest to z amnezją wsteczną – dodał. – Taka osoba nie pamięta niczego, co stało się wcześniej. Traci swoje prawdziwe wspomnienia, zastępuje je innymi, fikcyjnymi.

Wzdrygnęłam się na myśl, że ktoś mógłby cierpieć na taką przypadłość. Jak wyglądałoby jego życie? I czy w ogóle można by mówić o jednym życiu? Jak radziliby sobie z tym bliscy? I czy chory mógłby mieć jakichkolwiek bliskich? Pracę? Zainteresowania? Nawet to ostatnie wydawało się nieosiągalne.

– Zdarza się, że po okresie fugi chory wraca do… swojej poprzedniej tożsamości. Nie pamięta wtedy niczego, co wiąże się z tą drugą.

Potrząsnęłam głową.

– Jak często to występuje?

– Dość rzadko – przyznał. – Ale z pewnością są większe szanse zapadnięcia na fugę niż wygrania w Lotto. A mimo to co jakiś czas ktoś zgarnia nawet kilkadziesiąt milionów.

– No tak…

– Przypadki nasilają się w czasach kryzysowych. Podczas wojen, katastrof naturalnych i tak dalej. Nie wszystkie zostają zgłoszone.

– Dlaczego?

– Z dwóch powodów. Po pierwsze często mają miejsce tam, gdzie warunki bytowe są ekstremalne, w krajach Trzeciego Świata, z których takie rzeczy po prostu do nas nie docierają. Po drugie przy fudze dochodzi najczęściej do ucieczki nie tylko mentalnej, ale i rzeczywistej. Chory tworzy nową osobowość, opuszczając miejsce, w którym do tej pory mieszkał. W nierozwiniętych państwach często ślad po nim ginie.

Ból przy paznokciu uświadomił mi, że nieświadomie poddałam się mojemu tikowi.

– Co wywołuje fugę? – spytałam. – To genetycznie uwarunkowane?

– Jest za mało badań. W przypadku schizofrenii lekarze mieli okazję do przeprowadzenia wielu sekcji, wykryli różnice w poziomie dopaminy i tak dalej, ale jeśli chodzi o fugę, analizuje się głównie podłoże psychologiczne.

– Czyli?

Krystian zrobił głęboki wdech.

– Każdy z nas co pewien czas doświadcza drobnej dysocjacji. To powszechne zjawisko.

– Mnie się raczej nie przydarzyło.

– Nie przejechałaś nigdy nieświadomie zjazdu na osiedle? – spytał z powątpiewaniem. – Nie wydawało ci się nigdy, że patrzysz na siebie z boku? Nie wyłączyłaś się podczas wykładu, by dopiero po kilku minutach sobie to uświadomić?

Uniosłam brwi, marszcząc czoło.

– No dobra – rzucił. – Ten ostatni przykład w twoim przypadku może nie jest trafiony.

Przesunęłam dłońmi po włosach, zakładając kosmyki za ucho. Po raz kolejny pomyślałam o tym, że potrzebuję sztyftu.

– Koniec końców to jednak zupełnie niegroźne przypadki oderwania czy może oddalenia się na moment od rzeczywistości. Te poważniejsze występują przede wszystkim u osób, które w dzieciństwie borykały się z problemami, były wykorzystywane seksualnie, cierpiały na depresję i tak dalej.

– Czyli występuje to tylko naturalnie?

– W swoim artykule Maj dowodzi, że generalnie tak, ale…

– Ale co?

– Twierdzi też, że zachodzi pewne niebezpieczeństwo podczas wprowadzania ludzi w hipnozę, bo jakkolwiek by było, dysocjacja jest elementem każdej tego typu sesji. I dodaje, że w ten sposób możliwe jest sterowanie pacjentem w pewnym zakresie.

Przypuszczałam, że Strach będzie kontynuował, ale urwał i głęboko się zamyślił. Zastanawiałam się, nad czym się głowi. I czy aby nie nad tym, co także mnie przyszło do głowy.

Wnioski nasuwały się przecież same. Według Krystiana to ja byłam spoiwem.

Ja otrzymałam pierwszą przesyłkę, od niej wszystko się zaczęło. I nie dość, że zaginął mój mąż, to jeszcze wszystko wskazywało na to, że zniknął także lekarz, który przyjął mnie i badał w szpitalu po próbie samobójczej.

Patrycja chodziła na tę samą uczelnię. Ilona była żoną, a Luiza córką mężczyzny, z którym miałam pewnego rodzaju romans. Nie, nie pewnego rodzaju: romans.

Ale Zamecki? Czy rzeczywiście mogłam go kiedyś spotkać i o tym nie pamiętać?

I Aneta Rogowska? Z jej ojcem być może minęłam się podczas jakiejś konferencji, brałam udział w każdej, na którą udało mi się wprosić. Ze znaną celebrytką jednak nie mogłam mieć nic wspólnego.

A mimo to logika zdawała się temu przeczyć.

Była jeszcze jedna duża niewiadoma. Użytkownik Twittera o nicku N.Delved. Ten, który wysłał wiadomość, bym sama odebrała ostatnią przesyłkę.

Schowałam twarz w dłoniach i przez moment masowałam skronie, mimo że głowa mnie nie bolała.

– Tesa?

Spojrzałam na Stracha przez palce.

– Mam wrażenie, że nigdy nie dojdę prawdy – powiedziałam. – Szczególnie jeśli wezmę pod uwagę te psychopatologiczne wynurzenia Maja.

– Myślisz, że mają z tobą coś wspólnego?

– A ty nie?

– Cóż…

– Jeśli coś jest ze mną nie w porządku, mogę o tym nawet nie wiedzieć. Jeśli ktoś mną manipuluje, tym bardziej.

Oboje przez kilka chwil milczeliśmy. Zamknęłam oczy, ale natychmiast na powrót je otworzyłam. Pod powiekami widziałam Anetę Rogowską, Ilonę, Luizę i resztę. I przez moment miałam wrażenie, że siebie także.

Wzdrygnęłam się.

– Co konkretnie masz na myśli? – odezwał się Krystian.

Sama nie wiedziałam. I z pewnością nie byłam gotowa werbalizować wniosków, które sprawiały, że powinnam się zastanowić, czy nie jestem szalona.

Widziałam jednak, że Strach czeka na odpowiedź.

– Musimy go znaleźć – powiedziałam, ignorując pytanie. – Maja.

– Znajdziemy. O ile nie zaginął, tak jak reszta.

Generalizował. Dwie osoby z listy Architekta nie zniknęły bez śladu, tylko zginęły. Nie miałam jednak zamiaru go poprawiać, zresztą teraz nie miało to znaczenia. Powinniśmy się spodziewać, że Maj podzielił los większości.

– Dobrze go poznałaś? – odezwał się po chwili Krystian.

– Nie, przecież ledwo go pamiętam.

– No tak.

– Zbadał mnie, porozmawialiśmy trochę, a potem wypisał mi skierowanie.

– Ot tak załatwił dziewczynę, która trafiła do niego po próbie samobójczej?

– A co miał zrobić? Dla niego to był pewnie dzień jak co dzień.

Strach wydawał się nieprzekonany.

– Trutek mieli tam pewnie na pęczki – ciągnęłam. – A Maj miał już swoje lata i swoje widział.

Mętnie pamiętałam, że był opryskliwy, ale trudno mi przesądzić, czy tak w istocie było. Wszystko z tamtego czasu wydawało się mgliste, niejasne, jakby pochodzące ze wspomnień innej osoby. Nigdy się temu nie dziwiłam, nie miałam powodu. W końcu tamta sytuacja była dla mnie co najmniej niecodzienna.

Przypuszczałam jednak, że mógł okazać pewien dystans. Starzy szpitalni wyjadacze mieli dosyć takich dziewczyn jak ja. Ci ludzie przez dekady robili wszystko, by ratować ludzkie życie – a tych pacjentów, którzy sami chcieli je zakończyć, z pewnością nie traktowali na równi z pozostałymi.

– Nie przypominasz sobie żadnych…

Krystian urwał, być może licząc na to, że dokończę za niego.

– Sam nie wiem – dodał. – Dziwnych rzeczy? Podejrzanych zachowań?

– Eksperymentów?

Zaśmiałam się nerwowo, ale kąciki jego ust nawet nie drgnęły.

– Aż tak daleko bym nie poszła nawet w układaniu najczarniejszego scenariusza – rzuciłam beztrosko.

Strach nie odpowiedział.

– Chyba nie sądzisz, że coś takiego mogłoby być możliwe w cywilizowanym kraju? – mruknęłam.

– Nie sądzę. Ale nie muszę ci chyba mówić, że życie przynajmniej kilka razy mnie zaskoczyło.

– Wielu ludzi próbowało mną manipulować, Strachu, ale zapewniam cię, że nikt na mnie nie eksperymentował.

– A mimo to artykuł Maja wygląda, jakby dotyczył ciebie. Jakby powstał na kanwie konkretnie twojego przypadku.

Zgromiłam go wzrokiem, co zbyt często się nie zdarzało.

– Zwariowałeś?

– Może. Ale jeśli nie, to znaczy, że ktoś inny zwariował. I to na tyle, żeby zrobić rzeczy, które normalnie są nie do pomyślenia.

– Czyli? – bąknęłam.

Krystian nabrał tchu, by odpowiedzieć, a ja gwałtownie się podniosłam. Miałam dość siedzenia przy pustym stole. Kawa nie była nawet półśrodkiem, potrzebowałam czegoś zupełnie innego. Otworzyłam lodówkę i przekonałam się, że panuje w niej taki sam minimalizm, jak i w całym mieszkaniu.

– Fuga dysocjacyjna jest skąpo opisana – podjął Strach. – Przynajmniej jeśli się weźmie pod uwagę to, jak skrupulatnie zbadano schizofrenię czy inne zaburzenia.

Bąknęłam potwierdzająco na odczepnego, wyciągając karton mleka. Nalałam dobre pół litra do garnka i wrzuciłam płatki śniadaniowe, kilkanaście kostek czekolady, trochę cukru i trochę owoców, co do świeżości których miałam pewne wątpliwości. Krystian nie dysponował jednak niczym innym, czego mogłabym użyć.

Zaczęłam leniwie mieszać owsiankę, kątem oka dostrzegając, że Strach stoi koło mnie.

– Pomyśl, jakiej renomy Maj mógłby się dorobić po takiej publikacji.

– No, jakiej?

– Stałby się gwiazdą w środowisku naukowym. Opisałby to, o czym alarmował w swoim artykule. Możliwość manipulacji osobami cierpiącymi na fugę.

– Zupełnie cię porąbało, Strachu.

– Myślisz, że ludzie nie są zdolni do takich rzeczy?

Popatrzyłam na niego z politowaniem.

– Myślę, że nie wiemy nawet, do czego sami jesteśmy zdolni, co dopiero jeśli chodzi o innych – odparłam. – I wyciągnij dwie miseczki.

Obrócił się, nieco zdezorientowany, a potem zaczął kolejno otwierać szafki.

– Może być coś wklęsłego, obojętnie co – dodałam.

Chwilę później siedzieliśmy przy stole, a ja wreszcie mogłam wrzucić coś do żołądka. Miałam wrażenie, jakbym pościła od kilku dni, więc oprócz owsianki dojadłam też czekoladę, którą wcześniej otworzyłam. Przez cały ten czas Krystian rozwodził się nad swoją koncepcją.

Była absurdalna. Nie miałam zamiaru przyjmować jej choćby jako hipotezy. Zresztą nie miało dużego znaczenia, czy w tej kwestii się zgadzaliśmy – liczyło się to, że w innej byliśmy jednomyślni.

Oboje zakładaliśmy, że by znaleźć odpowiedzi, musimy pojechać do Szpitala Bielańskiego. Z pewnością pracował tam ktoś, kto wiedział, co się stało z Henrykiem Majem po tym, jak odszedł z pracy.

Na spotkanie z ordynatorką oddziału musieliśmy czekać dobre pół godziny. W końcu nie wytrzymałam i poszłam do automatu, by zaopatrzyć się przynajmniej w kilka bounty. Wracając, już z oddali usłyszałam, że Krystian rozmawia z lekarką.

Przyspieszyłam kroku, przeżułam szybko do końca kawałek batonika, a potem wyszłam zza zakrętu. Kobieta od razu mnie zobaczyła. I cofnęła się, jakby tuż przed nią nagle wybuchł pożar. Albo jakby zobaczyła ducha.

– O Boże... – jęknęła. – Jakim cudem...

Widziałam ją pierwszy raz w życiu. Ale ona mnie najwyraźniej nie.

– To pani... – dodała.

Capri
ze Śródziemnomorską

Stegny, Mokotów

Strachowski nigdy nie wrócił do domu. Mimo że kilkanaście godzin po wydarzeniach z Targówka Fabrycznego stał przed drzwiami mieszkania przy Katalońskiej, wiedział, że to, co znajduje się po drugiej stronie, nie jest domem.

Przynajmniej nie dla niego. Dla osoby, którą był jeszcze tego ranka – być może. Teraz jednak wszystko zmieniło się do tego stopnia, że Ilona wydawała się żoną kogoś innego, a Luiza obcym dzieckiem.

Strach usiadł w fotelu przed telewizorem, nawet nie ściągnąwszy kurtki. Trwał w bezruchu, a słowa Ilony do niego nie docierały. Ta jednak nie przestawała mówić, przeciwnie, nakręcała się coraz bardziej.

– Gdzie ty byłeś, do kurwy nędzy?

Krystian nie odpowiadał. Dopiero teraz uświadomił sobie, że jest środek nocy, a mimo to żona wciąż na niego czekała.

– Co to jest? Krew? – zapytała, wskazując czerwone plamki na koszuli.

Strachowi wydawało się, że wyszorował wszystkie ślady, ale najwyraźniej nie tylko te na psychice były nie do usunięcia.

– Odpowiadaj!

– Nie.

– Co „nie"?!

Znów zamilkł, a Ilona stanęła przed nim, zasłaniając telewizor. Zupełnie jakby oglądał mecz, a jej zebrało się na przekorności. Krystian nie włączył jednak nawet odbiornika. Odnosił wrażenie, że znajduje się w innym świecie.

– Ta dziewczyna, która rzuciła się dzisiaj pod pociąg… – zaczęła Ilona. – Mówili, że studiowała na Koźmińskim.

To, jak niewiele było trzeba, by połączyć Tesę z tymi doniesieniami, właściwie mówiło wszystko o jej kondycji psychicznej. Ale teraz wszystko będzie inaczej. Po tym, jak Krystian stworzy ją na nowo, sytuacja stanie się zupełnie inna. Tesa będzie inna.

Ocknął się, kiedy żona pochyliła się nad nim. Przez moment miał wrażenie, że weźmie go za rękę, szybko jednak uprzytomnił sobie, że tak się nie stanie. Ilona patrzyła na niego ze wściekłością.

– Odpowiadaj! – powtórzyła.

Podniósł się i machinalnie ją odsunął. Zareagowała, odtrącając jego dłoń, i niewiele brakowało, a doszłoby do przepychanki. Strach poszedł do kuchni, ignorując obelgi, które szybko przerodziły się w krzyki.

Z szafki nad lodówką wyciągnął butelkę wódki i nalał sobie trochę do kubka po herbacie. Miał wrażenie, że ni stąd, ni zowąd pojawiła się obok niego Ilona. Rzuciła coś nerwowo i machnęła ręką, strącając naczynie z blatu.

Roztrzaskało się na podłodze, a z sypialni Luizy doszło ciche łkanie.

Strach ledwo je odnotował, podobnie jak wszystkie inne bodźce, ale Ilona natychmiast ruszyła w stronę pokoiku dziecięcego, tracąc zainteresowanie nim. Szloch po chwili ucichł.

– To koniec – powiedziała Ilona, kiedy wróciła.

Krystian usiadł w fotelu, tym razem ze szklanką.

– Mam tego dosyć – dorzuciła.

– Czego?

Nie powinien odpowiadać, przynajmniej jeśli chciał się łudzić, że uda mu się jeszcze zapobiec eskalacji konfliktu. Jego krótkie pytanie przepełniło jednak czarę goryczy i teraz nie było już odwrotu.

– Czego?! – ryknęła Ilona. – Powiem ci dokładnie, sukinsynu, czego!

Uniosła rękę, jakby miała zamiar go spoliczkować, ale ostatecznie tylko nią machnęła.

– Mam dosyć bycia traktowaną jak zdzira!

– O czym ty…

– Jestem twoją żoną, rozumiesz? Nie pieprzoną kochanką, nie pomocą domową do prania skarpet, opieki nad dzieckiem i gotowania zasranych obiadków!

Strach zachowywał spokój, nie myśląc o tym, że to na dobrą sprawę tylko bardziej ją rozsierdzi.

– I mam dosyć udawania, że nie wiem, z kim się pierdolisz – ciągnęła. – Dosyć harowania jak wół, dosyć bycia jedyną żywicielką rodziny, w której brakuje prawdziwego, kurwa, mężczyzny!

Kropelki śliny wylądowały na jego policzku, ale Krystian nawet nie drgnął. Patrzył na żonę, starając się przesądzić, czy widzi osobę, którą znał, czy kogoś zupełnie innego.

– Wiesz, czego jeszcze mam dosyć?

– Nie.

Przewróciła oczami, jakby uraziło ją, że w ogóle śmiał odpowiedzieć. Spazmatycznie nabrała powietrza, próbując nieco się opanować.

– Tego, że po ciąży robiłam wszystko, żeby wrócić do formy. Przestrzegałam diety, chodziłam na fitness, odmawiałam sobie nawet małych przyjemności po całych dniach zmieniania pieluch i prania brudów. I co mi to dało? To, że mam konkurować z tą spasioną, tłustą kurwą?!

Krystian zerwał się z fotela. Poczuł, że ręka mu zadrżała.

Ilona nagle się uspokoiła. Zupełnie jak ci wszyscy ekstremalni podróżnicy, którzy docierają w trudno dostępne, niebezpieczne miejsca, nie oglądając się za siebie. I dopiero tuż przed osiągnięciem celu na moment się zatrzymują, czując obawę.

Jeśli jednak nawet Strachowski dobrze odczytał emocje żony, to zaraz znikły, a ich miejsce na powrót zajęła złość. Ilona zacisnęła usta, a potem odepchnęła Krystiana. Zachwiał się, ale udało mu się utrzymać równowagę.

– To była ona? – syknęła jego żona. – To ona rzuciła się na tory?

Strach nie miał zamiaru odpowiadać. Był przekonany, że nie musiał.

– Mów!
– Dobrze wiesz, że tak.
– Ty skurwielu…
– Uspokój się.

Zrobiła krok w jego stronę, znów unosząc ręce. Tym razem sprawiała wrażenie, jakby miała zamiar naprzeć z jeszcze większą siłą, a potem zacząć go okładać. Strach nie miał zamiaru reagować.

– Suka dostała, na co zasłużyła – dodała Ilona. – A teraz ty…

– Co powiedziałaś?

– To, co słyszałeś.

Krystian powoli zaczynał się otrząsać z marazmu, ale teraz na powrót owładnęło nim dziwne, obezwładniające uczucie. Sens tego, co mówiła Ilona, przestawał do niego docierać.

Słyszał pojedyncze słowa, wyimki z tyrady. „Tłusta pizda". „Dobrze jej tak". „Niech gnije". „Suka musiała tak skończyć".

Mamrotał pod nosem, by przestała. Kręcił głową, miał ochotę zakryć uszy i nie słuchać dłużej. Czuł się jak dziecko, które stało się zupełnie bezbronne. Jak zwierzę zapędzone w pułapkę.

Ilona jednak ciągnęła dalej.

Nie wiedział, kiedy podniósł rękę. Nie odnotował nawet momentu wzięcia zamachu. Zobaczył, że uderzył żonę, dopiero kiedy ta upadła na podłogę. Podniosła się po chwili, jakby potrzebowała czasu, by zrozumieć, co się stało.

Z nosa do ust ściekała jej krew, zalewała zęby i osiadała na dziąsłach. Ilona oddychała szybko i nierówno. Nie bała się, przeciwnie, kiedy szok minął, wściekła się jeszcze bardziej.

Krzykom nie było końca. Jej furia była tak duża, że na moment przyćmiła nawet instynkty macierzyńskie. Dopiero po chwili uświadomiła sobie, że w pokoju obok ich córka ryczy wniebogłosy.

Ilona natychmiast skierowała się do sypialni i zanim Krystian zdążył zareagować, już ciągnęła Luizę w kierunku wyjścia. Szybko podała jej kurtkę i sama narzuciła na siebie swoją.

– To koniec – powiedziała jeszcze raz.
– Poczekaj…
– Na co? Na kolejne splunięcia w twarz?
– Jest pierwsza w nocy, nie powinnaś…
– Nie zbliżaj się, gnoju – rzuciła, piorunując go wzrokiem.

Strach zerknął na Luizę. Była zagubiona, ale nie musiała rozumieć wszystkiego, by wiedzieć, że dzieje się coś, co nie powinno mieć miejsca. Łzy ciekły jej po policzkach, usta drżały.

Gdyby nie to, Krystian być może zbliżyłby się do żony, spróbował ją zatrzymać. Obawiał się jednak, że tylko pogorszy sytuację i doprowadzi do kolejnego wybuchu.

Po chwili drzwi zamknęły się z trzaskiem. Strach stał przed nimi przez jakiś czas, zupełnie osłupiały. Kiedy się otrząsnął, ubrał się i również wyszedł z mieszkania. Wiedział doskonale, co musi zrobić.

Kilka godzin później był na szpitalnym oddziale ratunkowym.

Trzymał za rękę umierającą żonę, która patrzyła na niego z przerażeniem.

Ilona i Luiza zostały potrącone na pasach niedługo po tym, jak opuściły mieszkanie przy Katalońskiej. Sprawca zbiegł z miejsca zdarzenia, świadków nie było. Na skrzyżowaniu Capri ze Śródziemnomorską nie było żadnego monitoringu.

– Nie bój się – odezwał się Strach, gładząc dłoń Ilony. – Tak musiało się stać.

Sprawiała wrażenie, jakby chciała coś powiedzieć, ale usta nawet nie drgnęły. Lekko poruszyła się za to jej ręka.

Krystianowi wydawało się, że żona próbowała ostatkiem sił ją cofnąć.

– To wszystko ma sens – dodał. – A ja w każdej chwili mogę sprowadzić was z powrotem. Tak jak Tesę.

Obserwował, jak po raz ostatni zamyka oczy. Potem ułożył jej dłoń na szpitalnym łóżku, podniósł się i wyszedł z sali. Uznał, że nie ma czasu do stracenia.

Tesa

– Nie tutaj – powiedziała lekarka, a potem powiodła wzrokiem po korytarzu. – Chodźmy na zewnątrz.

Zgodziliśmy się bez wahania. Właściwie w tej chwili przystałabym na wszystko, byleby się dowiedzieć, dlaczego ta kobieta patrzyła na mnie tak, jakbym zmartwychwstała lub była dawno zaginioną krewną.

Skierowaliśmy się na tyły budynku, a potem ordynatorka poprowadziła nas wąską ścieżką między drzewami w kierunku Młodzieżowego Domu Kultury. Wokół unosił się zapach kojarzący się ze starym, gęstym borem gdzieś w okolicy wrzosowisk, nie z miastem. Liście były wilgotne, podobnie jak ścieżka, najwyraźniej przed chwilą musiało przelotnie popadać. Miałam wrażenie, że wilgoć przylega do mnie jak kożuch.

Zatrzymaliśmy się po kilkudziesięciu metrach. Lekarka wyjęła papierosy i nas poczęstowała. Strach skorzystał, ja zamiast tego wyciągnęłam niedojedzony batonik.

– Co pani tutaj robi? – zapytała ordynatorka. – To znaczy… – Urwała i zerknęła na Krystiana. – Pani kolega powiedział, że szukają państwo doktora Maja, ale dlaczego tutaj? Nie mamy z nim już nic wspólnego.

– Ale to tu pracował, zanim wyjechał.

– Nie, zrezygnował z posady u nas jakiś czas przed zaginięciem.

– Zaginięciem? – wtrącił się Strach.

– Nie wiecie państwo o tym?

Oboje pokręciliśmy głowami.

– Henryk zostawił żonę i pewnego dnia po prostu zniknął. Nie zabrał gotówki, samochodu, żadnych ubrań.

– Kiedy to się stało? – spytał Krystian.

Kobieta popatrzyła na nas, jakbyśmy urwali się z choinki.

– Nie sprawdzili państwo w internecie?

– Niczego nie znaleźliśmy – odparł. – I proszę, przejdźmy na ty.

Lekarka skinęła głową, nie przestając patrzeć na mnie podejrzliwie. Rozmowa z jakąkolwiek obcą osobą zawsze mnie stresowała, a w tej sytuacji dyskomfort był jeszcze większy.

Nie kojarzyłam jej. Wydawało mi się, że nigdy się nie spotkałyśmy, a jednak ordynatorka nie tylko mnie znała, ale też z jakiegoś powodu wywoływałam w niej niepokój.

– Fakt, nie pisano o tym w gazetach – podjęła. – Mimo to sądziłam, że jakieś informacje można znaleźć.

– Sprawdziliśmy, co się dało – zauważył Krystian. – Na temat doktora Maja są tylko szczątkowe informacje i odniesienia do paru artykułów. Ostatni pochodzi z sierpnia dwa tysiące czternastego roku.

Kobieta zmarszczyła czoło.

– To ciekawe.

– Dlaczego?

– Bo zaginął niewiele wcześniej, w lipcu tego samego roku. Niestety nie przypomnę sobie, kiedy dokładnie, trzeba by spytać jego żonę.

Wymieniliśmy się ze Strachem spojrzeniami, czując, że wreszcie trafiliśmy na coś konkretnego.

– Wie pani, jak moglibyśmy się z nią skontaktować? – zapytał.

– Nie.

Liczyłam na więcej, Krystian z pewnością też. Zamiast kontynuować, lekarka znów jednak skupiła całą uwagę na mnie.

– Nie ma pani z nią żadnego kontaktu? – odezwałam się.

– Jakiś czas temu wyjechała z Warszawy, chciała zacząć życie na nowo. Odcięła się od całej swojej przeszłości, nie zostawiła nawet numeru, gdyby trzeba było ją powiadomić o jakichś sprawach związanych z mężem. Widocznie uznała, że Henryk nie wróci.

Miałam dość. Wyglądało na to, że trafiliśmy na kolejny ślepy zaułek. Bezsilnie westchnęłam i popatrzyłam na Stracha w poszukiwaniu pomocy, jakby rzeczywiście mógł jej udzielić.

– Dlaczego doktor Maj się zwolnił? – spytał Krystian. – Podał jakiś powód?

– Tak, ale… po czasie okazało się, że nie miał wiele wspólnego z prawdą.

Zrobiła pauzę, jakby z jakiegoś powodu było to najistotniejsze, co chce nam powiedzieć.

– Doszło do jakichś konfliktów? – drążył Strach.

– Nie, raczej nie.

– Raczej?

– Konfliktem bym tego nie nazwała.

– Może pani rozwinąć?

Rozejrzała się, a ja zrozumiałam, że dotarliśmy do tematu, który sprawiał, że lekarka wolała rozmawiać tutaj, a nie w szpitalu. Może zbyt pochopnie uznałam ten zaułek za ślepy.

– Pojawiły się pewne podejrzenia, że Henryk przyjmował łapówki.
– Jakie podejrzenia? Z czyjej strony?
– Jego kolegów, a moich podwładnych.
– Jak poważne były?
– Na tyle, żeby mnie zaniepokoiły.
– Ale niewystarczające, żeby to zgłosić? – włączyłam się.

Miałam niemal stuprocentową pewność, że tego nie zrobiono. Gdyby było inaczej, informacji o Henryku Maju z pewnością byłoby w sieci znacznie więcej. CBA natychmiast zajęłoby się lekarzem, a po jego zniknięciu sprawa stałaby się jeszcze głośniejsza.

– To były w większości pomówienia – odparła po chwili ordynatorka.
– W większości?
– Niektórych wątpliwości nie udało mi się rozwiać, ale…
– Mimo to niczego pani nie zgłosiła dyrekcji szpitala? – wpadł jej w słowo Krystian. – Ani służbom?

Kobieta nie sprawiała wrażenia zakłopotanej, wręcz przeciwnie, wyglądała, jakby po latach wciąż była przekonana, że postąpiła słusznie.

– Nie, bo te najpoważniejsze wątpliwości i zarzuty pojawiły się dopiero po tym, jak Henryk zniknął.
– Czego konkretnie dotyczyły?
– Były właściwie klasycznym przykładem oczerniania lekarza. Chodziło o korzyści od firm farmaceutycznych w zamian za wypisywanie konkretnych leków.
– I nie obaliła pani tych zarzutów?

– Nie – przyznała lekarka. – Ale jak mówiłam, było to już po fakcie. Henryk już u nas nie pracował.

Nawet jeśli Maj rzeczywiście przyjął jakieś pieniądze od firm farmaceutycznych, wydawało się to zupełnie niezwiązane z działaniami Architekta.

– Sądzi pani, że dlatego zniknął? – drążył Strach. – Że przyjął dostatecznie dużo łapówek, by móc ułożyć sobie życie na nowo?

– Nie, nie sądzę. Nie miał takiej mocy sprawczej, nie miałby za co żądać tak znacznych korzyści.

Lekarka kontynuowała jeszcze przez chwilę, mówiąc o tym, że nie znalazła żadnego związku między zarzutami a zaginięciem Maja. Zapewniała, że gdyby było inaczej, nie zawahałaby się poinformować o tym policji.

Oboje zdawaliśmy sobie sprawę, że to bzdura. Skaza na renomie szpitala byłaby wyraźna, być może przez długi czas nie dałoby się jej zmyć. Szczególnie że chodziło o środowisko psychiatrów, w którym zaufanie ze strony pacjentów było kluczowe.

Zastanawiało mnie, dlaczego kobieta tak chętnie nam o wszystkim opowiedziała. Musiała przecież brać pod uwagę, że pójdziemy z tą sprawą do mediów lub władz.

Nie znałam odpowiedzi, ale wiedziałam, że może się wiązać tylko z jednym faktem. Z tym, że ta lekarka od razu mnie rozpoznała.

– Pamięta mnie pani, prawda? – zapytałam, kiedy skończyła swoją relację.

– Aż za dobrze.

– I zdziwiła się pani, kiedy mnie zobaczyła. Dlaczego?

– Bo powinna pani nie żyć.

– Co proszę?

Kobieta natychmiast potrząsnęła głową, jakby w chwilowym transie pozwoliła sobie na zbyt wiele.

– Przepraszam – rzuciła czym prędzej. – Źle to zabrzmiało. Miałam na myśli to, że wedle mojej najlepszej wiedzy pani…

Urwała, szukając odpowiedniego słowa, choć było już na to za późno.

– Henryk twierdził, że to pani jest powodem jego odejścia – wydusiła w końcu.

– To znaczy?

– Powiedział mi, że mimo jego starań odebrała pani sobie życie. I to w wyjątkowo brutalny sposób.

Poczułam się, jakbym dryfowała na nieznanych, wzburzonych wodach, a w zasięgu wzroku nie było żadnego lądu. Potrzebowałam jakiejś kotwicy, ale obawiałam się, że nawet jeśli ją znajdę, nie będę miała punktu zaczepienia.

Świat na moment stał się nierealny. Otrząsnęłam się, kiedy ordynatorka zaczęła mówić dalej.

– Po tym rzekomo się załamał, bo przez długi czas robił wszystko, co mógł, by poradziła sobie pani z samobójczymi myślami. Twierdził, że bardzo się do siebie zbliżyliście. I że robiła pani ogromne postępy.

Czekała, aż coś odpowiem, ale nie miałam zamiaru tego robić. Spotkałam tego człowieka tylko raz i nie rozumiałam, dlaczego miałby twierdzić inaczej.

– Ale cóż… – dodała lekarka. – Jak widać, to wszystko było jedynie naprędce zmyśloną wymówką.

– Jak widać – przyznałam pod nosem, a potem obróciłam się w kierunku szpitalnego budynku, przesłoniętego drzewami. Starałam się poukładać sobie wszystko w głowie, ale na próżno.

– Coś nie tak? – spytała ordynatorka.

– Wszystko w porządku – zapewniłam. – Po prostu zastanawiam się… czy po tej próbie z tabletkami trafiłam prosto tutaj?

Wyraźnie zdziwiło ją, że to nie było oznajmienie, ale pytanie.

– Tak. Nie pamięta pani?

– Raczej mętnie. To był trudny okres.

– No tak… – przyznała bez przekonania. – Była pani u nas kilka dni, potem Henryk uznał, że nie zagraża pani ani sobie, ani innym.

– A jednak skierował mnie do przychodni.

– O tym nie wiedziałam. Nie śledzę tak dokładnie spraw każdego pacjenta.

– Tak było. Tyle że on się tam mną nie zajmował, nie miałam z nim żadnego kontaktu, od kiedy wyszłam ze szpitala.

Kobieta spojrzała na mnie podejrzliwie, a ja uświadomiłam sobie, że to przez brak pewności w moim głosie. Zaskoczyło mnie to, bo wydawało mi się, że nie mam powodu, żeby podważać te fakty.

A mimo to nie opuszczało mnie poczucie, że w układance zwanej rzeczywistością ktoś nagle poprzestawiał pewne elementy.

Boże, co się ze mną działo?

– Dlaczego w takim razie twierdził, że się mną zajmował? – zapytałam.

– Widocznie potrzebował wymówki.

– Ale dlaczego akurat takiej? Czemu padło na mnie?

Lekarka ciężko wypuściła powietrze z płuc.

– Obiecuję, że spróbuję się tego dowiedzieć. Ale teraz muszę państwa przeprosić. Czas, żebym zrobiła obchód.

Pożegnaliśmy ją, oboje zaskoczeni faktem, że nie tylko nam o tym wszystkim powiedziała, ale także zadeklarowała chęć dalszej pomocy. Nie była to czysta kurtuazja, ordynatorka sprawiała wrażenie, jakby rzeczywiście zamierzała odkryć prawdę.

– Zjedzmy coś – zaproponowałam, kiedy odprowadziliśmy ją wzrokiem.

Oboje byliśmy nieco otumanieni, uznałam, że dobry obiad na mieście nam nie zaszkodzi. Szczególnie Strachowi, który wyglądał, jakby pogubił się bardziej ode mnie. Nie dziwiłam się – mnie udało się przynajmniej wyspać, on właściwie funkcjonował tylko dzięki kawie.

– Masz coś konkretnego na myśli? – spytał.

Znajdowaliśmy się naprzeciwko Lasu Bielańskiego, a przypuszczałam, że nie ma tam żadnej restauracji.

– Niespecjalnie orientuję się w okolicy.

– Nie chodziłaś do Relaxu?

– Do czego?

– Klub studencki w lasku.

– Ja i klub studencki?

Nie musiał odpowiadać. Po chwili siedzieliśmy już w octavii, a Krystian przebąkiwał coś o Barze pod Prysznicem. Tego miejsca także nie znałam, nie brzmiało zresztą jak przybytek, w którym chciałabym zjeść.

Ostatecznie trafiliśmy do Bazy Smaków, niewielkiej knajpki naprzeciwko Przychodni Bielańskiej. Serwowali tutaj "pierogi naturalne", cokolwiek to znaczyło. Zamówiłam sobie z serem na słodko, a Krystian wziął z musem z wątróbki drobiowej.

On miał na talerzu sześć sztuk, ja dwadzieścia cztery. Nie skomentował jednak – na dobrą sprawę w ogóle nie zdążyliśmy rozpocząć jakiejkolwiek rozmowy. Pojawił się bowiem nowy tweet.

Na dźwięk powiadomienia niemal zerwaliśmy się z krzeseł. Przestaliśmy jeść, wbiliśmy w siebie wzrok i wstrzymaliśmy oddech. Oboje mieliśmy włączoną aplikację Twittera, oboje czekaliśmy na nową wiadomość. I oboje wiedzieliśmy, że ją otrzymamy. Nie spodziewaliśmy się tylko, że stanie się to tak szybko.

Hashtag "apsyda" był jak kwas wżerający się w oczy. Patrzyłam na niego, nawet nie zauważając, że trzęsie mi się ręka.

– Nie rozumiem… – jęknęłam, zerkając na Stracha. – Co to ma znaczyć?

Nie odzywał się, również z niedowierzaniem patrząc na wiadomość.

Architekt jak zwykle okazał się oszczędny w słowach. Zresztą wydawało mi się, że nie one są najważniejsze. Liczyło się to, z czyjego konta pochodził tweet.

Pierwsza zaginiona. Patrycja Sporniak. Ostatni raz widziana podczas biegu na Wybrzeżu Puckim. Dziewczyna, od której zdjęcia wszystko się zaczęło.

Wzdrygnęłam się na myśl, że znów się odezwała. Jakby kontaktowała się zza grobu.

Pokręciłam głową, upominając się w duchu, że to nie Patrycja, ale człowiek, który z jakiegoś powodu robił wszystko, bym postradała zmysły. A przynajmniej tak to w tej chwili wyglądało z mojej perspektywy.

Kątem oka dostrzegłam, że Krystian podniósł na mnie wzrok.

– Kojarzysz te wersy? – odezwał się w końcu.
– Tak, chyba tak…
Przeczytałam jeszcze raz.

„Przedstaw sobie obrazowo, jako następujący stan rzeczy, naszą naturę ze względu na kulturę umysłową i jej brak".

– Skąd? – spytał Strach.

W tonie jego głosu usłyszałam podejrzliwość, jakby z jakiegoś powodu właśnie teraz przeszło mu przez myśl, że to ja jestem temu wszystkiemu winna. Że prowadzę jakąś makabryczną grę. I że chcę w ten sposób odpłacić mu za cały ten smutek, którego mi przysporzył.

– Tesa?
– Wydaje mi się, że to z *Państwa*.
– Jakiego państwa?
– *Politei* Platona.

Wiedziałam, że Strach kojarzy słynny dialog greckiego myśliciela, choć z pewnością nie znał go tak dobrze, jak ja. On zajęcia z podstaw filozofii miał kilkanaście lat temu, ja raptem parę. W dodatku interesowały mnie na tyle, że zapisałam się później na podobny fakultet.

– Jesteś pewna?
– Tak mi się wydaje – odparłam, jeszcze raz czytając tweet. – O ile mnie pamięć nie myli, tak się zaczyna dialog Platona z Glaukonem. To znaczy ta księga, w której jest mowa o alegorii jaskini.

Tego nie musiałam mu tłumaczyć, był to podstawowy koncept, który sprawdzał się nie tylko w psychologii, ale też w socjologii. W dodatku na tyle obrazowy, że nawet oporni studenci potrafili na egzaminie opowiedzieć o Platońskiej jaskini.

Ognisko, kilka przykutych łańcuchami, obróconych przodem do ściany ludzi i cienie, które widzieli. Tych parę elementów wystarczyło Platonowi, by pokazać, że wszystko, co widzimy, jest jedynie iluzją.

– Czyli co? – rzucił Krystian. – Ten człowiek próbuje nam powiedzieć, że to, co widzimy, to tylko cienie na ścianie jaskini? Że rzeczywistość to złudzenie?

Z trudem przełknęłam ślinę. Przypomniałam sobie o pierogach, które stygły na talerzu, ale bynajmniej nie miałam na nie ochoty.

– Że wszystko, co wiemy, to imaginacja?
– Na to by wychodziło.
– Nie wydajesz się przekonana.
– Nie o to chodzi – odparłam cicho, uciekając wzrokiem. – To dobra interpretacja, ale tak naprawdę Platon idzie dalej. Pokazuje, że ci ludzie tak długo są w łańcuchach, że przestają je odczuwać jako coś, co ich ogranicza. I tak długo patrzą na te cienie na ścianie, aż wydaje im się, jakby to one były prawdziwym światem.

– No tak.

– Platon chciał też pokazać, że ludzie żyją bez celu, nie motywuje ich nic wzniosłego, wiodą płytką, pozbawioną głębi egzystencję.

Strach zmrużył oczy.

– To jakiś manifest ideologiczny?

– Albo to, albo wiadomość skierowana bezpośrednio do mnie.
– Do ciebie? Tu nie ma nic osobistego.
– Może jest.
– Masz na myśli te artykuły Maja?
– Nie. Chodzi raczej o to, jak sama się czuję.

Złożyłam sztućce i odsunęłam talerz na bok.

– Od jakiegoś czasu mam wrażenie, że... sama nie wiem, Strachu. – Urwałam i uniosłam wzrok. – Czuję się, jakbym odkleiła się od rzeczywistości.

Zobaczyłam w jego oczach zaniepokojenie. To samo, które pamiętałam z czasów studenckich. A raczej z najgorszego okresu, kiedy dzień w dzień zasypiałam z myślą, że nazajutrz w końcu podejmę decyzję, by to wszystko się skończyło.

Czytałam wtedy Platona, pewnie nawet tę konkretną księgę. Szukałam w tekstach greckiego filozofa podparcia dla moich własnych wniosków. I o dziwo je znajdowałam, choć może tylko dlatego, że stosowałam szeroką interpretację.

Alegoria jaskini służyła także pokazaniu, że śmierć sama w sobie nie jest niczym złym. Przeciwnie, twierdził Platon, może prowadzić do uwolnienia. Do istnienia w świecie idei, a więc tym prawdziwym.

Bo namacalna rzeczywistość, którą znamy, to tylko iluzja. To, co prawdziwe, to idea. A w jej świecie może istnieć tylko dusza. Nie ciało.

– W tym wypadku nie chodzi o ciebie – odezwał się Krystian.
– Może i nie... – przyznałam. – Może przesadzam.
– Załóżmy, że tak. Oboje poczujemy się trochę lepiej.

Zmusiłam się do lekkiego uśmiechu.

– Mnie to wygląda na wezwanie do działania – dodał.

– W jakim sensie?

– W takim, że Architekt zwraca się do nas wszystkich. Chce, żebyśmy zerwali kajdany, przestali patrzeć na cienie i sprawdzili, co rzuca je na ścianę.

Wolałam tę wersję. Lżej mi było ze świadomością, że ten szaleniec nie uwziął się konkretnie na mnie, ale na całą ludzkość. Że chciał w jakiś sposób doprowadzić do przebudzenia.

– Tak czy owak, przy okazji dowiedzieliśmy się, że jest przynajmniej częściowo obeznany w filozofii – dodał Strach.

– To raczej podstawowa wiedza po kilku lub nawet kilkunastu kierunkach studiów.

– Podstawowa? – spytał z powątpiewaniem. – Dla ciebie może tak, ale zapewniam cię, że większość studentów opuszcza mury uczelni, na śmierć zapominając o Platońskich alegoriach.

– O tej chyba nie.

Krystian machnął ręką, jakby w ogóle nie było o czym mówić.

– Poza tym przytoczył cytat – skwitował.

– Mógł go sprawdzić w sieci.

– Ale musiał wiedzieć, gdzie szukać. I czego.

Właściwie powinnam przyznać mu rację, ale z jakiegoś powodu trudno mi było zaakceptować, że nasz przeciwnik dysponuje jakąkolwiek wiedzą, inteligencją czy innymi przymiotami człowieka wykształconego.

Nasz przeciwnik? Ledwo to określenie pojawiło się w moim umyśle, zrozumiałam, że dałam się wciągnąć w grę Architekta. Stałam się jednym z uczestników, któremu od tej pory zależało na wygranej. Mimo że żaden nie znał zasad. Mimo że być może nie istniały.

Poniewczasie uświadomiłam sobie, że Krystian coś do mnie mówił. Zamrugałam kilkakrotnie, wracając do świata rzeczywistego. Czy może iluzorycznego, jak wolał Platon.

– Jak sądzisz? – spytał Strach.

Wzruszyłam ramionami.

– Nie słyszałaś większości mojego wywodu, prawda?

– Tylko części.

– Mówiłem, że to wezwanie do zrzucenia łańcuchów – powtórzył.

– To akurat słyszałam. Wyłączyłam się chwilę później.

Zmierzył mnie wzrokiem, w którym dostrzegłam cień wyrozumiałości.

– Naprawdę nie odnosisz wrażenia, że ten facet chce nas jakoś przebudzić?

– Sama nie wiem.

– Może nie chodzi o całe społeczeństwo, tylko jakąś określoną grupę. Tak czy inaczej, to miałoby sens.

Dopóty, dopóki szaleniec nie sprecyzował swoich zamiarów, wszystko było możliwe. Także wersja Stracha z przebudzaniem.

Zaraz…

Uświadomiłam sobie, że Platon ujął to całkiem podobnie. Potrzebowałam chwili, by przypomnieć sobie konkretne słowo, którego użył. Chętniej wkuwałam wprawdzie łacińskie terminy, ale te greckie też starałam się zapamiętać – zazwyczaj poprzez skojarzenia.

W tym wypadku chodziło o słowo podobne do amnezji, choć będące jego przeciwieństwem.

W końcu na to wpadłam.

Anamnesis. Nie przebudzenie, ale przypomnienie.

Platon twierdził, że już kiedyś żyliśmy bez ciał, w prawdziwym świecie, świecie idei. I właśnie poprzez *anamnesis*, przypominanie sobie, mieliśmy poznawać rzeczywistość. Według niego doznania zmysłowe były złudne, działały w przeciwnym kierunku, budowały iluzję.

Coraz bardziej brzmiało to jak przekaz kierowany do mnie. Nie do żadnego ogółu.

Zaraz potem przypomniałam sobie wszystkie te rzeczy, które wyłowiłam z *Politei*, by usprawiedliwić przed sobą samobójstwo.

To, co cielesne, jest nieprawdziwe. Ciało jest nam zbędne, stanowi przyczynę ludzkiej ułomności. To ono jest łańcuchem, który trzyma nas w jaskini.

Czułam, że znów zbliżam się ku miejscu, do którego nie chciałam wracać. I od którego tak naprawdę nigdy się nie oddaliłam.

Ile godzin minęło, od kiedy leżałam w łóżku, rozważając odebranie sobie życia? Kilkadziesiąt? Przez wszystko, co działo się później, nie wracałam do tego myślami, ale teraz właściwie zostałam do tego zmuszona.

Architekt potrafił wniknąć w mój umysł. Nie, więcej. Odnosiłam wrażenie, że jakimś cudem umie mną sterować.

Nie miałam okazji, żeby rozwinąć tę myśl, bo rozległ się kolejny dźwięk powiadomienia.

Zaraz potem następny.

I jeszcze jeden.

Pojawiły się trzy nowe tweety z hashtagiem. A ja wiedziałam, że to tylko początek wezbranej fali, która nas przykryje.

Wyświetliłam pierwszą wiadomość. Pochodziła z konta Marcina Zameckiego i brzmiała „salvatore fabro". Absolutnie nic mi to nie mówiło, choć przypuszczałam, że z jakiegoś powodu powinno.

Salvatore Fabro

Ogródki działkowe, Wawer

Ilona i Luiza znalazły się w lepszym świecie, teraz mogły żyć naprawdę. Nigdy nie przestały egzystować, a jeśli zajdzie taka potrzeba, Strach sprowadzi je z powrotem.

Przez lata był ze swoją żoną szczęśliwy. Dziecko sprawiło, że ich życie się dopełniło. Ilona nie potrafiła jednak tego docenić, skupiała się coraz bardziej na cieniach, ignorując blaski wszystkiego, co ich spotykało.

Zaczynała mieć obsesję na punkcie kontroli, traciła szacunek do Stracha, a przede wszystkim stopniowo się od niego oddalała. Ucierpiała na tym sfera intymności, ale nie tylko.

Robiła mu coraz więcej problemów, nie mógł spokojnie realizować swojego planu. A spokój był absolutnie kluczowy. Spokój – i wytrwałość.

Żona przysporzyła mu kłopotów także po śmierci. Sam nieco zawinił, bo zjawił się na pogrzebie wyraźnie wstawiony. Nie powinien był tyle pić – trochę, owszem, musiał przecież sprawiać odpowiednie wrażenie. Przeholował jednak, przez co nie do końca kontrolował sytuację, kiedy zjawiła się policja.

Mieli jedynie przesłuchać go w charakterze świadka. Niestety Krystian powiedział o kilka słów za dużo, obruszając się, że mają czelność zjawiać się, kiedy żegna żonę i córkę. Ostatecznie skończyło się to przymusową przejażdżką radiowozem.

Widział pełne podejrzliwości, oskarżycielskie spojrzenia kilkorga żałobników. Gdyby to od nich zależało, Strachowi z miejsca postawiono by zarzuty, a potem zamknięto by go w izolatce.

Byli to głównie krewni Ilony. Najwyraźniej zwierzyła się któremuś z nich, bo nie omieszkali zapytać, jak się ma kochanka Krystiana. Znaczyło to także, że nie mieli pojęcia, wobec kogo Ilona miała podejrzenia.

Sprawa mogłaby okazać się problematyczna w niedalekiej przyszłości. Strach miał świadomość, że zbyt duże zainteresowanie ze strony kogokolwiek na tym etapie mogło przeszkodzić mu w planach.

Ilona jednak nie stanowiła już problemu.

Pożegnał ją, ale nie na zawsze. Nie było to „do widzenia", tylko „do zobaczenia". Zupełnie tak, jak w przypadku Tesy.

Ale wszystko po kolei.

Na razie musiał pozbyć się elementów, które powodowały zgrzyt w zaprojektowanej przez niego machinie. Przez jakiś czas zastanawiał się, jak to zrobić, by nie wzbudzić niczyich podejrzeń, aż w końcu wpadł na dość proste rozwiązanie. Takie zazwyczaj okazywały się najefektywniejsze.

Owszem, pomogło mu trochę szczęście, ale gdyby nie jego zapobiegliwość, nawet ono na nic by się nie zdało.

Życie potrafiło zaskakiwać. Krystian nigdy nie przypuszczał, że z pomocą przyjdzie mu jakikolwiek Włoch. I to jeszcze żołnierz.

Szczególnie że ten nie żył od około stu lat.

Tesa

Komórka zadrgała mi w dłoni, Twitter zniknął, a jego miejsce zajęła informacja o połączeniu przychodzącym. Kierunkowy wskazywał na telefon z Warszawy, ale nie kojarzyłam numeru.

Odebrałam machinalnie, mimo że rozmowa z kimkolwiek była teraz ostatnią rzeczą, na jaką miałam ochotę. Cztery tweety pochłonęły całą moją uwagę – i właściwie to one oszołomiły mnie tak, że bezmyślnie przesunęłam palcem po ekranie.

– Przepraszam, ale nie mogę teraz...
– Proszę mnie posłuchać, pani Tereso.

Od razu rozpoznałam głos, który słyszałam raptem kilkadziesiąt minut wcześniej. Należał do ordynatorki ze szpitala. Popatrzyłam zdezorientowana na Stracha, ale on całą uwagę koncentrował na tweetach.

– Halo? – rzuciła lekarka.
– Tak, jestem... – wymamrotałam. – Skąd ma pani mój numer?
– Zostawiła go pani, gdy była u nas na oddziale.
– Ale...
– Jest coś, o czym powinna pani wiedzieć.

Przypuszczałam, że istnieje więcej niż jedna taka rzecz.

– Pamiętam panią nie tylko dlatego, że była pani ostatnią pacjentką doktora Maja – wyznała. – Pani przypadek był dość... ciekawy.

– Ciekawy?

Różnie mnie określano w życiu, ale w ten sposób chyba jeszcze nie. Odwróciłam się od Krystiana, jakbym się obawiała, że usłyszy to, co kobieta miała do powiedzenia. W pierwszej chwili nie wiedziałam, z czego wynika mój lęk. Dopiero po chwili zrozumiałam, że ordynatorka mówiła tak konfidencjonalnie, jakby chodziło o wyjątkowo prywatną sprawę.

Pomyślałam, że może właśnie to, co zamierzała mi powiedzieć, stanowiło powód, dla którego tak chętnie nam pomogła.

– Co ma pani na myśli? – zapytałam.

Usłyszałam ciche chrząknięcie.

– Po tym, jak pani do nas trafiła, musieliśmy przeprowadzić transfuzję krwi.

– Domyślam się.

Przez chwilę nie odpowiadała, jakby nie była pewna, czy dobrze robi, przekazując mi te informacje.

– Potrzebowaliśmy pani pełnej dokumentacji. Nie było z panią kontaktu, a podanie niezgodnej grupowo krwi…

– Wiem, czym to się kończy.

– Zrobiliśmy, oczywiście, krzyżówkę, a niedługo potem otrzymaliśmy z pani przychodni wszystko, co było nam niezbędne.

– I?

– Pewna rzecz zwróciła moją uwagę i właściwie… nie wiedziałam, co zrobić z tą wiedzą.

Teraz jednak już najwyraźniej wiedziała. Chętnie bym jej to uświadomiła, gdybym tylko miała nieco więcej odwagi. Zamiast tego milczałam, czekając niecierpliwie, aż powie więcej.

– Pani grupa krwi to AB Rh+.
– Możliwe.
– Sprawdzałam kilkakrotnie, proszę mi wierzyć.

Odeszłam kawałek, wodząc mimowiednie wzrokiem po menu lokalu. Obejrzałam się na Stracha, ale wciąż pochłaniały go nowe wiadomości od Architekta. Może nawet nie zauważył, że wstałam od stołu.

– Pani matka ma grupę zerową, a pani ojciec A – dodała ordynatorka. – Niemożliwe jest, by z tego skrzyżowania wyszła grupa AB.

Próbowałam coś powiedzieć, ale głos uwiązł mi w gardle.

– Wiem, że trudno w to uwierzyć, ale zapewniam, że sprawdziłam wszystko kilkakrotnie.

Wciąż nie odpowiadałam. Miałam wrażenie, że łańcuchy, którymi przykuto mnie w Platońskiej jaskini, zacisnęły się jeszcze mocniej.

– Musiało dojść do jakiejś pomyłki – wydusiłam w końcu.

– Obawiam się, że nie.

– Może nie w moim przypadku, ale moich rodziców. Może ktoś źle wprowadził te grupy.

– To także niemożliwe – odparła bez wahania. – Takie rzeczy mogłyby skończyć się tragedią, żaden lekarz nie pozwoliłby sobie na błąd.

– A jednak pomyłki się zdarzają. Czasem słyszy się o…

– Owszem, dochodzi do wypadków, po których pacjenci tracą życie – przerwała mi. – Ale dzieje się tak po podaniu złej grupy krwi. Nie po błędnym oznaczeniu w dokumentacji medycznej. Nadzór w tej kwestii jest wyjątkowo skrupulatny.

– Ale mógłby się zdarzyć błąd.

– Zostałby wychwycony, pani Tereso.

Brzmiało to, jakby mi oznajmiała, że jestem nieuleczalnie chora, i przypuszczałam, że ma ten ton głosu opanowany do perfekcji. Łączył pewność co do wydanego osądu ze współczuciem, ale także jakimś rodzajem pocieszenia.

Może czasem było to autentyczne. W tym wypadku stanowiło jednak tylko fasadę. Potrzebowałam chwili, by to zrozumieć.

– A więc mój ojciec… może nie być moim ojcem?

Lekarka milczała.

– Obawiam się, że zasady dziedziczenia mówią nam nieco więcej.

– Czyli?

– Ma pani grupę AB, a…

– A moja matka zero, mój ojciec A. Tak, mówiła pani. Ale te krzyżówki działają różnie, prawda? Czasem jeden rodzic ma A, drugi B, a dziecko zero.

– Zgadza się.

– Więc o co chodzi?

– O to, że zero w połączeniu z jąkąkolwiek inną grupą nie da wyniku AB – odparła i ciężko westchnęła. – Nawet gdyby pani ojciec miał AB, pani musiałaby mieć A lub B.

Chciałam przełknąć ślinę, ale gardło mi się zwęziło. Poczułam, jak oblewa mnie fala gorąca, a policzki, szyja i uszy płoną.

– Chce pani powiedzieć, że ani moja matka, ani mój ojciec nie są moimi biologicznymi rodzicami?

– Najprawdopodobniej.

Ton głosu lekarki zdradzał, że jest tego pewna. Chciałam protestować, doszukiwać się jakiejś furtki, drogi wyjścia, ale z czym miałam się konfrontować? Z logiką? Z zasadami dziedziczenia?

– Dlaczego mi pani o tym nie powiedziała, kiedy byłam u was na oddziale?

– Nie byłam pewna, czy powinnam to robić.

– Jak to? Pacjent ma chyba prawo wiedzieć.

Głos mi się trząsł, ledwo formułowałam słowa. Należałam do osób, które zgłaszając telefonicznie reklamację na kupiony produkt, były zdjęte strachem i irracjonalnym poczuciem, że walka o swoje prawa jest czymś niemal niemoralnym. Ilekroć musiałam załatwić coś takiego, ledwo wyduszałam z siebie pojedyncze zdania. I cały czas wydawało mi się, że powinnam jak najprędzej przeprosić za kłopot i się rozłączyć.

Zgłaszanie pretensji lekarce wydawało się ponad moje siły.

– Trafiła pani do nas w bardzo złym stanie psychicznym – odparła ordynatorka. – Planowałam powiedzieć o tym, kiedy pani wydobrzeje.

– W końcu wydobrzałam.

– A ja przekazałam tę informację Henrykowi. Uznałam, że to on powinien ją pani przedstawić.

– Nie przedstawił.

– Tak, wiem… ale proszę zrozumieć, że robiłam tylko to, co wydawało mi się dla pani najlepsze.

A zatem dlatego teraz mi pomogła? Z poczucia winy?

Uświadomiłam sobie, że stawiam te pytania tylko po to, by uciec od najważniejszego.

Kim byłam?

Dlaczego przez całe życie mnie okłamywano?

Matka i ojciec nigdy nie dali mi powodów sądzić, że nie są moimi biologicznymi rodzicami. Może jednak coś przegapiłam. A może pewnych rzeczy nie chciałam widzieć. Zdawałam sobie przecież sprawę z tego, że żadne z nich nie jest otyłe. Żadne z nich nie mogło przekazać mi genów, które sprawiłyby, że wyglądałam tak, jak wyglądałam.

Widziałam czasem pełne niedowierzania spojrzenia ich znajomych, ale przez myśl mi nie przeszło, że mogą mieć związek z faktem biologicznego rodzicielstwa. Wydawało mi się, że oskarżają mnie w inny sposób.

Zdawali się sugerować, że ktoś patologicznie mnie tuczył, wbrew mojej woli, wbrew wszelkiej logice. Że dobrał się do mnie jeden z feedersów, izolując od świata i dbając tylko o to, bym jadła coraz więcej.

– Tesa?

Głos Stracha wyrwał mnie z Platońskich łańcuchów. Potrząsnęłam głową, rozłączyłam się i obróciłam do Krystiana.

– Coś się stało? – spytał.

– Nic.

Podszedł nieco bliżej, a ja wyraźnie poczułam jego perfumy. Wciąż używał tych samych, co podczas wykładania na Koźmińskim. Doskonale pamiętałam ich zapach, czułam go, ilekroć wychodziłam z sali, wymieniając się z nim ukradkowym spojrzeniem.

– Kto dzwonił?

– Nikt ważny.

– Jesteś pewna?

To pytanie tak naprawdę brzmiało: „Długo jeszcze będziesz mnie zbywać?". Właściwie nie miałam zamiaru tego robić, ale były teraz ważniejsze rzeczy do omówienia niż fakt, że z jakiegoś powodu rodzice przez całe życie mnie okłamywali.

– Tak – zapewniłam, a potem wskazałam na komórkę, którą Krystian zostawił na stoliku. – Co z tweetami?

W oczach Stracha pojawił się błysk, jakby jedynie dla porządku dociekał, z kim rozmawiałam, i aż się palił, by wrócić do tego, co istotne.

– Pojawiły się w sumie cztery – oznajmił. – Pierwszy od Patrycji, drugi od Zameckiego, trzeci od Anety Rogowskiej.

Tego ostatniego się nie spodziewałam. Architekt do tej pory uważał, by jego przekaz nie dotarł do zbyt szerokiego grona osób. Ponowne skorzystanie z profilu Anety wydawało się zbyt ryzykowne.

– I ten ostatni zaraz potem zniknął – dodał Krystian, jakby mógł przejrzeć moje myśli.

– A czwarty? Mówiłeś, że są cztery?

Zrozumiałam, dlaczego zostawił ten na koniec i niejako oddzielił go od reszty.

– Od Ilony?
– Tak.
– Co w nim było?
– Kontynuacja dwóch poprzednich.

A więc błysk w jego oczach nie był spowodowany samym faktem, że pojawiły się nowe tweety. Krystiana zupełnie zaabsorbowało to, że jeden z nich pochodził od zmarłej żony.

– Czyli? – ponagliłam go.

– U Zameckiego też było „salvatore fabro", a Rogowska napisała „custodisce le salme".

Nie znałam włoskiego, właściwie nie mogłam mieć pewności, że to ten język. Równie dobrze mógł to być jakiś dialekt z Hiszpanii lub nawet Portugalii. Ten ostatni kraj zdawał się całkiem prawdopodobny, jako że to właśnie tam znajdował się ostatni ślad po Anecie.

– Co to znaczy?
– *Le salme* to po włosku „zwłoki".
– A ten pierwszy wyraz?
– To forma czasownika *custodire*. Chronić, dbać o coś, bronić czegoś.

Najwyraźniej Strach dobrze spożytkował cały ten czas, który poświęciłam na rozmowę z lekarką. Mimo że minęła od niej raptem chwila, już wydawała mi się nierealna.

– Czyli…
– Czyli ktoś dba o ciała, chroni je, czuwa nad nimi.
– Salvatore Fabro?
– Tak by wynikało z kolejności tweetów, ale jest jeszcze wiadomość, którą wysłała Ilona.

Nie uszło mojej uwadze, że w stosunku do dwóch kobiet użył strony czynnej. „Rogowska napisała", Ilona wysłała. A „u Zameckiego było". Zupełnie jakby one dwie wciąż żyły i razem z Architektem realizowały jego plan, a w przypadku Zameckiego ktoś inny korzystał z jego konta.

– Co było w tym ostatnim tweecie?
– Tylko cztery cyfry. Jeden, dziewięć, jeden, pięć. Czyli rok.
– Skąd wiesz?
– Nie wiem, ale takie było moje pierwsze skojarzenie.
– Dlaczego? To równie dobrze może znaczyć cokolwiek innego.

Krystian uśmiechnął się lekko, ale nie było w tym radości, raczej pewna satysfakcja.

– Chyba każdemu by się tak skojarzyło – powiedział. – Ale też zadałem sobie to pytanie. I szybko doszedłem do wniosku, że podświadomość doszła do głosu, łącząc wszystkie trzy elementy.

– W jaki sposób?

– Wiesz, że sporo biegałem w Lesie Bielańskim?

– Mhm.

– Dość dobrze znam ten teren, nieraz zresztą go obiegałem. Tuż za fortem jest Cmentarz Żołnierzy Włoskich.

Uniosłam brwi i dopiero teraz się zorientowałam, że chyba wszyscy z obsługi lokalu przysłuchiwali się naszej rozmowie. Odkaszlnęłam cicho, ale Strach nie zwrócił na nich uwagi.

– Leżą tam między innymi ci, którzy zginęli w pierwszej wojnie światowej. A więc data by pasowała.

– Nigdy o nim nie słyszałam.

– Powiedzmy, że cmentarz nie trafia na listy *must see* w stolicy – przyznał Krystian. – Poza tym teren jest zamknięty. Pieczę sprawuje nad nim…

Zawiesił głos. W jednej chwili oboje zrozumieliśmy, co musimy sprawdzić. Dokończył niemal niesłyszalnie, mówiąc, że cmentarzem zajmuje się ambasada Włoch, a potem wróciliśmy do stolika.

Nietrudno było znaleźć zdjęcia głównego wejścia na teren, który nas interesował. Duża tablica oznajmiała:

„Założony w 1926 roku przez rząd włoski. Spoczywają tu ciała 868 poległych".

Było to dość luźne tłumaczenie włoskiego oryginału.

„Eretto nel 1926 dal governo italiano custodisce le salme".

Trzy ostatnie słowa potwierdzały, że trafiliśmy na dobry trop. Na samą myśl o tym serce zabiło mi szybciej i po chwili uświadomiłam sobie, że znów do głosu doszedł mój tik nerwowy.

Nie dojedliśmy swoich dań. Oboje chcieliśmy jak najszybciej odnaleźć Salvatore Fabro. I dowiedzieć się, dlaczego był istotny.

Od Marymonckiej, przy której znajdował się cmentarz, dzieliła nas niewielka odległość, na dobrą sprawę wystarczyłoby przejść przez las. Wolałam jednak tradycyjnie podjechać samochodem.

Szczególnie że czułam się obserwowana nie tylko przez obsługę lokalu. Nie mogłam opędzić się od wrażenia, że ten, kto tym wszystkim steruje, nieustannie trzyma rękę na pulsie. Jak inaczej miałabym tłumaczyć to, że wszystko, co istotne, koncentrowało się w tej chwili na Bielanach? I to w tej samej części dzielnicy?

Sprawiało to wrażenie starannie zaprojektowanego labiryntu, w którym byłam prowadzona wedle tego, co zamierzył sobie jego twórca.

Strach zaparkował octavię na tyłach stadionu Hutnika parę minut po tym, jak opuściliśmy pierogarnię. Nie chcieliśmy wchodzić na teren cmentarza główną bramą, zresztą nie wiedziałam nawet, czy jest otwarta. Pewne jednak było, że nie pozostalibyśmy niezauważeni – tuż obok znajdował się przystanek, a przechodniów w okolicy było stanowczo za dużo.

Z jakiegoś powodu wydawało nam się to nie do przyjęcia, zupełnie jakbyśmy robili coś niewłaściwego. Być może w pewnym sensie tak było, bo Krystian twierdził, że to teren zamknięty.

Obeszliśmy go, niedostrzeżeni przez nikogo. Po drugiej stronie cmentarz był zasłonięty przez gęsty las, a ogrodzenie wyglądało na łatwe do przeskoczenia. Przynajmniej jeśli chodziło o osoby przeciętnej budowy.

Ja miałam z tym niemały problem. Strach pomagał mi wgramolić się na murek, a potem przejść przez niewysoki płot, a ja czułam się tak zażenowana, że po fakcie nawet nie podziękowałam. Poniżające doświadczenie.

– Co teraz? – zapytałam. – Tu leży prawie tysiąc żołnierzy.

Daleko temu było do widoku kojarzącego się ze słynnymi prostymi nagrobkami na cmentarzu w Arlington w USA czy białymi krzyżami w Normandii, przy Omaha Beach. Grobów było jednak zbyt wiele, byśmy wszystkie sprawdzali po kolei.

– Żadnego spisu tu nie widzę – dodałam, rozglądając się.
– Niepotrzebny nam.
– Nie?
– Mamy datę, więc możemy zawęzić krąg poszukiwań – odparł pewnym głosem Strach, jakby na co dzień zajmował się odnajdywaniem grobów.

Mimo mojej rezerwy szybko przekonałam się, że miał rację. Na cmentarzu leżeli głównie polegli w drugiej wojnie światowej – ich nagrobki były w miarę zadbane, niektóre nawet wyczyszczone. Tych z pierwszej wojny było mniej, a niektóre groby znajdowały się na skraju terenu, tuż przy ogrodzeniu.

Płyty były popękane, pokryte brudem i mchem. Odczytywanie kolejnych inskrypcji zajmowało nam trochę czasu, ale ostatecznie udało nam się znaleźć miejsce, gdzie spoczywał Salvatore Fabro. Przesunęłam dłońmi po nagrobku, jakbym potrzebowała namacalnego dowodu na to, że udało nam się je odnaleźć.

Zastanawiałam się, czy ciało Włocha rzeczywiście kiedyś tu złożono, czy może jest to tylko miejsce pamięci.

Strach obszedł grób, przyjrzał się ściółce, rozgarnął nogą trochę suchych liści, a potem rozłożył ręce.

– Nic tu nie ma – powiedział.

Rozejrzałam się niepewnie.

– A jednak z jakiegoś powodu Architekt nas tu pokierował.

– Epitafium? – podsunął Krystian.

Przyjrzeliśmy się napisom, ale nawet gdyby były wyraźniejsze, prawdopodobnie niczego byśmy z nich nie wyczytali. Zrozumiałe były dla nas tylko imię, nazwisko, data urodzenia i śmierci.

Byłam jednak przekonana, że mam rację.

Zjawiliśmy się tu z jakiegoś konkretnego, istotnego powodu.

Po raz pierwszy Architekt użył swoich metod, by bezpośrednio skierować nas w określone miejsce. Wcześniej wysłał mnie wprawdzie do paczkomatu, a N.Delved w tweecie kazał mi przyjść samej, ale czułam, że teraz to coś zupełnie innego.

Przez głośny jak gong dźwięk powiadomienia nie miałam jednak okazji się nad tym zastanowić.

Natychmiast sięgnęłam po telefon, odnosząc wrażenie, że sygnał zwrócił uwagę wszystkich wokół. Tyle że jeśli chodziło o żywych, nikogo poza nami tutaj nie było.

Tym razem w wiadomości znalazł się wyłącznie sam hashtag.

– Co to ma znaczyć? – zapytałam.

Strach stanął obok mnie i wbił wzrok w ekran, a ja wyświetliłam profil kobiety, która wysłała tweet. Na zdjęciu musiała mieć niewiele więcej niż dwadzieścia lat. Rudowłosa, o wesołej, okrągłej twarzy. Wcześniejsze wpisy pochodziły z marca dwa tysiące dwunastego roku.

Nie wspominałam tamtego okresu najlepiej.

– Marzena Molsa – odczytałam.

– Kojarzysz ją?

– Nie. A ty?

Krystian pokręcił głową bez chwili zawahania. Oboje patrzyliśmy na wyświetlacz, jakby za moment miała pojawić się kolejna informacja, która powie nam nieco więcej. Żaden tweet jednak nie nadchodził.

– Jesteś pewna? – odezwał się Strach.

– Że jej nie znam?

– Mhm.

– Chyba bym pamiętała.

– To nie był dla ciebie najlepszy czas.

– Co?

Wskazał na daty publikacji innych wpisów, które widniały na profilu Molsy. Było ich całkiem sporo, dziewczyna do pewnego momentu bynajmniej nie stroniła od internetowej ekspresji. Potem tweety nagle przestały się pojawiać.

– Musiało jej się coś stać w dwa tysiące dwunastym – dodał Krystian. – Byłaś wtedy…

– Wiem, gdzie byłam. I wiem, przez co przechodziłam.

Oboje doskonale zdawaliśmy sobie z tego sprawę. On może nawet bardziej niż ja, był przecież przyczyną.

A mimo to, kiedy spojrzałam w jego oczy, zobaczyłam w nich niewypowiedziane pytanie: „Jesteś pewna?".

Marzena Molsa

ROD Żerżeń, Wawer

Była idealna, Strachowski nie miał co do tego najmniejszych wątpliwości. Szukał odpowiedniej kandydatki od wielu miesięcy, momentami zaczynał już sądzić, że nigdy na nią nie trafi, ale los w końcu się do niego uśmiechnął.

Czas naglił. Krystian musiał zdążyć z przygotowaniem wszystkiego do końca marca.

Śledził Marzenę Molsę tak, jak to robił we wszystkich wcześniejszych przypadkach. Poznawał jej rozkład dnia, miejsca, w których lubiła przebywać, sposoby na spędzanie wolnego czasu i wszystko, co mogłoby mu się przydać. A może nawet więcej, sprawdzał bowiem także to, co wydawało się nieistotne.

Przekopywał się przez jej śmieci, wiedział, jakich kremów do twarzy używa, jaką pije wodę, jakie jogurty lubi, a nawet jakich używa tamponów. Nie były to zbyt przydatne informacje, ale Krystian już kilkakrotnie przekonał się, że lepiej wiedzieć więcej niż mniej.

Był świadomy także tego, że Marzena wciąż trzyma się noworocznych postanowień. Trzy razy w tygodniu chodziła na fitness, sporo schudła, jako tako trwała przy diecie. *Cheat day* miała w niedzielę, wówczas pozwalała sobie na dwa kawałki sernika w którejś z kawiarni. Najczęściej na Krakowskim Przedmieściu, gdzie lubiła spacerować.

Strach obserwował ją w Pijalni Czekolady Wedla, kilkakrotnie kusiło go nawet, by się przysiąść i nawiązać rozmowę. Obawiał się jednak, że ktoś może go zobaczyć. Miejsce miało swoich stałych niedzielnych bywalców, a Molsa była jednym z nich.

Wielu klientów z pewnością ją pamiętało i zdawało sobie sprawę, że zawsze siedzi przy stoliku sama. Była aspołeczna, choć nie opryskliwa. Uśmiechała się poprawnie, ilekroć ktoś próbował ją zagadnąć, ale jednocześnie od razu starała się zbyć natręta.

Właściwie nie budziła w Krystianie sympatii. Postawiła na życie zawodowe, wyznaczała sobie cele jedynie w tej sferze, zupełnie zaniedbując wszystkie inne. W dodatku nie kierowały nią żadne wzniosłe pobudki.

Szybko uznał ją za karierowiczkę. Uczyła się dobrze, skończyła prawo na UW, a potem zrobiła staż w kancelarii Czymański Messer Krat. Ostatecznie nie wybrała jednak drogi adwokata, która wydawała jej się zbyt długa i czasochłonna, a w dodatku niegwarantująca tego, na co Marzena liczyła.

Trafiła na jakiś czas do jednego z banków jako doradca klienta korporacyjnego, a potem zatrudniła się w wiodącej firmie zajmującej się przemysłem ciężkim – i dopiero wtedy na dobre wpadła w machinę korporacyjnego świata. Stała się trybikiem, działała dokładnie tak, jak wymagała tego od niej firma. Jej życie jako Marzeny Molsy dobiegło końca, przyjęła rolę anonimowego, ułożonego, bezmyślnego automatu.

Strach jednak miał zamiar wyciągnąć ją z tej otchłani. I wtłoczyć w nią życie na nowo. Pomóc jej rozpocząć inną, lepszą egzystencję, a następnie nadać jej precyzyjnie określony, wzniosły cel. Daleki od tego, czego wymagała od niej korporacja.

Wiązał się z tym jednak pewien problem. Mimo swojej aspołeczności Marzena, jak każda inna jednostka w tym mrowisku, realizowała zachowania stadne. Nie biegała samotnie po Wybrzeżu Puckim, zamiast tego chodziła na fitness. *Cheat day* celebrowała w kawiarni, nie na ławce w parku, z książką w ręku. Jeśli gdzieś wychodziła, to tylko ze znajomymi z pracy – i tylko wtedy, gdy był z nimi przełożony, by wynieść z tego jakąś korzyść. Na innych imprezach nie bywała, nie umawiała się na randki i nigdy nie wracała do domu nocami.

Była doskonałym przykładem korporacyjnego człowieka. Żyjącego pośród innych, ale samotnego. Przystosowanego do funkcjonowania w utartej konwencji, ale w głębi ducha wyobcowanego. Lgnącego do ludzi powierzchownie, ale w istocie od nich stroniącego.

Niewiele było okazji, by spotkać ją, gdy była sama. A Strach potrzebował właśnie takich warunków. I kluczowe było to, by sam ich nie stworzył. Nie chciał zostawiać śladów, a ściągnięcie Molsy gdziekolwiek właśnie z tym by się wiązało.

Ostatecznie więc analizował jej plan dnia, uczył się go i czekał na okazję.

Marzena była wyjątkowo przewidywalna, ale właściwie stanowiło to przywarę wszystkich ludzi. Każdy powtarzał, że stare nawyki nie otwierają nowych drzwi, że są jak rdza i że krótko po tym, jak je stworzymy, to one zaczynają tworzyć nas, ale nikt nie zadawał sobie trudu, by z nimi zerwać.

Przeciwnie. Obserwując każdą z osób, które znalazły się na jego liście, Strach utwierdzał się w przekonaniu, że ludzie cementują się w swoich kokonach. Z biegiem czasu zaczynają jadać to samo, chodzić w te same miejsca, oglądać jedne seriale, filmy i spotykać się z tymi samymi znajomymi.

Wtargnięcie w rutynę stanowiło problem, szczególnie kiedy nowy element miał zamiar pozostać niezauważony.

Strach długo nie mógł znaleźć sposobu, by wyciągnąć Marzenę z domu i zwabić ją w miejsce, gdzie mógłby zrobić to, co zamierzał. Nawet zakupy robiła online, a nowe premiery filmowe oglądała dopiero, gdy pojawiły się na Blu-rayu.

Koniec końców Krystianowi udało się jednak znaleźć metodę. A właściwie skorzystał z sideł, jakie Marzena Molsa sama na siebie zastawiła.

Jej konto w największym serwisie rekrutacyjnym było prawdziwą kopalnią informacji. Zupełnie jakby dla Marzeny GoldenLine stanowiło najważniejsze miejsce w sieci. Aktualizowała wszystko na bieżąco, należała do wszelkich istotnych grup, brała udział w dyskusjach, popisywała się erudycją i wiedzą i nie zabiegała przy tym o żadne korzyści.

Oczywiste było jednak, że się ich spodziewała. Rekruterzy robili swoje, szukali łakomych kąsków dla swoich zleceniodawców, a Molsa z pewnością taki stanowiła.

Wystarczyło, że Strach podał się za jednego z nich.

Umówił spotkanie przez prywatną wiadomość, przypuszczając, że po fakcie nikt nie będzie sprawdzał skrzynki Marzeny. Konto na Facebooku być może tak, względnie śledczy dobiorą się do korespondencji mailowej. Nikomu jednak przez myśl nie przejdzie, by szukać tropów na GoldenLine.

A szkoda, bo w ten sposób można by dotrzeć do niewielkiego parkingu na Wawrze, nieopodal kilku nowo powstałych budynków na uboczu. Nowoczesne bryły i mieszczące się w nich siedziby korporacji były idealną przykrywką dla Stracha.

Wiedział dokładnie, którędy Molsa pojedzie do wyznaczonego miejsca. Zdawał sobie też sprawę, gdzie zaparkuje. I kiedy tylko to zrobiła, od sukcesu dzielił go już tylko krok.

Poszedł za nią i po przejściu kilkudziesięciu metrów zwolnił. Wsparł się na kulach, podkurczył nogę i lekko zgarbił.

– Przepraszam! – zawołał.

Obróciła się, niepewna, czy chodzi o nią. W okolicy jednak nie było nikogo innego. Marzena najpierw się rozejrzała, a potem wbiła wzrok w mężczyznę wspierającego się na kulach.

– Tak? – odezwała się, nerwowo podciągając lewy rękaw.

Jak zawsze była na granicy spóźnienia. Krystian się tego spodziewał.

– Przepraszam – powtórzył. – Ale zaparkowała pani na miejscu dla niepełnosprawnych.

– Co takiego?

– Na kopercie, która…

– Niemożliwe. Patrzyłam, gdzie staję.

Uśmiechnął się blado, mając nadzieję, że stwarza odpowiednio dobrotliwe wrażenie.

– Co do zasady nie mam nic przeciwko, naprawdę – powiedział, jakby rzeczywiście mu to nie przeszkadzało. – Tylko że jechałem za panią i chętnie bym…

Urwał, kiedy zaklęła pod nosem i raptownie ruszyła w jego stronę. Widział, że Molsa po pierwsze nie ma zamiaru tracić więcej czasu, a po drugie odchodzić ze świadomością, że popełniła jeden z największych grzechów ludzi zmotoryzowanych.

Podeszli do auta, a Marzena rozłożyła ręce.

– Nie ma nigdzie znaku.

– Niestety – przyznał Strach. – Ale jest koperta. Zobaczy pani, jak tylko pani odjedzie.

Nie spytała, gdzie stoi jego samochód. Spieszyło jej się tak, że nawet się za nim nie rozejrzała. Wyraźnie zniecierpliwiona i poirytowana, otworzyła auto – i tym samym podpisała na siebie wyrok.

Krystian zamachnął się kulą i trafił prosto w tył głowy kobiety. Ta upadła z cichym jękiem na karoserię, a Strach szybko poprawił. Drugi cios nie załatwił sprawy, dopiero przy trzecim Marzena straciła przytomność.

Gdyby żyli w kraju takim jak Nigeria, gdzie porwania dla okupu były codziennością, już w szkole Marzena nauczyłaby się, żeby nigdy nie wierzyć ludziom, którzy proszą o przeparkowanie samochodu. Stanowiło to jedną z najpowszechniejszych metod porywania kobiet, nie tylko w państwach afrykańskich.

Strach załadował ją do jej własnego auta, a potem ruszył w stronę ogródków działkowych. Znajdowały się nieopodal i właściwie nie było ryzyka, że przed dotarciem do celu Molsa się ocknie.

Odzyskała przytomność dopiero w piwnicy, którą Krystian zaadaptował do nowych celów. Marzenę przywiązał do metalowej pryczy pod ścianą, zadbawszy o to, by nie mogła się oswobodzić.

Przez jakiś czas musiał znosić absurdalne pytania, zarzuty, błagania.

„Gdzie ja jestem?", „Dlaczego mnie porwałeś?", „Wypuść mnie!". Litania nie miała końca, a on denerwował się coraz bardziej. Liczył na to, że po dniu czy dwóch Molsa się uspokoi. Ona jednak zdawała się popadać w coraz większą paranoję.

Mimo wszystko Krystian trzymał się pierwotnego planu. Korzystał z metody kija i marchewki, pokazując Marzenie, o jak wiele może się poprawić jej byt, jeśli będzie współpracowała. I jak szybko warunki mogą się pogorszyć w przeciwnym wypadku.

Czasem widział, że zadziała metoda marchewki, wtedy przynosił wodę i jedzenie. Częściej musiał jednak sięgnąć po kij, wówczas na kilka dni pozbawiał Molsę wiadra na odchody lub wyłączał ogrzewanie.

Kiedy w końcu zrozumiała, że okazanie uległości i chęci do współpracy w sprawach, które zdawały się błahe, może jej pomóc, Strach szybko skorzystał z okazji. Uzyskał od niej hasło do konta na GoldenLine i Twitterze.

Nie było powodu, żeby mu ich nie podała. Z jej punktu widzenia były to drobiazgi, zupełnie nieistotne szczegóły, które nie mogły jej zaszkodzić.

W rzeczywistości było jednak wprost przeciwnie. Strach dostał to, czego potrzebował.

A to oznaczało, że Marzena Molsa jest mu zbędna.

Prawidłowe skręcenie komuś karku tuż pod pniem mózgu sprawiało, że rdzeń kręgowy nagle puchł, zakłócając dopływ krwi i przekazywanie sygnałów nerwowych. Wymagało to jednak dużej wprawy, której Krystianowi brakowało.

Ten sam efekt mógł jednak osiągnąć, pozbawiając komórki tlenu. Wystarczyło, że wypełnił piwnicę dwutlenkiem węgla. Efekt nie był tak natychmiastowy, jak przy skręceniu karku, ale liczyło się to, że Marzena nie cierpiała.

Musiał o nią dbać. Jej ludzka powłoka miała przydać mu się później.

Tesa

"Dlaczego chciałaś odebrać sobie życie?"

Nie pamiętałam, czy to Henryk Maj zadał mi to pytanie, czy może któryś z psychologów podczas leczenia terapeutycznego. Doskonale potrafiłam jednak przypomnieć sobie mętlik, jaki miałam w głowie w tamtym okresie.

Nie jestem pewna, czy odpowiedziałam na to pytanie, czy nie. Ostatecznie jednak dzięki terapeutom uświadomiłam sobie, jaki był powód.

Chciałam coś znaczyć. Chciałam zaistnieć. Chciałam stać się idealna.

Śmierć wydawała się doskonałym środkiem do osiągnięcia tych wszystkich celów. Moje nazwisko pojawiałoby się w mediach, byłabym tematem rozmów wielu ludzi. Moi dawni znajomi z czasów szkolnych i studenckich natychmiast zaczęliby się do mnie przyznawać – dziewczyny, z którymi zamieniłam raptem kilka słów, twierdziłyby, że dobrze się znałyśmy, chodziłyśmy razem na zakupy i imprezy.

Wszystkie moje przywary natychmiast by znikły. Po śmierci rozkłada się bowiem nie tylko ciało, ale także ludzka mierność. Przestałabym być nijaka, moje wady zostałyby przyćmione wyolbrzymionymi atutami.

Zupełnie jak w przypadku idealizowanej po śmierci Lady Diany, Kennedy'ego, Michaela Jacksona i wielu, wielu innych.

W dodatku przypominałam sobie wszystkie te teledyski, w których artyści starali się wyciągnąć pomocną dłoń do młodych ludzi zmagających się z samobójczymi myślami. W wielu pojawiały się nazwiska tych, którzy przez dyskryminację, poniżanie i wykorzystywanie seksualne odebrali sobie życie.

Miał to być swego rodzaju hołd, ale ostatecznie stawał się zachętą dla ludzi takich jak ja. Utwierdzało nas to w przekonaniu, że po śmierci zaistniejemy. Nasze nazwiska pojawią się przecież w klipie ulubionego wykonawcy, a on sam stanie się piastunem pamięci po nas.

Nie było lepszego sposobu, by poczuć się istotnym.

Teraz miałam podobne wrażenie. Nie ulegało wątpliwości, że Architekt z jakiegoś względu wybrał właśnie mnie. Tyle że ostatecznie było to docenienie mniej więcej tak wartościowe, jak to dzięki odebraniu sobie życia. Gdybym obie te rzeczy położyła na szalach, żadna by nie przeważyła.

Syknęłam z bólu i wreszcie oderwałam wzrok od mogiły włoskiego żołnierza. Strużka krwi ciekąca obok paznokcia uświadomiła mi, co wywołało ból.

Staliśmy przed grobem jeszcze przez jakiś czas, fotografując każdy jego skrawek. Krystian przypuszczał, że inskrypcja jest w jakiś sposób znacząca i naprowadzi nas na trop, ale ja byłam bardziej sceptyczna.

O jakim tropie mogła być mowa? Każdy kolejny podsuwał sam Architekt. Nie odkryliśmy niczego, co próbowałby przed nami ukryć – przeciwnie, dostawaliśmy tylko to, co sam nam oferował.

Opuściliśmy cmentarz tą samą drogą, którą się na niego dostaliśmy. I po raz kolejny poczułam upokorzenie, gramoląc się przez płot. W dodatku rozerwałam sobie spodnie w kroku.

Kiedy znalazłam się po drugiej stronie, czułam się jak pewnego pechowego dnia w gimnazjum, kiedy przedwcześnie dostałam okresu. Nie byłam przygotowana. I długo wspominałam to jako najbardziej poniżający moment w życiu.

– Nie przejmuj się – odezwał się Strach, zapewne słysząc dźwięk prującego się materiału. – Niczego nie widać.

Może rzeczywiście nie było. Moje uda właściwie się ze sobą zlewały.

– Skoczymy do ciebie, weźmiesz sobie coś na…
– Nie – zaoponowałam stanowczo. – Nie chcę tam wracać.

Ruszyliśmy powoli w kierunku ulicy, a ja zaczęłam się zastanawiać, dlaczego unikam własnego mieszkania. Miejsca, które do tej pory było moim azylem.

Uświadomiłam sobie, że chodzi o Igora. Fakt, że znalazłabym się sama w mieszkaniu na Lewandowie, urealniłby to, że mój mąż naprawdę zaginął. I że jego los spoczywa w rękach chorego szaleńca.

Wolałam chodzić z rozdartymi spodniami.

– Jakby co, mogę sam podjechać – zadeklarował Krystian.

– Nie trzeba – odparłam, a potem wskazałam telefon, którym Strach przed momentem zdawał się całkowicie pochłonięty. – Masz coś?

– Niewicle. Marzena Molsa zniknęła na początku kwietnia dwa tysiące dwunastego roku. Wcześniej pracowała w jakiejś firmie zajmującej się przemysłem ciężkim.

– Jakiś związek z Reimvestem? Albo w ogóle z sektorem finansowym?

– Na pierwszy rzut oka niczego nie widzę. Spółka wchodziła w kilka konfliktów, ale głównie z rządem.

– Dlaczego?

– Chodziło przede wszystkim o przekraczanie norm emisyjnych, jakieś bzdury środowiskowe.

Te rzekome bzdury z pewnością nimi nie były, ale zachowałam tę uwagę dla siebie. Podczas jednego z naszych spotkań na dworcach ustaliliśmy, że różnimy się w podejściu do kwestii ochrony środowiska. Strach sprawę bagatelizował, ja uważałam, że ten termin jest pewnym niedomówieniem, bo w działaniach tego typu nie chodzi tak naprawdę o stawanie w obronie matki natury, tylko przyszłych pokoleń. Powinno się więc mówić o ochronie ludzi, nie środowiska. Krystian jednak tak tego nie widział.

– W dodatku pojawiały się zarzuty o łamanie przepisów prawa pracy – dodał.

– Czyli nic, co by nam się przydało?

Potwierdził lekkim skinieniem głowy.

– Kiedy lokalne media zaczęły się interesować, współpracownicy chętnie się wypowiadali. Wystawili poprawną laurkę, z której wynika chyba tylko to, że nie byli z Molsą specjalnie blisko.

– Sprawdzałeś jej konta społecznościowe?

– Jeszcze nie, ale zaraz to…

Urwał, zatrzymując się na granicy lasu i łapiąc mnie za rękę. Miałam wrażenie, jakby od dłoni, prosto do serca, po żyłach przemknął mi impuls. Nie mogłam stwierdzić, czy był przyjemny, czy wręcz przeciwnie.

– Co się dzieje?

– Spójrz – odparł, puszczając moją rękę i wskazując wejście na cmentarz.

Tuż przed nim stał wóz policyjny na sygnale, wychodziło z niego właśnie dwóch funkcjonariuszy. Rozejrzeli się czujnie, wyłączyli koguta, a potem zbliżyli się do bramy wejściowej.

Zaczęli wymieniać między sobą jakieś uwagi, jednocześnie starając się otworzyć wejście.

– Kurwa… – wypaliłam. – Co oni tu robią?

Strach cofnął się o pół kroku.

– Nie mam pojęcia.

– Mogą wszystko spieprzyć – powiedziałam, czując, jak robi mi się gorąco. – Jeśli Architekt ich zobaczy…

Wiedziałam, że nie muszę kończyć. Krystian doskonale zdawał sobie sprawę z instrukcji, które otrzymałam. I rozumiał tak samo dobrze jak ja, że każdą groźbę porywacza należy traktować poważnie.

– Są tu przypadkiem – odezwał się Strach.

– To nie ma znaczenia. Sam widzisz, jak to wygląda.

Głos zaczynał mi się trząść, a fala ciepła stawała się coraz bardziej dokuczliwa. Wiedziałam, że plamy potu pojawią się najpierw pod pachami, potem na brzuchu i plecach, a ostatecznie niżej.

Ci dwaj policjanci mogli przekreślić wszelkie szanse na uratowanie Igora.

– I to nie żaden przypadek – dodałam cicho. – Pojawiamy się tutaj za sprawą tweeta, a zaraz potem przyjeżdża policja?

W końcu oderwałam wzrok od funkcjonariuszy i skupiłam się na milczącym Krystianie. Odniosłam wrażenie, że jest bardziej zmartwiony niż ja, choć za wszelką cenę stara się to ukryć.

– Myślisz, że śledzą hashtag? – spytał.

– A jak inaczej to wytłumaczysz?

– Może mają cię na oku.

– Mnie? Dlaczego mieliby mnie śledzić?

Strach nabrał tchu i obrócił się do mnie. Dopiero kiedy popatrzył mi prosto w oczy, zobaczyłam prawdziwy niepokój na jego twarzy. Znałam go wystarczająco dobrze, by nie mógł się przede mną ukryć.

– Ktoś z rodziny Igora mógł zgłosić zaginięcie – odparł. – A w takim układzie z pewnością szukaliby ciebie.

– Zadzwoniliby najpierw. Skontaktowaliby się ze mną.

Obawiałam się, że dalej będzie obstawał przy tej wersji, ale sam chyba zdał sobie sprawę z tego, że jest pozbawiona sensu.

– Muszą obserwować wpisy z hashtagiem, nie ma innego wytłumaczenia – dodałam. – Tylko jak w ogóle wpadli na ten trop?

– Ktoś mógł zauważyć wpis u Rogowskiej.

Prawdopodobna czy nie, taka możliwość narażała Igora na bezpośrednie niebezpieczeństwo. Szczególnie że policjanci nie sprawiali wrażenia, jakby mieli dać za wygraną tylko dlatego, że brama była zamknięta.

– Co robimy? – zapytałam.

– Poczekajmy. Zobaczmy, czego w ogóle szukają.

– Tego, co my – odparłam bez wahania. – Grobu tego włoskiego żołnierza.

– Musieliby znać tę okolicę. Ja wpadłem na to tylko dlatego, że widziałem kiedyś napis.

Cofnęliśmy się jeszcze trochę i stanęliśmy przy starodrzewie, w który Las Bielański obfitował. Oparłam się o masywny, pokryty nalotem pień i zamknęłam oczy.

– Jeśli służby rzeczywiście interesowały się tym od pojawienia się tweetu Anety, to do tej pory powołano by już specjalną grupę – podjęłam. – Potrafię sobie wyobrazić tę burzę mózgów po tym, jak Architekt przekazał nam informacje o żołnierzu, cmentarzu i dacie.

– Jeżeli tak jest, to dobrze.

Wciągnęłam powietrze głęboko do płuc, czując, jakby składało się jedynie z miejskich spalin.

– Działają niezależnie od ciebie – ciągnął Strach. – Niczym nie zawiniłaś.

– Tak, ale żeby to miało jakiekolwiek znaczenie, musiałabym wytłumaczyć to Architektowi.

– Będziesz miała okazję.

Otworzyłam oczy i spojrzałam na niego pytająco.

– Jestem tego pewien – dorzucił. – Zanim cokolwiek zrobi Igorowi, będzie się kontaktował.

– Skąd ta pewność?

– Z przekonania, że ten facet potrzebuje uwagi, ciągłego ruchu wokół siebie. On nie jest nastawiony na sam fakt osiągnięcia celu, tylko na sposób, w jaki to robi.

Nie byłam tego taka pewna. Wydawało mi się, że mamy do czynienia raczej z psychopatyczną osobowością, nakazującą temu człowiekowi realizować misję, która w jego przekonaniu jest dziejowa.

– BPO. Orientacja procesowa – dodał Strach. – *Reengineering* jak u Hammera i Champy'ego.

– To naprawdę beznadziejne porównanie.

– Zdaję sobie z tego sprawę.
– Jeśli już musiałeś, mogłeś sięgnąć po McCormacka.
– Działania firmy to tak naprawdę działanie procesów?

Skinęłam głową i w innych okolicznościach być może pozwoliłabym sobie na blady uśmiech. Czułam się jednak tak przytłoczona wszystkim, co się działo, że nawet porównania, które rozumiała tylko dawna prymuska Stracha, nie mogły podnieść mnie na duchu.

Cały czas miałam w głowie słowa lekarki ze Szpitala Bielańskiego. I nie mogłam opędzić się od myśli, że już nigdy nie zobaczę Igora.

Wiedziałam, że to szaleństwo kiedyś się skończy. I równie pewna byłam tego, że znajdę się wtedy w innym świecie. Bez męża. Może nawet bez siebie samej, bo zaginęłam gdzieś w przeszłości, która okazała się jednym wielkim kłamstwem.

Obserwowaliśmy z Krystianem policjantów, którzy coraz bardziej nerwowo zdawali się kogoś wyczekiwać. Zamilkłam na moment, choć w myślach prowadziłam żywiołowy monolog.

– Zastanawia mnie cały czas jedna rzecz… – odezwałam się w końcu.
– Jaka?
– Co Architekt robi z ludźmi, których uprowadził?

Strach wsunął ręce do kieszeni i przygarbił się.

– Zakładamy, że innych też porwał?
– Tak.
– A na czym się opieramy w tworzeniu tej teorii?
– Na KISS.

Krystian uniósł brwi.

– *Keep it simple, stupid* – dodałam mimochodem, nie odrywając wzroku od mundurowych.

Doskonale zdawałam sobie sprawę, że Krystian pamięta tę zasadę. Pojawiała się nie raz podczas wykładów, na których prowadzący poruszali tematy związane z planowaniem w organizacji.

Porównanie było równie zasadne, jak to z orientacją procesową, ale przynajmniej nie musiałam nic więcej tłumaczyć.

Wydawało mi się oczywiste, że w działaniach Architekta powinniśmy doszukiwać się najprostszych przyczyn. Zależało mu na tym, żeby osoby posługujące się hashtagiem uznano za zaginione, nie martwe. Nawet jeśli którąś z nich zabił, nie dał na to żadnego dowodu.

Ale dlaczego to robił? Zamykał gdzieś tych ludzi, przetrzymywał ich tam latami, prał im mózgi, kształtował psychikę? Budował własną armię?

Nie potrafiłam wyplewić z głowy podobnych myśli. Z jakiegoś powodu ten scenariusz wydawał mi się najbardziej prawdopodobny. I współgrałby z poczuciem misji, o które podejrzewałam Architekta.

– Ktoś przyjechał – odezwał się Strach.

Natychmiast skupiłam się na policjantach. Obaj wyprostowali się jak struny, kiedy przy radiowozie zatrzymał się czarny volkswagen passat. Wysiadło z niego dwóch mężczyzn, jeden w garniturze, drugi ubrany również po cywilnemu, ale znacznie mniej formalnie.

Wymienili kilka uwag z funkcjonariuszami, a potem wszyscy weszli na teren cmentarza. Przypuszczałam, że mężczyzna w garniturze jest przedstawicielem włoskiej ambasady.

Obserwowaliśmy, jak szybkim krokiem mijali kolejne groby.

– Wiedzą dokładnie, dokąd iść – zauważył Krystian.

Rzeczywiście tak było. Po chwili zatrzymali się przy nagrobku z napisem „Salvatore Fabro". Mężczyzna w luźniejszym ubraniu rozejrzał się, jakby przypuszczał, że są obserwowani.

Nie mogliśmy dłużej mieć wątpliwości, że ktoś oprócz nas od początku śledzi tweety.

– Chodźmy stąd – zasugerował Strach. – Wszystko już wiemy.

– Ale…

– Zostając tutaj, narobimy sobie tylko problemów. Sobie i Igorowi.

Kiedy tak postawił sprawę, nie miałam zamiaru oponować. Ruszyliśmy w głąb lasu, obchodząc cmentarz w kierunku zaparkowanej nieopodal octavii.

Poprosiłam Stracha, by zabrał mnie do KFC. Potrzebowałam ratunku przed natrętnymi myślami, czując, że bez chwili wytchnienia odejdę od zmysłów. Obfite zamówienie w amerykańskiej sieciówce miało pomóc. Przynajmniej w teorii, bo w praktyce kubełek panierowanych kawałków kurczaka i dwa quritto na nic się nie zdały.

W drodze do mieszkania Krystiana zastanawialiśmy się, od kiedy służby są zaangażowane w sprawę, jak wiele wiedzą i czy mają świadomość, że to ode mnie wszystko się zaczęło.

Od jednego esemesa. Przesyłki w paczkomacie, której mogłam po prostu nie odbierać.

Nie znaleźliśmy odpowiedzi na żadne z pytań. Okazało się jednak, że tak naprawdę nie musieliśmy.

Niedługo po powrocie do mieszkania Stracha włączyliśmy NSI. Na antenie stacji informacyjnej pojawił się czerwony pasek informacyjny. Widniał na nim napis, którego w głębi ducha od początku obawiałam się ujrzeć.

„ODNALEZIONO ZWŁOKI ZAGINIONEJ KOBIETY".

– Strachu... – jęknęłam, stojąc przed telewizorem.

Krystian był tuż za mną. Wlepiał wzrok w ekran i był w równie dużym szoku, jak ja. Żadne z nas nie miało złudzeń, że to może być przypadek.

– Według nieoficjalnych informacji, do których udało się dotrzeć naszej redakcji, odnaleziona kobieta to pracowniczka jednej z warszawskich korporacji, której zaginięcie zgłoszono w kwietniu dwa tysiące dwunastego roku.

Poczułam, że nogi się pode mną uginają.

– Zwróciliśmy się w tej sprawie o komentarz do rzecznika komendy głównej, ale do tej pory nie otrzymaliśmy odpowiedzi – ciągnął dziennikarz. – Ze źródeł zbliżonych do policji wiemy jednak, że zwłoki zostały odnalezione nieopodal Lasu Bielańskiego.

Cofnęłam się o krok, jakby telewizor nagle stał się źródłem rakotwórczego promieniowania.

– Znajdować miały się w jednym z grobów na Cmentarzu Żołnierzy Włoskich. Według ustaleń naszego reportera są one w stanie zaawansowanego rozkładu.

Przypomniałam sobie zaniedbaną mogiłę i ściółkę leśną tuż przy niej. Stary, niepilnowany przez nikogo grób był idealnym miejscem, by ukryć ciało.

– Na miejscu pracują w tej chwili technicy kryminalistyki, zabezpieczając wszystkie ślady. Z niepotwierdzonych jeszcze informacji wynika także, że policja ma już podejrzanego.

Obróciłam się do Stracha, który trwał w bezruchu z lekko otwartymi ustami. Zobaczywszy mój wzrok, otrząsnął się i przysiadł na oparciu fotela.

– Świeże odciski palców miały być znalezione na mogile – dodał dziennikarz. – NSI udało się potwierdzić, że pasują one do osoby, wobec której było już prowadzone postępowanie.

Ostatnie wypowiedziane przez dziennikarza zdanie było jak błyskawica. Sprawiło, że w jednej chwili wszystko wokół się rozświetliło, a ja zrozumiałam to, co dotychczas stanowiło niewiadomą.

– Policja twierdzi, że sprawa jest powiązana z innymi przypadkami zaginięć i uprowadzeń. W mieszkaniu osoby podejrzanej odnaleziono przedmiot należący do jednej z ofiar.

Ametystowa czaszka. Z moimi odciskami palców.

Był to pierwszy, ale nie jedyny element większej układanki. Istniało ich wiele.

Moje mieszkanie. Związek z Patrycją Sporniak przez uczelnię. Rzekomy romans z wykładowcą, a potem śmierć jego żony i córki. Mój zaginiony mąż. Lekarz, który się mną zajmował. Miejsca, w których ostatnio się pojawiałam. I fakt, że od jakiegoś czasu śledziłam ten przeklęty hashtag na Twitterze.

– Boże… – odezwałam się. – Zostałam wrobiona.

Część trzecia

Tesa

Relacja na żywo spod cmentarza na Bielanach wyparła wszystkie inne newsy tego wieczora. Dziennikarze przestali zajmować się napięciami na Bliskim Wschodzie, nowymi testami rakiet w Korei Północnej, a nawet wpadkami krajowych polityków. Skupiono się całkowicie na odnalezieniu zwłok Marzeny Molsy – i na wszystkim, co się z tym wiązało. Inne doniesienia pojawiały się tylko przelotem, jakby krótki przerywnik, by widz nie zwariował od przesytu.

Kolejne informacje nadchodziły jedna za drugą, podsycając ciekawość i rozbudzając apetyt na więcej.

Najpierw imię i nazwisko zaginionej kobiety.

Potem informacja, że trafiono na jej ślad dzięki jakiemuś internetowemu wpisowi.

A następnie oficjalny komunikat policji.

I to właśnie ten ostatni element sprawił, że poczułam się, jakby ciężar całego świata spoczął na moich barkach. Z rozrzewnieniem przypominałam sobie te chwile, kiedy leżałam w łóżku i rozważałam sposoby, by raz na zawsze wszystko się skończyło.

Czułam wtedy nieznośną wagę bytu. Ale nie tę, o której pisał Kundera. Nie tę lekkość, z którą zmagała się jego Teresa. Moja miała ciężar. A zatem według Kundery – także wartość.

Okazało się, że nie musiałam zostać samobójczynią, by trafić na pierwsze strony gazet. Wystarczyło, że ktoś wrobił mnie w szereg przestępstw, za które w mniej humanitarnym kraju groziłaby mi kara śmierci.

Po raz pierwszy moje dane pojawiły się właśnie w komunikacie policji. Zobaczyłam swoją twarz, okrągłą, nabrzmiałą i odpychającą. Włosy miałam ułożone nie najlepiej, a cerę wyraźnie zaniedbaną, świadczącą o uwielbieniu przetworów mlecznych i słodyczy.

Razem ze Strachem patrzyliśmy na to zdjęcie z niedowierzaniem, jakbym to nie była ja, choć oboje rozpoznawaliśmy mnie bez trudu.

Krystian palił jednego papierosa za drugim. To, co on próbował stłumić nikotyną, ja starałam się pokonać za pomocą jedzenia. Bezwiednie pochłaniałam czipsy, batoniki, a ostatecznie wszystko, co Strach miał w mieszkaniu.

Żadne z nas nie mogło jednak uciec przed nurtującym nas kluczowym pytaniem. W końcu je z siebie wydusiłam, jakby musiało zostać wypowiedziane.

– Dlaczego on to robi? – zapytałam. – Jaki ma w tym cel?

Strach odłożył papierosa do popielniczki i spojrzał na mnie w sposób, który pamiętałam z wykładów. Patrzył tak na studentów, których lubił, ale którzy nie przygotowali się do zajęć. Z wyrozumiałością, sympatią, ale także pewnym zawodem.

– Co mu zrobiłam? Czemu uwziął się akurat na mnie?

Wiedziałam, że Krystian rozważa wszystkie odpowiedzi, jakie przyszły mu na myśl. Ostatecznie wybrał tę najgorszą. Ciszę.

– Powiedz coś – rzuciłam z pretensją, której natychmiast pożałowałam.

– Wszystko w końcu wyjaśnimy.

– Tak jak jeniec tuż przed egzekucją wszystkiego się dowiaduje? Dziękuję bardzo, niepotrzebna mi wiedza, kto i z jakiej broni będzie strzelał.

Strach zerknął na telewizor. Moje zdjęcie zniknęło z wizji, teraz zastąpiła je krótka nota biograficzna. Dziennikarze szybko dotarli do podstawowych informacji, a ja odnosiłam wrażenie, jakby cały ten oddźwięk, jakiego spodziewałam się po moim samobójstwie, stopniowo się urzeczywistniał.

Dawne koleżanki i znajome, które ledwie kojarzyłam z czasów szkolnych, mogły rozprawiać na mój temat bez końca. Wszyscy nagle świetnie mnie znali, rozumieli i potrafili nakreślić profil psychologiczny, który uzasadniał to, co rzekomo zrobiłam.

A było co uzasadniać.

Tuż przed dziesiątą wieczorem NSI podała informację, że sprawa dotyczyć ma przynajmniej ośmiu osób.

Nie podano szczegółów, ale oczywiste było, że chodzi o osoby posługujące się hashtagiem. Lata 2008–2010 to Patrycja Sporniak, Marcin Zamecki, Aneta Rogowska. Późniejsze to Ilona i Luiza Strachowskie, Marzena Molsa, Henryk Maj i mój mąż.

Na antenach pozostałych stacji pojawiły się kolejne moje fotografie. W większości przypadków szukano najmniej korzystnego ujęcia, o co nie było trudno. W oczach opinii publicznej stałam się rozgoryczoną, nienawidzącą siebie i świata seryjną porywaczką.

A także zabójczynią, wszak trzy osoby z podanej listy nie żyły. Obawiałam się jednak, że ten wynik w rzeczywistości jest jeszcze gorszy.

Służby także musiały wyjść z takiego założenia, inaczej nie ujawniono by tak szybko moich danych i wizerunku. Widocznie zostałam uznana za osobę wyjątkowo niebezpieczną, którą należy natychmiast ująć.

Wystarczało na mnie spojrzeć, by uznać, że to zakrawa na kpinę. Przynajmniej jeśli chodziło o tę prawdziwą mnie, a nie nieprzyjazną dziewczynę, której obraz wyłaniał się ze starannie dobranych zdjęć w mediach. Nawet jeśli ktoś dostrzegł na nich kogoś innego, to zaraz któryś z psychologów konstatował, że przez swoją powierzchowność budziłam zaufanie.

Ludziom otyłym zazwyczaj się ufa, podkreślali, dodając szybko, że żadna z ofiar z pewnością nie spodziewała się zagrożenia z mojej strony.

Z każdym mijającym kwadransem czułam się coraz bardziej napiętnowana. Dziennikarze, specjaliści i moi rzekomi znajomi folgowali sobie do woli, formułując oskarżenia i starając się je umotywować.

Miałam wrażenie, że w jeden wieczór stałam się najbardziej znienawidzoną osobą w kraju. Oprócz tego zaczęła towarzyszyć mi obawa, że za moment ktoś zapuka do drzwi Stracha. On je otworzy, a do środka wpadnie grupa interwencyjna.

W tym scenariuszu Krystian nie był zaskoczony. Przeciwnie, przepuszczał policjantów w progu, bo to on okazał się tym, który poinformował, gdzie mnie szukać.

Nie była to zupełnie nierealna wizja.

Jak długo mógł mnie kryć? I czy zdawał sobie w ogóle sprawę, na co się naraża? Spojrzałam na niego, starając się to ustalić, ale nawet jego kompulsywne palenie niewiele mi mówiło.

– To wszystko da się jakoś odkręcić – odezwał się po którymś z kolei materiale.

– Jak?

– Wytłumaczysz im dokładnie, co się stało.

– I tak po prostu mi uwierzą?

– Jeśli zaczniesz od samego początku i przedstawisz im każdy szczegół, dlaczego mieliby nie wierzyć?

Przechyliłam głowę na bok.

– Gdyby to powiedział ktokolwiek inny, uznałabym po prostu, że jest naiwny. Ale ciebie o to nie podejrzewam, Strachu, więc zakładam, że to próba pocieszenia mnie.

– Udana?

– Kompletnie beznadziejna.

Kaszlnął nerwowo, zgasił papierosa i przysunął się trochę.

– Powiesz im, że czaszkę dostałaś w przesyłce.

– I jaki będę miała na to dowód?

– Esemesa z informacją o paczce.

– W którym nie ma nic na temat jej zawartości.

– Nikt nie widział, jak ją otwierasz? Nikomu nie pokazywałaś czaszki?

Poniewczasie uświadomił sobie, że tylko jedna osoba tak naprawdę mogłaby wystąpić w charakterze świadka. I widząc wyraz bólu na mojej twarzy, szybko pożałował, że w ogóle poruszył ten temat.

– Znajdziemy go – odezwał się, a ja nie mogłam już spamiętać, który raz składa to zapewnienie. – A potem Igor potwierdzi wszystko, co świadczy o twojej niewinności.

– Nawet gdyby, żaden sąd nie potraktuje mojego męża jako wiarygodnego świadka.

– Nie będzie musiał. W tym kraju trzeba komuś udowodnić winę, żeby go skazać.

– Jesteś pewien?

Krystian nie odpowiadał.

– Poza tym wyobraź sobie, jak to będzie wyglądało – dodałam. – Zostawiłam całe mnóstwo co najmniej podejrzanych śladów, wirtualnych i rzeczywistych. Analizując je po kolei i idąc ich tropem, dotrzesz do każdej z ofiar.

– Wytłumaczysz śledczym, że…

– Że to wszystko przez serię tweetów? – wpadłam mu w słowo. – Że ktoś mną w ten sposób sterował? Pewnie, mogę to zrobić. Ale będzie to najbardziej szalona linia obrony, o jakiej słyszałam.

– Wiem, jak to brzmi, ale dobry prawnik przedstawi to w zupełnie innym świetle.

– Tak jak w twoim przypadku?

To pytanie było niepotrzebne, ale uświadomiłam to sobie zbyt późno. Strach wiele przeszedł, kiedy postawiono mu zarzuty w sprawie śmierci Ilony i Luizy. On w pewnym sensie odpokutował za to, co zrobił. Ja nie – aż do teraz.

– Tak czy inaczej, nikt mi nie uwierzy – dodałam czym prędzej, a potem przeniosłam wzrok na drzwi. – I to już długo nie potrwa. Ktoś niebawem się tutaj zjawi.

– Nie sądzę.
– Już drążą w mojej przeszłości. Nie zajmie im wiele czasu ustalenie, że byłeś pomawiany o romans ze mną.
– To nie żadne pomówienie – zaoponował Krystian.
Uśmiechnęliśmy się do siebie lekko.
– I nikt cię tutaj nie znajdzie – dodał. – Jesteś bezpieczna.
– Nie jestem. I ty też nie, bo jak tylko mnie tu zobaczą, będziesz miał nie mniejsze problemy niż ja.
– Bez obaw.
– Myślisz, że ludzie będą milczeć? – prychnęłam. – Zaraz zgłosi się albo jakiś student, albo wykładowca. Po twoim głośnym pożegnaniu z ALK każdy wiedział, co się działo.
– Ale nie każdy wie, gdzie mnie szukać – odparł z satysfakcją Strach. – A ściślej mówiąc, nikt nie wie.
– Nie?
– Mój ostatni adres zameldowania i zamieszkania to Katalońska. Tam ślad się po mnie urywa.
– Z pewnością.
– Mówię poważnie – zastrzegł. – Zadbałem o to, żeby nikt mnie nie znalazł.
Popatrzyłam na niego ze zdziwieniem. Miałam świadomość, że po tych wszystkich tragicznych wydarzeniach, jakie go spotkały, chciał odciąć się od dawnego życia, ale nie sądziłam, że był tak zdeterminowany.
– Uciekałeś przed kimś, Strachu?
– Chyba przed samym sobą.
– I udało się?
– Jak widać – odparł, patrząc na mnie znacząco.
A przynajmniej w jego przekonaniu ten wzrok taki był. Mnie zaś trudno było stwierdzić, co tak naprawdę oznacza.

Sugerował, że to ja jestem mielizną, która nie pozwala mu ruszyć dalej i pożegnać się z przeszłością? Czy było w tym coś więcej? A może mniej? Znów balansowałam na dobrze mi znanej, cienkiej granicy paniki.

Przypomniało mi się to, co ostatnio wprowadziło mnie w taki stan. Kartka, którą otrzymałam od siostry Patrycji Sporniak. „Nie ufaj mu" – brzmiał początek wiadomości. Drugą część także bez problemu potrafiłam przywołać. „A jeszcze bardziej nie ufaj sobie".

W połączeniu z artykułami o fudze dysocjacyjnej tworzyło to ciężar, przez który traciłam równowagę na tej dobrze mi znanej granicy. Powoli odchodziłam od zmysłów i obawiałam się, że nawet jeśli ktokolwiek ze służb czy policji będzie gotów mi uwierzyć, po krótkiej rozmowie uzna mnie za wariatkę.

Dotyk Krystiana wyrwał mnie z tych niepokojących przemyśleń. Położył dłoń na mojej ręce, ale cofnął ją niemal natychmiast, widząc, że się wzdrygnęłam.

– Przepraszam – powiedział i zaczerpnął tchu, by dodać coś jeszcze.

Nie miał jednak okazji, bo przypomniała o sobie moja cholerna komórka. Wi-Fi miałam włączone, choć dostęp do sieci komórkowej odcięłam – Strach polecił mi to zrobić na wszelki wypadek, gdyby się okazało, że ktoś chce mnie namierzyć.

Dźwięk, który teraz jednoznacznie kojarzył mi się z czymś złowrogim, rozszedł się po pokoju i zdawał się wprawiać powietrze w lekkie drganie.

Nie chciałam sięgać po telefon. Nie chciałam wiedzieć, co Architekt dla mnie przygotował.

Strach jednak szybko podał mi komórkę.
– Nie – zaoponowałam. – Ty sprawdź.
– Jesteś pewna?
– Pytasz, jakbym z jakiegoś powodu miała robić to, czego on ode mnie wymaga.

Łatwo mi było sobie wyobrazić, że Architekt liczy na to, iż będę traktować jego wiadomości niemal nabożnie. Może nawet w jakiś chory, niemal zbereźny sposób będę ich wyczekiwać.

Krystian przesunął palcem po ekranie, a potem pokręcił głową.
– Face ID – przypomniał.

Zaklęłam w duchu. Nie stać mnie było nawet na tak marny przejaw buntu, jak nieprzeczytanie tweeta. Podniosłam iPhone'a i pozwoliłam, by obiektyw rozpoznał moją twarz.

Potem oddałam telefon Strachowi. Przeczytanie wiadomości zajęło mu tylko chwilę.

Nie pytałam, co w niej jest, nie ponaglałam go, zupełnie jakbym mogła w ten sposób umniejszyć satysfakcję Architekta.

– Paweł Gerwin – odezwał się Krystian.

Czekał, aż skomentuję, licząc pewnie na to, że imię i nazwisko natychmiast sprawią, że ktoś wyskoczy z mojej pamięci jak diabeł z pudełka. Kiedy Strach podniósł oczy, wzruszyłam ramionami.

– Nie kojarzę.
– Mogłaś spotkać go niedawno.

Zmarszczyłam czoło, niespecjalnie wiedząc, do czego zmierza.

– Poprzedni tweet pochodzi sprzed kilku dni – dodał. – Wygląda na to, że jeśli ten człowiek zaginął, stało się to dopiero teraz.

Przyszło mi na myśl coś innego. Policja wiedziała już o hashtagu i musiałam przyjąć, że mogło dojść do przecieku do mediów. A jeśli tak, to dowiedzieć mogły się też zupełnie przypadkowe osoby.

Bez trudu mogłam wyobrazić sobie sytuację, w której tak wielu użytkowników zacznie zamieszczać wpisy ze znacznikiem „#apsyda", że te prawdziwe, od Architekta, zupełnie znikną w nawale pozostałych.

– Jak brzmi tweet?

Strach odchrząknął.

– „Jestem drugim z wielu".

A zatem nikt się nie podszywał, nikt się nie bawił, nikt nie chciał wywołać fermentu. Była to wiadomość prosto od człowieka, który z jakiegoś powodu chciał mnie zniszczyć. I stanowiła kontynuację tego, co pojawiło się we wpisie Igora.

Nie musiałam przypominać go Strachowi.

Ani mówić mu, że powinniśmy się spodziewać, iż tak naprawdę dopiero teraz zaczną ginąć ludzie.

– To wszystko skończy się tragicznie – powiedziałam. – Nie tylko dla mnie.

Anamnesis

Matecznik, Wawer

Dość często Strachowski odnosił wrażenie, że wszystkie istotne rzeczy zostały powiedziane już w starożytności. Przyczynił się do tego z pewnością Publiliusz Syrus, rzymski wyzwoleniec i mimograf, któremu przypisano autorstwo wielu złotych myśli. Jedna z nich towarzyszyła Strachowi nieustannie.

Stanowiła właściwie przyczynek do wszystkiego, co teraz realizował, i sprowadzała się do tego, że roztropny człowiek może unikać zła tylko w jeden sposób – przewidując je. Wszystko, co po fakcie, nie miało znaczenia. Reakcja się nie liczyła, jedynym ratunkiem była antycypacja.

Patrycja Sporniak powinna spodziewać się tego, co ją spotka. Podobnie Zamecki, Aneta Rogowska i wszyscy inni. Wszyscy ci, których nazwiska dotychczas pozostawały nieznane, pominięte.

Losu, który go spotkał, powinien spodziewać się także Igor. Być może on najbardziej ze wszystkich.

Strachowski zdawał sobie sprawę, że w jego przedsięwzięciu istnieje wiele niewiadomych. Nieustannie antycypował, analizując, co może pójść nie tak. Korygował swój plan, dla każdego etapu przygotował alternatywę, latami dopinał wszystko na ostatni guzik. W końcu udało mu się zaprojektować wszystko tak, jak powinno wyglądać.

Stał się Architektem nowego porządku. A niebawem będzie także jego wykonawcą.

Tesa nie będzie miała pojęcia, co ją spotka. Może początkowo będzie jej się wydawało, że potrafi przejrzeć jego plan, ale po czasie się zorientuje, jak bardzo się myliła. Nikt nie będzie mógł się spodziewać tego, co nadejdzie.

Zacznie się od Igora, potem przyjdzie kolej na Pawła Gerwina. Niewiele później cały świat przekona się, jak wygląda wielki projekt.

I przypomni sobie o tym, co Platon próbował przekazać społeczeństwu już wieki temu.

Dokona się *anamnesis*.

Tesa

Noc spędziłam na przewracaniu się z boku na bok i zastanawianiu nie tylko nad tym, gdzie jestem, ale także kim jestem. Momentami wydawało mi się, że sama siebie nie rozpoznaję. Myśli błądziły, zdawały się obce, nieswoje, należące do kogoś innego.

Ostatecznie wstałam po piątej. Usiadłam z kubkiem kawy i laptopem w kuchni Stracha, żałując, że opróżniłam już wszystkie szafki ze słodyczy. O wyjściu po zakupy nie było mowy, oboje baliśmy się, że natychmiast zostaniemy rozpoznani.

Krystian zamówił już online wszystko, czego potrzebowaliśmy, ale na dostawę musieliśmy poczekać. Tym bardziej, że nie chcieliśmy ryzykować kontaktu z kurierem – wybraliśmy, o ironio, odbiór w paczkomacie. Krystian miał wyjść po przesyłkę jutro w nocy.

Westchnęłam i uniosłam klapę laptopa, chcąc zająć się czymkolwiek, co nie wiązało się z jedzeniem. W wygaszonym ekranie zobaczyłam swoje odbicie i znów odniosłam wrażenie, że patrzę na kogoś innego.

Zazwyczaj unikałam wszelkich luster, ale tym razem długo nie odrywałam od siebie wzroku. Lata temu, podczas którejś imprezy rodzinnej, chyba komunii, jedna z ciotek powiedziała mi, że mam ładne rysy twarzy i gdybym tylko trochę schudła, natychmiast dałoby się to dostrzec.

Może miała rację. Ale i tak mogła zachować tę uwagę dla siebie, bo jej słowa od tamtej pory rozbrzmiewały mi w głowie co jakiś czas.

Zapewniłam się w duchu, że mały post wyjdzie mi na dobre, a potem włączyłam komputer.

Na portalu NSI duży nagłówek obwieszczał, że doszło do kolejnego porwania. Już chciałam mruknąć „nic nowego", kiedy spostrzegłam, że pojawiły się nowe informacje. A raczej całe ich naręcze.

– Strach! – zawołałam.

Spał na kanapie w pokoju i nie miałam wątpliwości, że mnie usłyszy. Krótki pomruk i cichy wyraz niezadowolenia utwierdziły mnie w tym przekonaniu.

– Krystian! – dodałam szybko.

Rzadko zwracałam się do niego po imieniu. Właściwie mogłam policzyć takie przypadki na palcach jednej ręki, bo robiłam to tylko wtedy, kiedy sytuacja stawała się naprawdę nieciekawa.

Strach wszedł do kuchni zaspany i oparł się o framugę. Rozczochrane włosy normalnie potraktowałabym jako ciekawy element jego image'u, tym razem jednak ledwo je odnotowałam.

– Co się dzieje? – spytał.
– Mają informacje o Gerwinie.
– Chryste… która jest godzina?
– Po piątej – odparłam jedynie dla porządku, a potem na powrót skupiłam się na doniesieniach NSI. – Udało im się ustalić, że to sześćdziesięcioletni mężczyzna pracujący w sektorze ubezpieczeń.

– To szerokie pojęcie. Za szerokie.

Trudno było się z tym nie zgodzić. Mogło oznaczać zarówno zatrudnienie w wielkiej międzynarodowej korporacji, jak i w ZUS-ie. Szybko doczytałam informacje, które przedstawiano w artykule. Był tak obszerny, że mógłby stanowić fundament dla biografii Pawła Gerwina.

Ktoś wykonał niemałą robotę – sami wcześniej w sieci nie znaleźliśmy na temat tego człowieka niczego istotnego.

– Był pracownikiem jednej z większych ubezpieczalni – powiedziałam.

– Więc jest jakiś związek ze światem finansowym.

– Ciągle trzymamy się tego klucza?

– To jedyny, który ma sens.

– Jeśli pominąć mnie.

Strach podszedł do stołu, oparł się o blat i pochylił.

– Możliwe, że w pewnym sensie jesteś powodem tego, co się dzieje – przyznał. – Ale ten człowiek dobiera sobie ofiary w określony, niezwiązany z tobą sposób.

Nie miałam zamiaru teraz tego roztrząsać, więc niemal teatralnie nie pozwoliłam, by odciągnął moje spojrzenie od komputera.

– Wygląda na to, że marzyła mu się kariera polityczna – dodałam. – W latach osiemdziesiątych działał w opozycji, drukował ulotki, publikował nawet teksty.

– Jakiego rodzaju?

– Głównie wywody na temat Marksa i Engelsa.

– Krytyka?

– Wręcz przeciwnie, wychwalał antykapitalistyczne idee – odparłam, mrużąc oczy. Nie mógł być zbyt popularny w środowisku opozycjonistów.

– Popierał komunizm?
– Tylko w tej formie, która zamarzyła się Marksowi.
– Czyli model niezakładający, że za ileś lat pojawi się Stalin i wyrżnie w jego imię sześć milionów ludzi. Lub ostatecznie doprowadzi do śmierci pięćdziesięciu milionów, jeśli wierzyć szacunkom Normana Daviesa.
– Mhm – potwierdziłam. – Gerwin chwalił ideę likwidacji klas społecznych, krytykował wyzysk najbiedniejszych, odbierający wolność jednostce rynek i…
– Więc był młodym idealistą z potrzebą wyrzucenia z siebie uwielbienia dla komunizmu.
– Mniej więcej.
Krystian podszedł do ekspresu do kawy, a potem obrócił się i wymierzył palcem w laptopa.
– Dowiedzieli się czegoś jeszcze?
– Wielu rzeczy – powiedziałam, przewijając artykuł. – Wygląda na to, że Gerwin był jak Chip Lambert.
– Jak kto?
– Jeden z bohaterów *Korekt* Franzena. Nie czytałeś?
Dźwięk włączanego ekspresu kazał mi sądzić, że nie.
– Lambert też był marksistą, przynajmniej do czasu. W pewnym momencie wyrzekł się tego światopoglądu i sprzedał całą swoją biblioteczkę, by mieć pieniądze na imponowanie dziewczynie. I zatrudnił się u…
– Zostawmy Franzena – uciął Strach. – Co z naszym zaginionym? Też dokonał dezercji z obozu komunistycznego?
Pokiwałam głową.
– Ostatecznie tak. Po osiemdziesiątym dziewiątym wstąpił do formującego się ZKP i… – Urwałam, widząc, że

Krystian nie skojarzył skrótu. – Do Związku Komunistów Polskich.

– Pierwsze słyszę.

– W latach dziewięćdziesiątych wchodzili w skład SLD – odparłam, a potem zbyłam temat machnięciem ręki. – W każdym razie Gerwin wystąpił z niego jakiś czas później, ostatecznie rezygnując nie tylko z kariery politycznej, ale też ze swoich poglądów.

– W jakim sensie?

– Przestał publikować, a w ostatnim artykule pisał o tym, jak dał się omamić komunizmowi.

– Odrzucił nauczanie Marksa?

Potwierdziłam zdawkowym ruchem głowy, przesuwając wzrokiem po cytatach z artykułu. Nie było w tym nic znaczącego, choć właściwie podejście Pawła Gerwina było trochę niecodzienne. Większość osób, które w III RP dokonywały przewartościowania swoich paradygmatów, była raczej zawiedziona transformacją i raczkującym kapitalizmem.

Gerwin znajdował się na przeciwnym biegunie. Kiedy tylko poczuł wiatr liberalizmu, rozstawił żagle, ogłosił wyższość wolnego rynku nad ideami socjalistycznymi i pożeglował w kierunku własnego dobrobytu.

Przedstawiłam to w skrócie Strachowi, dodając jeszcze, że ostatecznie Gerwin zatrudnił się w międzynarodowej korporacji i stopniowo pokonywał kolejne szczeble kariery.

Kiedy dotarłam do końca artykułu, oboje przez chwilę się namyślaliśmy.

– To dlatego Architekt wziął go na celownik? – odezwał się w końcu Krystian. – Bo sprzeniewierzył się ideom socjalizmu?

– Właściwie to nawet miałoby sens – zauważyłam. – Wpisywałoby się w związki innych ofiar ze światem biznesu i finansów.

– Czyli co? – odparł Strach, siadając przy stole z kubkiem kawy. – Architekt wygłasza swój własny manifest komunistyczny?

– Powiedziałabym, że posuwa się trochę dalej niż Marks i Engels.

Krystian upił łyk, zastanawiając się.

– Naprawdę taki cel mu twoim zdaniem przyświeca? – spytał z powątpiewaniem.

– Twoim nie?

– Teraz nie jestem już niczego pewien. Oprócz tego, że jesteś dla niego ważna, być może najważniejsza. I że starasz się za wszelką cenę uciec od tej świadomości.

Nie wiedziałam, jak na to odpowiedzieć. Objęłam dłońmi kubek kawy, mimo że dawno wystygła, i przez jakiś czas trwałam w bezruchu. Może Strach miał rację? Może szukałam czegoś, co nie miało żadnego znaczenia?

Zamknęłam laptopa i rozejrzałam się, jakby jakimś cudem nagle w kuchni mogło pojawić się coś do jedzenia.

Krystian podniósł się i podszedł do mnie. Przysiadł na skraju stołu, jak niegdyś miał to w zwyczaju robić podczas wykładów.

– Coś się z tobą dzieje – odezwał się. – Coś, czego nie mogę do końca zrozumieć.

– Co masz na myśli?

– To, że coraz częściej nagle odpływasz myślami. Mówisz urywanymi zdaniami, głos ci się trzęsie, a skórki przy paznokciach masz już tak oskubane, że prawie widać mięso.

Szybko cofnęłam ręce i schowałam je pod stołem.

– W dodatku wierciłaś się przez całą noc, a należysz do osób, które potrafią zasnąć tak szybko, że przeczy to wszelkiej logice.

– Co sugerujesz?

– Nic. Po prostu pytam, czy sama wiesz, co się z tobą dzieje.

Nie wiedziałam, a on był tego świadomy. Gdyby nie to, że byłam teraz poszukiwana przez policję, z pewnością skontaktowałabym się z poradnią psychologiczną, gdzie zajmowano się mną po skierowaniu od Henryka Maja.

Być może wiedzieliby więcej niż ja. Być może potwierdziliby lub obalili wszystkie podejrzenia, jakie miałam w związku z fugą dysocjacyjną.

Ta opcja jednak odpadała, więc jeśli chciałam dowiedzieć się czegokolwiek, musiałam sięgnąć głębiej do artykułów Maja. Może sprawdzić źródła, które cytuje, doczytać o sprawach, które porusza wyłącznie zdawkowo…

Obawiałam się tylko, że obraz, który się z tego wyłoni, przedstawi mnie w zupełnie innym świetle. Czy to naprawdę możliwe, że nie byłam biologiczną córką moich rodziców? Że cierpiałam na jakieś zaburzenia osobowości? I że coś z moją pamięcią było nie tak?

Jeśli założyłabym, że pierwsza wersja jest prawdziwa, to matka i ojciec przez całe życie mnie okłamywali.

Jeśli przyjęłabym, że druga także, to grono oszukujących mnie ludzi musiałoby się powiększyć jeszcze bardziej.

Abym się nie zorientowała w sytuacji, oprócz moich rodziców przynajmniej dwie najbliższe mi osoby musiałyby nieustannie tworzyć pozory. Igor i Strach. A trudno było mi sobie wyobrazić, by razem dążyli do tego, żebym egzystowała w fikcyjnym świecie.

I dlaczego mieliby to robić? Dla mojego dobra, bym zupełnie nie zwariowała?

Nie, to wszystko nie miało sensu, a dalsze rozważania prowadziły tylko do kolejnych absurdów i jeszcze większego mętliku w głowie. Postanowiłam, że na tym poprzestanę i skieruję uwagę na rzeczy ważniejsze.

– Muszę to wszystko sobie rozpisać – odezwałam się.

Krystian pokiwał głową z niekrytą satysfakcją.

– Nie mam na myśli mojego hipotetycznego szaleństwa – sprostowałam.

– Ach…

– Chcę przeanalizować każdy przypadek z hashtagiem.

Obawiałam się, że zabrzmiałam jak dziecko, które zobaczywszy w sklepie łakomy kąsek, oznajmiło, że chce go dostać bez względu na wszystko.

– W porządku – powiedział Strach. – Jeśli uważasz, że to pomoże.

– Pomoże. Jeśli nie mnie, to może kolejnej osobie, którą Architekt weźmie na celownik.

W rzeczywistości jednak nie myślałam ani o sobie, ani o anonimowych ludziach, którzy mogli się okazać kolejnymi ofiarami. Zależało mi tylko na mężu.

Zerknęłam w kierunku gabinetu.

– Mogę skorzystać z twojej tablicy? – spytałam.

– Wiesz, że pytać o to wykładowcę, to jak prosić chirurga o pożyczenie skalpela i…

– Nie jesteś już wykładowcą.

– Ano nie – przyznał ciężko. – Ale tablica jest zapisana. Skorzystaj lepiej z nowoczesnych zdobyczy techniki.

Spojrzałam na zamkniętego laptopa.

– Znajdziesz tam kilka potencjalnie pomocnych programów – zauważył Krystian.

– Notatnik? – bąknęłam.

– A potrzebujesz czegoś więcej?

– Zdecydowanie. Czegoś namacalnego.

Strach odczekał moment, licząc pewnie na to, że uruchomię laptopa i po prostu zajmę się tym, co planowałam. Ja jednak naprawdę potrzebowałam czegoś, co miałoby fizyczną formę. Wychodziłam z założenia, że szybciej i sprawniej narysuję linię między kilkoma elementami tej układanki na papierze niż w Wordzie lub PowerPoincie.

Po chwili dostałam od Krystiana kołonotatnik z charakterystycznym logo na okładce. Wytłoczono na niej żaglowiec na pełnym morzu, symbol przygody, nowych horyzontów… i jeszcze kilku innych rzeczy, o których wspominali kiedyś pracownicy Akademii Leona Koźmińskiego, opisując symbol uczelni.

Otworzyłam zeszyt i przekonałam się, że jest niezapisany.

– Dostałem podczas któregoś dnia otwartego.

– Pamiętam.

– Tak?

– Byłam na każdym, Strachu. Zgłaszałam się jako jedna z niewielu ochotniczek, żeby tłumaczyć przyszłym studentom, dlaczego warto się u nas uczyć.

Nie była to do końca prawda. Mój udział wprawdzie był systematyczny, ale przyświecały mi zupełnie inne motywacje. Chciałam być na dniach otwartych, bo wiedziałam, że z kadry akademickiej zawsze wystawiany jest Krystian. Dobrze się prezentował, był młody, komunikatywny i robił dobre wrażenie na świeżo upieczonych maturzystkach. Na niektórych studentkach także. Do tego stopnia, że były gotowe zjawiać się na uczelni poza godzinami zajęć, w dni wolne, by zachęcać nastolatków do studiowania w ALK.

Z rozrzewnieniem myślałam o tamtych beztroskich czasach. Wtedy wprawdzie wydawały mi się bodaj najtrudniejszym okresem w życiu, ale dziś byłabym gotowa oddać wszystko, by się do nich cofnąć.

Co bym zmieniła? Przede wszystkim wyrugowałabym z umysłu młodej, naiwnej dziewczyny wizję przyszłości u boku Krystiana Strachowskiego. Z serca bym jej z pewnością nie usunęła, ale z głowy przy odrobinie szczęścia mogłoby mi się udać.

A wtedy nie doszłoby do szeregu rzeczy, które położyły się cieniem na życiu wielu ludzi. Strach nie straciłby pracy, nie zrujnowałby całej swojej kariery. Jego żona i córka wciąż by żyły, a Krystian zamiast zastanawiać się, co mu grozi za ukrywanie mnie, planowałby rodzinne wakacje.

Westchnęłam, podnosząc pióro, które przede mną położył. Czarny kulkowy parker, nic specjalnie wyszukanego. W zupełności jednak wystarczał.

Zaczęłam wypisywać wszystko to, co jeszcze przed chwilą zaprzątało mi głowę. Wszystko, co zdawało się mieć jakiekolwiek znaczenie w sprawie. Kolejne elementy rozmieściłam równomiernie na dwóch kartach kołobrulionu.

Po lewej stronie zapisałam ametystową czaszkę, bo to od jej odnalezienia w przesyłce wszystko się rozpoczęło. Dalej hashtag #apsyda, który był jakiegoś rodzaju spoiwem.

LMFAO, czyli prześmiewczy skrót, który znalazł się w kolejnym tweecie. I na końcu „N.Delved", login konta, z którego kazano mi się zgłosić po kolejną przesyłkę samotnie.

Po prawej stronie umieściłam kolejne elementy. Ostrzeżenie od Marianny, by nie ufać ani Strachowi, ani sobie. Wzmiankę o artykułach Henryka Maja dotyczących fugi. Rewelacje związane z grupą krwi moich rodziców. I na końcu cytat z *Politei* Platona, nawiązujący do alegorii jaskini.

Spojrzałam na to wszystko i zrobiło mi się słabo. Nie zawarłam choćby połowy istotnych rzeczy, ale nawet bez nich ta układanka mnie przerastała.

Jakby tego było mało, zrobiwszy sobie drugą kawę, Strach zamierzał sprawdzić, jakie postępy zrobiłam. Szybko przewróciłam kartkę, nie chcąc, by zobaczył informację o rodzicach i ostrzeżeniu Marianny Sporniak.

– I jak? – spytał. – Akademicki gadżet cię natchnął?

– Nie za bardzo.

Krystian popatrzył najpierw na mnie, a potem na puste strony. Przyłożyłam pióro do papieru, ale nie wiedziałam, co tak naprawdę chcę jeszcze zanotować.

– Czego konkretnie szukasz? – spytał Strach.

– Chyba jakiegoś punktu zaczepienia.

– Żeby przekonać samą siebie, że to nie ty nim jesteś?

Oczywiście nie było to żadne pytanie, więc dałam sobie spokój z odpowiedzią. Przez chwilę się namyślałam, a potem zaczęłam wynotowywać te elementy, które zdawały się najmniej wątpliwe.

Ofiary.

Zapisawszy wszystkie nazwiska w kolumnie, zaczęłam myśleć o tym, czy łączący je klucz rzeczywiście był taki, jak sądziliśmy.

Patrycja Sporniak pracowała w doradztwie inwestycyjnym. Marcin Zamecki był prominentną postacią w świecie bankowym. Aneta Rogowska poprzez swojego ojca miała związek z sektorem finansów publicznych.

Ale co dalej? Ilona była kolejną osobą, na koncie której pojawił się tweet z hashtagiem. Ani ona, ani córka Strachowskich nie miały nic wspólnego z finansjerą. W tamtej wiadomości pojawił się też znamienny akronim: LMFAO. Mógł sugerować, że to tylko prześmiewczy, choć makabryczny wyskok ze strony Architekta.

Mogło też chodzić o mnie. O to, by w jakiś sposób poprzez Stracha sięgnąć do mnie.

Skupiłam się na kolejnych nazwiskach. Marzena Molsa, uosobienie korporacyjności, karierowiczka nastawiona na jeden cel w życiu – osiąganie coraz większych zysków.

Henryk Maj, człowiek, którego oskarżono o przyjmowanie łapówek od firm farmaceutycznych, kierujący się podobnymi pobudkami, co Molsa.

Kolejna osoba była najtrudniejsza do rozważania. Igor również miał wyraźne związki ze światem finansów. Nie dość, że pracował w wielkiej korporacji, to jeszcze snuł plany, by stać się jednym z głównych graczy w fintechu.

I Paweł Gerwin, jedyna ofiara niezwiązana ani ze mną, ani ze Strachem, która nie miała nic wspólnego z czysto finansowym kluczem. Praca na rynku ubezpieczeń wydawała się zbyt słabym związkiem z finansjerą.

Jego grzech polegał na czym innym. Ale nie chodziło o sprzeniewierzenie się ideom komunizmu.

Gerwin zawinił otwartą afirmacją kapitalizmu. Świata, w którym żyjemy. Świata opartego na pieniądzu.

Był to szczegół, niewielki detal, który tylko precyzował klucz doboru ofiar. Kiedy jednak go dostrzegłam, w końcu udało mi się przejrzeć Architekta.

Wreszcie usłyszałam, co miał mi do powiedzenia.

Legion

ul. Domaniewska, Mokotów

Podjęcie potencjalnego klienta kawą i ciastkami było spodziewane, choć zupełnie nieuzasadnione. Strachowski zjawił się w placówce ubezpieczyciela nie po to, aby zawrzeć umowę, ale by na własne oczy przekonać się, kim jest Paweł Gerwin.

Wybrał go już jakiś czas temu. Mężczyzna nadawał się wprost idealnie. Zazwyczaj Krystian miał pewien problem z ostateczną decyzją – przygotowywał listę kilkunastu kandydatów, a potem prowadził monolog, starając się przekonać samego siebie do którejś z osób. W przypadku Gerwina nie miał żadnych wątpliwości.

– Mogę zaoferować panu bardzo korzystny plan, dzięki któremu przyszłość pańskich bliskich będzie bezpieczna, a pan będzie miał świadomość, że nic złego ich nie spotka – wyrecytował Paweł.

Formułka nie była zbyt zgrabna, ale Strach pokiwał głową z uznaniem.

– W tym pakiecie mamy po pierwsze gwarancję kapitału. – Gerwin urwał, jakby chciał się upewnić, czy klient nie zechce dopytać o szczegóły. – Po drugie świadczenia wypłacane są okresowo w formie renty.

– Rozumiem – odparł Strachowski, choć myślami był daleko.

Agent jeszcze przez jakiś czas kreślił optymistyczne scenariusze przyszłości, zapewniając, że wszystkie zobowiązania

Krystiana w razie jego śmierci byłyby natychmiast opłacone i nie obciążyłyby jego bliskich. Potem złożył stanowczo zbyt daleko idącą deklarację, że ich standard życia by się nie pogorszył, a w zależności od wybranej przez Stracha opcji mógłby nawet się polepszyć. Miałoby im to pomóc w uporaniu się z bolesną stratą.

Krystian miał dość tych bredni, ale wysłuchał wszystkiego do końca. Patrzył rozmówcy w oczy, nie skupiając się na jego słowach, ale na tym, czy naprawdę w to wszystko wierzy. Wydawało się, że nie. Gerwin recytował przekazane przez przełożonych formułki, nawet się nad nimi nie zastanawiając.

Był trybikiem korporacyjnej machiny, niewielkim, niewiele znaczącym, wymiennym. Idealistyczny lewicowiec, który sądził, że może zmienić świat, dawno przestał istnieć.

– Oprócz tego możemy zagwarantować wypłatę kapitału niezależne od sytuacji na rynkach finansowych – dodał Paweł, a potem zrobił dłuższą pauzę.

Czekał na jakąkolwiek odpowiedź, ale Strach tylko zmrużył oczy.

– Coś wyjaśnić?

– Nic trzeba – odparł Krystian. – Ale wydaje mi się, że skądś pana kojarzę.

Gerwin przyjął wymuszony uśmiech. Strach spodziewał się, że zaraz usłyszy jakąś wyświechtaną frazę o tym, że świat jest mały.

– Długo pan tu pracuje? – dodał, chcąc uniknąć wysłuchiwania banałów.

– Będzie już dziesięć lat.

– A wcześniej co pan robił?

– Zajmowałem się podobnymi sprawami – odparł wymijająco Paweł i odchrząknął. – Wracając jednak do polisy, chciałbym…

– Nie publikował pan przypadkiem w jakimś tygodniku? – wpadł mu w słowo Strach. – Wydaje mi się, że stąd kojarzę imię i nazwisko. I odnoszę wrażenie, że widywałem kiedyś pana zdjęcie na łamach…

Urwał i podrapał się po głowie, licząc na to, że Gerwin dokończy. Ten jednak najwyraźniej nie miał takiego zamiaru.

– Zaraz… – mruknął Krystian. – Czy pan przypadkiem nie pisał gdzieś o mutualizmie?

– Niewykluczone.

– W artykule była mowa o Proudhonie. O tym, że podmioty rynkowe nie powinny ze sobą konkurować, tylko współpracować. Że to jedyny sposób dojścia do dobrobytu.

Gerwin milczał.

– Nie pisał pan nigdy o tym?

– Całkiem możliwe, że pisałem.

Strach pstryknął palcami i odchylił głowę.

– Anarchizm kolektywistyczny!

– Słucham?

– Opublikował pan serię artykułów na temat ideologii Bakunina. Proudhona przedstawiał pan tylko jako punkt odniesienia przy opisywaniu anarchokapitalizmu.

Krystianowi znów odpowiedziała cisza.

– Nie mylę się, prawda?

– Nie, ale naprawdę chciałbym panu przedstawić jeszcze…

– Pisał pan o tym, że własność prywatna powinna przestać istnieć. Ale nie tylko ona, bo taki sam los powinien spotkać własność państwową.

Gerwin poruszył się nerwowo na krześle, jakby szukał wygodnej pozycji. Lub jakby przygotowywał się do ucieczki.

– Teraz pamiętam – ciągnął Strach. – Pisał pan o tym, co niegdyś głosił Bakunin. O tym, że wszystko powinno należeć do kolektywu. Nie do jednostek, nie do rządu, nie do samorządu, tylko do nas wszystkich. I że pieniądze powinny przestać istnieć, a w ich miejsce pojawić się… vouchery? Tak pan to nazwał?

– Chodziło o środki produkcji. I użyłem chyba innego terminu.

Oczywiście, w tamtych czasach takie pojęcie właściwie nie funkcjonowało. Idea, o której w swoich artykułach pisał wówczas Gerwin, była jednak właśnie taka.

– Więc jak pan to określił?

– Niestety nie pamiętam.

Krystian znów zmrużył oczy, tym razem już nie z zaciekawieniem, ale oskarżycielsko.

– Nie pamięta pan czy może raczej nie chce pan pamiętać?

– Myślę, że powinniśmy skupić się na polisie – odparł niepewnie Paweł, przeglądając materiały promocyjne, które chwilę wcześniej rozłożył przed klientem. – Mamy tu naprawdę korzystny system…

– Korzystnie byłoby nie mieć żadnego systemu – uciął Strach. – Przynajmniej jeśli wierzyć Bakuninowi.

Gerwin znów zmusił się do uśmiechu.

– Nie utożsamiam się z jego poglądami.

– Ja też nie – przyznał Krystian. – Bliżej mi do Kropotkina. Słyszał pan o nim, prawda?

– Obawiam się, że…

– Poszedł ze swoim anarchokomunizmem jeszcze dalej. Nie twierdził, jak Bakunin, że własność powinna należeć do kolektywu. Uważał, że w ogóle nie powinno być własności.

Strachowski zdawał sobie sprawę, że to nie do końca prawda, ale miał nadzieję, że rozmówca go poprawi i w końcu przyzna, że nie tylko zna te poglądy, ale i że niegdyś je podzielał. Paweł jednak milczał.

– Czy się mylę? – dodał Strach.

– Nie myli się pan.

Krystian pokręcił głową z wyraźnym zawodem.

– Zna pan poglądy Piotra Kropotkina na tyle dobrze, by wiedzieć, że to nie tak. A mimo to nie chce się panu nawet mnie poprawić. Tak pan się wstydzi tego, w co pan wierzył?

Gerwin w końcu spojrzał w stronę wyjścia, ostatecznie potwierdzając, że z jego punktu widzenia jedynym ratunkiem była już tylko ucieczka.

Nie było sensu dalej ciągnąć go za język, krytykować także nie. Paweł Gerwin nie miał ochoty przyznawać się do własnej przeszłości.

Ohydny typ człowieka. Ale właśnie takich potrzebował Krystian.

Byli niezbędni, by skompletował swój Legion.

I by dzięki niemu przywrócił Tesę do życia.

Tesa

– Pieniądz – powiedziałam, zanim Strach zdążył zapytać, skąd ten błysk w moich oczach. – To wszystko jest krytyką pieniądza.

Nie wyglądał na przekonanego. Siedział na skraju stołu, patrząc na mnie z góry, jakbym znów była jego studentką i udzieliła niezbyt przekonującej odpowiedzi na któreś z jego pytań.

– Zastanów się nad tym – dodałam.

Krystian pochylił się lekko w moim kierunku.

– Cała konstrukcja Architekta miałaby się opierać na napiętnowaniu pieniędzy jako źródła wszelkiego zła? – bąknął. – Nie wydaje mi się.

– Zbyt proste?

– Raczej zbyt oczywiste.

– Te najsilniejsze motywacje zazwyczaj takie są.

Zerknął na moje zapiski, a potem na mnie.

– Miałby robić to wszystko, żeby skrytykować kapitalizm?

– Nie, nie. Jest w tym znacznie więcej.

– W takim razie ja tego nie widzę.

– On nie ma zapędów komentatorskich. Powiedziałam o krytyce, ale to tylko skrót myślowy.

– Więc go rozwiń – zasugerował Krystian, a potem wsunął ręce do kieszeni i wyprostował się.

Poczułam się jak na egzaminie. I nie bez znaczenia było to, że zawsze przychodziłam na nie obryta. Nigdy nie miałam wątpliwości co do tego, że dysponuję odpowiednią wiedzą.

Obawiałam się jedynie, że potknę się podczas jej przekazywania. Teraz też tak było.

– On nie chce opisywać świata, on chce go zmienić.

– W jaki sposób?

– Chce podkopać fundament całego porządku. Chce być tą osobą, która wyszła z jaskini platońskiej.

– A któraś wyszła?

– Tak. Przecież o to chodziło w całej tej alegorii.

Strach ściągnął brwi, a ja uświadomiłam sobie, że nie pofatygował się o odświeżenie wiedzy.

– Te cienie obserwowało kilkoro ludzi, ale tylko jeden z nich został uwolniony z kajdan – dodałam bez wahania, bo doskonale pamiętałam wizję Platona. – Facet wyszedł na zewnątrz, ale nie poznawał świata. Gubił się, szukał cieni zamiast prawdziwych przedmiotów, bo był przekonany, że to te pierwsze są prawdziwe. Dopiero po czasie zrozumiał, że cienie były iluzją. Że co innego jest realne.

– Głębokie.

Zignorowałam przytyk wobec greckiego filozofa. Nie żył od przeszło dwóch tysięcy trzystu lat, z pewnością nie przeszkadzały mu docinki ze strony żyjących.

– Ten człowiek nauczył się świata na nowo, przejrzał na oczy, zobaczył, co jest prawdziwe, i zrozumiał, że dotychczas żył w kłamstwie. Po jakimś czasie wrócił po swoich towarzyszy i chciał ich uwolnić.

– Niech zgadnę: nie udało się.

– Nie – przyznałam. – Bronili się, jak mogli, twierdząc, że postradał zmysły. Z ich punktu widzenia to on był szalony.

– Aha.

– Przez całe życie oglądali tylko cienie. Nie byli w stanie pojąć, że istnieje coś poza nimi.

Krystian wyciągnął ręce z kieszeni i położył je na stole. Przechylił lekko głowę, jakby starał się ustalić, jaką ocenę wystawić mi za tę odpowiedź.

– Twierdzisz, że on chce być tym, który wrócił do jaskini po nas wszystkich?

– Mniej więcej.

– To by znaczyło, że ma zapędy mesjanistyczne.

– A jakikolwiek seryjny zabójca ich nie ma?

– Przypuszczam, że wielu – odparł Strach, nieustannie przyglądając mi się z uwagą. – Poza tym nie mamy pewności, że on nim jest. Wciąż istnieje możliwość, że porwał tych ludzi, by zbudować armię.

Słuchałam go tylko piąte przez dziesiąte, myśląc o tym, że tak naprawdę trudno jest generalizować. W końcu wszystkie informacje na temat seryjnych zabójców, jakie mieliśmy, pochodziły z analizy przypadków tych, którzy wpadli. A więc ludzi, którzy okazali się niezbyt dobrzy w swojej robocie.

Strach chrząknął, dopominając się o uwagę.

– Nie – rzuciłam. – On nie zbiera żadnej armii.

– Nie? Tak po prostu?

– On ich karze, Strachu – odparłam z przekonaniem, stukając palcem w kartkę. – A nawet nie konkretnie ich, bo są tylko symbolami. Zobacz.

Krystian stanął obok mnie i się pochylił.

– Patrycję wybrał za mamienie ludzi korzystnymi kredytami. Wciskanie im nieistniejących pieniędzy. Zamecki zaś był uosobieniem tego, co krytykowali wszyscy zagorzali przeciwnicy kapitalizmu.

Strach bez przekonania mruknął coś pod nosem.

– Był członkiem rady nadzorczej jakiegoś banku, prawda? – spytałam.

– Zarządu.

– Jeszcze gorzej. Miał wpływ na wszystko, co się działo w instytucji.

– Rogowska niczym nie zawiniła.

– Żartujesz? – prychnęłam. – To był klasyczny przypadek bycia znanym z tego, że jest się znanym. Dorobiła się dzięki temu małej fortuny, szastała pieniędzmi i dawała świadectwo tego, do jakiej degrengolady prowadzi kumulacja majątku.

Krystian otworzył usta, ale się nie odezwał.

– Coś nie tak? – zapytałam.

– Po prostu brzmisz dość przekonująco.

– Bo jestem pewna, że tym kieruje się Architekt.

– Miałem na myśli raczej to, że mówisz, jakbyś sama w to wierzyła. I się z tym utożsamiała.

– Zwariowałeś?

– Może – odparł, zrobił pauzę i rozejrzał się. – Ale jeśli tak, to razem ze mną zmysły postradał cały świat. Inaczej jedzenia w restauracji nie reklamowalibyśmy jako domowego, a domowego nie chwalilibyśmy jako prosto z restauracji.

Nie wiedziałam, skąd ta zabłąkana myśl, ale po chwili zrozumiałam, że Krystianowi głód musi dokuczać być może bardziej niż mnie.

Uniosłam błagalnie wzrok.

– Nie rób sobie jaj.

– Nie robię. Świat naprawdę zwariował.

Akurat z tym trudno było się nie zgodzić.

– Z podobnego założenia wychodzi Architekt – zauważyłam. – Tylko on idzie trochę dalej.

– I najwyraźniej używa innych metod, żeby to przekazać.

Znów postukałam w kołonotatnik.

– Marzena Molsa zniknęła, bo była przykładem tego, jak człowiek potrafi poddać się korporacji. Całe swoje życie podporządkowała karierze i bogaceniu się. Stała się aspołeczna, sama wykluczyła się z realnego świata, pozostając w tym, gdzie cienie tańczyły na ścianie.

Strach wciągnął głęboko powietrze do płuc i nagle spoważniał. Zdawałam sobie sprawę z powodu.

– A moja żona i córka? – rzucił niemal oskarżycielsko. – Czym one miałyby mu zawinić?

– Tego jeszcze nie wiem.

– W takim razie sam ci powiem: niczym. Nie pasują do twojego klucza symboli.

– Albo o czymś nie wiemy.

Nie zdecydował się na odpowiedź, a ja byłam mu za to wdzięczna. To nie był czas na przepychanki słowne, tym bardziej dotyczące zmarłej rodziny Krystiana.

– Henryk Maj był łapówkarzem, to już ustaliliśmy – ciągnęłam.

– Rzekomo.

– Przyjmował korzyści, ignorując złożoną przysięgę, przedkładając bogacenie się nad dobro pacjentów.

– Rzekomo – powtórzył Krystian. – Poza tym Igor też nie do końca pasuje.

– Nie? Z punktu widzenia Architekta może być inaczej – odparłam, z trudem zmuszając się do użycia rzeczowego, pozbawionego emocji tonu. – Igor chciał całą naszą przyszłość zbudować na swoim start-upie. Czyli na firmie utrzymującej się tylko dzięki temu, że inni obracają pieniędzmi. Fintech to kwintesencja tego, co Architekt uznaje za zło w czystej postaci.

Zostawał jeszcze Paweł Gerwin, na którym jak najszybciej skupiłam myśli, by nie rozważać tego, czy mój mąż żyje. Ten ostatni był najbardziej wymownym przykładem, wszak sprzeniewierzył się wszystkiemu, o co miał walczyć Architekt.

Dyskutowaliśmy o tym jeszcze przez chwilę, mimo to wątpliwości Stracha nie zniknęły.

– Sam podsunąłeś jakiś czas temu, że to makabryczny manifest.

– Bo tak to wtedy wyglądało.

– Teraz już nie wygląda?

Krystian podniósł się, podszedł do okna i uchyliwszy je, zapalił papierosa. Przez chwilę się nie odzywał.

– Znasz to powiedzenie o pięknie? – mruknął tak cicho, że ledwo go usłyszałam. Odniosłam jednak wrażenie, że nie kierował tego pytania do mnie.

Odwrócił się, a ja wzruszyłam ramionami.

– Że piękny jest tylko ten, kto potrafi dostrzec piękno w innych?

– Strachu, daj spokój.

– To samo odnosi się do szaleństwa – odparł i głęboko się zaciągnął.

Właściwie powinnam potraktować to jako obelgę, ale być może miał rację. Nie zmieniało to jednak faktu, że uznawałam antykapitalistyczne spoiwo za najbardziej prawdopodobne. Nawet jeśli Ilona i Luiza nie miały z nim nic wspólnego.

– Co zamierzasz? – odezwał się po chwili Krystian.

Ledwo to zrobił, uświadomiłam sobie, że nie muszę zastanawiać się nad odpowiedzią. Zrozumiałam, jaki był cel wszystkich moich wywodów. I dlaczego byłam tak zdecydowana, by przekonać do nich Stracha.

– Opublikuję to na blogu – oznajmiłam.

– Co takiego?

– Założyłam jakiś czas temu bloga. Anonimowo, nic mnie z nim nie wiąże. Nie chciałam, żeby ktokolwiek wiedział, że to ja na nim publikuję.

– *O czym ty mówisz?*

Miałam ochotę sparafrazować Martina Luthera Kinga i odpowiedzieć: *I had a dream*, ale na szczęście się powstrzymałam. Nakreśliłam za to Strachowi mniej więcej, co zamierzałam jeszcze nie tak dawno temu.

Plan był daleki od realizacji, porzucałam go zresztą równie często, jak Igor *Młodego łabędzia*. Ostatecznie jednak oboje w końcu wracaliśmy do tego, co wydawało nam się najważniejsze. Choćby po to, by na moment zbliżyć się do realizacji marzenia, zanim znów z niego zrezygnujemy.

– I jak nazwałaś tego bloga?

– Właściwie według purystów to „ten blog", ale WSO dopuszcza już…

Urwałam i bezbronnie uniosłam wzrok, kiedy spojrzał na mnie z niedowierzaniem.

– Takie rzeczy się sprawdza, zanim się zacznie publikować posty – dodałam, jakbym rzeczywiście musiała mu udowadniać, że przygotowałam się pod każdym względem, nawet niuansów językowych. – A nazwałam się Atrata.

– Dlaczego?

– Źle brzmi?
– Nie najgorzej, ale mogłoby być bardziej chwytliwe.
– Rozważałam *grimme Ælling*, więc mogło być dużo gorzej.
– Co?
– Brzydkie kaczątko – odparłam z lekkim zakłopotaniem. – To oryginalny, duński tytuł.
– Skąd w ogóle taki pomysł?

Nie miałam zamiaru tracić czasu na tłumaczenie, dlaczego z jakiegoś powodu czułam potrzebę, żeby pozostać w konwencji łabędziowej. Po prawdzie zresztą sama do końca tego nie rozumiałam. Może chodziło o to, że tytuł książki Igora sugerował dystans i autoironię, w dodatku pokazywał, że to przedsięwzięcie zgoła niepoważne. Widocznie potrzebowałam poczucia, że w moim przypadku też tak jest – nieważne, jak daleko zajdę z moim pomysłem, ostatecznie i tak go nie zrealizuję.

Dzięki temu zamiast panikować i przed nim uciekać, stworzyłam Atratę. W przeciwnym wypadku z pewnością bym zrezygnowała, obawiając się, że w końcu to wszystko stanie się realne.

Na samą myśl czułam niepokój. Musiałabym otworzyć się przed wszystkimi, którzy przypadkiem lub celowo zawitaliby na bloga. Poddałabym się krytyce, naraziłabym się na śmieszność, a każdy sfrustrowany kilkunastolatek mógłby do woli wylewać na mnie pomyje.

Już to przechodziłam w szkole, poznając najwymyślniejsze synonimy słowa „gruba". I przypuszczam, że w normalnych okolicznościach zrobiłabym wszystko, by uniknąć powtórki z rozrywki.

Teraz jednak sytuacja była inna.
- Co to znaczy? – spytał Krystian. – Atrata?
- Właściwie nic takiego… Po odrzuceniu brzydkiego kaczątka zdecydowałam się na czarnego łabędzia. *Cygnus atratus*, alternatywnie *Anas atrata*. I koniec końców postawiłam na to ostatnie.

Strach wyglądał, jakby miał zamiar drążyć temat, ale ja nie planowałam mu na to pozwolić.

- Opublikuję tam wszystko, co udało nam się ustalić – powiedziałam. – Zrobię z tego jeden długi artykuł, dodam kilka zdjęć ofiar, jakieś odnośniki do filmików YouTuberów, w których autorzy sprawnie i szybko tłumaczą, o co chodzi w anarchokomunizmie i zbliżonych ideach. Potem zacznę rozpuszczać wici.
- Wici?
- Internet powinien szybko zaskoczyć, to w końcu głośna sprawa, a nikt oprócz nas nie ma wszystkich informacji.
- Nas i służb.
- Ale one nie podzielą się w sieci tym, co my – zaoponowałam. – Dzięki czemu mój link na Wypoku pójdzie w górę jak kurs franka w czarny czwartek.

Nie miał pojęcia, co mam na myśli, ale nie chciałam tracić czasu na tłumaczenia.

- Mam wszystko gotowe – dodałam.

Czekałam na jakąkolwiek reakcję, ale Strach wolał zachować wszystkie przemyślenia dla siebie. Wyglądał na nieco zaniepokojonego, jakby mój pomysł w jakiś sposób mu zagroził, jakby zburzył ład, o który Krystian dotąd dbał.

- Do czego ci to potrzebne? – zapytał w końcu.
- Żartujesz?

– Nie. Jesteś teraz bezpieczna, nikt cię tutaj nie znajdzie, nie musisz martwić się ani policją, ani linczem.

– Linczem?

– Wszystkie media wieszają teraz na tobie psy – odparł ciężko, gasząc papierosa. – Policja na ciebie poluje, a ludzie chcą krwi. Całkiem możliwe, że nie ma obecnie nikogo, kto wywoływałby tyle negatywnych emocji.

– Nie mogę siedzieć bezczynnie, Strachu.

– Możesz. A nawet powinnaś.

– Jak długo? – spytałam, rozkładając ręce. – Nie mogę tutaj tkwić bez końca.

– Nikt nie trafi na trop mieszkania. Nikt nigdy nie będzie cię tu szukał.

Z jakiegoś powodu ton jego głosu mnie zaalarmował. Dopiero po chwili zrozumiałam, jakie skojarzenie we mnie wywołał. Na myśl przyszedł mi szaleniec, który porwał i zamknął w złotej klatce ukochaną, nie zamierzając jej nigdy wypuszczać.

– A jak tylko stawię się na komendzie, złożę zeznania i zostanę wyjęty z kręgu podejrzeń, będę mógł…

– Co? – ucięłam. – Trzymać mnie tu przez kolejne kilkadziesiąt lat? Przynosić mi wieści z zewnątrz, robić dla mnie zakupy i… właściwie żyć za mnie w prawdziwym świecie?

Zmarszczył czoło, wyraźnie urażony sugestią, że mogłabym go podejrzewać o jakiekolwiek niecne zamiary. Wiedziałam, że przesadzam i jest to nie tylko nieuzasadnione, ale także krzywdzące. Ukrywając mnie, ryzykował właściwie wszystko.

– O czym ty mówisz, do cholery? – jęknął.

Dobre pytanie, pomyślałam. Czy to rzeczywiście były moje obawy, czy może ukryte pragnienia?

Musiałam zmierzyć się z tą myślą. Od lat niechętnie opuszczałam mieszkanie na Lewandowie, nawet wyjście na zakupy wiązało się ze stresem. Wiedząc, że Igor nie będzie miał czasu ich zrobić, już dwa dni wcześniej nie myślałam o niczym innym. A potem przemykałam jak najprędzej do centrum przy Berensona, załatwiałam wszystko migiem i wracałam do domu. Moment, w którym przekręcałam zamek, był jak błogosławieństwo. Upajałam się świadomością, że przez jakiś czas nie będę musiała już nigdzie wychodzić.

Kiedy Krystian być może nieumyślnie zarysował przede mną wizję tego, że tak mogłoby wyglądać teraz moje życie, oponowałam chyba przede wszystkim wobec tego, jak kusząca byłaby to perspektywa.

Podniosłam się i podeszłam do okna. Przysiadłszy na parapecie, zwiesiłam głowę i przez moment milczałam.

– To nie będzie trwać wiecznie – odezwał się Strach. – W końcu policja dojdzie prawdy i wszystko wróci do normy.

Podniosłam wzrok i popatrzyłam na niego.

– Nie mogę siedzieć bezczynnie. Całe życie to robiłam.
– Ale…
– Muszę zadziałać z blogiem. To minimum tego, co powinnam zrobić.

Chciałam dodać, że Igor na mnie liczy, że wiele może ode mnie zależeć i że nie stać mnie na to, by pozostać bierną. Spojrzenie Krystiana uświadomiło mi jednak, że nie muszę tego robić. Zdawał sobie z tego sprawę.

Przez chwilę palił kolejnego papierosa w ciszy. Kiedy go zgasił, odwrócił się do mnie i westchnął.

– Musimy zadbać o anonimowość.

– Mam VPN.

– Co?

Nie wiedziałam, czy pytanie dotyczy tego, co oznacza skrót, czy może jest wyrazem niedowierzania, że dysponuję takim kontem.

– Bezpieczny, szyfrowany tunel, którym mogę się posługiwać w sieci.

Znaczący wzrok Stracha kazał mi sądzić, że druga opcja była tą właściwą.

– Po co ci VPN? – spytał.

– Wykupiliśmy z Igorem konto jakiś czas temu. Chcieliśmy mieć dostęp do geoblokowanych rzeczy.

– Czyli niedostępnych w Polsce seriali na Netfliksie.

Uśmiechnęłam się lekko i skinęłam głową. Korzystałam z anonimowego połączenia właściwie tylko po to, by logować się do serwisu jako internautka ze Stanów. Igor używał jednak VPN także do innych celów, twierdząc, że dzięki temu nie ma obawy, że ktokolwiek podejrzy jego dane logowania, numery kart kredytowych i tak dalej.

– Atrata będzie całkowicie anonimowa – dodałam.

Nadal nie wydawał się do końca przekonany, ale znałam go na tyle dobrze, by wiedzieć, że ostatecznie mnie wesprze. Wiedział, że tego potrzebowałam. Nawet jeśli w istocie nie mogłam niczego osiągnąć, musiałam mieć poczucie, że zrobiłam wszystko, by odnaleźć Igora.

Liczyłam na to, że mój wpis wywoła szeroki odzew. Kiedy naciskałam „Opublikuj", po plecach spływały mi nie krople, ale strumienie potu. Dłonie mi się trzęsły, w ustach miałam zupełnie sucho.

Czułam się, jakbym wyszła na ogromną scenę przed tysiącami ludzi, by popisać się przed nimi zdolnościami, których nie miałam. Serce przez jakiś czas waliło mi tak mocno, że zaczęłam myśleć o wzięciu czegoś na uspokojenie.

Tymczasem nic się nie stało.

Wpis pojawił się na blogu, ale liczba odsłon nie podskoczyła. Ruch był zerowy, o jakichkolwiek komentarzach mogłam jedynie pomarzyć. To, co dla mnie było tak druzgocące, z punktu widzenia całego świata praktycznie nie istniało.

Sytuacja zmieniła się dopiero, kiedy zamieściłam link na Wykopie. Parę godzin później pojawił się w kilku innych miejscach, trafił też do facebookowego obiegu. Na Twitterze ktoś opatrzył go hashtagiem „#apsyda". Zaraz potem link zaczął się rozchodzić z prędkością światła.

Obserwowałam pojawiające się komentarze, jakbym patrzyła na wybuchy supernowych. Każdy jeden wydawał mi się absolutnie wyjątkowy, a zarazem niebezpieczny. Czytałam wszystko, nawet żarty, które pasowały bardziej do pustynnego, suchego klimatu Familiady. Czułam się dziwnie, koncentrując na sobie tyle uwagi. I *de facto* nie będąc sobą, tylko Atratą.

Przypuszczałam, że boom dopiero się rozpoczyna, ale w pewnym momencie niespodziewanie cały ruch zamarł. A ja zorientowałam się, że to tylko złudzenie – w istocie się nasilił, tyle tylko, że w innym miejscu.

Uwaga całego internetu zdawała się skupić na blogu pewnego młodego dziennikarza z NSI, który niegdyś zajmował się relacjonowaniem spraw parlamentarnych. Bianczi zostawił jednak tamten świat za sobą po tym, jak ujawnił jedną z największych afer w ostatnim czasie.

Teraz najwyraźniej chciał powtórzyć sukces.

Na jego blogu pojawiło się znacznie więcej niż u mnie.

I to on odkrył, co tak naprawdę łączy wszystkie porwania i zabójstwa.

To on ustalił klucz.

Czytałam to wszystko z niedowierzaniem, nie potrafiąc zrozumieć, dlaczego na to nie wpadłam. Nie, więcej – dlaczego w ogóle nie przeszło mi to przez myśl. Teraz wszystko wydawało się oczywiste.

Słowo klucz

Matecznik, ROD Żerżeń

Wydawało mu się, że może przewidzieć każdy ruch Tesy, każde posunięcie służb, akcję policji i działania dziennikarzy. Planowanie z kilkuletnim wyprzedzeniem wiązało się z koniecznością stworzenia kilku wersji, ale Strach był przekonany, że wziął pod uwagę każdą możliwość.

Przypuszczał, że po tym, jak ciało Marzeny Molsy zostanie odkryte na cmentarzu włoskim, Tesa nie zgłosi się na policję. Świadomość, że los Igora wciąż jest niepewny, będzie trzymała ją w ryzach.

Trudno było powiedzieć, czy na tym etapie zrozumie nawiązania do Platońskiej jaskini i zobaczy, co Krystian stara się przekazać światu. Poszlaki z pewnością dostrzeże, w końcu sama działalność zawodowa ofiar powinna dać jej do myślenia.

Kilka kwestii pozostawało jednak otwartych. Strachowski nie był pewien, czy na tym etapie Tesa dowie się o monografii Henryka Maja, której ten nigdy nie zdążył opublikować. Przy odrobinie szczęścia tak się stanie – i być może dzięki temu dziewczyna zrozumie nieco więcej.

Krystian nie był także pewien, kiedy odkryty zostanie związek między wszystkimi ofiarami. Jeśli media i policja zajmą się sprawą, z pewnością dość szybko. Nie podadzą jednak niczego do wiadomości publicznej.

Służby będą robiły wszystko, by nie zakłócać postępowania, a ujawnianie posiadanych informacji zasadniczo byłoby z tym sprzeczne. Dziennikarze zostaną poproszeni, żeby powstrzymać się z publikacjami materiałów, ale ktoś z pewnością się wyłamie.

Niewiele bowiem było trzeba, by połączyć daty zaginięć ze słowem kluczem. Z apsydą.

Tesa

Bianczi opublikował swoje wpisy w środku nocy, a mechanizm Wordpressa natychmiast poinformował mnie o tym, że ktoś linkuje do mojego bloga. Weszłam więc na stronę dziennikarza zaraz po tym, jak rewelacje się pojawiły.

Dochodził kwadrans po trzeciej, kiedy skończyłam czytać. Zamarłam ze wzrokiem wbitym w monitor, czując, jak nocna cisza się zagęszcza, oblepia mnie i nie pozwala się poruszyć. Świat na zewnątrz zdawał się nie tyle śpiący, ile wymarły.

Potrzebowałam chwili, by się otrząsnąć. Podniosłam się, wspierając o kuchenny stół, i na trzęsących się nogach przeszłam do pokoju. Tym razem obudziłam Stracha znacznie delikatniej niż poprzednio, kładąc mu rękę na ramieniu.

Otworzył powoli oczy, a potem się wzdrygnął, jakby zobaczył ducha.

– Co się dzieje? – wymamrotał, wstając.
– Myliłam się, Strachu.
– Co? W czym?
– To znaczy nie jestem pewna, czy się… – Zawiesiłam głos i potrząsnęłam głową. Powtórzyłam sobie kilka razy w duchu, by wziąć się w garść. – Może mam rację co do motywów, ale… Boże, nie widziałam przynajmniej połowy tego, co się z tym wszystkim wiąże. Ofiar jest dużo więcej. Dużo, dużo więcej.

Krystian zbliżył się o krok, a ja poczułam nieprzyjemny zapach nikotyny.

– O czym ty mówisz?

– Jeden z dziennikarzy NSI ustalił związek – rzuciłam. – I to przechodzi ludzkie pojęcie.

W dodatku Bianczi był przekonany, że pisze o mnie. Z punktu widzenia całego świata to ja byłam Architektem.

Choć nie takiego określenia używał dziennikarz. Dobrał znacznie bardziej odpowiednie.

Strach stał przede mną, sprawiając wrażenie, jakby chciał złapać mnie za ramiona i potrząsać mną dopóty, dopóki nie powiem mu, o co chodzi.

– Ten człowiek to potwór – powiedziałam. – Zwykła kreatura, która…

Urwałam, kiedy Krystian chwycił mnie za ręce.

– Nie, nie zwykła – poprawiłam się. – To najgorsza kreatura, jaką mógłbyś sobie wyobrazić.

Dotyk jego dłoni sprawił, że serce w końcu przestało walić mi jak młotem. Powinnam cofnąć ręce, zrobić krok w tył i pozwolić sobie na ochłonięcie. Zamiast tego zbliżyłam się jednak do Krystiana. Był to delikatny sygnał, ale wystarczył, by Strach przyciągnął mnie do siebie i objął.

Chowałam się w jego ramionach przez moment, mając irracjonalną nadzieję, że w ten sposób znana mi rzeczywistość przestanie istnieć, a wraz z nią znikną wszystkie moje kłopoty.

Położyłam głowę na ramieniu Krystiana i zamknęłam oczy. Odczucie błogości trwało tylko ułamek sekundy, bo naraz pomyślałam o tym, co odkrycia Bianciego oznaczają dla Igora.

Odsunęłam się raptownie i odwróciłam, nie patrząc na Stracha. Podjęłam temat dopiero, kiedy usiedliśmy na swoich miejscach w kuchni, a ja wybudziłam laptopa z drzemki.

– Wystarczyło przeanalizować daty – powiedziałam. – I sprawdzić, czy ktoś nie zaginął w innych, które odpowiadały kluczowi.

Krystian położył łokcie na stole i podparł brodę.

– Bo jakiś klucz zawsze musi istnieć – powiedziałam. – W dodatku każdy seryjny zabójca musi pozostawić po sobie ślad, który staje się spoiwem dokonywanych morderstw. Coś, dzięki czemu można rozpoznać jego robotę.

Strach patrzył na mnie z powątpiewaniem.

– Każdy z nich pragnie, żeby jego działania zostały w jakiś sposób docenione.

– W normalnym społeczeństwie raczej o to trudno.

– Raczej – przyznałam. – Ale oni tak tego nie postrzegają. Większość z nich ma egoistyczną naturę, którą karmią niczym innym, jak chwaleniem się.

– Jakoś nie widać, żeby to robili – odbąknął Krystian.

– Przestaniesz?

– Nic nie robię.

Uznałam, że najlepiej będzie, jeśli zignoruję te sceptyczne uwagi i skupię się na tym, co było istotne.

– I skąd pewność Bianciego, że w ogóle chodzi o seryjnego zabójcę? – dorzucił Strach.

– Z listy ofiar, do której dotarł.

Dopiero teraz poczułam, że mam całą uwagę Krystiana. Nabrałam tchu i nieświadomie przyjęłam taką samą pozycję jak on. Z jakiegoś powodu poczułam się trochę pewniej, co zbyt często się nie zdarzało. Może wynikało to z tego, że wiedziałam o rzeczach, o których Krystian nie miał pojęcia.

– Zabójca musiał przez lata gotować się w sobie, bo jego dzieło pozostawało całkowicie niezauważone – ciągnęłam. – Mimo wszystkiego, co robił, nikt się nie zorientował, że to on stoi za tymi wszystkimi zaginięciami.

– Może nie czuł potrzeby chwalenia się.

– Czuł, jak każdy – zaoponowałam, uzbrojona w wiedzę z artykułu Bianciego. – Wszystkim im towarzyszą intensywne emocje, które zawsze prowadzą do tego samego rezultatu.

– Jakiego?

– Potrzeby pokazania się światu – odparłam bez wahania. – Bestia z Manchesteru, czyli Trevor Hardy, wpadł dlatego, że w końcu pochwalił się bratu jednym z zabójstw. Para zwyrodnialców z tego samego miasta, Ian Brady i Myra Hindley, wpadła, bo nie mogli się powstrzymać przed odwiedzaniem grobów ofiar. A takie przykłady można mnożyć.

– Więc ten ujawnił się poprzez tweety?

– Niezupełnie. Wpisami na Twitterze tylko zwrócił na siebie uwagę, ujawnił się spoiwem wszystkich zabójstw.

– To znaczy?

– Datami, które wybierał.

– Tak, to już mówiłaś, ale…

– Jedni zabijają określone osoby, inni w określony sposób, w określonym miejscu, a najwyraźniej zdarzają się też tacy, dla których istotna jest data. Działają na przykład corocznie.

– Tyle że te daty nie były zbieżne. Różniły się nie tylko dniami, ale i miesiącami.

– I dlatego przez lata nikt nie skojarzył jednego z drugim – przyznałam, mimowolnie przysuwając się do Stracha. – Gdyby mordował tylko pierwszego stycznia, pewnie już dawno temu dostałby łatkę Noworocznego Zabójcy lub podobną.

Przypuszczałam, że media wpadłyby na coś bardziej kreatywnego. Ja jednak najwyraźniej wypaliłam się twórczo przy brzydkim kaczątku.

Strach nie skomentował, a ja sięgnęłam po kołonotatnik z wykazem imion i nazwisk. Najwyższa pora przejść do rzeczy, uznałam.

– Patrycja Sporniak znikła dwunastego grudnia dwa tysiące ósmego roku – odczytałam.

– A Zamecki ponad rok później.

Potwierdziłam szybkim skinieniem.

– Konkretnie trzydziestego pierwszego grudnia dwa tysiące dziewiątego – sprecyzowałam. – O tych dwóch ofiarach wiedzieliśmy, bo pojawiły się tweety. Ale nie wiedzieliśmy, że między nimi była jeszcze jedna.

Krystian zmarszczył brwi, coraz bardziej zaciekawiony.

– Tatiana Borszczenko, jedenasty stycznia dwa tysiące dziewiątego – wyjaśniłam. – Potem mamy luty następnego roku i Anetę Rogowską.

– Czekaj. Ta Borszczenko…

– Też miała związek z manifestem Architekta – dokończyłam za Stracha, doskonale wiedząc, do czego zmierzał. – Była Ukrainką, która kilka miesięcy wcześniej przyjechała do Polski. I wszystko wskazuje na to, że z góry zamierzała podjąć się najstarszego zawodu na świecie. Nie była jedną z tych dziewczyn, które sytuacja zmusza do prostytucji.

– Ekskluzywna pani do towarzystwa?

– Jak zwał, tak zwał – odparłam. – Chyba sama siebie określała jako *sugar babe*. Miała kilku stałych partnerów, *sugar daddies*, którzy ją utrzymywali, a ona w zamian dawała im bliskość. Raczej fizyczną niż uczuciową.

– A więc sądzisz, że to kolejna krytyka tego, do czego prowadzi kasa.

– Tak to wygląda.

– Kto zgłosił jej zaginięcie?

– Rzecz w tym, że nikt. Podobnie było w kilku innych przypadkach, stąd trudno było połączyć daty. Niektórych po prostu brakowało.

– To jak Bianczi do tego dotarł?

– Ostatecznie któraś ze znajomych Tatiany przejęła się tym, że nie ma z nią kontaktu. Policja przesłuchała jej partnerów, nie znalazła niczego podejrzanego i uznała, że Borszczenko wróciła do kraju.

Strach przesunął dłonią po włosach i wyprostował się. Podciągnął rękawy, jakby chciał zasugerować, że jest gotowy do roboty.

– Okej – rzucił. – Potem był grudzień dwa tysiące dziewiątego, zaginął Zamecki. Kto po nim?

– Aneta Rogowska dwudziestego ósmego lutego kolejnego roku. A przynajmniej tak to wyglądało, dopóki nie okazało się, że w styczniu też ktoś zniknął.

– Kto?

– Zdzisław Ratajczyk, lokalny przedsiębiorca z Podkarpacia. Założył niewielką firmę, właściwie coś w rodzaju call center świadczącego usługi dla innych podmiotów. Zatrudniał ludzi bez umowy, w najlepszym wypadku na zlecenie lub dzieło. Nie płacił składek, nie odprowadzał podatków, narobił wszystkim pracownikom problemów, a ostatecznie

nie wypłacił im pensji. Zniknął na krótko po tym, jak wszystko się zawaliło, więc uznano, że po prostu uciekł.

– Krytyka wyzysku pracowniczego?

– Ni mniej, ni więcej – potwierdziłam.

O ile mnie pamięć nie myliła, Ratajczyk zaginął mniej więcej wtedy, kiedy doszło do pierwszego poważnego kryzysu między mną a Krystianem. Niedługo po tym, jak zdawałam u niego ustny egzamin – i wyszłam z niego dość ostentacyjnie.

Architekt tymczasem już na dobre działał. Musiał planować wszystko to, do czego miało dojść w przyszłości, musiał kierować się już swoim wynaturzonym pomysłem.

Poczułam nieprzyjemne ciarki.

– W tamtym roku nikt już nie zaginął – dodałam. – A w kolejnym...

Strach wiedział, co chcę powiedzieć. Na początku dwa tysiące jedenastego zginęły jego żona i córka. Pamiętałam doskonale tamten czas, wiązał się z jednym z najtrudniejszych okresów w moim życiu.

Najpierw gwałtownie oddaliliśmy się od siebie ze Strachem, a potem z jeszcze większą determinacją staraliśmy się to odwrócić. Po tym, jak wyrzucono go z uczelni, spotykaliśmy się jeszcze częściej, skracaliśmy dystans i robiliśmy chyba wszystko to, czego nie powinniśmy.

Ostatecznie doprowadziło to do kłótni Krystiana z żoną. Wszystko wyszło na jaw, Ilona odkryła romans. Po wściekłym wzajemnym rzucaniu się sobie do gardeł zabrała córkę i wybiegła z mieszkania. Wsiadła do samochodu, nie zważając na to, że wcześniej piła. Nie licząc się z tym, że emocje nie pozwalają jej logicznie myśleć.

Krystian popędził za nią, za co później zapłacił oskarżeniami ze strony służb. Sąsiedzi byli świadkami kłótni i szarpaniny przy samochodzie, i według nich to Strach nie zabezpieczył pasami fotelika na tylnym siedzeniu. Za to miał później odpowiadać w sądzie, ale dzięki dobremu prawnikowi udało mu się tego uniknąć.

Pod względem prawnym nie ulegało zresztą wątpliwości, kto tak naprawdę zawinił. To Ilona zjechała na przeciwległy pas, kierowca drugiego samochodu nie miał czasu na reakcję.

Pod względem moralnym jednak winnymi były dwie inne osoby. Ja i Strach. To my zabiliśmy jego żonę i córkę.

Nie pamiętałam wiele szczegółów z tamtego trudnego okresu, ale akurat to nie ulegało dla mnie najmniejszej wątpliwości.

– Ilona i Luiza nie pasują – odezwał się Krystian.
– Data się zgadza…
– Dalej nie powiedziałaś, dlaczego są znaczące – zauważył.

Miał rację, ale najpierw chciałam mu przedstawić wszystkie ofiary. Kolejny był dawny cinkciarz, drobny złodziejaszek z Pragi, który na targowiskach obłowił się w akcje przedwojennych spółek warszawskich, a potem sprzedał je prawnikom, którzy dokonywali kolejnych machinacji. Zaginął dziewiętnastego marca, miesiąc po śmierci Ilony i Luizy.

Następna ofiara pochodziła z tego samego roku. Ślad po niej urwał się osiemnastego kwietnia. Zdawało się, że na ten okres przypadła największa aktywność Architekta. I można by sądzić, że to rezultat jakiegoś wydarzenia w jego życiu, czegoś, co spowodowało, że wpadł w szał, ale prawda była inna.

Chodziło o daty. I kiedy przedstawiłam Strachowi wszystkie ofiary, w końcu mogłam powiedzieć, dlaczego są one znaczące.

– Apsyda była kluczem – powiedziałam.
– W jakim sensie?
– Słownikowym.

Spojrzał na mnie ze zniecierpliwieniem.

– Oprócz znaczenia kościelnego ma też drugie, choć rzadko używane. Astronomiczne.
– A konkretnie?
– To najdalszy albo najbliższy punkt na orbicie jakiegoś ciała niebieskiego.

Krystian sprawiał wrażenie, jakbym wkroczyła na terytorium, po którym niespecjalnie wie, jak się poruszać.

– Na przykład najdalszy punkt, w którym Księżyc znajduje się od Ziemi.
– Apogeum.

A jednak co nieco wiedział.

– Zgadza się – potwierdziłam. – A druga apsyda to perygeum. Moment, w którym nasz satelita zbliża się najbardziej do planety. Występuje wtedy tak zwany superksiężyc, ludzie miewają kłopoty ze snem, a według niektórych występują wtedy też inne zjawiska na Ziemi. Mniej naukowe tezy dotyczą przyspieszania porodów, wywoływania gwałtownych emocji i tak dalej.

– No tak. Mówią o tym w mediach co jakiś czas.
– Każde takie zjawisko ma swoją nazwę – ciągnęłam. – Styczniowe to Lodowa Pełnia, lutowe nazywane jest Pełnią Świec, marcowe Pełnią Burz, a…

– Mniejsza z tym – uciął Strach. – Chcesz powiedzieć, że ci ludzie znikali podczas występowania superksiężyca? Podczas perygeum?

Skinęłam głową.

– Wszystkie daty się zgadzają – powiedziałam. – A analizując wszystkie pozostałe, Bianczeimu udało się dotrzeć do kolejnych ofiar. Każda najbliższa apsyda to kolejna ofiara.

Krystian nie pytał, ile takich zjawisk wystąpiło od dwa tysiące ósmego roku. Być może nie musiał, by wiedzieć, że odpowiedź mroziła krew w żyłach. Patrzyłam na niego, nie mogąc przestać myśleć o tym, że człowiek, który zamordował tylu ludzi, musi być wyjątkowym sadystą, okrutnym i zwyrodniałym.

Nie miał jednak nic wspólnego z osobą, którą opisał w swoim artykule Bianczi. Nadał mi pseudonim Selene, używając imienia greckiej bogini i uosobienia Księżyca.

Kim jednak tak naprawdę był sprawca? Jak bardzo miał skrzywioną psychikę? Co doprowadziło go do takiego szaleństwa? I czy naprawdę był tak zdegenerowanym potworem, jak sugerowała to liczba zabójstw? A jeśli tak, to dlaczego bliskie mu osoby tego nie dostrzegały?

Chciałam znać odpowiedzi na te wszystkie pytania. Ale nie dawało mi spokoju także to, w jaki sposób funkcjonował w społeczeństwie. Musiał przecież mieć rodzinę, znajomych, żonę lub kochankę, może dzieci.

Tyle że takie osoby są mistrzami kamuflażu. Jak Dennis Rader, niesławny Dusiciel z Wichita, który był przewodniczącym rady parafialnej, miał żonę i dwójkę dzieci.

Żadne z nich nie miało pojęcia o tym, czego się dopuścił. Na liście jego ofiar znalazło się dziesięć osób, w tym także małe dzieci. Wiązał je, torturował, dusił do nieprzytomności, a potem cucił. Kiedy w końcu odebrał im życie, masturbował się nad zwłokami.

A potem wracał do domu, całował na powitanie żonę i czytał dzieciom bajki na dobranoc.

Czy Architekt był równie zwyrodniały? Z uwagi na to, co mógł zdążyć zrealizować przez ostatnie lata, odpowiedź wydawała się oczywista.

Kiedy Strach w końcu objął umysłem ogrom przestępstw tego człowieka, wspólnie zaczęliśmy się nad tym zastanawiać. Ani się obejrzeliśmy, minęło kilka godzin, a Krystian otrzymał esemesa z informacją o dostawie do paczkomatu.

Mimo że chodziło o zamówienie, które złożyliśmy w jednym ze sklepów internetowych, wiadomość wywołała we mnie niepokój. I to nie tylko dlatego, że jej treść źle mi się kojarzyła.

– Jesteś pewien, że to dobry pomysł? – spytałam.

– Nie – odparł bez wahania Krystian. – Ale inaczej się tu zagłodzimy.

Odprowadziłam go do drzwi, a on przed wyjściem obrócił się do mnie, jakby czekał, aż go pocałuję na do widzenia. Z pewnością nadinterpretowałam jego zachowanie, ale przeszło mi przez myśl, że jeśli zostanę tu dostatecznie długo, być może za jakiś czas nie będzie to tak absurdalny scenariusz.

– Uważaj na siebie – powiedziałam.

– Ruch jest niewielki. Nikt mnie nie zobaczy o tej porze.

– Oby.

– Spokojnie – powiedział tonem, który dobrze znałam. – Będę ostrożny.

Otworzył drzwi, a w progu posłał mi jeszcze krótkie spojrzenie, które miało być chyba pokrzepiające.

– Nikt cię tu nigdy nie znajdzie – zapewnił. – A ja niedługo wrócę.

Może spowodowała to pewność w jego głosie, a może przekonanie, które widziałam w jego oczach – tak czy owak uwierzyłam, że faktycznie tak się stanie.

Po godzinie zaczęłam się jednak denerwować.

Po dwóch poczułam głęboki niepokój.

Kiedy upłynęły cztery, byłam już pewna, że coś się stało.

Luna lub Selene

ul. Klaudyny, Bielany

Strachowski z daleka obserwował, jak znana mu toyota yaris zatrzymuje się nieopodal wejścia do Lasu Bielańskiego. Gdyby Tesa trzymała się narzuconego sobie reżimu co do godziny, powinna być tutaj trzydzieści minut temu. Przypuszczał jednak, że tuż przed wyjściem z domu zrobiła to, co zazwyczaj – czyli rzuciła się na słodycze.

Robiła tak prawie za każdym razem, przynajmniej tak mu się wydawało. Kiedy podjęła już decyzję, że wybierze się na spacer po Lesie Bielańskim, czuła moralne przyzwolenie, by zjeść więcej. Zupełnie jakby zaraz miała to wszystko spalić.

Mówiła mu o tym kilka razy, ale Strach nie miał zamiaru jej ganić. Nie miało to żadnego znaczenia, prędzej czy później przecież i tak zjadłaby to wszystko, co miała w szufladach, na półkach, w lodówce i zamrażarce.

Wysiadła z samochodu, niemal podciągając się na ramie drzwi. Nie wyglądało to zbyt zgrabnie, ale nie było niczym dziwnym, gdy wzięło się pod uwagę, że Tesa musiała dźwignąć niemal sto dwadzieścia kilogramów.

Krystianowi to nie przeszkadzało. Wręcz przeciwnie, wiązało się to z jednym z powodów, dla których dziewczyna tak mu się podobała. Jej otyłość sama w sobie go nie podniecała, nie o to chodziło.

Liczyło się to, jakie możliwości stwarzała. Na długo przed Iloną miał dziewczynę, która ważyła mniej więcej tyle, co Tesa.

Seks był przyjemny, może nawet przyjemniejszy niż z późniejszą żoną, ale najbardziej podniecająca była świadomość tego, co Strach mógł robić. Jak wielką kontrolę mógł mieć.

Przy nim tamta dziewczyna przytyła piętnaście kilogramów. Karmił ją, właściwie decydując, co i kiedy jadła. Nie opierała mu się, a on czuł, że może wszystko. Zaczął sterować jej życiem niemal w każdym aspekcie, prawie ją ubezwłasnowolnił. A każdy kolejny kilogram był jak namacalny dowód.

W końcu dziewczyna zrozumiała, że jest tuczona przez swojego partnera. Pojęcie „feedersów" nie było jeszcze znane, ale pewne rzeczy nie muszą być poddane naukowej analizie, by stały się oczywiste.

Nawet wtedy jednak partnerka Krystiana nic nie zrobiła. Pozwalała mu się karmić dalej, mimo że wiedziała, do czego to prowadzi. Mimo że doskonale rozumiała, iż każde kolejne ciastko, batonik czy tort sprawiają, że porusza się z coraz większym trudem.

Dla Strachowskiego był to najprzyjemniejszy etap. Miał wtedy poczucie totalnej kontroli. Dziewczyna nie odmawiała mu mimo świadomości, że za wszelką cenę powinna to zrobić.

Długo wracał z rozrzewnieniem do tamtych czasów, bo z Iloną tak nie było. Nie dość, że mu się stawiała, to nie miał żadnych narzędzi, by nią sterować. Jedzenie nie wchodziło w grę, żona wręcz chorobliwie pilnowała diety.

Początkowo było w tym coś, co dawało mu satysfakcję. Traktował to jako wyzwanie i sądził, że prędzej czy później Ilona się ugnie. Kiedy jednak nie zrobiła tego nawet w trakcie ciąży, stracił nadzieję.

Wszystko, co działo się później, stanowiło tego rezultat. A kiedy tylko zobaczył Tesę podczas pierwszego wykładu, wiedział już, co powinien zrobić. Przez jakiś czas się wzbraniał, bo wiązało się to z ryzykiem zawodowym. Ostatecznie jednak natura wzięła górę.

Wyobrażał sobie, jaką będzie miał kontrolę, jak będzie dominował. I musiał też przyznać, że snuł erotyczne wizje. Inaczej niż w przypadku poprzedniej otyłej dziewczyny, tym razem dostrzegał w karmieniu coś wyraźnie seksualnego.

Snuł wizje, jak leżą nadzy w łóżku, a on wpycha jej do ust lody. Podniecała go ta perspektywa, ta dosłowność własnych żądz. Wydawało mu się, że Tesa także byłaby z tego zadowolona, ale od pewnego czasu coraz częściej rozmijali się we wzajemnych oczekiwaniach i teraz nie był już tego taki pewien.

Ich relacja była jak sinusoida. Okresy, kiedy wszystko szło dobrze, przeplatały się z trudnymi momentami. A od kilku miesięcy było coraz gorzej. Tesa zbliżyła się do Igora, właściwie chyba można było uznać, że kilka tygodni temu zostali parą.

Strach wiedział, że to jego wina. Kilka razy przesadził, czasem zbyt mocno naciskał, żeby coś zjadła. Miewał chwiejne nastroje, często myślami był daleko. Wszystko jednak tylko dlatego, że układał swój plan.

Poświęcił dla niego sporo, być może nawet związek z Tesą. Zdawało mu się, że dziewczyna wymyka mu się z rąk, oddala od niego coraz szybciej i jest już tak blisko Igora, że za moment będzie za późno, by skierować ją z powrotem ku Strachowi.

Może już było.

Krystian zawiesił na niej wzrok, kiedy wkładała słuchawki do uszu i włączała audiobooka. Zdąży przesłuchać kilka podrozdziałów, zanim zrezygnuje z dalszego spaceru i wróci do auta. Rozgoryczona i zrezygnowana, bez zastrzyku energii, który otrzymałaby, gdyby zamiast krótkiego chodzenia choć przez moment pobiegała.

Odczekał chwilę, a potem zabrał niewielki pakunek z siedzenia pasażera i ruszył za nią. Strach także nie pogardziłby audiobookiem, szczególnie gdyby znalazł jakąś popularnonaukową pozycję związaną z tematyką lunarną. W polskich ani anglojęzycznych zasobach niczego takiego jednak nie było. Trafił na książkę Kima Longa o tajemnicach Księżyca, ale była dostępna jedynie na papierze i w ebooku. Zresztą nie było w niej nic przełomowego.

Strachowski szedł powoli za Tesą, uważając, by go nie zauważyła. Myślał o tym, jak słusznym wyborem było postawienie na Księżyc, zanim na dobre rozpoczął swoją misję. Nie mógł podjąć lepszej decyzji.

Naturalny satelita Ziemi stanowił obiekt zainteresowania ludzkości od samego jej zarania. Już prehistoryczni zadzierali głowy, widząc zapewne nic innego, jak wielkie oko łypiące na nich z góry. Może doszukiwali się na nim rysów twarzy, może wyobrażali sobie jakiś odległy świat lub krainę, do której trafia się po śmierci. Tak czy inaczej, księżyc musiał pobudzać ich wyobraźnię.

Jego znaczenie symboliczne na przestrzeni dziejów było nie do przecenienia. Inspirował nie tylko mitologię, ale także codzienne życie. Opierały się na nim swojego czasu wszystkie kalendarze, na jego kształt konstruowano instrumenty muzyczne, a na Bliskim Wschodzie nawet alfabety, które miały przypominać poszczególne fazy Księżyca.

Do dziś chrześcijanie obchodzili swoje najważniejsze święto w niedzielę po pierwszej pełni po przesileniu wiosennym. Satelita miał fundamentalne znaczenie w rozwoju ludzkości, ale dla Stracha liczyło się to, jakie rzucał światło.

Zastępował słońce na nieboskłonie, rozganiał nocne ciemności, ale jednocześnie nie tworzył cieni tak długich, jak gwiazda w centrum układu. Nawet gdy znajdował się na najmniejszej apsydzie, oświetlenie sięgało raptem trzech dziesiątych luksa.

Odbijane przez księżyc promienie pozwalały zobaczyć świat niemal realny. Ze znacznie mniejszymi cieniami – a ostatecznie podczas nowiu zanikały one w ogóle. I właśnie do tego dążył Krystian.

Zastanawiał się, jak szeroki rozgłos zyska, kiedy wszystko wyjdzie na jaw. Lista ofiar z pewnością obiegnie media na całym świecie. Wszyscy przynajmniej wspomną o seryjnym zabójcy, który przez lata pozostał nie tylko niewykryty, ale także całkowicie niewidoczny.

A raczej o seryjnej zabójczyni. Nazwą ją zapewne Księżną Nocy, Srebrną Królową Nocy, Luną lub Selene, ewentualnie skorzystają z imienia innej starożytnej bogini związanej z księżycem.

Dzięki temu, że będą mieli morderczynię, a nie mordercę, sprawa stanie się jeszcze bardziej medialna i nie minie wiele czasu, a każdy zrozumie, do czego tak naprawdę wszystko to miało prowadzić. Strachowski spodziewał się, że pogłębione analizy psychologiczne nie zostawią na Tesie suchej nitki.

Specjaliści będą podkreślać jej aspołeczność, trudność w zaadaptowaniu się do wszelkich konwencji i inne problemy w relacjach międzyludzkich. Z pewnością będą się starali wykazać, że przez lata nie opuszczały jej złość i zgryzota, bo nie mogła powiedzieć nikomu o swoich czynach. Pozostawała niedoceniona, niezauważona.

Owszem, ta świadomość była dla Krystiana dokuczliwa. Nieraz miał ochotę wysłać anonimowy list do którejś z redakcji tygodników, tłumacząc, że osoby, które były traktowane jako zaginione lub jako ofiary wypadków, w rzeczywistości zostały przez niego pozbawione życia.

Nigdy jednak nie posunął się o krok za daleko. Miał w pamięci to, w jaki sposób wpadł amerykański geniusz zbrodni i wirtuoz, człowiek, którego nazwisko do dziś sprawiało, że ludzie w USA drżeli. I to nie dlatego, że kojarzył się z polskim politykiem.

Ted Kaczynski. Unabomber. Pogrążyły go list do mediów i analiza lingwistyczna, której poddano jego manifest polityczny.

Taką moc miało słowo. Strach także zamierzał wykorzystać jego potęgę dla swoich celów. Na wszystko jednak przyjdzie jeszcze pora.

Teraz musiał rozmówić się z Tesą. Naprawić wszystko to, co w ostatnim czasie zepsuł – i co zostało szybko wykorzystane przez Igora.

Miał to byłemu studentowi za złe. To on przygotował Tesę, właściwie stworzył ją od nowa. To on miał skorzystać ze wszystkiego, co udało się osiągnąć. Igor tymczasem pojawił się znikąd i zgarnął mu owoce jego trudu sprzed nosa.

Krystian przyspieszył nieco kroku, kiedy Tesa weszła na jedną z dobrze znanych mu ścieżek. Miał zamiar zrobić jej niespodziankę, a w niewielkiej torbie, którą zabrał z auta, znalazło się parę rzeczy, które powinny mu w tym pomóc. Trzy bounty, paczka jej ulubionych nachosów i puszka pepsi light.

Zawsze wybierała bezkaloryczne napoje, jakby to mogło cokolwiek zmienić. Jakby dzięki temu zaoszczędzała tyle kalorii, aby móc bezkarnie jeść wszystko, co tak uwielbiała.

Krystian niemal się z nią zrównał, kiedy obejrzała się przez ramię. To tyle, jeśli chodziło o niespodziankę, skarcił się w duchu. Uśmiechnął się lekko, ale Tesa nie odpowiedziała tym samym. Przeciwnie, przestraszyła się na jego widok.

– Co ty tu robisz? – zapytała, wyciągając z ucha słuchawkę.

– Chciałem…

– Chyba oboje postawiliśmy sprawę jasno.

Była stanowcza jak nie ona, ale przypuszczał, że to tylko chwilowe.

– I zgodziliśmy się, że to nie ma sensu – dodała.

– Dla mnie ma.

– W tej chwili może tak – odparła, zatrzymując audiobooka, a potem wyjęła drugą ze słuchawek. – Ale za pięć minut zmienisz zdanie i znowu wszystko zacznie się od początku.

Strachowski pokręcił głową, zbliżając się do niej. Tesa jednak natychmiast zrobiła krok w tył.

– Nie chcę znowu przez to przechodzić.

Przygotował się na zupełnie inną rozmowę i nie mógł znaleźć słów, które pasowałyby do nowej sytuacji. Milczenie jednak zdawało się najgorszym rozwiązaniem.

– Wiem, że przesadziłem – rzucił, byle przerwać ciszę. – Ale…

– Nie ma żadnych „ale". Wyszedł z ciebie prawdziwy potwór, Strachu. Prawdziwy ty.

Myliła się. Owszem, jakiś czas temu doszło między nimi do spięcia, a on powiedział kilka słów za dużo.

Odmówiła mu, kiedy przyniósł jej cały karton produktów z cukierni nieopodal. Wziął każde ciastko, każdy kawałek tortu, właściwie wszystko, co było na wystawie. Sądził, że będzie zadowolona.

Ale trafił na jeden z tych dni, kiedy łudziła się, że może się zmienić. Obruszyła się, zrugała go i zarzuciła, że to przez niego jest tak gruba. Spodziewał się, że kiedyś może do tego dojść, ale nie przypuszczał, że sam zareaguje tak ostro.

Zarzutów widocznie w pewnym momencie było zbyt wiele. A czara goryczy przepełniła się, kiedy Tesa zrzuciła pudełko ze stołu. Był to akt buntu, którego nie mógł przełknąć. Poczuł, że stracił poczucie kontroli. I chciał je odzyskać za wszelką cenę.

Złapał ją nieco zbyt mocno. Krzyknął trochę za głośno. I pozwolił emocjom wziąć górę. Tylko na moment, ale po wszystkich wcześniejszych spięciach tyle wystarczyło.

Tesa odpowiedziała kolejnymi zarzutami. On je odpierał, jednocześnie starając się zrobić wszystko, by mu się poddała. Nie potrafił znieść myśli, że będzie stawiała się choćby jeszcze chwilę dłużej.

Rzucił kilka gróźb, kilka przekleństw. Podniósł karton z rozgniecionymi ciastkami, a potem… właściwie niewiele z tego pamiętał. Odpór, jaki mu dała, był zbyt zdecydowany. Okazał się zbyt mocnym ciosem prosto w serce.

– Posłuchaj… – zaczął.
– Nie – przerwała mu Tesa. – Nie mam zamiaru.
– Daj mi chociaż się wytłumaczyć.
– Wytłumaczyć? – odparła jeszcze ostrzejszym tonem.
Niemal takim samym, jak podczas kłótni na uczelni, która stała się powodem większości jego kłopotów.
– Jak chcesz mi wytłumaczyć to, że rzucałeś we mnie jedzeniem? Że kazałeś mi je wpierdalać? Że wpychałeś mi to do ust, niemal mnie dusząc?
– Tesa…
– Jesteś chory.
Nie wiedział, jak odpowiedzieć. Wszystko, co przyszło mu na myśl, wydawało się niewystarczające, nieodpowiednie – i niosło ze sobą niebezpieczeństwo, że tylko bardziej ją rozwścieczy.
– Przepraszam – powiedział w końcu. – Nie wiem, co się ze mną stało.
– Nic. Po prostu pokazałeś swoje prawdziwe oblicze.
– Nie pamiętam tego. To musiało być jakieś…
Zawiesił głos, mając nadzieję, że nie musi kończyć i że zobaczy w jej oczach choćby cień zrozumienia. Niczego takiego nie dostrzegł. Przeciwnie, patrzyła na niego jak na obcego człowieka, którego kompletnie nie rozumie.
Zrobił krok w jej stronę, ale znów się cofnęła. Spojrzała niepewnie na paczkę, którą ze sobą przyniósł, ale na tym etapie wiedział już, że to, co się w niej znajdowało, nie mogło pomóc. Liczył, że do tej pory Tesa oprzytomnieje, wróci do starych zwyczajów i zrozumie, że nigdy nie zrezygnuje z rzeczy, które uwielbiała. Najwyraźniej jednak nadal łudziła się, że uda jej się zmienić.

– Przepraszam – powtórzył. – Wiesz, że to wszystko dlatego, że…

– Że jesteś nienormalny.

– Jedyne szaleństwo, na jakie cierpię, to…

– Przestań.

– To to związane z tobą – dokończył, choć widział już nader wyraźnie, że ona nie chce tego słuchać. – Zupełnie straciłem dla ciebie głowę, Tesa.

Nie odpowiadała. Żaden mięsień na jej twarzy nawet nie drgnął.

– Nigdy nikogo tak…

– Zamknij się – rzuciła.

To sprawiło, że obudziło się w nim coś, co doszło do głosu podczas ostatniej kłótni. Tym razem jednak Krystian pilnował, by nie wyszło na światło dzienne. Nabrał głęboko tchu, przygotowując się, by jeszcze raz spróbować przemówić jej do rozsądku.

Zanim jednak to zrobił, usłyszał zza pleców znany męski głos.

– Wszystko w porządku, Tes?

Strachowski obrócił się do zbliżającego się szybkim krokiem byłego studenta. Niegdyś na tle Igora to on wypadał imponująco, teraz różnica nie była już tak wyraźna. Chłopak znów miał nadwagę, jak na pierwszym roku, zanim zaczął chudnąć – ale Krystian zaniedbał się jeszcze bardziej. Chyba pod każdym względem.

– Nie – odparła Tesa. – Nic nie jest w porządku, kiedy ten gnój jest w pobliżu.

Strach poczuł, jakby wbiła mu nóż w plecy.

– Czego chcesz? – zapytał Igor.

Fakt, że w jego głosie zabrzmiała zarówno troska o Tesę, jak i niewypowiedziana groźba wobec Krystiana, kazał sądzić, że faktycznie są razem.

– Słyszałeś, o co pytałem?

Igor zatrzymał się przed nim. Stanowczo zbyt długo mierzyli się wzrokiem, by ta sytuacja mogła dobrze się skończyć.

– Wypierdalaj stąd – odezwał się w końcu Igor. – I trzymaj się od nas z daleka.

– Bo?

– Naprawdę muszę ci grozić?

– Nie musisz, ale powinieneś. Choć obawiam się, że to ponad twoje siły.

Były student zbliżył się do niego jeszcze trochę i niewiele dzieliło ich od tego, by rzucić się sobie do gardeł. Strach był w znacznie gorszej kondycji niż kilka lat temu, ale przypuszczał, że i tak dałby chłopakowi radę.

Tyle że było to najgorsze, co w tej sytuacji mógł zrobić. Spotęgowałby tylko wszystkie te negatywne uczucia, które kierowały Tesą.

Uniósł dłonie, spojrzał na nią jeszcze raz, a potem się wycofał. Odszedł bez słowa. Uznał, że powinien zrobić to już wcześniej. Czasem odwrót był najlepszym rozwiązaniem, szczególnie jeśli miało się pewność, że jest tymczasowy.

Strachowski obrócił się jeszcze po kilkunastu metrach. Posłał Tesie krótkie spojrzenie, myśląc o tym, że dziewczyna niebawem o tym wszystkim zapomni. I znów stanie się jego własnością.

Tesa

Coś musiało się wydarzyć. Ślęczałam przed telewizorem, licząc na to, że reporterzy nie ustaną w wysiłkach, by doprowadzić do postępów w śledztwie, ale nie pojawiły się żadne nieoficjalne informacje. Na blogu Bianciego również próżno było szukać czegokolwiek. Radio milczało, a na forach internetowych nie znalazłam nawet wzmianki na temat Stracha.

Wyglądało na to, że nikt go nie namierzył. Nikt nie powiązał go ze mną, nie oskarżył o ukrywanie seryjnej zabójczyni, nie zamknął i nie przesłuchiwał.

Ale co się z nim w takim razie stało?

Zdana jedynie na własne domysły, niemal traciłam rozum. Nigdzie nie mogłam znaleźć ani mojej komórki, ani tej Krystiana. Najwyraźniej zabrał je ze sobą, zapewne po to, by na wszelki wypadek się ich pozbyć.

Nie miałam sposobu, by się z nim skontaktować. Po czterech godzinach od jego wyjścia zaczynałam za to układać najbardziej absurdalne scenariusze tego, co się mogło wydarzyć.

Najbardziej prawdopodobny wydawał się ten najprostszy. Ktoś rozpoznał Krystiana, powiadomił policję, a funkcjonariusze natychmiast go zatrzymali. Nie trzeba było wiele, by zrozumieć, że to on mnie ukrywa.

Właściwie wystarczyło, by jakiś posterunkowy zamienił parę zdań z Marianną Sporniak lub którąkolwiek z osób, które ostatnio widziały nas razem.

Spodziewałam się, że niedługo usłyszę pukanie do drzwi, względnie że do środka bez pytania wpadnie cały oddział funkcjonariuszy, jeden z nich rzuci mnie na podłogę, zakuje, a potem wyprowadzi na zewnątrz.

Nie, to była nierealna wizja. Do dźwignięcia mnie z podłogi potrzebnych byłoby przynajmniej dwóch.

Próbowałam pocieszyć się zarówno takimi myślami, jak i alkoholem, którego Strach nie zdążył jeszcze wypić. Łudziłam się, że wódka w jakiś magiczny sposób sprawi, że zapomnę o jedzeniu. Stało się jednak wręcz przeciwnie, a w mieszkaniu nie było już właściwie niczego, czym mogłabym zaspokoić głód.

W dodatku procenty doprowadziły do tego, że mój niepokój jeszcze się wzmógł. Raz po raz spoglądałam na drzwi, czując, że ogarnia mnie paranoja. W przebłyskach rozsądku powtarzałam sobie jednak, że skoro do tej pory nikt się nie zjawił, Strach na mnie nie doniósł. Może nawet nie został ujęty, a stało się coś innego.

Być może nigdy nie powinnam wątpić w to pierwsze. Był w końcu jedną z dwóch osób na świecie, które zrobiłyby dla mnie wszystko.

Chyba kilkadziesiąt razy w ciągu godziny sprawdzałam skrzynkę mailową, licząc na to, że może w ten sposób Krystian zdecyduje się nawiązać ze mną kontakt. Nie miałam od niego jednak żadnej wiadomości. W mediach też wciąż niczego nie podano.

Mijała szósta godzina od wyjścia Stracha, kiedy zaczęłam szperać na jego dysku twardym. Był to nie najgorszy sposób na zabicie czasu, a poza tym uznałam, że mogę znaleźć coś, co da mi jakieś odpowiedzi.

Może Krystian kontaktował się z kimś, kto skierował na niego uwagę policji? Może oprócz zamówienia, które zrobiliśmy w sklepie internetowym, zdecydował się na zakupy gdzie indziej? Bez jakichkolwiek tropów musiałam przyjąć, że każdy odkryty strzępek informacji może mi się przydać.

W historii przeglądarki natknęłam się jednak na rzeczy, których nie spodziewałam się znaleźć.

Strach przeglądał sporo materiałów na temat fugi dysocjacyjnej i czytał mnóstwo artykułów, nie tylko tych, które przygotował Henryk Maj. Na dobrą sprawę dotarł chyba do wszystkiego, co na ten temat można było znaleźć w sieci.

Niewątpliwie traktował tę sprawę poważniej, niż dał mi to do zrozumienia. Wyglądało nawet na to, że przyjął wersję z fugą.

Przeczytałam kilka artykułów, resztę jedynie omiotłam wzrokiem, bo były w dużej mierze odtwórcze. Potem trafiłam na coś znajomego. Publikację, którą Maj przedstawił już po swoim zaginięciu.

Przejrzałam artykuł jeszcze raz, tym razem skupiając się na wszystkim poza samym tekstem, który znałam nad wyraz dobrze. Moją uwagę przykuł jeden z przypisów. Gdzieś pośród całego mrowia źródeł znalazła się informacja o rozmowie z psychologiem.

Od razu rozpoznałam imię i nazwisko. Izabela Warska.

Potrzebowałam kilku chwil, by zrozumieć, że w artykule psychiatry, który zajmował się mną w szpitalu, znalazło się nazwisko opiekującej się mną później terapeutki.

Nie miałam pojęcia, że się znają. Ani tym bardziej że współpracowali w jakikolwiek sposób, kiedy Maj pisał artykuł. W dodatku ten, który wprost odnosił się do fugi dysocjacyjnej.

Natychmiast zaczęłam sprawdzać Warską w internecie. Wszystko wskazywało na to, że nadal pracuje w przychodni i pomaga osobom takim jak ja, zmagającym się z własnymi słabościami i uważającym, że najlepsze rozwiązanie to po prostu skończyć ze wszystkim.

Bez większego trudu znalazłam jej numer i adres mailowy, a nawet konto na Skypie, na którym co jakiś czas pełniła „wirtualne dyżury alarmowe". Iza miała dzięki temu chwytać za rękę i przyciągać do siebie tych, którzy stali już na skraju urwiska.

Szybko ściągnęłam program, założyłam konto i spróbowałam skontaktować się z Warską. Liczyłam na cud, na to, że los się do mnie uśmiechnie i sprawi, że akurat teraz terapeutka będzie dostępna.

Szczęścia, niestety, po raz kolejny mi zabrakło. Zaklęłam w duchu, a potem niechętnie zalogowałam się na Facebooku. Cały czas towarzyszyła mi obawa, że jeśli tylko użyję mediów społecznościowych, służby w jakiś sposób trafią na mój ślad.

Przeszperałam listę znajomych, nie mogąc przypomnieć sobie, czy dodawałam kiedykolwiek Warską. Szybko przekonałam się, że nie. Oczywiście, byłoby to sprzeczne z naturą łączącej nas relacji.

Wysłałam zaproszenie do Messengera, uznając, że jeśli dodam ją do znajomych, ktoś może to zobaczyć.

Po kilku minutach prośba została zaakceptowana, a mnie ogarnął zupełny paraliż. Wiedziałam, co powinnam zrobić, ale nie mogłam zmusić się do tego, by przesunąć kursor.

Ostatecznie jednak potrzeba uzyskania odpowiedzi okazała się silniejsza od obaw.

Nawiązałyśmy połączenie głosowe, ale żadna z nas się nie odzywała.

– Tesa? – powiedziała w końcu terapeutka. – To naprawdę ty?

Dobre pytanie, pomyślałam, nawet nie wiesz, jak dobre.

– Tak – odparłam. – I to już drugi raz w ostatnim czasie, kiedy lekarz z jakiegoś powodu nie dowierza.

– Kto był pierwszy?

Od razu do rzeczy, bez zbędnego owijania w bawełnę. To mi się w niej podobało – zarówno teraz, jak i kiedyś, gdy odwiedzałam jej gabinet.

– Ordynatorka ze Szpitala Bielańskiego.
– Byłaś tam? Po co?
– Szukałam informacji.

Odpowiedziała mi cisza. Mimo że jeszcze przed sekundą wydawało mi się, jakbym kontaktowała się nie z moją terapeutką, ale z dobrą przyjaciółką z przeszłości – jedną z tych znajomych, z którymi nawet po kilku latach milczenia można było natychmiast nawiązać swobodną rozmowę.

Nie miałam takich ludzi w swoim otoczeniu, ale Igor jak najbardziej. Nieraz opowiadał o kumplach z liceum, z którymi po wymienieniu kilku słów mógł gadać bez końca. I zdradzić im więcej rzeczy, niż był w stanie wyjawić obecnym znajomym.

– Jakich informacji? – odezwała się w końcu Warska. – Na swój temat?

– Między innymi.
– I czego się dowiedziałaś?

Może jednak miałam kogoś takiego, o kim mówił Igor. Może to właśnie Izabela była taką osobą. Oprócz tego, że pomagała mi w terapii, zaprzyjaźniłyśmy się. Na tyle, że teraz, po latach, byłam gotowa zdradzić jej więcej niż Strachowi.

– Chyba tego, że jestem adoptowana.

Znów cisza.

– A w każdym razie, że moja matka i ojciec nie są moimi biologicznymi rodzicami.

Warska wciąż nie odpowiadała, a mnie zaczynało robić się gorąco. Poczułam, że dla mojej psycholog nie są to żadne rewelacje.

– Jesteś? – spytałam.

– Tak, przepraszam… to… – Na moment urwała. – To wyjątkowo niefortunne.

Tylko przez ułamek sekundy łudziłam się, że się przesłyszałam.

– Nie powinnaś tego robić, Teso – dodała Izabela.

– O czym ty mówisz?

– Są pewne rzeczy, które… cholera, nie rozmawiajmy o tym przez Facebooka. Kiedy możesz się spotkać?

Pytanie zupełnie zbiło mnie z tropu. Warska zachowywała się, jakby nie miała pojęcia, że policja w całym kraju mnie ściga. Ale żeby faktycznie nie być tego świadomą, musiałaby nie mieć dostępu do telewizora, radia i internetu.

– Teraz to trochę problematyczne, nie sądzisz? – odparłam.

– Są rzeczy ważne i ważniejsze.

– Nie rozumiem…

Usłyszałam, jak głęboko wciąga powietrze.

– Nie wierzę, że jakikolwiek z tych zarzutów, które ci stawiają, ma coś wspólnego z prawdą – wyjaśniła. – Ale są też pewne sprawy, o których nie wiesz.

– Jakie sprawy?

– Spotkajmy się. Wszystko ci…
– Nie – ucięłam. – Chcę to usłyszeć teraz.

Znów zamilkła, a mnie przeszło przez myśl, że być może nie powinnam jej do końca ufać. W końcu jej nazwisko pojawiło się w artykule Maja. Artykule, który traktował o urojeniach, zaburzeniach pamięci i dość poważnej chorobie umysłowej. I wydawało się, jakby powstał w oparciu o mój przypadek.

Czy ci ludzie coś mi zrobili? Wmówili mi coś?

Cisza ze strony Izabeli nie pomagała, ale odsunęłam od siebie wszystkie oskarżenia, jakie przyszły mi na myśl. Ta kobieta pomogła mi wyjść z depresji, nauczyła mnie kontrolować napady rozpaczy i zrobiła wszystko, bym mogła ułożyć sobie życie na nowo. Nie miałam powodu, by przestać jej ufać.

– Bierzesz teraz jakieś leki? – spytała.
– Nie. A powinnam?
– Nie mogę na to odpowiedzieć, Teso. Nie widziałyśmy się od dawna, nie wiem, w jakim jesteś stanie.
– W tej chwili w tragicznym.
– Dlatego chcę ci pomóc. Porozmawiajmy w cztery oczy, w bezpiecznym miejscu, ty i ja, jak za starych…
– Rozmawiamy – znów jej przerwałam.

Potrzebowała chwili, by uświadomić sobie, że nie pójdę na żadne ustępstwa. Zaufanie zaufaniem, ale mogło się przecież okazać, że służby cały czas są w kontakcie z ostatnim psychologiem, który się mną zajmował. I być może ktoś stał teraz obok niej, przymuszając ją, by umówiła się ze mną na spotkanie.

– Włącz kamerę – powiedziałam.

Był to chyba pierwszy i ostatni raz w życiu, kiedy wolałam prowadzić z kimś rozmowę w formie wideo.

– Dlaczego?

– Chcę zobaczyć, czy jesteś sama.

Wiedziałam, co mogła sobie pomyśleć. Kilkakrotnie podczas naszych spotkań uzmysławiała mi, że cierpię na zaawansowaną paranoję. Ale to było lata temu. Powinna wiedzieć, że od tamtej pory wiele się zmieniło.

Owszem, bałam się najścia policji, ale to nie była paranoja, tylko uzasadniony lęk.

– Obawiasz się czegoś?

– W tej sytuacji? – odparłam. – A jak myślisz?

Włączyła kamerę, co samo w sobie stanowiło odpowiedź. Potem przesunęła laptopa tak, bym się przekonała, że w pokoju nikogo nie ma. Wystarczyło mi to w zupełności, by się uspokoić.

– Czujesz się zagrożona tam, gdzie teraz jesteś? – zapytała Izabela.

Patrzyła prosto w obiektyw, co na dobrą sprawę zdarzało się raczej rzadko. Podczas takich rozmów każdy patrzył albo na rozmówcę, albo na siebie samego. Warska zdawała sobie jednak sprawę, że musi do mnie dotrzeć. Zadziałał już z pewnością zawodowy instynkt opiekuńczy.

– Nie wiem – odparłam. – Nic już nie wiem.

– Spokojnie.

Ton, którego użyła, był dziwnie znajomy.

– Wiesz, gdzie jesteś, Teso? – zapytała. – Nie chodzi mi o to, byś mi mówiła. Pytam tylko, czy sama zdajesz sobie z tego sprawę.

– Co to za pytanie?
– Jedno z kilku, które chciałbym ci zadać. Jeśli nie chcesz…
– Wiem, gdzie jestem.

Skinęła głową z niezbyt dobrze skrywaną ulgą.

– Następne pytanie może zabrzmieć nieco dziwnie – ostrzegła. – Wiesz, kim jesteś?

Zaśmiałam się.

– Nieco dziwnie? – odparłam. – Raczej bardzo.
– Wiesz, co jest prawdziwe, a co nie?
– To się robi coraz bardziej…
– Odpowiedz, Teso.

Ton głosu wyraźnie się zmienił. Nie był już kojący, uspokajający. Przeciwnie, teraz w jakiś sposób stał się alarmistyczny. Na tyle, że poczułam, iż muszę odpowiedzieć.

– Tak, wiem – zapewniłam.
– Nie masz problemów z orientacją? Z pamięcią?
– Nie, chyba nie.
– Chyba?

Zaczęłam nerwowo skubać zadrę przy paznokciu. Skórek już dawno się pozbyłam, moje palce wyglądały, jakbym została poddana wyjątkowo niewymyślnym torturom.

– Może ostatnio czuję się trochę inaczej niż zwykle, ale to zrozumiałe – odparłam. – Poza tym liczę na to, że mi pomożesz, wyjaśniając kilka rzeczy.

Długo patrzyła prosto w kamerkę laptopa.

– Powinnaś wciąż brać pewien lek – odezwała się w końcu. – To niewielkie, białe, owalne tabletki.

Milczałam.

– Nazywają się atratis apsida. Pakowane są w...
– Nie biorę żadnych tabletek.
– Kiedy przestałaś?
Dopiero teraz uderzyło mnie to, co powiedziała. Potrząsnęłam głową, uznając, że być może się przesłyszałam.
– Jak one się nazywały? – spytałam, coraz mocniej odciągając zadrę.
– Atratis apsida.
Atrata. Mój ostateczny wybór w kwestii nazwy bloga. I apsida.
Czy to mógł być przypadek?
– Teso?
– Tak, chwilę... po prostu...
Myśli przestawały układać mi się w głowie, zaczynałam dukać i wydawało mi się, że najlepiej będzie, jeśli zamilknę, bo na sklecenie pełnego zdania wyraźnie brakowało mi sił.
– Kiedy odstawiłaś tabletki? – powtórzyła terapeutka.
– Nie pamiętam, żebym w ogóle je brała.
– Brałaś. A przynajmniej miałaś brać. I to regularnie.
Mimowolnie powiodłam wzrokiem po stole, szukając czegoś do jedzenia. Zajadanie stresu było u mnie na porządku dziennym. Dość często zdarzało mi się to, co określa się uprzejmie jako kompulsywne, kompensacyjne jedzenie, a co ja w przypływie szczerości nazywałam po prostu wpierdalaniem do woli.
Otarłam strużkę potu z czoła. Czułam, że takiej szczerości brakuje mi teraz w ocenie swojego stanu psychicznego.
– Jedna tabletka rano, jedna wieczorem – ciągnęła Warska, chyba tylko po to, by przypomnieć mi o tym, że wciąż jest na linii. – Im dłużej ich nie bierzesz, tym gorzej.

Chciałam zaprotestować, powiedzieć, że wszystko ze mną w porządku, ale w głębi ducha wiedziałam już, że to nieprawda.

– Poszukaj ostatniej recepty – poradziła Izabela. – A potem znajdź opakowanie. Oszacujemy, kiedy odstawiłaś lek, i może uda nam się też ustalić dlaczego.

– Nie mam teraz jak.

– To znaczy?

– Nie jestem u siebie. Poza tym nie widziałam tam żadnych tabletek. Niczego nie brałam i…

– Musiałaś je przed sobą schować.

Pokręciłam głową jak małe dziecko.

– Dlaczego miałabym to robić? – spytałam, nie czekając na odpowiedź. – To jakieś brednie. Albo chcesz sobie ze mnie zakpić, albo służby kazały ci mnie omamić.

Izabela patrzyła w obiektyw z wyrozumiałością. Nie było w tym ani krzty pretensji, ani cienia rozczarowania tym, że stawiam jej nieuzasadnione zarzuty.

– A może to Architekt wszystko zaplanował? – ciągnęłam. – Może z nim współdziałasz?

Pochyliła się nad laptopem.

– Kim jest Architekt? – spytała.

– Nie wiem. To znaczy… on za tym wszystkim stoi.

Nie jestem szalona, zapewniłam się w duchu. Gdybym była, z pewnością nie słyszałabym, jak wariacko brzmiały moje słowa. Tymczasem miałam tego pełną świadomość. Z punktu widzenia Warskiej mówiłam, jakbym odchodziła od zmysłów. Albo już odeszła.

– Mogę zadać ci jeszcze kilka pytań, Teso?

Skinęłam niepewnie głową. Dopiero po chwili zorientowałam się, że tego nie widzi.

– Tak – odparłam.
– Ile ostatnio sypiasz?
– Sporo. Tyle, ile powinnam. I… sama nie wiem, normalnie. Tak jak zwykle.
– Łatwo zasypiasz?
– Dość łatwo.

Jeśli wziąć pod uwagę okoliczności, było to pewne niedomówienie.

– Dobrze – odparła ciepło Izabela. – Powiedz mi, czy zdarza ci się tracić świadomość?

Odsunęłam się od komputera, a krzesło cicho zaskrzypiało.

– Teso? – upomniała się o uwagę Warska. – Jesteś pewna, że zasypiasz, a nie…
– Co? Mdleję? O to chciałaś zapytać?
– Niezupełnie.

Znów zaległa ciężka cisza, a mnie robiło się coraz bardziej gorąco. Zbyt dużo spraw nagle na mnie spadło, wyprowadzając z delikatnej równowagi, w jakiej dotychczas funkcjonowałam.

Słowa Marianny Sporniak: "Nie ufaj jemu, ale jeszcze bardziej nie ufaj sobie". Lekarki z Bielan: "Twoi matka i ojciec nie są twoimi biologicznymi rodzicami". Stracha: "Jesteś pewna, że wszystko pamiętasz?".

Wszystko to stanowiło tylko wierzchołek góry lodowej. Cała reszta powstała za sprawą tego, co mówiła Warska.

– Muszę zadać ci jeszcze jedno pytanie – dodała po chwili. – Jesteś przekonana, że wszystko, co cię otacza, jest realne?

Platon. Cienie na ścianie jaskini.

Krótkie, urwane myśli przecinały mi głowę jak impulsy migrenowego bólu. Zamrugałam kilkakrotnie, starając się walczyć z otępieniem, które stopniowo mnie pokonywało.

– Z kim utrzymujesz teraz kontakt? – odezwała się Izabela. – Kto o ciebie dba, Teso?

O czym ona, kurwa, mówiła?

– Igor jest z tobą?

– N-n-nie… – wydusiłam.

– Więc kto?

– Krystian.

– Kim jest Krystian?

– Strachowski. Strach – odparłam jak w transie. – Musisz go znać, musiałam ci o nim mówić.

– Strach? – spytała. – Tak go nazywasz?

Nie wiedziałam, jak odpowiedzieć na to pytanie. Powtórzyłam sobie za to, że nie jestem szalona. Gdybym była, nie wyczytałabym tego, co między wierszami starała się przekazać Izabela. Chory psychicznie nie wie, że jest chory. Nie dopuszcza takiej możliwości.

Nie, to nieprawda. Są nawet przecież takie choroby, których istnienia ma się pełną świadomość. Pisał o nich Maj w którymś artykule, określając je jako egodystoniczne. Były to zaburzenia obsesyjno-kompulsywne i afektywne dwubiegunowe. Chory zazwyczaj wiedział, że je ma, przeszkadzały mu w funkcjonowaniu, często irytowały. Chciał się zmienić, leczyć, pozbyć ciężaru.

Były jednak także te egosyntoniczne, przy których pacjent sądził, że to nie z nim jest coś nie tak, tylko z całym światem. Psychozy, jak schizofrenia… zaburzenia osobowości, jak te wszystkie stany dysocjacyjne, o których czytałam.

– Teso?

Oderwałam się od własnych niepoukładanych myśli i na powrót skupiłam na terapeutce. Dopiero teraz zrozumiałam, że coś mówiła. Zerknęłam na zegarek i odniosłam wrażenie, że w jakiś sposób straciłam kilka minut życia.

– Tak – powiedziałam, mając nadzieję, że zabrzmiało to, jakbym wiedziała, co przed momentem musiała mówić Warska.

– Więc jesteś świadoma, że część rzeczy, których doświadczasz, może być wytworem twojego umysłu?

Z trudem przełknęłam ślinę.

– Choćby ten człowiek, Strach – kontynuowała. – Nigdy nie mówiłaś mi o nikim takim. A fikcyjne postacie, zdarzenia, fakty czy generalnie elementy twojego świata często tworzysz w oparciu o podświadomość.

Syknęłam z bólu, bo za mocno szarpnęłam zadrę.

– Zdarzało się już, że nazywałaś fikcyjne postacie w taki sposób.

– Ale…

– Krystian może być personifikacją niczego innego, jak jakiegoś twojego lęku lub obawy. Strachu.

Położyłam dłoń na płytce dotykowej i przesunęłam kursor tak, by skończyć tę rozmowę. Izabela nie próbowała mi pomóc, przeciwnie, siała ferment w mojej psychice. A ja znalazłam się w sytuacji, w której nie mogłam sobie na to pozwolić.

– Powiedz, dlaczego zareagowałaś takim zdziwieniem na nazwę leku? – dodała Warska. – Co znaczy dla ciebie atratis apsida?

Wstrzymałam oddech.

– Świat, który tworzysz, zazwyczaj jest bardzo spójny. Ma dużo elementów wspólnych, opiera się na solidnym fundamencie. Kiedyś stworzyłaś cały scenariusz oparty na antycznej mitologii, innym razem na astronomii.

Platon. Selene. Znaczenie naturalnego satelity Ziemi.

Kolejne pojedyncze myśli atakowały mnie jak ciosy wyprowadzane przez nieznanego, pozostającego w cieniu przeciwnika.

– Muszę cię też zapytać o myśli samobójcze.

Jeśli musiała o nie pytać, to najwyraźniej nie znała mnie tak dobrze, jak twierdziła.

– Teso?

Nie miałam zamiaru odpowiadać. Zamknęłam połączenie, wylogowałam się z Facebooka, a potem trzasnęłam klapą laptopa. Podniosłam się na chwiejących się nogach i zdałam sobie sprawę, że jestem cała mokra.

Gotowałam się nie tylko w środku, ale także na zewnątrz. Prawdziwa fala gorąca oplotła mnie jednak dopiero, kiedy zobaczyłam, co jeden z dziennikarzy relacjonował na antenie NSI.

„ZATRZYMANO PODEJRZANEGO", brzmiał napis na czerwonym pasku informacyjnym. Tuż obok znajdowała się informacja o tym, że zatrzymany to Krystian S., który miał nie tylko ukrywać poszukiwaną przez policję zabójczynię, ale także pomagać jej w tym, co robiła.

Trzęsącą się ręką sięgnęłam po pilota. To musiała być jakaś pomyłka, makabryczny dowcip, złudzenie. Zmieniłam stację.

„POMOCNIK SELENE UJĘTY".

Nacisnęłam przycisk jeszcze raz.

„ŚLEDCZY NA TROPIE SERYJNYCH ZABÓJCÓW".

Liczba mnoga. Ja i Krystian.

Nie zdążyłam zrozumieć wszystkich implikacji tego, co właśnie zobaczyłam, kiedy rozległo się pukanie do drzwi. A zaraz potem doniosły, stanowczy okrzyk.

– Policja! Otwierać!

Jaskinia Platońska

ROD Żerżeń, Wawer

Lata przygotowań w końcu się opłaciły. Nadszedł dzień, w którym Strachowski wreszcie mógł uruchomić machinę, nad którą tak długo pracował. Ametystowa czaszka była już zapakowana, czekała tylko na nadanie.

Kiedy zaczynał, nie sądził, że w tak krótkim czasie rozszerzy się katalog narzędzi, które będzie mógł wykorzystać do swoich celów. Miał wrażenie, że jeśli odczekałby jeszcze kilka lat, to nie człowiek, ale dron dostarczyłby przesyłkę pod drzwi Tesy.

Sposób jednak nie miał znaczenia. Liczyło się to, by Strach pozostał anonimowy.

Przewidział każdy ruch Tesy, służb i mediów, przygotował się na każdą ewentualność. Dla dziewczyny zaplanował trzy paczki. Pierwszą wyśle niebawem, drugą kilka dni później, a ostatnią już po tym, jak wszystko się zakończy.

Gdzie Tesa ją odbierze? W domu? W jego mieszkaniu? W jakiejś kryjówce? W więzieniu?

Właściwie wszystkie możliwości były realne, a Krystian przygotował się na każdą z nich.

Pierwsza miała dostarczyć przedmiot, który sprawi, że policja zyska namacalny dowód jej winy. Druga miała doprowadzić do tego, że Tesa opuści mieszkanie, a Igor stanie się jedną z ofiar. Trzecia miała postawić kropkę nad i.

Do tej pory wszystko powinno stać się jasne. Wszyscy zorientują się, że morderstwa są ze sobą powiązane, że apsydy Księżyca były jego podpisem, który przez lata pozostawał niezauważony. Że odbierał życie tym, którzy prowadzili do degrengolady tego świata.

Ich winy same w sobie nie były jednak najistotniejsze. Liczyło się przesłanie, jakie dzięki tym ludziom Krystian mógł przekazać.

Każda z ofiar w taki czy inny sposób dopuściła się czynu niegodnego. I każda z nich zrobiła to tylko w jednym celu – by się wzbogacić. Gdyby nie ta motywacja, nie doszłoby do żadnej z rzeczy, za które Strachowski odebrał im życie.

Było to całkowicie absurdalne.

Ktoś kiedyś umówił się, że pieniądz, waluta, kruszec, monety czy w końcu odpowiednio wydrukowane świstki papieru mają określoną wartość. Inni to przyjęli. A jeszcze inni byli gotowi zrobić wszystko, by zyskać tej wartości jak najwięcej.

Strach po raz ostatni spojrzał na swój plan. Przez moment napawał się widokiem tego, co udało mu się skonstruować, wyrył ten obraz w pamięci, a potem zaczął wszystko ścierać. Kiedy skończył, usiadł przed peerelowską maszyną do pisania.

Podciągnął rękawy i zabrał się do roboty.

Zaczął swój manifest od opisania absurdu, o którym przed momentem myślał. Potem przeszedł do zapowiedzi, że wszystko to, co się wydarzyło, to dopiero początek. Przeszłość nie miała znaczenia, poprzednie ofiary ani jego lunarny podpis także nie.

Teraz, jako zapowiedzi nadchodzącej kary, miał zamiar wysyłać tweety do wszystkich, którzy uczestniczyli w zepsuciu tego świata. Pierwszy był Igor, zaraz potem przyszedł czas na Gerwina. Ale na nich się nie skończy. Przeciwnie, oni stanowili dopiero początek.

Pisał dalej, czując, że wyraża to, co w głębi ducha myślała cała ludzkość.

„Godzimy się na to, że nasze życie nie tylko kręci się wokół pieniędzy, ale także kończy się z ich powodu. Dlaczego? Kto podjął decyzję, że wybijane przez nas monety, drukowane przez nas banknoty mają taką, a nie inną wartość?

Dlaczego najmniejsza moneta w Polsce to jeden grosz, chociaż koszt jej wybicia to osiem groszy?

A przelewy? Wirtualne pieniądze? Kryptowaluty?

Kto zadecydował, że ten środek, a nie inny, będzie miał taką, a nie inną wartość?

Kto przesądził, że za franka płaci się tyle a tyle złotówek? A za dolara tyle a tyle?

Rynek, odpowiedzą kapitaliści. To wszystko za jego sprawą.

Rynek, czyli co? Jeśli poszukamy w słownikach, trafimy na definicje miejsca, w którym rządzą popyt i podaż, na którym mogą spotykać się ci, którzy chcą zaspokajać swoje potrzeby, i ci, którzy chcą i mogą zaspokoić potrzeby innych. Ta i inne definicje to pustosłowie.

A zatem samo pojęcie rynku jest puste. Odpowiedź na wszystkie poprzednie pytania jest inna i brzmi: ludzie. Ludzie, którzy mieli do powiedzenia więcej od innych, ustalili, co ma jaką wartość, gdzie drukować będą się pieniądze i w jakiej formie.

To ci sami ludzie, którzy rzekomo troszczą się o nasz los. Ci, którzy każą nam odpowiadać na pytania takie jak: co jest powodem głodu na świecie? Już samo postawienie tego pytania świadczy o fundamentalnym błędzie w rozumowaniu. Nikt nie powinien bowiem pytać »co?«, ale »kto?«. Odpowiedź wtedy byłaby prosta: ludzie. Natura jest bogata, planeta jest w stanie zaspokoić nasze potrzeby. Kryzysy głodu nie są wywoływane niedostatkiem jedzenia na globie, ale tym, że jednym ludziom nie opłaca się dzielić nim z innymi.

Bo oni się nie liczą. Dwóch niewolników na targu w Libii można kupić za cenę najnowszego iPhone'a X. I to wcale nie w najlepszej konfiguracji.

Arnold Schwarzenegger za powiedzenie siedmiuset słów w *Terminatorze* dostał tyle, ile kilka tysięcy libijskich rodzin nie zarobi przez całe życie.

Cristiano Ronaldo dziennie zarabia około dwustu czterdziestu tysięcy złotych. I to po odprowadzeniu podatku. Neymar otrzymuje dwa i pół miliona tygodniowo, a Carlos Tevez w Shanghai Shenhua dostawał trzy.

Połowa całego światowego bogactwa jest skupiona w rękach jednego procenta ludzi. Jednego procenta.

Żeby znaleźć się wśród pięćdziesięciu procent najbogatszych, wystarczy mieć mniej więcej dziesięć tysięcy złotych. W pieniądzach, nieruchomościach, ruchomościach, czymkolwiek.

Ale żeby być wśród dziesięciu procent tych prawie najbogatszych, trzeba zgromadzić nieco ponad dwieście trzydzieści tysięcy. Na dobrą sprawę wystarczy, że masz mieszkanie na własność.

Co z pozostałymi dziewięćdziesięcioma procentami ludności tego globu? Nic. Żyją, nie żyją, co za różnica? Dla nas przecież liczy się tylko to, że nie mają tych świstków papieru lub monet, co do których wartości wszyscy się umówiliśmy.

Te dziewięćdziesiąt procent z pewnością chętnie zmieniłoby taki układ. Ci, którzy mają nieco więcej, być może też byliby na to gotowi. Ale oni się nie liczą. Znaczenie ma tylko ten jeden procent na samej górze.

To wszystko nic złego? Jeśli sądzisz, że pieniądze nie zmieniają ludzi, przypomnij sobie swoje dzieciństwo, swoją ostatnią wygraną w »Eurobiznesie«, »Monopolu« czy innej grze. Przypomnij sobie zmianę, jaka w tobie zaszła. Dzieci niemal z mlekiem matki wysysają przekonanie o tym, jak wiele dają pieniądze, nawet jeśli do końca tego nie rozumieją.

A banki? Udzielają kredytów? Hipotek? Obudźmy się, one nie robią nic innego, jak sprzedawanie pieniędzy. Czy może być coś bardziej absurdalnego?

W dodatku utrzymują się z odsetek, czyli bogacą się na ludziach, którym tak naprawdę brakuje funduszy. Przez to jesteśmy stale na minusie, stale mamy mniej, niż jesteśmy w stanie spłacić. Jeśli masz w tej chwili w portfelu trzydzieści pięć złotych i żadnych długów, jesteś bogatszy niż dwadzieścia pięć procent Amerykanów.

Amerykanów, którzy stworzyli słynną Secret Service nie po to, by chronić prezydenta Stanów Zjednoczonych, tylko by walczyć z fałszowaniem pieniędzy.

Ich obrót tworzy zupełnie inny, samodzielny świat. Wyobraź sobie, jak wielkie pieniądze przepływają rokrocznie przez biznes filmowy, sportowy, muzyczny, parki rozrywki i cały transport. Zsumuj tę kwotę. Wyszło dużo? To jedynie część tego, co generują hazard i gry losowe.

A czym jest praca? Samo stawianie tego pytania jest jak herezja. Społeczeństwo nauczyło nas, że każdy musi pracować, że to coś szlachetnego, wzniosłego. W istocie to jednak nic innego jak współczesne niewolnictwo, dobrowolne podporządkowanie się pieniądzom. By się o tym przekonać, wystarczy wejść do jakiejkolwiek firmy i spojrzeć na pozamykanych w biurach ludzi, codziennie wykonujących te same, bezsensowne zadania.

Dlaczego to robią? Jaka zachęta sprawia, że są gotowi zrezygnować ze swojej wolności i robić coś, czego częstokroć nienawidzą? Pieniądze, ich akumulacja, to oczywiste. Obrońcy tego stanu rzeczy podkreślają, że gdybyśmy pozbawili ludzi tej zachęty, po prostu przestaliby pracować. I być może tak by się stało. Pojawiłyby się jednak inne motywacje, by się rozwijać, realizować swoje cele, marzenia.

A tymczasem obecnie wszystko sprowadza się do prostej zasady. Najpierw nie mamy pieniędzy na rzeczy, których pragniemy – a ostatecznie to nie ich nam brakuje, tylko czasu, by z nich skorzystać".

Strach przerwał pisanie i zerknął na zegarek. Miał jeszcze sporo do przekazania, ale czasu już niewiele. Wszystko musiało się rozpocząć zgodnie z przygotowanym wcześniej harmonogramem.

Dodał jeszcze kilka akapitów, a zakończył tym najważniejszym. Tym, w którym opisywał Platońską alegorię jaskini.

On był człowiekiem, który z niej wyszedł. Zobaczył świat takim, jakim był naprawdę.

A teraz to do niego należało, by przekonać wszystkich innych zakutych w kajdany, że pora je zrzucić.

Tesa

Moja wyobraźnia działała na najwyższych obrotach. Słyszałam wprawdzie głos tylko jednego mężczyzny, ale nie miałam wątpliwości, że za drzwiami czeka cała grupa interwencyjna.

Wszyscy w kamizelkach kuloodpornych, kaskach, uzbrojeni po zęby. Być może nie spodziewali się problemów, ale zasady były zasadami – na akcję ujęcia groźnego przestępcy, nawet jeśli był niepozorny, musieli ruszyć odpowiednio przygotowani.

– Otwierać! – ryknął ten sam mężczyzna.

Właściwie dziwiłam się, że nie wyważyli drzwi. Może spodziewali się pułapki, a może uznali, że szkoda zachodu – w końcu przecież i tak musiałam im otworzyć. Nie miałam dokąd uciec.

Na trzęsących się nogach podeszłam do drzwi. Przylgnęłam do nich, a potem niepewnie spojrzałam przez wizjer.

Myliłam się. Na korytarzu stało wprawdzie kilku funkcjonariuszy, ale żaden z nich nie był przygotowany tak, jak to sobie wyobrażałam.

Obejrzałam się przez ramię i zaczęłam zastanawiać nad tym, czy w mieszkaniu Krystiana jest cokolwiek, co mogłoby pogorszyć moją sytuację. Nie przyszedł mi jednak do głowy żaden dowód, który mógłby potwierdzać moją rzekomą winę.

– Już! – ponaglił mnie policjant. – Otwieraj!

Nie zachowywał się tak, jak się tego spodziewałam po obejrzeniu tych wszystkich filmów, w których rozgorączkowani funkcjonariusze forsowali kryjówkę przestępcy. Nie krzyczał, że „wie, że tam jestem", że „ma nakaz", ani że „wyważy drzwi". Nie zająknął się, że „i tak nie mam dokąd uciec". Zamiast tego powtarzał wciąż to samo jednostajnym, nieznoszącym sprzeciwu głosem.

Może zdawał sobie sprawę, że to, co powie, nie ma żadnego znaczenia. Jeszcze przez moment przyglądałam mu się przez wizjer, a on z pewnością miał tego świadomość. Ci ludzie nie wyglądali na raptusów, zasadniczo w ogóle nie stwarzali wrażenia groźnych.

Przeciwnie, obserwując ich, mogłam dojść do wniosku, że uda mi się z nimi dogadać. Ale zapewne właśnie o to chodziło.

Powoli przekręciłam zamek, a potem cofnęłam się o krok i nacisnęłam klamkę. Ledwo to zrobiłam, drzwi się otworzyły, a ja niemal straciłam równowagę.

Do środka wpadło kilku policjantów z bronią. Wszyscy mierzyli we mnie.

To tyle, jeśli chodzi o dogadywanie się, pomyślałam.

– Gleba! – rzucił jeden z nich.

– Na ziemię, kurwa, ale już! – dodał inny.

Machinalnie uniosłam otwarte dłonie i wycofałam się jeszcze dalej. Mogłabym przysiąc, że to wszystko nie dzieje się naprawdę i jest jedynie surrealistycznym złudzeniem. W tej chwili byłam gotowa przyjąć nawet najbardziej absurdalną sugestię Warskiej.

– Ryj na glebę! – huknął pierwszy z policjantów.

– Ziemia, ziemia!

– Kładź się!

Nie musieli dodawać, że to ostatnie ostrzeżenie – doskonale słyszałam to w ich tonie.

Zrobiłam wszystko, co kazali. Najpierw położyłam się na podłodze, potem skrzyżowałam ręce na plecach i pozwoliłam, by skrępowali mi przeguby opaską zaciskową. Nie protestowałam, kiedy mnie podnosili i wyprowadzali na zewnątrz.

Żaden nie pomógł mi ukryć twarzy, kiedy wyszliśmy z klatki schodowej. Dźwięk trzaskających migawek, flesze, nawołujący dziennikarze i okrzyki gapiów – wszystko to sprawiło, że zrobiło mi się niedobrze.

Policjanci poprowadzili mnie do radiowozu, potem jeden z nich pomógł mi wgramolić się do środka, a drugi trzasnął za mną drzwiami. Okamgnienie później samochód ruszył szybko w kierunku wyjazdu z osiedla.

Byłam zupełnie oszołomiona. Nikt mnie o niczym nie poinformował, nikt mnie o nic nie pytał. Pozostając w głębokim szoku, nie miałam pojęcia, dokąd mnie wiozą ani co się ze mną stanie.

W końcu trafiłam do pokoju przesłuchań. Trzymali mnie w nim długo samą, ale nie wiedziałam, ile czasu minęło tak naprawdę. Potem poinformowali mnie, że zostałam zatrzymana na czterdzieści osiem godzin i że po ich upływie sąd może zdecydować o zastosowaniu wobec mnie tymczasowego aresztowania.

Przedstawili mi powody i powiedzieli, że jeżeli chcę, mogą się skontaktować z moim adwokatem. Nie chciałam. Wolałam rozmawiać z nimi sama, wychodząc z założenia, że w prawdziwym świecie niewinny nie musi się bronić. Wystarczy, że wszystko wyjaśni.

Nie dali mi jednak okazji, bym to zrobiła. Znów zostawili mnie samą, potem na jakiś czas zamknęli z kilkoma innymi osobami.

Nikt się do mnie nie odzywał, traktowano mnie jak powietrze. Inni zatrzymani zwrócili na mnie uwagę dopiero, kiedy po kilku godzinach przyszła po mnie kobieta prowadząca śledztwo.

Zaprowadziła mnie z powrotem do pokoju przesłuchań i postawiła przede mną puszkę pepsi.

– Nie macie light? – spytałam.

Zignorowała moje pytanie. Usiadła po drugiej stronie metalowego stolika i założywszy nogę na nogę, przechyliła się na bok.

Policjantka milczała, przyglądając mi się tak intensywnie, że poczułam, jak zapłonęły mi policzki. Zdawało mi się, że oblepia mnie wzrokiem, niemal w jakiś sposób gwałci samym spojrzeniem.

– Masz mi coś do powiedzenia? – odezwała się.

Z trudem przełknęłam ślinę, zapewniając się w duchu, że dam radę jej się wytłumaczyć. Opanuję emocje, nie dam się pokonać własnym słabościom. Opowiem o wszystkim, co mnie spotkało.

Otwierałam już usta, kiedy w mojej głowie zaczęły pączkować niechciane, napastliwe myśli. Nie brałam prysznica stanowczo za długo, nie mówiąc już o użyciu antyperspirantu. Ciuchy wciąż miałam te same, u Stracha nie miałam się w co przebrać. A ta kobieta musiała już się o tym dobitnie przekonać.

Zamknęłam na moment oczy.

– No? – rzuciła. – Będziesz mówiła czy mam cię ciągnąć za język?

– Będę.

– Chcesz, żeby w tej rozmowie uczestniczył prawnik?

– Nie – odparłam bez wahania. – Ale mam pytanie.

– Jakie?

– Jak mnie znaleźliście?

Uśmiechnęła się, przechylając się na bok jeszcze bardziej, jakby chciała zamanifestować swój luz i nonszalancję. Zrozumiałam, że na to pytanie nie uzyskam odpowiedzi. Ani teraz, ani później.

– W takim razie chcę wiedzieć co innego – dodałam. – Zatrzymaliście też Krystiana Strachowskiego?

Spojrzała na mnie podejrzliwie, może nawet z niedowierzaniem. Czekałam w napięciu na odpowiedź, bo właściwie to ona miała przesądzić, czy Izabela mówiła prawdę. Czy Strach był prawdziwy, czy rzeczywiście stanowił jedynie personifikację moich lęków. Czy byłam szalona, czy nie.

– Jeśli mi na to odpowiesz, usłyszysz ode mnie wszystko, co chcesz – dodałam.

Policjantka nadal mrużyła oczy, jakby deszcz siąpił prosto na jej twarz.

– Ujęliście go czy nie?

– Tak.

Odetchnęłam z ulgą. A więc nie byłam szalona, przynajmniej jeśli o to chodziło. Natychmiast jednak skarciłam się za poczucie odprężenia, które mną owładnęło. Było nie na miejscu.

– A więc czekam – powiedziała policjantka. – Co według ciebie chciałabym wiedzieć?

– Przypuszczam, że wszystko.

Lekko skinęła głową, a ja zaczęłam. Cały czas przygryzałam wargę, przez co trochę mamrotałam. W dodatku po chwili poczułam w ustach krew.

Mówiłam o esemesie, paczkomacie, czaszce, tweecie i wszystkim tym, co nastąpiło później. Miałam wrażenie, że minęły wieki, od kiedy to wszystko się zaczęło.

Obawiałam się, że rozmówczyni roześmieje mi się w twarz, ale słuchała uważnie, jakby za żadne skarby nie mogła uronić ani słowa. Przypuszczałam, że jestem nagrywana, a jej zachowanie to tylko teatr, który miał sprawić, że będę nadawała jak najęta.

Do tego było mi jednak daleko. Mimo że opisałam jej wszystko, co mi się przytrafiło, robiłam to urywanymi zdaniami, półsłówkami, czasem dukając niewyraźnie, a czasem długo zastanawiając się nad tym, jak ubrać coś w słowa.

Kiedy skończyłam, kobieta wciąż siedziała w tej samej pozycji. Wyglądała, jakby miała zamiar zagwizdać, doceniając moje bajkopisarstwo.

– To wszystko? – spytała.

– Tak.

Wydęła usta, a potem nagle się podniosła.

– Zaraz… – jęknęłam.

– Wiesz, że grozi ci dożywocie? Przypuszczam, że z możliwością warunkowego zwolnienia dopiero po trzydziestu, może czterdziestu latach?

Nie wiedziałam, co odpowiedzieć.

– Potrafisz sobie w ogóle wyobrazić, jak będzie wyglądał świat, do którego wtedy wrócisz?

– Ale…

– W twoim najlepszym interesie leży, żeby z własnej woli powiedzieć mi teraz wszystko, o co później mogą zapytać moi kumple. Rozumiesz?

Rozumiałam przede wszystkim to, że moje dalsze zeznania nie mogły nic zmienić. Prawdę policjantka już ode mnie usłyszała, a ja nie miałam zamiaru konfabulować.

– Materiał przeciwko tobie jest solidny – oznajmiła.

Odniosłam wrażenie, jakby nie usłyszała nic z tego, co przed momentem jej powiedziałam.

– A dowody trudne do podważenia – dodała.
– I co mam w związku z tym zrobić? Kłamać?
– Wręcz przeciwnie. Powiedzieć prawdę.
– Właśnie to zrobiłam.

Przypatrywała mi się przez chwilę, czekając pewnie, aż zmienię zdanie. Nie otrzymawszy żadnej odpowiedzi, chrząknęła z dezaprobatą, a potem ruszyła w stronę drzwi.

– Poczekaj tutaj – rzuciła, jakbym mogła wyjść. – Ktoś niebawem się do ciebie zgłosi.

Ktoś rzeczywiście to zrobił, ale bynajmniej nie stało się to niedługo po jej wyjściu. Kiedy jej miejsce po drugiej stronie stołu zajmował dość przystojny, młody mężczyzna, odchodziłam już od zmysłów.

– Przepraszam, że musiała pani tyle czekać – powiedział, wyciągając do mnie rękę.

Niepewnie potrząsnęłam nią nad stołem. Skórę miał ciepłą, trochę wilgotną i miękką, co w jakiś sposób współgrało z jego przyjaznym spojrzeniem.

– Podkomisarz Szczerbiński – przedstawił się.
– Tesa.

– Tak, wiem – odparł, uśmiechając się lekko. – I przykro mi, że musiała pani tyle czekać. Było jednak trochę formalności do załatwienia.

Nie miał munduru, ale stylem noszenia się nie odbiegał od tych funkcjonariuszy, którzy musieli w nich paradować. Miał stalową koszulę, rozpiętą na jeden guzik, i czarne spodnie. Podwinięte rękawy i aktówka, którą postawił przy stole, świadczyć miały pewnie o tym, że w pocie czoła robi wszystko, by zakończyć tę sprawę jak najszybciej.

Ani przez chwilę nie sądziłam, że jego uprzejmość jest prawdziwa. Przypuszczałam, że to raczej perfidny wstęp do tego, co się zaraz stanie.

Jakby na potwierdzenie moich podejrzeń o dwulicowość wyjął z torby puszkę pepsi light, postawił ją na stole i podsunął mi. Od razu otworzyłam, bo zdążyło mi już zaschnąć w ustach. Znacznie chętniej coś bym zjadła, ale nie miałam zamiaru o tym wspominać.

Tym bardziej zaskoczył mnie, wyciągając z aktówki kilka batoników Bounty.

– Co to ma znaczyć? – zapytałam.

Był wyraźnie zdziwiony moją reakcją.

– Przepraszam, nie sądziłem, że…

– Jaja sobie ze mnie robicie?

– Pomyślałem po prostu…

– Że co? – wpadłam mu w słowo, czując, jak czerwone plamy wykwitają mi na twarzy. – Że spróbujecie jakiejś manipulacji? Że rzucicie mi kilka batonów jak jakiejś małpie w zoo, a ja w nagrodę przyznam się do rzeczy, których nie zrobiłam?

399

Rozejrzałam się, jakby gdzieś w pomieszczeniu znajdowało się weneckie lustro, zza którego wszystkiemu przyglądali się przełożeni Szczerbińskiego.

– Nie – odparł spokojnie. – Pomyślałem, że jest pani głodna. I że nie zaszkodzi przynieść pani bounty.

Wpatrywałam się w jego oczy, walcząc z potrzebą, by uciec wzrokiem. Chciałam wysłać jasny sygnał, że nie dam sobą pomiatać.

– W końcu to pani ulubione batony.

– Skąd pan o tym wie?

Uśmiechnął się lekko, co sprawiło, że moja złość tylko się spotęgowała.

– O tym właśnie chciałbym z panią porozmawiać – oznajmił ciepłym, przyjaznym tonem. – I tak naprawdę to też powód, dla którego przyniosłem te batoniki.

– Nie rozumiem.

– Zaraz pani zrozumie – odparł, podsuwając mi bounty.

Nie zamierzałam skorzystać, nie chciałam dawać mu satysfakcji. Było to jednak silniejsze ode mnie. Odpakowałam batona, a potem wrzuciłam do ust połowę.

Podkomisarz odwrócił oczy, zupełnie jakbym robiła coś wstydliwego i nie życzyła sobie, żeby na mnie patrzył.

– Trafiliśmy na kryjówkę na Wawrze – odezwał się.

Przełknęłam nie do końca przeżuty kawałek.

– Na co?

– Nie wiedziała pani o działce Strachowskiego?

– Nie. Jakiej działce?

– Kupił ją kilka lat temu i najwyraźniej od tamtego czasu wykorzystywał do swoich celów.

– Zaraz…

– W tej chwili technicy ją badają, mamy nadzieję, że uda nam się znaleźć coś, co potwierdzi wszystkie dotychczasowe ustalenia.

Zawinęłam resztkę bounty i odłożyłam na stół. Po raz pierwszy od niepamiętnych czasów zupełnie straciłam apetyt.

– O czym pan mówi?

Uniósł brwi, wyraźnie zdziwiony, a do mnie zaczynało docierać to, co powinnam dostrzec być może już dawno temu. To, co kryło się między słowami Szczerbińskiego.

Trzymana w tajemnicy działka.

Technicy kryminalistyki na miejscu.

– Moja koleżanka nic pani nie wyjaśniła?

– Nie, głównie słuchała tego, co ja mam jej do powiedzenia.

Westchnął z tak wyraźną bezsilnością, że nie miałam złudzeń, iż to nie pierwszy raz, kiedy ta kobieta nie zrobiła tego, czego od niej wymagał.

– W porządku… – odezwał się. – Zacznijmy w takim razie od samego początku.

Tesa

Ułożyłam wiele scenariuszy tego, w jaki sposób Strach mógł zostać zatrzymany. Nie spodziewałam się jednak, że stało się to, kiedy próbował nadać przesyłkę.

– Śledziliście go? – zapytałam.

– Nie. Nie udało nam się go znaleźć, bo nie wiedzieliśmy o mieszkaniu, w którym się państwo ukrywali. Krystian zadbał o to, by nikt nie trafił na jego trop.

– W takim razie…

– Obserwowaliśmy jednak pani mieszkanie na Lewandowie – kontynuował rzeczowym tonem Szczerbiński, nie dając sobie przerwać. – I proszę sobie wyobrazić nasze zdziwienie, kiedy zobaczyliśmy tam Strachowskiego.

– Pojechał na moje osiedle?

– Nie tylko na osiedle. Wszedł do mieszkania.

– Niemożliwe. Nie miał kluczy – odparłam, kręcąc głową. – Ani tym bardziej powodu, żeby tam wracać.

Podkomisarz przechylił się na krześle podobnie jak tamta policjantka. Wydawało mi się, że zaraz zapyta mnie, czy naprawdę o niczym nie wiem, czy tylko rżnę głupa.

– Nie pierwszy raz dorobił klucze – powiedział jednak. – Właściwie zdarzało się to w przypadku wielu ofiar.

– Ofiar? – jęknęłam. – Krystiana?

W tej chwili byłabym gotowa przyjąć, że naprawdę jestem szalona, jeśli sprawiłoby to, że słowa policjanta okazałyby się nieprawdziwe. Wiedziałam jednak, że wszystko jest ze mną w porządku.

Cały czas było.

– Z mieszkania na Lewandowie zabrał kilka par pani spodni – ciągnął Szczerbiński, ignorując pytanie. – Dotychczas zakładaliśmy, że go pani o to poprosiła.

– Nie.

– Więc nie wysłała go pani do…

– Nie – powtórzyłam.

Dopiero teraz zrozumiałam, że Strach wpadł dlatego, że chciał wyświadczyć mi przysługę. Zdecydował się na gest, który miał mnie ująć. Chciał pokazać, jak bardzo mu na mnie zależy, choć przecież nie musiał tego robić – wszystko inne dobitnie o tym świadczyło.

Czy raczej sprawiało takie wrażenie.

– Od tamtej pory zaczęliśmy go śledzić i ostatecznie zatrzymaliśmy go, zanim nadał kolejną paczkę.

– Jaką paczkę? Do kogo?

– Zawierała jego manifest, zatytułowany *Anamnesis*. Wie pani, co to znaczy?

Wiedziałam znacznie więcej.

– Przypominanie – powiedziałam.

– Więc kojarzy pani koncepcję Platona, mówiącą, że…

– Że w jakiś sposób wszyscy kiedyś zdawaliśmy sobie sprawę z tego, co jest prawdziwe, a potem o tym zapomnieliśmy. Tak, kojarzę. Aż za dobrze, o czym już mówiłam pana koleżance.

Przysunęłam krzesło bliżej stołu i pochyliłam się lekko. Szczerbiński czekał, aż będę kontynuowała, ale potrzebowałam chwili, żeby zebrać myśli.

Musiałam jeszcze raz powtórzyć sobie w duchu, że to wszystko ma miejsce naprawdę. Jestem zdrowa, nic złego się ze mną nie dzieje. Ani wcześniej się nie działo.

– Proszę mi powiedzieć, że pan sobie żartuje – odezwałam się w końcu.

– Obawiam się, że nie.

– Co było w tym manifeście?

– Krytyka współczesnego świata, opartego na pieniądzu.

– I to wszystko?

Nie musiał odpowiadać, bym wiedziała, że stanowiło to tylko niewielką część *Anamnesis* Stracha.

– Nie – odparł policjant. – Cały ten manifest to właściwie jedno wielkie przyznanie się do winy.

Napiłam się pepsi, bo miałam wrażenie, że język przykleił mi się do ściany gardła.

– Strachowski opisuje w nim każdą z ofiar i tłumaczy, dlaczego pozbawił ich życia. Patrycję Sporniak piętnuje jako tę, która wykorzystywała słabość innych ludzi do pieniądza, Tatianę Borszczenko jako osobę, która bogaciła się, sprzedając swoje ciało, Marcina Zameckiego jako…

– Uosobienie całego zła, jakie wiąże się z systemem bankowym – wpadłam mu w słowo. – Tak, wiem, analizowałam to wszystko.

Razem ze Strachem. To on podsuwał mi kolejne pomysły, mówił o korporacyjnych grzechach Marzeny Molsy, o przewinieniach pozostałych ofiar i…

Boże, ile z tego, co mi powiedział, było *de facto* przyznaniem się do winy, którego nie potrafiłam dostrzec? I jak dalece udało mu się mnie zmanipulować?

– Był o krok od wysłania manifestu – podjął Szczerbiński. – Nie podpisał się oczywiście imieniem i nazwiskiem i zadbał o to, byśmy nie doszli do tego, kto jest autorem tekstu.

– Jak… – wymamrotałam. – Jak się podpisał?

– Jako Architekt.

Nie potrafiłam przełknąć śliny.

– Gdyby nie to, że pojechał po pani ubrania, prawdopodobnie nadałby list i wrócił do lokalu, w którym panią znaleźliśmy. Pozostałby niewykryty, a pani nadal byłaby uznawana za główną podejrzaną.

Potrząsnęłam głową, starając się sprowadzić myśli na właściwe tory. Było tyle rzeczy, o które chciałam zapytać, tyle rzeczy, o których chciałam wiedzieć. Wszystkie pytania zdawały się jednak wyrwane z kontekstu, ulotne.

– Teraz nie jestem? – spytałam. – Główną podejrzaną?

– Nie.

– I wystarczył do tego list? Przecież Strach mógł go napisać po to, żeby mnie oczyścić z zarzutów.

– Znaleźliśmy inne dowody.

– Jakie?

– Domyśla się pani, że nie mogę o wszystkim mówić.

– A pan domyśla się, że muszę wiedzieć. Muszę.

Nie wiem, czy podziałało moje błagalne spojrzenie, czy może podkomisarz wchodził tutaj już z myślą, że powie mi więcej, niżby sobie na to pozwolił w innej sytuacji. Miał świadomość, że nie jestem sprawczynią, tylko ofiarą. Jedną z wielu, ale być może najbardziej dotkniętą tym, co zrobił Strach.

– Zatrzymaliśmy go niedaleko miejsca, w którym się państwo ukrywali – odezwał się. – Zaraz po tym, jak zaparkował pod jednym z paczkomatów. Otworzył bagażnik, chcąc zapewne wyciągnąć przesyłkę, a wtedy nasi funkcjonariusze przystąpili do czynności.

Było to zapewne zgrabne określenie na sponiewieranie Krystiana znacznie bardziej, niż miało to miejsce w moim przypadku.

– W bagażniku oprócz niej było kilka par pani spodni, zakupy, trochę narzędzi i ulotka z informacją o wystawieniu kontenerów na gabaryty.

Ten ostatni element wydawał się najważniejszy, bo właśnie na to Szczerbiński położył największy nacisk.

– Chodziło o wywózkę z ogródków działkowych "Żerżeń" na Wawrze – wyjaśnił. – Dzięki temu dotarliśmy do niewielkiej działki, na której Strachowski urządził swoje… cóż, centrum dowodzenia.

– Co… co tam znaleźliście?

Wiedziałam, że właśnie do tego od początku zmierza.

– Głównie jego plany – odparł ciężko podkomisarz. – Niełatwo było je odtworzyć, bo najwyraźniej jakiś czas temu starał się je zatrzeć. Ostatecznie jednak udało nam się odzyskać wystarczająco dużo, by mieć pewność, że złapaliśmy właściwą osobę.

– Te plany…

– Zakładały pani udział, tyle mogę zdradzić. Nieświadomy, rzecz jasna.

Odstawiłam puszkę powoli i ostrożnie, jakby była pełna, a ja obawiałabym się, że rozleję.

– Muszę wiedzieć więcej.

– Dowie się pani wszystkiego podczas procesu. Przynajmniej w tej kwestii.

Słysząc, jak zawiesił głos, poczułam przypływ nadziei.

– A w innych?

– Przypuszczam, że będę mógł zdradzić nieco wię…

Urwał, kiedy rozległo się pukanie do drzwi. Umundurowany mężczyzna, który nam przerwał, nie czekał na pozwolenie, by wejść do środka. Rzucił rozgorączkowane, pełne napięcia spojrzenie Szczerbińskiemu.

– Panie komisarzu, możemy na moment? – spytał, cofając się do korytarza.

Szczerbiński uśmiechnął się przepraszająco i podniósł. Zapewnił, że nie będzie go tylko chwilę i że niebawem dopowie wszystko to, co zamierzał.

– Niedługo potem będzie pani mogła wrócić do domu – zapewnił, po czym zniknął za drzwiami.

Tym razem nie zamknięto zamka. I być może właśnie ten w istocie niewiele znaczący fakt sprawił, że po raz pierwszy dotarło do mnie poczucie realności całej tej sytuacji. Nie mogło być dłużej mowy o tym, że cokolwiek sobie uroiłam.

Ale co w takim razie z moimi rodzicami? Z artykułami Maja? Ostrzeżeniem Marianny? I ze wszystkimi rzeczami, które się nie zgadzały?

Nie było sensu szukać odpowiedzi, nie teraz. Potrzebowałam więcej informacji od Szczerbińskiego, by w ogóle zacząć układać to wszystko w całość.

Nie ulegało wątpliwości tylko to, że Strach rozegrał mnie perfekcyjnie. Zrobił użytek z moich uczuć, wykorzystał je przeciwko mnie i sprawił, że stałam się ślepa. Mimo tego, co sam twierdził, to on był tym, który wprowadza ludzi do jaskini, zakuwa ich w kajdany i rozpala ogień za ich plecami.

Popatrzyłam na batoniki, a potem zebrałam je wszystkie i wyrzuciłam do kosza w kącie pomieszczenia. Potem wróciłam na swoje miejsce i zaczęłam skubać skórki przy paznokciach.

Podkomisarz wrócił po kwadransie. Wyglądał, jakby w tym krótkim czasie nagle przeszedł zupełną metamorfozę.

– Co się stało? – zapytałam.

Bez słowa usiadł naprzeciwko mnie.

– Miałem nadzieję, że będziemy mogli przekazać pani dobre wieści – zaczął.

– Jakie? I dlaczego nie możecie?

Nagle ogarnął mnie niepokój. Może jednak nie wszystko było takie, jak mi się wydawało? Może źle zinterpretowałam jego słowa? Nie, nie. Były dość jednoznaczne, a on nie składałby zapewnień, gdyby nie był pewien, że naprawdę jestem niewinna.

– Strachowski miał na działce piwnicę – podjął podkomisarz. – Przypuszczaliśmy, że przetrzymywał tam przynajmniej niektóre z porwanych osób. W tym pani męża.

Poczułam, że lekko się trzęsę.

– Spodziewaliśmy się też, że były inne takie miejsca. I że w jednym z nich odnajdziemy albo Pawła Gerwina, albo Igora. Dwie ostatnie osoby, które zaginęły.

Zaczynałam rozumieć, jakie wieści chce mi przekazać.

– Niestety, ani jednego, ani drugiego nie udało nam się odnaleźć – ciągnął Szczerbiński. – W dodatku śledczy potwierdzili, że Strachowski nabył wyłącznie tę działkę. Po dokładnym zbadaniu piwnicy okazało się zaś, że…

Urwał, przez co zyskałam pewność, że moje najgorsze obawy się potwierdzą.

– Były tam ślady DNA i krew pani męża. Gerwina także.

Nie wiedziałam, co odpowiedzieć, ale nie tylko ja miałam problemy ze sformułowaniem myśli. W rezultacie przez chwilę milczeliśmy, a ja odniosłam wrażenie, że ta cisza ściska mi serce.

– Przykro mi – odezwał się Szczerbiński.

– Ale… może… – zaczęłam niepewnie. – Może go gdzieś przeniósł? Znaleźliście tylko ślady jego krwi, ale przecież nie jego samego.

– Oczywiście niczego nie wykluczamy, ale z pewnością zdaje sobie pani sprawę, że to mało prawdopodobny scenariusz. Strachowski nie miałby po co przenosić pani męża, byłoby to niepotrzebne ryzyko.

Gorączkowo szukałam jakiejś myśli, której mogłabym się uczepić – koła ratunkowego, dzięki któremu nie zatonę całkowicie.

– A jeśli chciał zrobić miejsce dla kogoś innego? – podsunęłam. – Przecież jasno dał do zrozumienia, że Igor i Gerwin to tylko początek.

– I nie rzucał słów na wiatr.

Uniosłam brwi, z nadzieją czekając na więcej. Minorowy wyraz twarzy podkomisarza kazał mi jednak sądzić, że cokolwiek ma do dodania, nie poprawi to mojego nastroju. Już przekreślił Igora, dodał go do listy ofiar.

– Co ma pan na myśli? – zapytałam.

– Jak już mówiłem, udało nam się odzyskać część planu Strachowskiego. I owszem, wynika z niego, że ofiar miało być znacznie więcej. Obawiamy się, że pozbawił życia lub porwał kolejną, ale nie wiemy ani kim jest, ani gdzie może się znajdować.

– Jak to?

Policjant bezradnie wzruszył ramionami.

– Więc skąd wiecie, że komuś w ogóle coś grozi?

– Dzięki dacie.

– Dacie?

– Zaplanował wszystko co do dnia. I z jego kalendarza wynika, że jest jeszcze jedna ofiara. Być może w innym mieście, zamknięta w podobnym miejscu.

– A być może martwa – dopowiedziałam, a on potwierdził skinieniem głowy.

Fakt, że Krystian tak precyzyjnie to wszystko przygotował, wywoływał we mnie grozę. Wyobrażałam sobie, jak stoi przed tablicą, jedną z tych, które pamiętałam z wykładów, i wypisuje każdy element swojego planu.

Projektuje z zimną krwią, przewiduje każdy ruch przeciwników, zupełnie bez emocji i z głębokim przekonaniem, że nikt ani nic go nie zaskoczy.

Ale dlaczego to wszystko robił? Czy rzeczywiście chodziło o przekazanie czegoś światu? Czy kierował się skrzywionym poczuciem misji i naprawdę wierzył w to, że jest tym, który rozkuje ludzi z kajdan?

Czy może chodziło o mnie? Bez trudu mogłam sobie wyobrazić własną przyszłość, o którą się niebezpiecznie otarłam. Strach trzymałby mnie w mieszkaniu latami, może dekadami. Robiłby zakupy, dbałby o mnie, zapewniał dobrobyt, płacił rachunki, zamawiał jedzenie, a w końcu wybierał rzeczy, które bym nosiła. Zacząłby decydować o każdym aspekcie mojego życia. Miałby totalną kontrolę.

Może chodziło zarówno o to, jak i o przesłanie dla świata. Może znalazł sposób, by osiągnąć te dwie rzeczy równocześnie.

Nie to jednak martwiło mnie najbardziej, ale jego skrupulatne przygotowanie. Kazało mi bowiem sądzić, że Szczerbiński nie myli się w sprawie Igora. Krystian nie popełniał błędów, przynajmniej do tego kluczowego momentu, kiedy uczucia wzięły górę nad rozsądkiem.

Odpłynęłam myślami, nie zauważając, że podkomisarz zawiesza na mnie wzrok. Nagle uświadomiłam sobie, że nie miał powodu informować mnie o kolejnej ofierze.

– Dlaczego pan mi o tym mówi? – zapytałam.

– Ponieważ potrzebujemy pani pomocy.

Była to jedna z ostatnich rzeczy, które spodziewałam się usłyszeć. Zanim jednak zdążyłam poprosić go, by rozwinął, Szczerbiński pochylił się i wyciągnął z aktówki plik kartek. Położył go na środku stołu i wymierzył w niego z góry palcem wskazującym, jakby to był przycisk do papieru.

– Co to jest? – zapytałam.

– Jego manifest.

– To?

Nie sądziłam, że jest tak obszerny. Spodziewałam się raczej, że zawarł wszystko na kilku, może kilkunastu stronach. Wyglądało jednak na to, że jest ich kilkaset.

– Coś się stało? – zapytał podkomisarz.

– Nie, po prostu myślałam, że jest tego mniej.

Nagle zaczął przyglądać mi się uważniej niż jeszcze przed momentem. Dopiero teraz poczułam ciężar jego spojrzenia i niespecjalnie mi się ono spodobało. Było w nim coś oskarżycielskiego, jakby moje wahanie miało świadczyć o tym, że koniec końców nie będę skłonna im pomóc.

Uświadomiłam sobie, że dobrze wykonali swoją robotę. Z pewnością prześledzili moją przeszłość i wiedzieli, że już na pierwszym roku zadurzyłam się w Krystianie. Mieli także świadomość, przez co Strach wyleciał z uczelni – i zdawali sobie sprawę, że mieliśmy romans. Być może wiedzieli także, że to przeze mnie Strachowscy się poróżnili, a Ilona zginęła.

Zrozumiałam, że Szczerbiński przynajmniej po części dotychczas udawał. Cały czas musiał sądzić, że albo Krystian zrobił mi pranie mózgu, albo wciąż go kocham i z tego względu nie potrafię myśleć logicznie.

Miałam zamiar wyprowadzić go z błędu.

– Zrobię wszystko, co będzie trzeba – powiedziałam. – Nie tylko, żeby pomóc wam znaleźć tę osobę, ale też doprowadzić do skazania tego skurwiela.

Na twarzy podkomisarza pojawiła się satysfakcja. Podsunął mi plik kartek.

– Manifest to tylko część książki – powiedział. – Strachowski zrobił z niego jeden, ostatni rozdział.

– Książki? – zapytałam.

– Tak. Opisał to wszystko w formie powieści.

– O czym pan mówi?

Znów postukał palcem w plik kartek, a ja spojrzałam na pierwszą z nich.

Widniał na niej tytuł.

Młody łabędź.

Tesa

Zamarłam, nie mogąc zebrać myśli. Widok tych słów zdawał się prowadzić do całkowitego paraliżu. Natychmiast zrozumiałam, co to oznacza.

Zrobiło mi się niedobrze i czułam, jak krew odpływa mi z twarzy. Powietrza w pomieszczeniu nagle jakby ubyło, a ja nie mogłam zaczerpnąć tchu. Coś ścisnęło mi gardło, kiedy fala gorąca przesuwała się po całym ciele. Pod udami zbierały mi się mokre plamy, a twarz niemal płonęła.

Szczerbiński coś do mnie mówił, wyraźnie zaalarmowany, ale jego słowa do mnie nie docierały. Trzęsącą się, spoconą dłonią sięgnęłam po pierwszą z kartek. Zostawiłam na niej wilgotny odcisk, odsunęłam na bok, a potem spojrzałam na dedykację.

„Dla Teresy".

Niżej było motto.

„Małżonkowie niecierpliwi są jak dwa polana rozpalone, które im bliżej siebie, tym się bardziej niszczą".

Kojarzyłam ten tekst. Pochodził z któregoś dzieła...

Platona.

O Boże, teraz zrozumiałam, co oznaczał tytuł. Przecież ten grecki filozof był nazywany młodym łabędziem.

Sokratesowi miało się pewnej nocy przyśnić to zwierzę, siedzące mu na kolanach. Kiedy nazajutrz spotkał po raz pierwszy swojego przyszłego ucznia, powiedział, że to on. Że Platon to młody łabędź.

Z trudem przełknęłam ślinę, ignorując pytania, które zadawał mi wyraźnie zdezorientowany Szczerbiński.

Przesunęłam wzrokiem po pierwszych stronach. Jest tytuł, jest dedykacja, jest motto. Brakuje jednak autora.

Mogłam dopisać sobie jego imię i nazwisko w wyobraźni.

Igor Weda-Lendowski.

Mój mąż.

Jedyny człowiek, co do którego miałam pewność, że nigdy mnie nie zawiedzie. I byłam przekonana, że znam go na wylot. Po tych wszystkich latach, po wszystkim, co razem przeszliśmy, uznawałam, że mam prawo do tej pewności.

Wróciłam myślami do momentu, kiedy się poznaliśmy. Było to chyba na pierwszych zajęciach koła Stracha. Wtedy nie nawiązaliśmy zbyt bliskiej relacji, ale stopniowo to się zmieniało.

Staliśmy się znajomymi, później przyjaciółmi. Uczucia Igora poszły jednak dalej, a kiedy uświadomił sobie, że ja swoje ulokowałam gdzie indziej, był rozgoryczony. Zdawał sobie z tym radzić – przynajmniej dopóty, dopóki czara goryczy się przelała.

Wiedział doskonale, dlaczego uciekłam z gabinetu Stracha podczas egzaminu. Od tamtej pory robił wszystko, by zająć jego miejsce w moim sercu. Im dłużej byłam obojętna, tym bardziej zaborczy się stawał. Skonfliktował się nie tylko z Krystianem, ale także z innymi wykładowcami. Jeden z nich nie wytrzymał i próbował wyrzucić Igora z sali – a nazwisko Weda-Lendowski, które po latach przyjęłam jako swoje, stało się wówczas synonimem problemu.

Kiedy Igor pewnego pechowego dnia zobaczył nas w budynku A, nie wytrzymał. Doszło do przepychanki, po której Krystiana wyrzucono.

Dużo czasu zajął nam powrót do dobrych relacji. Ale po takiej burzy wpływanie na spokojne wody zawsze jest czymś wyjątkowym. Czymś, co zespala ze sobą załogę, nawet jeśli składa się ona tylko z dwóch osób. A może szczególnie wtedy.

– Słyszy mnie pani?

Głos Szczerbińskiego jakimś cudem przebił się przez strumień myśli.

– Tak... chwilę... – wydusiłam, odsuwając kolejną kartkę.

Każdy rozdział miał swój tytuł, wiązał się z tym, o czym była w nim mowa. Igor używał narracji trzecioosobowej, ale pisał z punktu widzenia Stracha.

Zrobił z niego fikcyjnego bohatera. A naszą historię ubrał w ramy powieści.

Spojrzałam na pierwszy rozdział.

Przycisk do papieru
Pelcowizna, Praga-Północ

Strachowski biegł za dziewczyną Wybrzeżem Puckim i zastanawiał się, ile kilometrów miała już w nogach.

Igor opisywał pokrótce początek pracy Stracha, wspominał o studentach, Fayolu, Druckerze, Weberze, a w końcu także o mnie i o życiu wykładowcy, jakie prowadził Krystian. Czy raczej jakie według mojego męża prowadził. Wszystko to było konfabulacją.

Także to, co pisał o ametystowej czaszce, której Strach miał rzekomo używać jako przycisku do papieru. Nigdy jej nie miał, a ja, czytając o tym, zrozumiałam, że to pierwszy spreparowany przez Igora dowód, który ostatecznie miał pogrążyć nie mnie, tylko Krystiana.

W usta jego żony Igor wkładał często moje słowa, jak choćby te o tym, że przypadek to nic innego, jak jeszcze niepoznany powód danego zdarzenia.

Spojrzałam na kolejne rozdziały.

Punk rock, brzmiał tytuł następnego. Znalazłam w nim kolejne przeinaczenia, półprawdy i domysły Igora. Gdybym chciała wszystko prostować, powinnam chyba zacząć od tego, że Strach nie lubił punk rocka.

Miał kiedyś dziewczynę, której nie wspominał zbyt dobrze – i która niemal siłą zaciągała go do jakiegoś klubu przy Politechnice. Igor najwyraźniej jednak o tym nie wiedział. Popełniał błąd za błędem, ale szybko pojęłam, że większość nieścisłości nie była wynikiem pomyłki, lecz celowego działania.

W rozdziale *Warszawa Wileńska* rozpisywał się na temat naszego spotkania w Wileniaku. Owszem, doszło do niego, opowiadałam o nim kiedyś mężowi. Nie wyglądało jednak tak, jak to przedstawił. I Strach nigdy nie pytał mnie o apsydę. Nigdy nie spotkałam też Marcina Zameckiego w Lesie Bielańskim.

Kolejny rozdział, kolejne konfabulacje. W *Budynku A* opisał scysję na korytarzu, ale nie miało to wiele wspólnego z tym, co się wówczas naprawdę stało. Igor nie obraził mnie, wręcz przeciwnie, w swoim przekonaniu stawał w mojej obronie, zarzucając Strachowi, że mnie wykorzystuje.

Dlaczego w powieści przedstawił się w tak ohydnym świetle? Przypuszczałam, że chodziło o to, by zdjąć z siebie ryzyko podejrzeń. Być może także o to, aby uprawdopodobnić motywy, dla których Strach miałby go wziąć na celownik.

Zorientowałam się też, że tylko w pierwszych rozdziałach pisał o sobie, używając imienia – w późniejszych pojawiał się już jedynie jako Weda-Lendowski.

Zaznaczył jednak swoją obecność. Zrozumiałam to, kiedy zaczęłam przypominać sobie wszystko to, co powiedział mi przed rzekomym zaginięciem. I nick używany przez użytkownika Twittera, który wówczas kazał mi odebrać przesyłkę samotnie. Igor sugerował, że tweety mogą mieć związek z akronimami lub anagramami.

N.Delved. Po przestawieniu liter i usunięciu kropki mogłam ułożyć login do naszego konta w serwisach streamingowych, na których oglądaliśmy seriale. Vedlend. Weda--Lendowscy. To on wpadł na ten pomysł, a ja przez lata tak do niego przywykłam, że słowo wydawało mi się równie powszechne jak każde inne.

Były jednak też inne podpisy. Przypomniałam sobie, że to Igor zaproponował określenie sprawcy mianem Architekta. Gdybym wtedy mogła choćby zerknąć na część jego książki, natychmiast odkryłabym prawdę.

Czytałam kolejne rozdziały. *Matecznik*, *Marianna*. Wszędzie przeinaczenia, fikcja i pomyłki, także w nazwie uczelni, która zmieniła się dużo wcześniej.

Jednego mogłam być pewna – to Igor sprawił, że w pewnym momencie zaczęłam odchodzić od zmysłów. To on w jakiś sposób, szantażem lub groźbą, zmusił Mariannę, ordynatorkę ze szpitala, i Izę Warską, by namąciły mi w głowie.

Przypuszczałam, że w dwóch ostatnich przypadkach osiągnął to dzięki informacjom, jakie uzyskał na temat łapówek przyjmowanych przez Henryka Maja. To także Igor musiał opublikować artykuł już po zaginięciu psychiatry, podszywając się pod niego.

I to on wysyłał wszystkie te tweety. Ale jak to zrobił?

Byłam przekonana, że swój sposób działania przedstawił podczas opisywania tego, jak Strach miał śledzić Marzenę Molsę, przekopywać się przez jej śmieci, a potem zamknąć ją w piwnicy. Igor musiał postępować podobnie, doprowadzać swoje ofiary na skraj wytrzymałości, po czym prosić o jedną prostą i niewinną rzecz: login i hasło do konta na Twitterze.

Manipulował nimi, ale było to nic w porównaniu z tym, jak udało mu się posterować mną. Wiedział doskonale, jak zamącić mi w głowie, jak zbić mnie z tropu. Przez lata opisywałam mu moje stany umysłowe. Wiedział o każdej, nawet najbardziej wstydliwej rzeczy, jaka mnie spotkała. Nie było między nami tematów tabu.

Oprócz książki.

Uświadomiłam sobie, że byłam jak Paula Rader, żona Dusiciela z Wichita. Przez ponad trzydzieści lat codziennie rano podawała mu śniadanie, śmiała się, żartowała, a on był nie tylko cudownym mężem, ale także ojcem. Nigdy nie podniósł ręki na dzieci, dobrze je wychował.

W drugim życiu, które prowadził, był zupełnie innym człowiekiem. Torturował i zabijał, czerpiąc z tego nieludzką przyjemność. Zanim w końcu odbierał ofiarom życie, gwałcił je i terroryzował. Robił im zdjęcia, a jedną z kobiet przewiózł do kościoła, w którym był przewodniczącym rady parafialnej. Układał jej ciało w różnych seksualnych pozycjach i fotografował się z nim. Zdjęcia składował w domowej piwnicy.

Paula miała je na wyciągnięcie ręki. Tak jak ja książkę, nad którą pracował mój mąż.

Ale dlaczego Igor to wszystko zrobił? Czy to miała być zemsta na mnie, czy na Strachu?

Wydawało mi się, że ta druga odpowiedź jest właściwa. Nienawidził Krystiana, od kiedy tylko dostrzegł, że coś między nami jest. W pewnym momencie dopiekanie mu podczas wykładów stało się niemal jego obsesją. A ilekroć o nim wspominałam, reagował gwałtownie.

Przypuszczałam, że początkowo chciał, żebym była jedynie narzędziem w jego rękach. Planował wykorzystać mnie, by policja obarczyła Stracha winą. Byłam idealnym środkiem do tego celu, bo Igor miał pewność, że Krystian będzie mi pomagał, a ostatecznie ukryje mnie i ściągnie na siebie uwagę służb.

Z pewnością miałam nie ucierpieć. Moja rola ograniczała się do stworzenia zasłony dymnej, po przejściu której policja zobaczy, że tak naprawdę to nie ja jestem winna. Istotne musiało być dla Igora, by funkcjonariusze sami trafili na trop Stracha, by nie podsunął im go żaden dziennikarz ani anonimowy donosiciel. Tylko w ten sposób mogli mieć pewność, że ujęli właściwą osobę.

Potem coś musiało się w koncepcji Igora zmienić. Może dowiedział się o moich ponownych spotkaniach z Krystianem. Może rozsierdziło go to na tyle, że zaczął projektować także kłopoty, z którymi sama miałam się zmierzyć.

Nie miały konsekwencji prawnych. Chciał namieszać mi w głowie, dopiec mi, dokuczyć pod względem psychologicznym. I odniósł pełny sukces, bo w pewnym momencie przestałam ufać własnym zmysłom.

Były to tylko moje przypuszczenia, ale potwierdziły się, kiedy przeczytałam rozdział zatytułowany *W śmierć jak w sen*... Igor stworzył scenariusz, w którym ginęłam pod kołami pociągu towarowego.

Wiedział o moich próbach samobójczych, symbolika była aż nazbyt wymowna. W swojej książce zrobił bowiem to, czego ja nie potrafiłam dokonać w rzeczywistości.

Na końcu pozostała mu tylko jedna rzecz, by wszystko domknąć. Umieścił przesyłkę z *Młodym łabędziem* w bagażniku octavii Stracha. Być może pierwotnie planował ją nadać, ale zmienił zdanie, gdy zorientował się, że to wyjście jest jeszcze lepsze.

Uświadomiłam sobie, że książkę musiał pisać od niedawna. Opisywał w niej długoletnie przygotowania, ale tak naprawdę zaplanował wszystko dużo później.

Przestałam czytać i odsunęłam kartki. Długo wbijałam w nie wzrok, zastanawiając się, co powinnam zrobić. Mogłam zacząć tłumaczyć wszystko Szczerbińskiemu z nadzieją, że mi uwierzy.

Taki rezultat był jednak mało prawdopodobny. *Młody łabędź* był właściwie najbardziej wymownym przyznaniem się do winy, na jakie mogła liczyć policja. Niektóre rzeczy były fikcyjne, jak moja śmierć, ale nie miało to dla nich większego znaczenia. Niektóre były niezgodne z prawdą, o tym wiedzieliśmy jednak tylko ja i Strach.

Igor zadbał o to, by Krystianowi nie udało się z tego wywinąć. Umieścił swoją krew w Mateczniku – i mimo że

Strach nigdy tam nie był, z pewnością ślady jego DNA znaleziono na maszynie do pisania, na której powstała książka.

Zdałam sobie sprawę, że to nie jedyna rzecz, o którą zadbał Igor. Miał świadomość, że tylko dwie osoby będą mogły obalić oskarżenia. Ja i Strach. Jego zeznania z oczywistych względów nie miały dla śledczych żadnej wartości – ale co z moimi?

Ledwo to pytanie stanęło w mojej głowie, uświadomiłam sobie, jak bardzo się pomyliłam. Wszystko to, co miało zachwiać moją psychiką, nie było tylko zemstą. Stanowiło wyraz pragmatyzmu Igora.

Gdyby przyszło co do czego, z punktu widzenia obrońców Stracha byłabym bezużyteczna. Prokuratura sięgnęłaby po zeznania Marianny, ordynatorki ze Szpitala Bielańskiego, i Izy Warskiej, a moje zdrowie psychiczne natychmiast stanęłoby pod znakiem zapytania. Wszystkie moje słowa zostałyby zakwestionowane, a ze mnie zrobiono by wariatkę. Informacje o próbach samobójczych, do których prędzej czy później by dotarto, z pewnością nie okazałyby się pomocne.

Kolejni świadkowie zaś opowiadaliby o romansie, który ostatecznie doprowadził do wyrzucenia Krystiana z uczelni. Jedno i drugie sprawiłoby, że straciłabym całą wiarygodność.

Igor załatwił zarówno mnie, jak i Stracha.

Nie mogłam wygrać z nim ani w sądzie, ani poprzez pójście na współpracę z policją. Zostało mi tylko jedno – użyć tej samej broni, po którą on sięgnął.

Postanowiłam opisać mój przypadek. W książce zawrę wyimki z *Młodego łabędzia*, które będą przeplatały się z moimi wspomnieniami.

I nadam jej jedyny właściwy tytuł.
Hashtag.

Posłowie

Gdyby to był zapis prawdziwej historii Tesy, autorka zapewne dodałaby na końcu, że opublikuje swoją książkę wespół z jakimś pisarzem, który zgodzi się, by to jego nazwisko znalazło się na okładce. Być może, że złoży propozycję komuś, czyje powieści lubi, bo sama jeździ iks piątką, słucha Iron Maiden i utożsamia się z pewną postacią.

Ale to przecież wszystko fikcja.

Prawda?

Samo to pytanie pokazuje, że Wisława Szymborska miała rację, mówiąc, że czytanie to najlepsza rozrywka, jaką ludzkość sobie wymyśliła. Zaciera się bowiem granica między tym, co rzeczywiste i wyobrażone.

Ale czym właściwie jest prawda?

Tym, co znajduje się w rozdziałach opowiadanych przez Igora? Czy tym, co przekazuje nam Tesa? A może tak naprawdę to ona kłamie i prawdziwe są te fragmenty z podtytułami? Może Igor nie miał nic wspólnego z ich powstawaniem, bo są zapisem tego, co się wydarzyło? A my wszyscy daliśmy się zwieść Tesie?

Mam nadzieję, że przynajmniej część tych pytań będzie towarzyszyć Ci przez pewien czas, bo mnie z pewnością tak. Z punktu widzenia autora nie ma niczego lepszego – bo fakt, że historia biegnie dalej w umyśle Czytelnika, pozwala wierzyć, że książka nie tylko się udała, ale także okazała się czymś więcej niż tylko opisaną historią.

Podczas pisania zastanawiałem się nad tymi, ale także innymi kwestiami. Chciałem zrozumieć Tesę, wniknąć w jej umysł i spojrzeć na świat jej oczami. Nie było to ani łatwe, ani przyjemne. Właściwie wiązało się ze znacznie większym obciążeniem psychicznym, niż się spodziewałem.

Ale to pokazuje, jak krucha jest ludzka psychika. I jak niewiele trzeba, by ją nadwerężyć. W przypadku Tesy wystarczyła jedna osoba. Jedna, która znała jej słabości i potrafiła je wykorzystać. I zrobiła to w taki sposób, że nasza bohaterka zaczęła wątpić w to, czy wszystko jest w porządku nie tylko z jej pamięcią, ale także całym otaczającym ją światem.

Ta powieść to wprawdzie samodzielna pozycja, ale jeszcze przed rozpoczęciem pracy nad nią wiedziałem, że Tesa pojawi się na kartach innych książek. Szybko wzbudziła moją sympatię, nawet jednak gdyby tak się nie stało, rezultat byłby taki sam. Mam dla niej bowiem pewien plan, związany także z Bianczim. Ci, którzy mieli okazję czytać *Testament* i *Większość bezwzględną*, na tym etapie z pewnością mogą już co nieco wydedukować. A ci, którym seria z Chyłką i *W kręgach władzy* są nieznane, będą mieli niespodziankę.

Wszystkim jednakowo dziękuję – za to, że razem wciąż tworzymy nowe historie i udowadniamy, że Wisława Szymborska się nie myliła.

Podziękować chciałbym też:

– Monice i Robertowi, którzy na obiedzie w pewnej opolskiej trattorii jako pierwsi usłyszeli o *Hashtagu* i zareagowali tak, że chciałem pominąć deser i czym prędzej pisać dalej;

– moim Rodzicom, którym zdarza się wyrywać sobie z rąk moją nową książkę, kiedy dostarczam im nieopatrznie tylko jeden egzemplarz przed premierą;

– Karolinie, która uważnie przygląda się każdemu przecinkowi w książce i trzyma rękę na moim literackim pulsie;

– całej ekipie z Czwartej Strony, która wpada na coraz to nowe pomysły i inicjatywy, i cierpliwie znosi fakt, że autor najchętniej siedziałby zamknięty w swoim gabinecie i nie robił nic poza pisaniem;

– i w końcu wszystkim, którzy – jak Tesa – znaleźli się na krawędzi urwiska i postanowili walczyć dalej. To oni dają siłę innym, bo to właśnie oni są najsilniejsi.

Remigiusz Mróz
Opole, styczeń 2018 roku